W0315085

GREG BEAR

•

Né en 1951 en Californie, Gregory Dale Bear publie son premier roman en 1979. Le succès vient surtout avec la parution du cycle d'*Eon*. Dès lors, il remporte tous les prestigieux prix de SF pour ses nouvelles et romans, dont deux prix Hugo et cinq prix Nebula. Après avoir été journaliste, chroniqueur littéraire, dessinateur pour des magazines de science-fiction et conseiller technique pour quelques séries télévisées, il se consacre à l'écriture et compte plus de trente romans à son actif. Il vit aujourd'hui avec sa femme (la fille de l'écrivain de SF Poul Anderson) et ses deux enfants près de Seattle.

EN QUÊTE D'ÉTERNITÉ

DU MÊME AUTEUR
CHEZ POCKET

FONDATION ET CHAOS

SCIENCE-FICTION

Collection dirigée par Bénédicte Lombardo

GREG BEAR

EN QUÊTE D'ÉTERNITÉ

Traduit de l'américain
par Thierry Arson

PRESSES DE LA CITÉ

Titre original :
VITALS

Le Code de la propriété intellectuelle n'autorisant, aux termes de l'article L. 122-5 (2° et 3° a), d'une part, que les « copies ou reproductions strictement réservées à l'usage privé du copiste et non destinées à une utilisation collective » et, d'autre part, que les analyses et les courtes citations dans un but d'exemple et d'illustration, « toute représentation ou reproduction intégrale ou partielle faite sans le consentement de l'auteur ou de ses ayants droit ou ayants cause est illicite » (art. L. 122-4).
Cette représentation ou reproduction, par quelque procédé que ce soit, constituerait donc une contrefaçon sanctionnée par les articles L. 335-2 et suivants du Code de la propriété intellectuelle.

© Greg Bear, 2002
© 2004, Presses de la Cité, pour la traduction française
Publié avec l'accord de l'auteur,
c/o BAROR INTERNATIONAL, INC., Armonk, New York, USA
ISBN : 978-2-266-16281-4

Pour Poul Anderson,
mon ami, qui a décidé de ne pas

Nos corps sont constitués de cellules. Les mitochondries sont les éléments des cellules qui génèrent les molécules riches en énergie que nous utilisons à chaque instant de notre vie.

Il y a des milliards d'années, les mitochondries étaient des envahisseurs bactériens, les parasites des premières cellules. Elles ont joint leur force à celle de leur hôte ; à présent, elles sont essentielles.

« Mes mitochondries composent une proportion très importante de mon être. Il m'est impossible de la calculer, mais je suppose qu'il y en a autant en masse que le reste de mon être. Considérées ainsi, on pourrait les voir telle une vaste colonie mobile de bactéries, gérant un système complexe de nucléus, microtubules et neurones, pour le plaisir et l'alimentation de leurs familles, et se servant, à cet instant précis, d'une machine à écrire. »

Lewis Thomas,
« Organelles en tant qu'organisme », 1974

« Nous aimons le camarade Staline plus que Maman et Papa.
Puisse le camarade Staline vivre jusqu'à cent ans !
Non, deux cents ans ! Non, trois cents ans ! »

Chanson des enfants soviétiques,
début des années 1950

PREMIÈRE PARTIE

Hal Cousins

1

28 mai — San Diego, Californie

La dernière fois que j'ai parlé avec Rob, j'enregistrais mes bagages à Lindbergh Field avant de prendre un avion pour Seattle, où je devais rencontrer un ange. Mon portable sonna et afficha *Nemesis*, le nom de code de mon frère. Nous n'avions eu aucune conversation depuis des mois.

— Hal, est-ce que papa t'a appelé ? me demanda Rob.

Il semblait lessivé.

— Non, répondis-je.

Notre père était mort trois ans plus tôt dans un hôpital d'Ann Arbor. Cirrhose du foie. Il s'était étouffé avec son propre sang quand les veines de son œsophage avaient explosé.

— Quelqu'un m'a téléphoné, et c'était la voix de papa, je te le jure, dit Rob.

Après le divorce, maman s'était installée à Coral Gables, en Floride, et elle avait refusé le moindre contact avec son ex-époux, jusqu'à la mort de celui-ci. Rob l'avait veillé à l'hôpital. Avant que j'aie eu le temps de sauter dans le premier avion pour les rejoindre, papa était mort. A un moment, il avait cessé de débiter ses imprécations inutiles — la démence engendrée par la déficience hépatique — et s'était endormi. Rob avait alors quitté la chambre pour aller boire un café. A son retour, il avait découvert notre père assis dans son lit, la tête penchée en avant, son menton mal rasé et sa poitrine molle et pâle trempés de sang, comme quelque vieux vampire de mauvais film. Papa était mort avant que les infirmières puissent réagir. A soixante-cinq ans.

Ce décès avait été d'une grande tristesse, car il avait marqué le terme d'un chemin très dur sur lequel papa avait délibérément percuté tous les obstacles qui se présentaient. Mon frère avait été très éprouvé.

— Tu es fatigué, Rob, dis-je.

Autour de moi, l'aéroport s'agitait, pareil à un aquarium géant avec ses centaines de mètres carrés d'acier brossé et de vitres épaisses.

— C'est vrai, admit-il. Pas toi ?

La nuit précédente, je me trouvais encore à Hong Kong. Je n'avais pas fermé l'œil depuis quarante-huit heures. Je suis dans l'incapacité de dormir lorsque je vole au-dessus de l'eau. Une litanie de noms, le souvenir de réunions ridicules et un mal de ventre dû à la restauration française à bord constituaient tous mes trophées glanés lors de ce voyage. J'avais l'impression d'être le chien de concours qui revient à la maison sans le moindre ruban.

— Non, mentis-je. Tout va bien.

Rob ronchonna encore un peu. Le boulot n'avançait pas. Il avait des problèmes avec sa femme Lissa, une beauté blonde aux jambes de mannequin. Il semblait aussi épuisé que moi, et encore plus confus. Je crois qu'il se retenait de m'avouer la gravité de la situation. J'étais son jeune frère, après tout. De deux minutes.

— Assez parlé de moi, dit-il. Comment va la recherche ?

— Ça va.

— Je voulais que tu saches…

Un silence.

— Quoi ? dis-je un peu sèchement, car je déteste le mystère.

— Surveille tes arrières.

— Qu'est-ce que ça veut dire ? Arrête de parler par énigmes, merde !

Son rire me parut forcé. Puis :

— Accroche-toi, Prince Hal.

Il me surnommait ainsi quand il désirait me faire marcher.

— Ah, fis-je platement.

— Si papa téléphone, dis-lui que je l'aime.

Il raccrocha. Je restai planté là un temps, dans un coin de ce hall immense inondé par le soleil, avec ces pans de verre et d'acier éblouissants autour de moi. Puis je lâchai un juron et je composai son numéro de portable — aucune réponse — et tous les autres.

A Los Angeles, c'est Lissa qui répondit. Rob se trouvait à San Jose et, non, elle n'avait pas de numéro où le joindre là-bas, pourquoi ? Je lui expliquai qu'il semblait exténué, et elle me répondit qu'il avait enchaîné les déplacements ces derniers temps. Ils ne s'étaient pas beaucoup parlé. Je sortis quelques platitudes pour calmer sa perplexité et raccrochai.

Certaines personnes croient que les jumeaux sont très proches et savent toujours ce que l'autre pense. Faux, totalement faux en ce qui concerne Rob et moi. Depuis nos trois ans nous nous écharpions comme des chats sauvages. Nous étions convaincus que notre gémellité n'était qu'un accident de parcours sur le long trajet de la vie où nous lutterions jusqu'à l'arrivée, mais sans trop fraterniser en chemin.

Et pourtant nous avions choisi la même carrière, nous nous étions intéressés aux mêmes aspects de la médecine et de la biologie, nous étions tous deux mariés à des femmes splendides que nous étions également incapables de retenir. Peut-être ne pouvais-je pas dire que j'aimais bien mon jumeau, mais je l'aimais, c'était une certitude.

Quelque chose n'allait pas du tout. Alors pourquoi n'annulai-je pas mon vol pour essayer de le retrouver, lui demander ce que je pouvais faire pour lui ? Je me trouvai des excuses. Rob essayait seulement de me faire craquer. Prince Hal, il avait dit.

J'embarquai pour Seattle.

2

18 juin — la fosse de Juan de Fuca

Nous descendions en une spirale longue et lente, enveloppés d'un mince vide aussi brillant et noir qu'une bulle d'obsidienne, à travers huit mille pieds de ténèbres éternelles. J'avais tout le temps de réfléchir.

En regardant sur ma droite, par-dessus mon épaule, je me concentrai sur la tête du pilote penché sur le halo d'une unique lampe à tension. Dave Press se frotta le nez et se redressa, disparaissant dans l'obscurité. C'était ma troisième plongée, mais la première pour lui comme pilote. Nous voyagions seuls, sans observateur ni soutien. Notre sous-marin d'exploration scientifique, le SES *Mary's Triumph*, descendait de quarante-quatre pieds par minute, soit deux mille sept cents par heure.

Dave s'inclina de nouveau en sifflotant.

J'étrécis ma vision à deux fentes et imaginai que sa tête n'avait pas de corps. Juste une tête, des yeux, un millier de pieds d'océan au-dessus, et plus encore en dessous. Pendant quelques secondes je me sentis comme Pip, jeté par-dessus bord d'un des baleiniers d'Achab, et forcé de nager comme un chien sur les lames de houle. Pip avait changé. Il n'était pas devenu un petit mousse enjoué mais un petit être grave et prophétique, à peine de ce monde, tout cela à cause d'un long bain sous le soleil et les mouettes. Qu'était cela comparé à l'endroit où nous nous trouvions, enfermés dans une bulle de plastique et plongés dans la plus grande des bouteilles d'encre de cette planète ? Pip avait eu des vacances lumineuses et joyeuses.

Cent quatre-vingts minutes de chute dans la fosse, deux cents pour remonter, entre trois et quatre cents au fond, si tout se passait bien. Un voyage de douze heures pour l'Enfer et retour, ou pour le Paradis, selon la perspective de chacun.

J'espérais le Paradis. Le prince Hal Cousins, scientifique, égoïste patenté et croyant acharné en un monde matériel, qui avait peur du noir et était assez peu copain avec Dieu, allait rendre une petite visite aux systèmes écologiques les plus primitifs dans sa quête de la fontaine de jouvence. C'était un pèlerinage à la source, là où le fruit de l'arbre de la connaissance du bien et du mal nous avait appris comment mourir. J'avais l'intention de récupérer ce fruit et de le soumettre à quelques tests.

Ce sacrilège me paraissait justifié par tant de millions de générations, curieuses, sexy, aux yeux brillants, qui vieillissaient, se ridaient et tombaient malades. Pour finir comme d'horribles légumes atteints de démence.

Pour finir par devenir le terreau de Dieu.

A deux kilomètres sous la surface de l'océan Pacifique, les humains sont des visiteurs inattendus dans un rêve sombre et ancien. Ici, dans les craquelures de la croûte terrestre en expansion, des îles de chaleur et de puanteur empoisonnée jaillissent d'abîmes scintillants, ouatés du tapis d'un blanc pelucheux des bactéries.

Ce sont les meilleurs endroits au monde, estiment certains scientifiques, pour chercher le Paradis. Le Lieu du Commencement.

Je m'assoupis durant quelques minutes et me réveillai en sursaut, si bien que je me cognai l'arrière du crâne contre le filet métallique de la couchette. Je n'étais pas fait pour les sous-marins. Dave tapota d'un doigt le levier de contrôle.

— La plupart des gens sont trop excités pour arriver à dormir ici, dit-il. Le temps passe très vite.

— Réaction nerveuse, affirmai-je. Je n'aime pas les espaces confinés.

Dave eut un petit sourire, puis reporta son attention sur les écrans de contrôle.

— D'habitude on voit un tas de trucs dehors, toutes ces jolies petites lanternes magiques des profondeurs. Aujourd'hui, c'est plutôt désert. Pas de chance.

Je levai les yeux vers les chiffres d'un bleu brillant du chronomètre de plongée. Une heure ? Deux ?

Seulement trente minutes.

Toute notion de temps était abolie. Nous en étions encore à la première partie de la plongée. Je m'assis sur ma couchette et étirai les bras. Ma combinaison thermale argentée bruissa.

J'aimais bien Dave. De prime abord, j'aime bien la plupart des gens. Dave approchait la quarantaine, et c'était un chrétien fervent, un de ces « born-again » qui ne cachaient pas leur foi. Petit et trapu, il avait les cheveux blond filasse raides, de grands yeux verts pétillant d'intelligence, des lèvres épaisses et le sourire facile. Il donnait l'impression de quelqu'un de solide et de responsable, et on le disait très bon mécanicien. Il avait naguère piloté des SES semblables au nôtre pour le Sanctuaire marin national du golfe des Farallones, dépendant de l'Administration océanique et atmosphérique nationale, l'AOAN. Un mois plus tôt, il avait signé avec le *Sea Messenger* pour piloter l'élégant et très coûteux submersible privé appartenant à Owen Montoya, le *Mary's Triumph.*

Le froid régnait à l'extérieur de la sphère en acrylique pressurisée ; pas loin de zéro. La baisse de température imprégnait la cabine et nos combinaisons nous gardaient à peine à l'aise. J'évitai de toucher les deux poutrelles en titane qui passaient à l'arrière de l'habitacle. Elles étaient couvertes de rosée.

Dave émit un bruit très expressif et se tortilla sur son siège. Il n'était pas gêné, seulement ennuyé.

— Désolé.

Mes narines palpitèrent.

— Vas-y, dis ce que tu as à dire, me suggéra-t-il. Ça te soulagera.

— Tout va bien pour moi, rétorquai-je.

— Alors il faudra que tu fasses avec. Riz et macaronis hier soir, avec beaucoup de poivre…

— Je ne mange que du poisson avant une plongée. Comme ça, pas de gaz.

Ma réflexion me parut sonner un peu bizarrement, très boy-scout, mais en fait j'étais à mon aise. Il faut toujours se préparer.

— J'essaie de perdre du poids, me confia Dave. Régime riche en féculents.

— Hum.

— Un peu plus de lumière ?

Il actionna des interrupteurs et trois autres lampes à tension jetèrent des cônes de lumière blanche sur le panneau de contrôle du SES. Il détourna leur faisceau de deux petits écrans turquoise emplis de schémas et de données chiffrées déroulantes : le rapport constant sur les piles à combustible et les batteries, l'ordinateur embarqué, le transpondeur, les propulseurs avant et arrière. Lorsque nous atteindrions le fond, un troisième écran plus large, situé au-dessus de nos têtes — et à présent éteint —, nous permettrait de visionner les images retransmises par les caméras digitales aussi bien que celles du sonar à balayage latéral.

Tout ce que nous percevions de l'extérieur, à travers la sphère et la coque, était le « ping » régulier du sonar actif.

La mission se déroulait conformément aux prévisions, mais je ne pouvais me départir d'une certaine appréhension. « Il y a peu de risques avec cet engin, m'avaient affirmé Jason et le contrôleur de plongée avant mon premier saut dans les profondeurs. Suivez la routine et votre entraînement, et tout ira bien. »

Je ne redoutais pas la douleur, ou l'inconfort, mais j'anticipais la découverte d'une échelle de la vie qui donnerait une nouvelle perspective à tout risque. Chaque aventure nouvelle et potentiellement dangereuse pouvait révéler un éventail non pas de quatre-vingt-dix, d'un millier ou de dix mille, mais de cent mille ans…

Jusqu'ici, ce n'était qu'une petite démangeaison mentale, une réaction qui nécessitait une adaptation, j'en étais bien conscient. Je n'avais pas encore atteint le stade de la phobie.

A vingt-neuf ans, je travaillais dur pour éviter ce que Rob avait un jour baptisé du nom de « Syndrome du Moi Précieux ». Je pouvais toujours compter sur mon frère pour une compréhension acérée de ma personne. En vérité, une partie de moi aurait accueilli des vacances avec joie. Le vide aurait pu constituer un réel plaisir en comparaison de la perplexité égocentrique et teintée d'anxiété où baignait mon existence depuis quelque temps : j'étais devenu un gourou des talk-shows par portable interposé, j'avais divorcé, j'étais une sorte de célébrité, un scientifique et un mendiant, un rêveur, un fou. Prince Hal, mon habit de lumière, mon véhicule, pour toujours et à jamais.

Flippant.

— Je te sens philosophe, commenta Dave.

— Je me sens inutile, répondis-je.

— Moi aussi, parfois. Ce bébé se pilote pratiquement tout seul. Tu pourrais m'aider en effectuant la vérification de routine dans dix minutes. Ensuite nous enverrons notre rapport.

— Pas de problème.

Je roulai sur moi-même et réglai la couchette pour reposer sur le ventre, comme Cousteau, plus près de la surface froide de la bulle. Mon souffle embuait le plastique lisse, laissant une tache de brouillard sur ces ténèbres irréelles. A titre d'expérience, je levai mon Nikon digital, dont l'objectif était cerclé de ruban adhésif pour ne pas rayer la sphère. Je consultai l'écran de la caméra, modifiai la densité de pixels et la taille du fichier.

— Ça donne aussi du temps à ceux qui attendent, dit Dave en réglant l'orientation du submersible, les moteurs tribord se mettant aussitôt à ronronner. Parfois nous jouons aux échecs.

— Je déteste les échecs, avouai-je. Le temps est précieux, et on ne devrait pas le gaspiller à des occupations improductives.

— Nadia m'avait prévenu, dit Dave avec un petit sourire.

Nadia Evans, premier pilote de SES sur le *Sea Messenger*, était malade et allongée sur sa couchette, pour l'heure. Un pudding à la crème trop riche et à la date limite de consommation périmée avait rendu très malheureux huit membres de notre équipage. Nadia avait prévu de m'accompagner pour cette plongée, mais notre engin n'avait pas de toilettes…

Mieux valait rester concentrés sur notre destination et ce que nous pourrions découvrir. Nous descendions vers la Planète Extrême. Ténèbres éternelles et pression incroyable.

Encore plus d'un kilomètre et demi en dessous, et à intervalles irréguliers, le long du réseau de fosses qui s'agrandissaient, des geysers sous-marins énormes projetaient des plumets d'eau bouillante, des sulfures toxiques et des bactéries dans leur gangue épaisse. Les minéraux contenus dans le flot s'accumulaient pour former des cheminées autour des geysers, certaines plus hautes que celles de nos usines, et formaient de grandes pales horizontales évoquant des fougères géantes. Les écoulements sulfureux jaillissaient par les fissures et les trous. Le magma s'extrayait hors de crevasses plus profondes telle une pâte dentifrice noire et granuleuse, qui se brisait comme la queue d'un lézard en plein combat. De près, par l'hydrophone, on entendait ces vents qui sifflaient et rugissaient. Des plaisantins avaient surnommé une cheminée particulièrement imposante « Godzilla ».

La musique d'une Terre gargantuesque.

Ici, l'eau est saturée de l'équivalent chimique pour les profondeurs de la lumière solaire. La soupe de sulfure d'hydrogène nourrit des bactéries spécialisées qui à leur tour servent de base à une chaîne alimentaire autarcique. Des vers tubulaires franchissent les flots de lave ancienne et se rassemblent autour des orifices en forêts sociables, tels de longs et minces pénis couronnés de rouge. De petits crabes royaux blancs baguenaudent entre les tiges oscillantes comme s'ils avaient tout le temps devant eux. Des poissons longilignes et paresseux — les vautours de ces eaux profondes, aux énormes yeux curieux — se figent comme des points d'interrogation, attendant que la mort leur fournisse leur petite ration du repas commun.

Je frissonnai. Les pilotes de SES croient que le froid vous garde alerte. Dave toussa et but une gorgée à une bouteille d'eau qu'il replaça ensuite dans son arceau. Nadia s'était montrée de bien meilleure compagnie : jolie, pleine d'humour, et très désireuse d'expliquer le fonctionnement de son bébé plongeur.

La petite sphère, d'un diamètre dépassant à peine les deux mètres, était emplie de sons rassurants : le « ping » du signal directionnel à intervalles de quelques secondes, les bips assourdis des transpondeurs placés au fond des mois plus tôt, l'autre « ping », du sonar celui-là, les cliquetis réguliers, le soupir des pompes.

Je roulai en position assise et inclinai la couchette jusqu'à la transformer en siège, puis je me cassai en deux pour remonter mes bottes épaisses aux semelles de caoutchouc. Je contemplai un instant entre mes genoux un éclat d'air piégé dans la structure du submersible sous la sphère. La tache argentée avait été plusieurs fois plus grande quarante minutes plus tôt.

Deux mille pieds. A l'extérieur, la pression dépassait maintenant les soixante atmosphères. Quelque soixante kilogrammes par centimètre carré. Nadia en avait donné une description divertissante : c'était comme si un Type-Vraiment-Balèze dansait le pogo sur toute la surface de votre tête. A l'intérieur, où régnait une pression d'une atmosphère, nous n'en ressentions rien. La sphère distribuait la pression également. Pas de torsion, de tremblement, aucune ivresse des profondeurs. Voyage en bras de chemise, ou presque. Nous n'aurions même pas à séjourner en caisson de décompression à notre retour.

Le submersible transportait un chargement d'acier qui servirait de ballast à lâcher quand nous désirerions passer à une poussée presque neutre. Dave réglerait l'altimètre à une centaine de pieds du sol sous-marin et larguerait les lingots comme autant de petites bombes. Parfois l'engin ne parvenait pas à se débarrasser de quelques-uns d'entre eux, et demeurait un peu trop lourd, de sorte qu'il devait pointer ses propulseurs vers le bas pour planer comme un hélicoptère. Un peu plus léger, et il pouvait « flotter », en dirigeant ses propulseurs vers le haut afin d'éviter des tourbillons de limon.

Une heure de plongée. Trois mille sept cents pieds sous la surface. La sphère se refroidissait et le temps s'accélérait indubitablement.

— Quand as-tu rencontré Owen Montoya ? me demanda Dave.

— Il y a de ça quelques semaines, répondis-je.

Montoya était un sujet de conversation fascinant auprès du distributeur d'eau du bureau : c'était lui le type cousu d'or et fuyant qui employait tout le monde sur le *Sea Messenger*.

— Il doit approuver ce que tu fais, ajouta Dave.

— Comment ça ?

— Le Dr Mauritz avait toujours le choix pour ces plongées. Mais tu en as eu trois à la suite.

Stanley Mauritz était le chef océanographe du *Sea*

Messenger et le directeur de recherche, loué sur ce bâtiment à la Scripps Institution en échange du soutien financier de Montoya à la recherche universitaire.

— Ouais, répondis-je, conscient que les chercheurs embarqués sur le *Sea Messenger* devaient se battre pour le matériel et le financement, à l'instar de tous les scientifiques de par le vaste monde.

— Nadia essaie de maintenir la paix, dit Dave après un moment.

— Désolé de menacer l'équilibre.

— Bah, moi, je reste en dehors de tout ça. Bon, c'est l'heure des vérifications.

Nous utilisâmes nos écrans de contrôle turquoise respectifs pour examiner l'état des divers systèmes embarqués, en nous intéressant d'abord à ceux traitant l'air. Le *Mary's Triumph* maintenait une atmosphère enrichie en oxygène à une pression proche de celle de la surface.

Dave releva son micro et enclencha la liaison.

— *Mary* à *Messenger*. Nous sommes à mille mètres. Tous les systèmes sont OK.

La voix de basse de Jason, notre directeur et contrôleur de plongée, nous parvint quelques secondes plus tard :

— Bien compris, *Mary*.

— Qu'est-ce qui se passe entre Nadia et Max ? demanda Dave avec un petit rictus. Rien de croustillant ?

Max était coordinateur scientifique sur le bateau. Des rumeurs sur leur liaison circulaient depuis des semaines.

La question me parut hors de propos.

— Rien, en ce moment, supputai-je. Elle passe probablement la majeure partie de son temps à la proue.

— Mais qu'est-ce que Max a que je n'ai pas ? plaisanta Dave avec un clin d'œil.

Max avait vingt-sept ans, était sûr de lui sans arrogance, séduisant, mais surtout intelligent et agréable de conversation. Sa spécialité était les *Vestimentiferans*, les vers tubulaires. Dave ne jouait pas dans sa catégorie, pas plus que moi, à la réflexion.

— Assez parlé de femmes, dis-je avec un regard amer. Je sors tout juste d'un divorce.

— Pauvre chéri, dit Dave. Pas de femmes, pas d'échecs. Ne reste plus que la philosophie. Explique-moi Kant ou Hegel, au choix.

Je m'esclaffai.

— Nous avons beaucoup de temps à tuer, dit-il avec une moue pensive de petit garçon. C'est soit lire ou jouer aux échecs, soit apprendre à se connaître.

Il pianota sur le clavier encastré à l'extrémité de sa couchette et une fois de plus afficha l'état de l'atmosphère.

— Merde, est-ce que la pression serait en train de changer ? Ça ne devrait pas. J'ai l'estomac tourneboulé.

Je réprimai une grimace. Quatre mille pieds.

— Je n'ai rencontré Owen qu'une fois, dit Dave. Ses gars me font confiance pour que son jouet de luxe n'ait pas de bobo, mais quand il m'a serré la main il ne savait même pas qui j'étais. Il doit rencontrer beaucoup de gens tous les jours.

Tous les employés de Montoya l'appelaient Owen, ou Owen Montoya, jamais monsieur Montoya, et au grand jamais monsieur.

J'acquiesçai. Montoya semblait apprécier son intimité. Mieux vaut ne pas en dévoiler trop aux aides extérieures. Il n'empêche, j'éprouvais une sorte de fierté à avoir passé tant d'heures en compagnie de cet homme puissant et très riche, et à m'être entendu dire que je lui étais sympathique.

J'avais rencontré toutes sortes de personnes riches,

ou très riches, pendant ma quête de fonds. Montoya représentait le meilleur mélange de pas mal d'entre eux, et le seul qui possédât en propre un navire équipé pour la recherche océanographique et un SES.

Il était beaucoup plus agréable que Song Wu, ce Chinois propriétaire de night-clubs qui à soixante ans avait insisté pour que je goûte son cocktail préféré aux effets prétendument rajeunissants, de l'extrait de vessie de serpent dilué dans du saké. Une expérience mémorable. Assis dans son salon, à cent quatre-vingts mètres au-dessus des rues de Hong Kong, j'avais regardé M. Song presser une petite poche du liquide vert huileux dans un verre pendant que je m'efforçais de tenir une conversation avec sa maîtresse thaïlandaise âgée de seize ans. M. Song avait refusé l'idée de dépenser le moindre dollar tant que je n'aurais pas testé son poison.

Et pendant tout ce temps, un expert en feng shui, en costume de soie grise, avait dansé tout autour de la pièce en agitant un cadran doré en carton et en délirant sur le rétablissement de l'équilibre entre les forces du passé et celles de l'avenir.

— Tu connais Owen personnellement ? demanda Dave.

— Pas vraiment.

Le *Mary's Triumph* trouva son assiette et nous en avertit par un carillon discret. Dave réajusta le cap. Les thermomètres avaient détecté une hausse de température. La carte sous-marine entre nous s'alluma et un petit X rouge apparut, marquant l'endroit où nous venions de rencontrer un courant plus chaud. Nous avions traversé une mégaplume, un vaste champignon d'eau riche en minéraux s'élevant d'un champ de cheminées.

— Ça pourrait provenir du nouveau, le Champ 37, dis-je.

La carte répertoriait tous les champs connus en vert, et six champs en rouge qui délimitaient une éruption récente.

— Peut-être, fit Dave. Ou bien le Champ 35. Nous sommes à l'est des deux, et ils sont actifs à cette période de l'année.

Les mers du monde entier voient naître des cheminées volcaniques sous-marines tous les quelques millions d'années. L'océan s'infiltre à travers le sédiment et la roche poreuse et entre en contact avec le magma qui n'est parfois qu'à quelques kilomètres sous le fond. Des geysers d'eau surchauffée à plus de trois cent cinquante degrés jaillissent. Mais à des pressions supérieures à deux cent cinquante atmosphères, l'eau reste liquide et s'élève comme de la fumée d'une cheminée, pour se refroidir et s'étaler en une nappe assez chaude et riche pour être détectée à une grande distance au-dessus du phénomène. C'est ce qu'on appelle une mégaplume.

— Nadia m'a dit que tu recherches de nouvelles espèces de xénos, dit Dave. Ces horribles petites patates.

— Ces passionnantes petites patates.

A quasiment chaque plongée dans cette zone, on découvrait des xénos, ou pour être plus exact des xénophyophores, ces vagabonds unicellulaires des fonds marins, dont certains atteignent la taille d'un poing. Lointains parents des amibes, ils ressemblent à des éponges de bain gorgées de mousse. Ils se servent du sable comme lest, agglomèrent leurs déchets pour en faire un support, et recouvrent leur enveloppe extérieure visqueuse avec des débris en roulant sur le fond de l'océan. Leur corps tubulaire grêlé et convoluté abrite maints passagers : isopodes, bactéries et mollusques prédateurs.

— Qu'est-ce qu'ils ont de tellement passionnant, les xénos ? dit David.

— J'ai un cliché pris par des chercheurs il y a deux mois. Ils ont découvert ce qu'ils ont appelé un « champ de pâquerettes des mers » au nord des nouvelles cheminées, mais ils n'ont pas obtenu de coordonnées très précises à cause du défaut d'émission d'un des transpondeurs. Il y a deux mois, j'ai examiné un spécimen congelé à l'université de Washington, mais il était très abîmé, ses membranes déchirées. Et celui qu'ils conservent dans du formol ressemble à un vieux morceau de pudding grisâtre.

Dave avait déjà reçu un briefing concernant notre plongée, et ceci ne lui apprenait rien.

— Beurk, fit-il. Alors quel intérêt pour Owen ?

— Bonne question, dis-je en souriant.

Dave était perplexe.

— D'accord, je m'occupe de mes oignons et je me contente de piloter, dit-il en se passant un doigt sous le nez. Mais j'ai quand même une maîtrise en biochimie marine. Je pourrai peut-être vous faire profiter de mon avis d'expert le moment venu.

— Je l'espère bien, dis-je.

— Est-ce qu'Owen s'intéresse à l'immortalité ? dit-il. C'est un bruit qui court.

— Je n'en sais vraiment rien.

Je fermai les yeux et feignis la somnolence. Dave n'insista pas et exécuta le contrôle à cinq mille pieds. Je crois qu'il n'appréciait pas plus mon attitude que moi la sienne.

Owen Montoya voulait faire tapisserie au bal de la Faucheuse. C'est ce qui nous avait réunis.

3

Trois semaines plus tôt, un petit hélicoptère bleu aussi pimpant qu'un insecte tout juste né m'avait fait franchir Puget Sound pour me déposer sur Anson Island. Il était six heures du soir, par un après-midi de printemps, et le temps était magnifique. Je me sentais plus vivant que cela ne m'était arrivé depuis un an, et depuis mon divorce d'avec Julia.

En règle générale, voler me rend assez nerveux, surtout en hélicoptère, mais le jeune pilote à la mâchoire carrée et aux lunettes bleu métal faisait preuve d'une dextérité rassurante, et j'étais trop occupé à profiter du paysage.

« Je portais mon complet bleu poudre, nous dit Philip Marlowe dans *Le Grand Sommeil*, une chemise bleu foncé, une cravate et une pochette assorties, des souliers noirs et des chaussettes de laine noire à baguettes bleu foncé. J'étais correct, propre, rasé, à jeun, et je m'en souciais comme d'une guigne… J'avais rendez-vous avec quatre millions de dollars. »

Je portais une veste sport en coton noir, une chemise en coton froissé avec une cravate noire, des chaussettes montantes noires, des chaussures noires vernies, mais pour le reste j'allais quant à moi rendre visite à quarante milliards de dollars. Owen Montoya aurait pu acheter et revendre les Sternwood cent fois d'affilée, même avec l'inflation.

J'avais adopté cette même tenue quand je m'étais rendu auprès d'autres « anges », ces financiers assez visionnaires ou timbrés — il m'arrivait parfois d'avoir du mal à faire la différence — pour dépenser de petites fortunes dans le financement d'un Ponce de León de la microbiologie. Je ne m'étais pas trop mal débrouillé. Ce petit démarchage m'avait fourni des fonds depuis cinq ans.

Ce n'était en rien une escroquerie. Si les anges étaient malins, ils sentaient que j'y étais presque. S'ils étaient stupides, comme M. Song, ils achetaient leur avenir sous forme d'extrait de vessie de serpent.

Je touchais au but. Simplement un peu de liquide et beaucoup de travail acharné, et je parviendrais à faire le mur du Paradis terrestre, pour découvrir le trésor ultime : énergie et vigueur pendant mille ou dix mille ans, peut-être plus longtemps encore, sauf accidents ou bouleversements géologiques.

C'était une pensée quelque peu stupéfiante, et elle ne manquait jamais de me donner le frisson.

L'hélico effectua un virage incliné tout en douceur vers le nord, et nous survolâmes Blakely Point, sur Bainbridge Island. A l'est, à mi-chemin entre Bainbridge et Seattle, un yacht de croisière trônait telle une dame sereine et bien nourrie sur les ridules de la mer bleue, sa proue pointant dans un banc de brouillard mordoré. Les passagers étaient rassemblés sur un pont panoramique vitré sous la passerelle profilée, nageaient dans trois piscines argentées ou évoluaient sur une piste de danse. Le genre de vacances que Julia adorait. Dans les derniers temps, elle avait commencé à prendre les siennes sans moi.

Julia avait fini par trouver ma conversation à peu près aussi excitante qu'un cours magistral sur les lavements. Elle avait réussi à dissimuler son ennui pendant quelques années, parce qu'elle était fière d'avoir épousé un jeune postulant à Stanford, un type qui publiait régulièrement des bulletins dans *Nature* et des articles plus longs dans *The Journal of Age Research*. Mais l'écart entre nos esprits, nos éducations, l'avait lassée. Elle se plaignait de ne pas pouvoir…

Assez de ces conneries. Ressasser le passé n'était pas une façon de passer l'éternité. Deux ferries blanc et vert fendaient les eaux avec plus d'énergie, et dans leurs sillages se croisaient voiliers, catamarans et cruisers. Des marins riches et puissants partout, mais combien parmi eux avaient entendu parler de *moi* ? Combien auraient seulement accepté de m'écouter leur exposer ma théorie ? Peu. Ils me faisaient penser à ces moutons qui courent vers le précipice en secouant joyeusement leur tête laineuse, bêêh, bêêh.

Je serrai les dents et m'efforçai de profiter du soleil couchant qui jouait au roi Midas sur le bras de mer.

Trente minutes après avoir quitté Seattle, l'hélicoptère descendit de quelques centaines de pieds pour décrire des cercles à la verticale d'une île de moyenne grandeur, parsemée de quelques maisons imposantes de style ancien. Nous contournâmes une pointe boisée et survolâmes une grande baie profonde. Je plissai les yeux pour percer le mystère d'un objet carré flottant ancré à une centaine de mètres de la plage. Pas un hangar à bateaux…

L'éclat de son pont blanc s'atténua à mesure que nous progressions, et je discernai un cercle d'atterrissage. C'était une plate-forme pour hélicoptères flottant sur l'eau grâce à d'énormes caissons.

— Il fait trente mètres de côté, me dit le pilote en souriant d'une fierté impersonnelle. Equipé de citernes, d'une station météo automatisée et d'un hangar pour les réparations. Impressionnant, pas vrai ? L'association des propriétaires de l'île a refusé à Owen la permission de construire un héliport sur sa propriété. Alors Owen en a voulu un flottant.

Je serrai les poings, mais le pilote posa sa libellule de métal sans heurt au centre du cercle. Il fit signe à un assistant et coupa le moteur. Les pales ralentirent avec un trille de déception tandis que deux hommes en combinaison grise fixaient les patins au pont.

Le pilote déverrouilla la porte du côté passager et me désigna un point en bordure de la plate-forme.

— Il y a un ascenseur et un escalier là-bas. Je vous attends ici.

Il me sourit comme si j'étais l'homme le plus important au monde. Après son patron, bien entendu.

Je marchai vers l'escalier dans une brise qui me donna la chair de poule. Je jetai un coup d'œil en arrière. L'équipage de l'hélico recouvrait l'appareil d'une bâche pour le préserver des embruns.

Tout en parcourant le pont flottant jusqu'à la plage, j'aperçus pour la première fois la maison. La demeure de Montoya dressait face à la crique une baie vitrée haute de dix mètres. Six lustres Dale Chihuly pendaient derrière le verre teinté, espacés au-dessus de l'immense pièce tels des feux d'artifice pourpres et bleus figés.

Je n'avais pas repéré la maison depuis l'hélico, et je comprenais maintenant pourquoi : le toit était partiellement recouvert de végétation, ce qui le rendait indiscernable dans l'ensemble verdoyant de l'île.

Betty Shun, l'assistante personnelle de Montoya, descendit sur la plage pour m'accueillir alors que j'arrivais au bout du ponton. Elle devait avoir à peu près mon âge, à deux ans près. De taille moyenne, elle avait un visage sensuel sans être joli coiffé d'une épaisse tignasse noire. Son corps était son principal atout, et elle en était consciente. Une robe droite noire révélait bien des attraits sculptés par un entraînement intensif et, à en juger par son visage rond légèrement adipeux, grâce à un régime strict. Je discernai en elle une camarade de voyage, prête à saisir la vie à bras-le-corps, à la secouer sans trop se poser de questions.

— Docteur Henry Cousins, je présume ? s'enquit-elle d'une voix mélodieuse.

Je crus bon de corriger :

— Hal.

— Bienvenue sur Anson Island, Hal.

Le mur de verre et la demeure qui se cachait derrière témoignaient d'une élégance très sûre qui se souciait peu de s'exposer. Montoya n'était pas Donald Trump ou un roi de Vegas. C'est seulement à partir de la crique qu'on voyait qu'un homme riche et puissant passait du temps ici.

— La semaine dernière, Owen a reçu Gus Beck, me dit Shun alors que nous remontions la plage. Et Philip Castler la semaine précédente. Il n'a pas aimé ce qu'ils avaient à lui dire.

— Vraiment ? J'en suis surpris.

— Il y a tant de petits malins dans le circuit, répondit-elle en souriant. Soyez gentil.

Je sentais son intelligence, féroce et prête à en découdre, aussi nettement que si c'était de la chaleur.

Je réprimai l'idée d'une conquête frontale. Quelque chose dans ce visage, ce corps. Malgré tous ses charmes, Shun semblait trop fougueuse pour rester avec un homme très longtemps. Du moins, un homme pesant moins d'un milliard de dollars.

— Gus a beaucoup parlé de téléchargement, dit-elle. Vous savez, dans les cerveaux au silicium. Je n'ai jamais été très convaincue par cette théorie. Et vous ?

— Moi non plus, approuvai-je.

— Philip s'est montré très brillant, mais beaucoup trop vague. Et il n'arrêtait pas de réclamer de l'argent. C'est grossier, et inutile. Si les visionnaires ont les pieds sur terre, l'argent n'est jamais un problème.

C'était une vérité que j'avais apprise il y avait bien longtemps en allant rendre visite, chapeau à la main, aux richissimes de ce monde.

— Owen et Philip se sont quelque peu disputés, j'ai le regret de le dire. M. Castler est rentré chez lui avec le rouge au visage et les poches vides.

Elle eut un sourire enjoué, comme si elle énumérait les derniers résultats sportifs.

Montoya avait fait fortune dans les trombones, ou leur équivalent de l'âge cybernétique : les unités de disque à mémoire TeraSpin à usage familial, qui étaient plus petites, rapides, denses et économiques que n'importe quelle autre. Dix ans plus tôt, il valait un million de dollars en actions, et quelques milliers en liquide, et vivait dans une vieille maison à l'ouest de l'université de Washington. A présent, c'était un des hommes les plus fortunés et sa carte de visite financière équivalait à celle d'un sultan du Brunei.

Je n'avais encore jamais rencontré un commanditaire aussi riche, et je me demandais à quoi Montoya ressemblerait. La dernière photo de lui que je connaissais remontait à cinq ans. Il est si facile de confondre les riches et les puissants avec des dieux. Ils peuvent vous faire ou vous briser sur un caprice. La différence principale tient au fait que nos dieux modernes aiment qu'on les appelle par leur petit nom.

Shun rectifia la position de ma cravate quand les grandes portes de verre coulissèrent. Une odeur d'anis et de crème de menthe emplit l'air humide du soir.

4

— On y est presque.

Dave me secouait l'épaule. De sa main libre il me désigna la jauge de profondeur qui cliquetait, puis le sonar topographique. Une image par réflexion du fond dansait en vagues bleutées tremblotantes sur l'écran de contrôle. On y voyait un empilement de lignes parallèles entre deux murailles rocheuses. Elles évoquaient un peu une cage thoracique allongée.

— Le cadavre d'une baleine ? dis-je en me tournant vers la droite et en touchant l'écran à cristaux liquides.

— M'étonnerait, fit Dave. Nous descendons droit dessus. Nous allons jeter un coup d'œil.

— C'est bien, les baleines mortes, dis-je. Un peu comme des stations-service dans le désert. Les propagules passent de cadavre en cadavre sur le fond. Certains arrivent aux cheminées et installent leur petit commerce.

— C'est une théorie, convint Dave, mais je ne crois pas que ce soit une baleine.

Il tira un levier gradué et le SES frémit tandis que nous nous séparions de la plus grosse partie de notre lest en acier.

— Nous allons essayer avec dix livres sous le point mort. « Danser comme un papillon et piquer comme une abeille. »

Il envoya de l'air comprimé dans les ballasts jusqu'à ce que nous ayons atteint l'équilibre de flottabilité. Alors il orienta les propulseurs vers le bas pour ralentir notre descente.

Nous planâmes à une quinzaine de mètres du fond, et le sonar se mit à tinter sur un rythme insistant. Dave coupa les propulseurs pour éviter qu'ils ne soulèvent un nuage de limon.

— On pourrait allumer la barre lumineuse, suggéra-t-il.

J'enclenchai l'interrupteur commandant la rangée de projecteurs fixés directement sous la sphère pressurisée.

— Je vais faire passer un peu de lest vers l'avant.

Il inclina le nez de l'appareil selon un angle de trente degrés, ce qui nous offrait une vue plus ample du fond, et nous fit avancer en « vol » contrôlé, beaucoup plus précis que la descente libre. La structure du *Mary's Triumph* était équipée d'un système de poids en acier montés sur des rails et qui pouvaient être déplacés à l'avant ou l'arrière, à bâbord ou tribord, afin de régler l'assiette. Cela permettait de réduire l'utilisation des propulseurs, et ainsi d'économiser de la puissance. Et plus nous avions de puissance en réserve, plus longtemps nous pouvions rester en plongée.

Dave inséra la main dans le gant de contrôle. De la gauche, il régla l'instrument et transmit la commande directionnelle des projecteurs au gant. Il se mit à bouger ses doigts dans des mouvements précis. Les projecteurs se focalisèrent sur un fin nuage tourbillonnant de débris et posèrent des ovales brillants sur un petit bateau de pêche en bois.

Ce n'était donc pas une baleine.

— C'est le *Castle Rock II*, annonça-t-il avec un petit rire sec. Une vieille épave.

La cabine saillait du fond, intacte après sa longue chute dans les ténèbres, à l'exception des vitres brisées. Le pont délabré et la coque défoncée laissaient apparaître l'ossature du navire.

— Je pensais bien l'avoir reconnu, mais c'était il y a deux ans au moins. Le Champ 37 devrait se trouver à quelques centaines de mètres plus au nord, en suivant ce canyon peu profond. Il y a un peu de courant aujourd'hui, mais il semble aller dans notre sens.

Je contemplai la coque disloquée, perdue dans le froid de cette nuit perpétuelle, et je m'interrogeai sur le temps qu'il faisait à la surface. La phase de récupération se déroulerait-elle sans accroc ? Au retour de la dernière plongée, nous avions passé trois heures dans une mer houleuse avant d'être hissés à bord du *Sea Messenger*.

Tout autour de nous le fond était jonché de plaques brisées de lave, comme les pièces dispersées d'un puzzle géant. Les parois du canyon, qui n'étaient pas distantes de plus de quinze mètres, demeuraient invisibles dans l'obscurité. Le sonar latéral révéla que nous étions cernés par ce qui ressemblait aux colonnes d'un temple antique. Jadis un lac de lave s'était déversé dans ce canyon et s'y était solidifié. Des brèches dans cette calotte avaient laissé l'eau s'infiltrer et solidifier les colonnes. La lave sous la croûte s'était ensuite écoulée. A mesure que le basalte en fusion se retirait, la mer avait écrasé la calotte. Seules restaient les colonnes.

Dave fit reculer le *Mary's Triumph* de quelques petites poussées des propulseurs. Je distinguai le nom du bateau de pêche, exactement comme Dave s'en souvenait, peint en un arc sur l'étrave brisée.

— Allons vers l'est, dit-il. Et en remontant un peu. Le bateau a traîné quelques lignes derrière lui quand il a sombré.

5

Nous nous rencontrâmes dans le Grand Salon, comme l'appela Betty Shun. Cette pièce mesurait près de dix-huit mètres de long pour neuf de large, et c'était de là que provenait ce parfum d'anis et de crème de menthe. Des lucarnes cachées dans la forêt du toit tombait la lumière mourante et teintée de vert du jour sur un bureau monumental en acajou encombré de revues, de journaux et d'un petit ordinateur portable. Des canapés tendus d'un tissu jaune chatoyant attendaient notre venue, comme le giron de houris accortes. Le mobilier flottait sur une moquette mauve à la douceur de velours décorée de lunes blanches et de soleils d'un jaune passé.

Betty Shun se chargea des présentations et remit à Montoya une liasse de feuillets qu'elle avait imprimés un instant plus tôt. Puis elle nous laissa, non sans agiter l'index et lâcher en souriant :

— Soyez sages, les garçons.

Montoya me tendit la main. Je la serrai en essayant de me faire une idée de l'homme d'après elle, ce qui est toujours injuste et parfaitement naturel : la peau moite, la pression légère. Une poignée de main polie. Il était assez séduisant, dans un style plutôt brut, avec un nez court et retroussé et des yeux noirs inquisiteurs. Ses joues gardaient des traces d'acné juvénile et une mince barbe noire ombrait son menton. Il avait le sourire facile, mais réservé. Il portait avec une distinction naturelle des vêtements amples, et ses espadrilles étaient de vieilles amies, usées et confortables. Rencontré à un coin de rue, Montoya n'aurait impressionné personne.

Il me proposa de m'installer à un long bar tout en cuivre et bois d'érable.

— Bienvenue dans ma Forteresse de la Solitude, dit-il. Je suis le majordome, et Betty est vraiment Supergirl. Café maintenant, vin pour le dîner, à huit heures, Madère au dessert, et conversation ensuite, si vous acceptez de rester.

Il passa derrière le bar.

— Vous l'aimez comment ?

— Avec un nuage de lait, s'il vous plaît.

Montoya avait vendu TeraSpin trois ans auparavant, et depuis il passait le plus clair de son temps à fréquenter les conseils d'administration d'œuvres de bienfaisance. Il avait alloué des subventions et créé des bourses dans plus de soixante universités de par le monde.

Il se tenait devant la machine à café professionnelle et fredonnait le thème de *L'Empire contre-attaque* pendant que le café coulait en crachotant dans les deux tasses. Voir mon lait ébouillanté par un des hommes les plus riches de la planète était assez fascinant. Je crus discerner un peu d'ennui dans ses yeux, mais on a toujours tendance à trop analyser le comportement des gens riches. Peut-être avait-il cet air las parce qu'il avait été trop souvent déçu.

— Betty vous a dit, pour Gus et Phil ? demanda-t-il en versant le lait moussu avec le petit pichet en acier.

— Oui.

Par sa seule présence, Gus Beck me rendait nerveux. Il était prompt à l'emportement, et beaucoup trop brillant. Je ne savais jamais quand il allait exploser pour déverser une critique technique justifiée. A l'opposé, Phil Castler faisait montre de cette grâce européenne et d'une réserve naturelle de bon aloi, ce qui ne l'empêchait pas de se montrer féroce dans le débat d'idées.

Montoya saupoudra la mousse de copeaux de chocolat, me donna ma tasse et contourna le bar, une chope pleine de café noir à la main. Il s'assit sur le tabouret voisin du mien.

— Et ?

J'eus un vague sourire.

— Se télécharger dans le cyberespace, vivre dans un ordinateur ou dans le cerveau d'un robot, être immortalisé dans l'informatique, le silicium...

— Cela vous fait rire ? interrogea Montoya avant de goûter son café.

— Non. Je pense seulement que cela ne se produira pas assez vite pour que nous le voyions, lui ou moi.

— Dites-moi pourquoi, dit-il d'un air légèrement compassé.

— Le problème majeur réside dans les détails. L'esprit *est* le corps. Gus en est resté à Descartes quand il croit qu'on peut séparer les deux.

— Expliquez-vous.

— Le téléchargement de la structure du cerveau ne suffirait pas. Tout ce que vous savez et pensez est gravé dans vos neurones, mais votre conscience réside dans les cellules de tout votre corps. Votre esprit est en fait un complexe de cerveaux, qui profite des contributions majeures des systèmes nerveux et immunitaire. La chair, toute chair, est intelligente, et l'ensemble contribue à votre personnalité à un niveau ou un autre. Retirez le corps, et vous aurez l'équivalent d'une bière sans mousse. Rafraîchissante, mais sans le plaisir.

Montoya sourit de la comparaison et détourna le regard en se frottant la poitrine d'une main.

— Pourquoi ne pas capturer l'état de chaque cellule, chaque neurone, dans un ordinateur ? Une super-IRM pourrait faire quelque chose de ce genre, n'est-ce pas ?

— Chacune de nos cellules est comparable à une usine immense, avec des milliers de machines et d'ouvriers. Ce que font les cellules, les décisions qu'elles prennent, comment elles vivent, tout cela influe sur vos pensées et votre manière de vous comporter. Nous ne verrons pas capturer autant de détails dans une mémoire artificielle de notre vivant. Et même si nous en étions capables, un seul être humain occuperait probablement toutes les capacités informatiques de la Terre.

Il acquiesça.

— Et Castler ? Avec son idée d'envoyer des nanomachines nettoyer un corps vieillissant ?

Jusqu'alors, que des questions faciles.

— L'idée est bonne, très possible à envisager, mais quel âge avez-vous, Owen ?

— Quarante-cinq.

— Vous en aurez quatre-vingt-dix avant que les nanotechnologies n'aient fait leurs preuves. Et en cinquante ans, on vieillit horriblement vite.

Je minimisais quelque peu l'éventualité d'un succès de Phil. La mesure était plutôt de trente ans.

— Vous ne dites pas cela uniquement pour que je vous finance, n'est-ce pas ?

— Je pense que Gus et Phil sont brillants. Je vous encourage à les financer tous les deux. Mais leurs projets n'aboutiront qu'à long terme.

— Ils détestent qu'on le leur dise, commenta Montoya en me regardant droit dans les yeux. Et pourquoi vos théories sont-elles plus convaincantes ?

— Je ne vous transformerai pas en corps inerte en espérant que quelqu'un saura vous remettre d'aplomb dans une centaine d'années. Je ne vous pèlerai pas neurone par neurone, pour vous télécharger ensuite dans une quelconque banque de données que personne n'a encore commencé à inventer. Je peux commencer à accroître notre espérance de vie dans les quelques années à venir, et en intervenant au minimum. Si vous et moi désirons rester jeunes plus longtemps, dis-je pour conclure, notre seul espoir tient à la maintenance médicale, afin de garder nos corps vigoureux. Plus précisément, grâce à l'adaptation chromosomique des mitochondries.

— Vous savez, Beck est devenu rouge pivoine quand je lui ai annoncé que j'allais vous rencontrer. Il a dit que vous étiez d'une arrogance insupportable, et que vous ressassiez des théories infirmées dans les années 1920. J'ai failli demander à Betty de lui apporter un crachoir.

— Il s'emporte facilement, dis-je.

Gus et Phil étaient mes rivaux, et il leur arrivait d'avoir des commentaires peu amènes à mon égard, mais ils méritaient un minimum de respect, même d'un homme tel que Montoya.

— Je suis d'accord avec vous, ils font fausse route, dit mon hôte. Ils ne verront jamais la terre promise. J'ai lu vos articles. Ils me plaisent. Parlons-en.

6

— C'est nouveau, ça, dit Dave.

Il fit pivoter le SES et braqua la rampe de projecteurs supérieure sur un bouquet de vers tubulaires. Au-delà, la lumière scintillait à travers des nuages blancs comme de la vieille peinture crayeuse : une source riche en bactéries, petite en taille mais très active.

— Voyons ça de plus près…

L'appareil glissa sur quelques mètres. J'abandonnai mon gant et guidai un bras mécanique équipé de senseurs dans le geyser de la source.

— Vas-y, vas-y, enfonce ce bon vieux thermomètre dans le fondement de la Terre, dit Dave avec un autre sourire, alors qu'il n'était pas vraiment drôle. Quatre-vingt-six degrés Celsius, lut-il.

— Félicitations.

— Je ne suis que le pilote, dit-il. C'est toi le chercheur. Donc c'est toi qui en retireras tout le crédit.

7

Montoya écouta ma présentation pendant deux heures. Nous nous interrompîmes pour dîner rapidement, de tartes au crabe et de légumes sautés accompagnés d'un excellent pinot gris de l'Oregon. Nous nous surveillions mutuellement, et nous étions tous deux peu disposés à nous dévoiler trop vite. L'air un peu parti, il décida d'une pause à dix heures du soir. Betty Shun apparut et m'emmena faire le tour de la propriété, pendant que Montoya passait quelques coups de fil.

La baie vitrée donnait sur l'aile est. L'aile ouest se terminait par une sortie de bateaux construite dans la roche d'une autre crique. L'ensemble était largement deux fois plus grand que d'après ma première impression. La Forteresse de la Solitude de Montoya s'étendait sur quelque dix mille mètres carrés, était recouverte d'une forêt balayée par les vents, et les cheminées de climatisation étaient camouflées en souches d'arbres, les condensateurs en rochers moussus.

— Ne tentez pas de faire cette visite seul, docteur Cousins, me prévint Shun alors que nous foulions la terre battue du court de tennis intérieur. Sans la baguette d'autorisation, vous vous retrouveriez enfermé dans la première pièce où vous entreriez.

Elle brandit une petite barre en plastique.

— La sécurité devrait alors venir à votre secours. Owen n'a pas besoin de baguette magique. La maison le reconnaît à son apparence. A son pas, à sa voix…

— A son ADN ?

Elle sourit et tapota sa montre.

— Owen devrait être prêt, maintenant. Nous nous trouvons à très précisément trente-cinq mètres de lui, à vol de laser.

Elle me gratifia d'un regard qui voulait sans doute dire un tas de choses, mais je n'en saisis aucune.

— Pourquoi avez-vous été débarqué de votre dernier poste de recherche ?

— A Stanford ?

— Oui.

— Mon département s'est retrouvé à court de fonds. J'étais le dernier arrivé, donc le premier parti.

— Il n'y a pas eu quelques frictions ?

— Certains membres éminents de l'université n'appréciaient pas mon travail. Mais mes papiers sont toujours publiés, mademoiselle Shun. Je demeure un scientifique estimé.

— Owen aime les idées excentriques, et il aime encore plus tirer quelques vieilles barbes académiques. Mais je détesterais le voir déçu, docteur Cousins.

— Hal.

Elle secoua la tête poliment ; il fallait en rester au domaine des affaires.

— Owen a besoin de s'engager dans un projet. Un projet solide.

Betty Shun me laissa avec Montoya sur la plus grande véranda de l'aile ouest, qui surplombait la crique à bateaux. Il était onze heures et demie. Nous échangeâmes des banalités pendant quelque temps en écoutant le ressac. Nous étions confortablement assis, des couvertures sur nos jambes, nos têtes réchauffées par des radiateurs à foyer rayonnant, nous sirotions de la bière pression dans des verres glacés. Est-ce que j'aimais le base-ball ? Montoya possédait une équipe à Minneapolis. Je fis étalage de tout mon savoir sur le sujet, et je me félicitai d'avoir lu le dernier numéro de *USA Today* à l'hôtel W dans l'après-midi.

Enfin, Montoya revint au sujet qui nous intéressait.

— Vous n'en dites pas beaucoup sur la consommation calorique réduite, dit-il. Selon la plupart des experts, c'est la seule technique anti-âge qui fonctionne réellement.

— Ce n'est que la pointe de l'iceberg, dis-je.

— Vous n'avez pas encore planté votre harpon, Hal. Il faut que j'en sache plus. Beaucoup plus.

Il eut un sourire las. A prendre ou à laisser.

Je posai mon verre sur la table basse entre nous et me penchai en avant.

— Le véritable problème tient au fait que nous respirons. Nous accumulons des poisons avec le temps à cause de notre façon de brûler les calories. Nous faisons partie d'une immense conspiration biologique, vieille de milliards d'années, et nous devons nous en détacher et prendre les rênes.

— Vous avez expérimenté sur vous-même, n'est-ce pas ? demanda Montoya.

— Je préfère garder certaines données confidentielles, tant que nous n'avons pas conclu un accord ferme.

— Bien sûr, vous avez expérimenté, dit-il d'un ton qui ne souffrait pas la contradiction. Vous vous êtes injecté des virus qui ont délivré des gènes modifiés, mais personne ne sait quels gènes, personne chez les gens à mon service, en tout cas.

— J'ai poussé deux ou trois choses au-delà de la simple théorie, admis-je.

Montoya planta son regard dans le mien.

— Et ?

— Il est évident que je n'ai pas trop raté mon coup. Je suis toujours là. Mais ce n'est que le commencement. Jusqu'à ce que j'apprenne pourquoi le vieillissement individuel s'est imposé il y a quelques milliards d'années, je vieillirai et je finirai par mourir. Tout comme vous.

Je restai dans le vague, et j'en étais conscient. La sueur irritait mes aisselles.

— Bon, jusqu'ici nous avons tourné autour du pot. La farandole était réussie, mais j'ai besoin de plus, Hal, dit-il avec ce sourire charmeur qui l'avait mené si loin. Donnez-moi un indice sur ce qui se trouve derrière la porte numéro un. Vous y gagnerez quelques jours à bord, gratuitement. Je mettrai tout par écrit, si vous le désirez.

— Inutile, dis-je en déglutissant discrètement.

— Je suis tout ouïe. J'ai toute la nuit.

— Ça ne prendra pas aussi longtemps, dis-je, agençant mentalement mes cartes maîtresses car j'allais sans doute prononcer le discours le plus important de ma vie. Je commence par altérer quelques gènes de l'*E.coli*, des bactéries communes de l'intestin. Ensuite je modifie quelques-uns de mes propres gènes…

— Thérapie génétique radicale, lança Montoya.

— C'est ainsi que certains nomment cette pratique, dis-je. Mais ce n'est que le premier pas vers la résolution du mystère qui entoure un meurtre très ancien. Qui nous a façonnés pour mourir, et pour quelle raison ? Il se trouve que nous sommes trahis par les organelles cellulaires, de petits organismes appelés mitochondries. Les mitochondries fabriquent l'ATP. L'ATP est la molécule que nos cellules utilisent pour stocker ou dégager l'énergie. Il fut un temps où les mitochondries étaient des bactéries. Nous le savons parce qu'elles ont leurs propres petits serpentins d'ADN, comme des chromosomes bactériens.

Il me dévisagea avec une attention soutenue.

— La respiration… semble donc un facteur très important. C'est-à-dire l'utilisation de l'oxygène, c'est bien ça ?

— En effet.

— Alors pourquoi laissons-nous ces bonnes vieilles bactéries le faire à notre place ?

— Il y a quelques milliards d'années, les mitochondries vivaient librement. Ensuite elles ont envahi les cellules hôtes primitives, et sont devenues des parasites. Finalement, les hôtes — nos ancêtres unicellulaires — ont découvert que ces envahisseurs avaient un talent. Elles étaient huit fois plus performantes pour convertir les molécules de sucre en ATP. Nous avons alors formé un partenariat symbiotique. Les mitochondries sont devenues essentielles. Aujourd'hui, nous ne pouvons pas vivre sans elles.

— Et les mitochondries nous disent quand vieillir et mourir ?

— Elles ont une part importante dans la décision.

Il se pinça le lobe de l'oreille.

— Expliquez.

— Les mitochondries modifient la marque de l'état. Elles constituent une sorte de cinquième colonne. Elles contrôlent notre niveau de stress, suivent notre santé mentale et physique, et transmettent ces informations aux minuscules bactéries cachées dans nos tissus.

— Nous avons des germes dans nos tissus ? s'enquit Montoya, l'air soucieux. Notre système immunitaire n'a-t-il pas pour tâche de garder nos tissus sains ?

— Certaines bactéries s'enfouissent très profondément et restent inactives pendant des années. Elles déclenchent des maux tels que l'artériosclérose, qui bouche les artères.

— Et si je passe mon existence à me détendre, me relaxer ? Aucun stress.

— Tous nos actes engendrent une forme ou une autre de stress. Vous ne pouvez pas rester en bonne santé sans un certain stress. Mais si nous échouons dans notre travail, si nous sommes malheureux en amour, si nous tombons malades, si nous éprouvons de la colère, de la frustration ou de la tristesse, nos corps sont envahis par les hormones du stress. Bactéries et virus défient notre système immunitaire, lequel est alors plus susceptible d'échouer dans son rôle. Même s'il remplit parfaitement ce rôle, avec le temps, pour une raison ou une autre, nous ne nous remettons plus aussi rapidement de l'agression. Nous accumulons les erreurs génétiques dans nos cellules. Nous nous affaiblissons. Autrement dit, nous nous détériorons. Le réseau mitochondrial décrypte ces signes et les transmet aux bactéries enfouies dans les tissus, et toute la conspiration va cafter aux petites bestioles dans notre intestin. A leur tour, ces petites bestioles disent aux mitochondries de travailler avec moins d'efficacité. C'est la cause ultime du vieillissement. Ensemble, ils agissent comme le juge, le jury et, finalement, comme le bourreau.

— Cela fait beaucoup à accepter en une seule fois, dit Montoya. Je reste sceptique sur la communication et la coopération des bactéries. Je croyais qu'elles se développaient et se nourrissaient de façon aléatoire ?

— Quelle sorte de brosse à dents utilisez-vous ? demandai-je.

La question déconcerta visiblement mon hôte.

— Quelle importance ?

— Répondez simplement.

— Une Sonodyne. J'ai beaucoup investi dans cette firme.

— C'est une brosse qui vibre à haute fréquence, n'est-ce pas ?

— Exact.

— Il y a environ cinq cents espèces différentes de bactéries dans notre bouche, dis-je. Et toutes ne créent pas les caries. Certaines repoussent ou détruisent leurs cousines sources de détérioration. Une bouche saine ressemble beaucoup plus à la jungle amazonienne qu'à une pub pour la Listerine.

Montoya souffla dans sa paume qu'il renifla ensuite.

— Je ne vous vexe pas ? fit-il avec un petit sourire.

Je lui répondis d'un autre sourire.

— Pas du tout. Mais certaines d'entre elles s'agglomèrent et se collent à vos dents. Après un temps, elles construisent des couches d'une architecture bactérienne sur l'émail. Les dentistes appellent ce phénomène la plaque dentaire. C'est en fait une communauté de bactéries de différentes sortes qui coopèrent : un biofilm. La Sonodyne fait vibrer ce biofilm jusqu'à ce qu'il se brise. La brosse à dents casse le ciment qu'utilisent les bactéries pour envelopper vos dents. Essentiellement, vous démolissez leur maison et vous les secouez si fort qu'elles ne peuvent même plus parler entre elles.

— Regarde, maman, je n'ai rien aux dents ! plaisanta Montoya.

— D'autres communautés bactériennes colonisent votre peau, les membranes de vos muqueuses et, bien sûr, votre estomac, où elles effectuent l'essentiel des services de la digestion.

Je sentais que je dépassais les frontières de ce que mon mécène avait peut-être envie d'entendre.

— Nos intestins sont infestés d'un nombre si grand de bactéries que même les gens affamés sécrètent des déjections, qui sont en majorité constituées de bactéries.

— Oh, souffla Montoya. Ça bavarde donc beaucoup dans la grande ville des germes... Mais si nous sommes si importants pour elles, pourquoi essaient-elles de nous abattre ?

— Un troupeau d'antilopes sacrifie les sujets vieux ou trop fatigués pour faire de la place aux jeunes individus robustes. Les lions prélèvent les animaux les plus faibles comme le jardinier taille son rosier. Les lions agissent sans doute comme des tueurs, mais en réalité ils entretiennent une sorte de partenariat actif qui va dans le sens de la bonne santé du troupeau d'antilopes. Les bactéries sont plus que des partenaires importants pour nous : ce sont les prédateurs les plus actifs. Nous sommes leur troupeau. Le vieillissement et la mort constituent simplement un moyen de conserver au troupeau sa robustesse et sa jeunesse.

— Bon, mais comment les bactéries créent-elles le vieillissement ? demanda Montoya en se penchant en avant, tandis qu'il se passait la langue sur les lèvres.

— Les bactéries dans notre estomac produisent en quantité une protéine que j'ai baptisée *hades*. (A présent, je transpirais vraiment.) Nos tissus ouvrent des récepteurs spéciaux, encodés pour ce rôle par des gènes qui d'après moi sont venus jadis de chromosomes mitochondriaux. L'*hades* se diffuse. Elle remonte une horloge moléculaire des jours ou des semaines après notre naissance. A chaque tic-tac de cette horloge, les bactéries accroissent la quantité d'*hades* qu'elles importent dans nos tissus. L'*hades* altère le fonctionnement des mitochondries, elle les dérègle et les pousse à convertir l'ATP avec moins d'efficacité. Nous accumulons les oxydants et les radicaux qui en résultent, des sous-produits de la respiration qui endommagent notre ADN. Nos cellules ne peuvent réparer ces dommages. Nous commençons alors à perdre notre résistance juvénile. Nous vieillissons.

Montoya frotta les taches brunes sur le dos de sa main.

— Des taches de sénescence, dit-il. Et pourtant je ne suis pas si vieux. Et le rôle des bactéries ?

— C'est tout bénéfice pour elles. Peu à peu nous nous affaiblissons, nous accumulons tant d'erreurs génétiques que la maladie ou le cancer finissent par nous emporter. C'est alors que les bactéries se livrent à une véritable orgie. Elles festoient à la manière de serviteurs cannibales dévorant leur roi défunt.

— Quelle horreur, murmura Montoya en crispant le poing.

— C'est le travail que je publierai dans quelques mois, le lien entre les *E.coli* et les mitochondries dans les cellules intestinales humaines. Je laisse de côté les informations sur l'*hades* pour le moment.

— Nous pourrions simplement tuer toutes nos bactéries. Les éliminer par radiation, ou une autre méthode. Vivre dans un environnement stérile.

— On a essayé ça dans les années 90, et ça n'a pas marché. La vérité, c'est que nous sommes conçus pour mourir. L'horloge moléculaire agit également comme un aiguillage automatique. Sans les bactéries, nous continuons quand même à vieillir, mais plus rapidement. Une certaine quantité d'*hades* peut avoir deux effets : si nous sommes actifs et productifs, elle peut même remonter la sonnerie de l'horloge. Elle peut aussi aider à réparer les dommages génétiques. Sans *hades*, les vieux virus contenus dans notre ADN se réveillent et attaquent notre système immunitaire. Nous devenons alors plus susceptibles de contracter le cancer ou une maladie auto-immune.

— Comme une bombe à retardement, dit Montoya. C'est vraiment affreux. Je suppose que vous avez découvert un moyen de la désamorcer ?

— Je suis proche de la solution. Elle n'est pas simple, mais elle implique d'entraîner les bactéries à ne prélever que la quantité idoine d'*hades* et uniquement aux bons moments, ni trop, ni trop peu. Et il faudra modifier les signaux qu'envoient nos mitochondries. Je suis convaincu qu'il est possible de tromper nos partenaires bactériens afin que l'horloge tourne à l'envers. Nous vivrons plus longtemps. Peut-être beaucoup plus longtemps.

Montoya agita ses doigts et pinça les lèvres dans ce qui me parut être la manifestation d'une certaine satisfaction.

— Mais pourquoi aller contre la sagesse de la nature ? dit-il doucement, en fixant sur moi un regard limpide. Pourquoi vivre plus longtemps que ce qu'a décrété le « grand jury » ?

— Nous sommes de grands garçons, maintenant. Nous avons domestiqué le feu. Nous avons inventé les antibiotiques. Les bactéries nous ont-elles autorisés à aller sur la lune ? Nous sommes prêts à prendre la direction des opérations et la responsabilité de notre propre destinée. Et à balancer à la poubelle les vieilles habitudes.

Il eut un fin sourire.

— Je n'avais encore jamais essayé de penser comme un germe.

— Je le fais tout le temps, répondis-je. C'est très enrichissant.

Il fit la moue.

— Une vision totalement nouvelle de l'existence humaine, dit-il. Ça me donne le vertige.

— Pas totalement neuve.

Je sortis de mon cartable la liste des chercheurs dont le travail m'avait aidé.

— Il y aura tout un tas de prix Nobel pour ces gens-là dans les dix ans à venir.

Je prenais encore un risque, mais il était hors de question que je sois sous la coupe d'un mécène continuellement à la recherche de quelqu'un de plus célèbre. Montoya devait être persuadé que j'avais le répondant nécessaire.

— Et votre Nobel à vous ? demanda-t-il.

— C'est sans importance, dis-je d'un ton détaché. Ma route est longue.

Il m'arrivait de me murmurer cette phrase avant pour m'endormir, le soir, comme d'autres comptent les moutons. La Longue Route. La Très Longue Route.

Un majordome — un Suédois blond d'une soixantaine d'années — apporta des verres et une bouteille de Madère Malmsey de 1863 sur un plateau. Il nous servit, et Montoya me tendit un verre en cristal.

— Les prix Nobel seront la moindre de nos récompenses, murmura mon hôte.

Ses yeux s'étrécirent comme s'il commençait à somnoler et il renversa la tête en arrière. Nous y étions. Mon ange allait sortir son épée flamboyante et terrasser le dragon de mes doutes.

— Votre vision est irrésistible. Comment puis-je vous aider à poursuivre vos travaux ?

Je lui montrai les photos prises par l'équipage de l'*Alvin* le mois précédent. Montoya les étudia puis les retourna pour lire les notes que j'avais inscrites au dos de chacune.

— Il y a quelques endroits très profonds que j'aimerais visiter, dis-je. Et certains problèmes que j'aimerais résoudre. J'aimerais faire tout cela dans le secret… Jusqu'à ce que j'aie découvert si je suis un imbécile de première catégorie ou si je suis vraiment à deux doigts d'une révolution.

— Qu'en retirerai-je ?

— Rien pour vous exclusivement. Mon travail s'adresse à tout le monde. Pas de brevet, pas d'exclusivité de commercialisation. Je suis très réaliste sur ce point. Mais peut-être — seulement peut-être — obtiendrez-vous le pouvoir de vivre quelques centaines d'années de plus. Ou un millier. Ou dix mille.

Montoya leva un doigt et sembla l'agiter au rythme d'une mélodie inaudible. Son regard se fit rêveur.

— L'éternité signifie l'abolition du temps. Comme de se tenir immobile à jamais. Vous saviez cela ?

Je fis non de la tête. La philosophie a toujours été mon point faible. Pourquoi discuter de mots imprimés quand il existe des milliers de protéines et d'enzymes, les verbes et les noms de la biologie vivante, à mémoriser et comprendre ?

— Vous savez ce que je veux faire, Hal ?

Montoya regardait à travers l'écran en Plexiglas à l'autre bout de la véranda, et il leva son verre comme pour porter un toast aux vagues.

— Je veux construire un énorme vaisseau spatial. Je veux voyager dans d'autres systèmes stellaires, fouler le sol d'autres mondes, et faire la fête avec tous mes amis pour mon millionième anniversaire. Je veux marcher dans les vagues qui viennent mourir sur des plages inconnues, et aider de jolies femmes enthousiastes à devenir des mères.

Il vida son verre d'un trait.

— J'ai tout l'argent dont j'ai besoin, Hal. Ce qui me manque, c'est le temps.

A dix heures le lendemain matin, j'avais obtenu d'Owen Montoya la promesse d'un financement de trois millions de dollars.

8

Le *Mary's Triumph* avait réussi à se glisser entre trois cheminées massives. A l'extérieur, le taux ambiant de sulfure d'hydrogène avait bondi d'une faible trace à des niveaux toxiques pour l'être humain. Là où les températures extrêmes n'ébouillantaient pas les eaux, la vie florissait. Les vers tubulaires se rassemblaient en bouquets étranges entre les cheminées. Des crabes blancs traversaient les herbes marines comme des fourmis. Aucune cité extraterrestre n'apparaîtrait jamais aussi étrange et aussi merveilleusement belle.

Pendant une seconde, j'aperçus quelque chose de gris et de serpentin juste au-delà d'une muraille de vers tubulaires. Je voulus le montrer à Dave, mais le temps qu'il tourne la tête dans cette direction la chose avait disparu comme de la fumée. Un courant ? Le ruban d'un troupeau bactérien détaché par la chaleur d'un geyser ?

— Il nous reste encore à peu près deux heures, me rappela Dave. Ces cheminées doivent bien faire vingt-cinq mètres de haut.

— Tout ça peut apparaître en quelques mois, ici.

— C'est sacrément beau. Un des champs les plus

étendus que nous ayons découverts. Mais tu ne t'intéresses pas aux vers tubulaires.

— Pas pour l'instant.

Les vers tubulaires naissent vides, puis ils aspirent des bactéries et se fient à elles pour les fournir en sulfure et en nourriture. Ils ont une durée de vie d'environ deux cent cinquante ans, trois cents au maximum. C'est impressionnant, mais ils prennent toujours leur ordre de route auprès des germes.

Je voulais des preuves issues d'époques plus reculées, lorsque l'hôte devait toujours se battre et que les bactéries agissaient toujours sous leurs couleurs propres.

— Sous la plume, dis-je à Dave. Allons vers l'est sur une centaine de mètres. Les parois semblent s'évaser, et il y a déjà moins de cheminées.

— Les voilà, annonça Dave.

Il comparait l'image transmise par le sonar avant avec la carte tracée plusieurs mois auparavant. Une carte, soit dit en passant, qui ne montrait rien du Champ 37.

De nouveau il vérifia notre position, par triangulation entre les émissions du navire mère et les transpondeurs sur le fond marin, puis appuya sur le levier de direction. Deux, trois, quatre nœuds ; une glissade toute en douceur dans la forêt, au-dessus des vers tubulaires, en louvoyant entre les geysers qui crachaient.

Nous passâmes assez près pour examiner une collerette horizontale s'étendant à l'horizontale sur presque deux mètres du flanc d'une haute cheminée. Sous elle ondulaient des flaques argentées. De l'eau surchauffée et riche en minéraux, qui refusait de se mélanger à celle, plus froide, alentour, se massait sous l'aile et réfléchissait nos lumières.

— Je me méfie de ces petits gars-là, dit Dave. Un d'entre eux a bien failli me renverser, un jour. Je venais de le poinçonner avec le bras mécanique, et paf.

— C'est assez rare, non ? demandai-je.

— Assez, oui, admit-il. Mais une fois suffit. Saloperie…

Cela ne ressemblait pas à Dave le Chrétien, le pilote de SES fiable et modéré. Je lui coulai un regard inquiet, mais il était trop occupé pour le remarquer.

Nous avancions entre les longues parois sinueuses du canyon à un demi-nœud. Les cheminées étaient maintenant derrière nous, mais des touffes duveteuses de bactéries tombaient tout autour de l'appareil, en brillant dans la lumière des projecteurs au passage. Elles s'agloméraient en véritables troupeaux qui tapissaient le fond ou étaient soulevées dans le jet de la mégaplume, qui pouvait les projeter sur une hauteur de plusieurs kilomètres avant qu'elles ne retombent comme des flocons de neige factices secoués d'un arbre de Noël de centre commercial.

— Ça m'a l'air prometteur, dit Dave. Crotte.

Son bras fut agité d'un petit soubresaut, et notre petit appareil prit de la gîte. Il rétablit aussitôt l'assiette.

— Concentrons-nous, dis-je.

Le spectacle devenait intéressant. Une fine couche de limon visqueux nappait le fond du canyon. Idéal.

Un long ruban segmenté pareil à un brin d'herbe géant apparut dans le faisceau des projecteurs avant. Je l'indiquai à Dave, qui réorienta les propulseurs pour réduire notre progression, et le ruban nous accueillit avec un tremblotement frénétique de sa masse gélatineuse. Et soudain, avant que je puisse prendre le contrôle du gant et étendre le bras de manipulation, l'organisme se déchira en une myriade de particules virevoltantes de gelée.

Je les vis disparaître dans le troupeau.

— Désolé, marmonna Dave.

J'étais furieux, sans véritable raison. Nous n'avions pas d'autre méthode pour ralentir, et il nous aurait été impossible de manœuvrer de façon à détacher cette anomalie du fond.

— Une variété géante de cnidocystes ? demanda Dave.

— J'en doute. Remontons un peu pour redescendre sur le prochain avec les propulseurs tournés vers le haut.

— D'accord.

— Concentre-toi, s'il te plaît.

Ses lèvres remuèrent sans prononcer un son. Mon regard faisait l'aller-retour entre son visage et le champ illuminé devant nous.

Nous nous élevâmes de six mètres et continuâmes à avancer au ralenti dans l'étroit canyon. Les parois s'abaissèrent. Nous dépassâmes une colonne de lave solitaire aux contours déchiquetés. Tout était recouvert de limon et de flocs. Aucun mouvement à part la chute de cette neige bactérienne ; tout était immobile et vide, enkysté dans le calme éternel.

Ma main se crispa dans le gant, et le manipulateur répondit par une poussée extérieure.

— Doucement, dit David.

J'eus très envie de lui dire d'aller se faire foutre, mais il avait raison. Il fallait y aller sans à-coups. Se concentrer.

Il laissa échapper un long pet sonore.

— Oh mince, je suis désolé, bredouilla-t-il.

La puanteur envahit la sphère. C'était très odorant, comme dans une jungle, mais aussi désagréable qu'un corps en décomposition. A dire vrai, je n'avais jamais rien senti de pareil, et je réprimai un haut-le-cœur.

— Je ne me sens pas très bien, dit-il. Et ça n'a rien à voir avec le riz au piment.

L'aiguillon de la colère devint un brasier. De petites étincelles de ressentiment et de frustration parcouraient ma peau comme des feux follets. Je n'arrivais plus à me concentrer. Je jetai un regard dur à David, et il me répondit par une mimique mauvaise qui redoubla ma fureur.

Nous nous détournâmes tous les deux. Nous nous étions préparés à l'affrontement, mais dans l'espace exigu de la sphère nous ne pouvions pas nous lever et nous battre en tournant, aussi nous dûmes nous contenter d'un échange de regards. Tacitement, nous en restâmes là.

La transpiration trempait mes aisselles et mes flancs.

L'appareil avançait lentement au-dessus des fonds marins. Je pris le contrôle de la rangée inférieure de projecteurs et les déployai.

Quelque chose de gros, rond et long apparut, posé horizontalement sur le sol comme un mât de navire abattu.

— Qu'est-ce que c'est que ce truc ? soufflai-je, surpris.

Des clams et des vers fouisseurs recouvraient la forme mystérieuse comme des asticots sur un cadavre.

— C'est un rondin, dit Dave. Nous ne sommes pas si loin que ça de quelques grandes forêts, celles d'Olympic Peninsula, ou de Vancouver Island.

— Exact.

A quelques mètres plus à l'est, nous trouvâmes un autre rondin. Une chaîne d'où s'étaient écoulées des flaques de rouille orangée reliait ce tronc à sept autres au moins, tous grouillant de vie, tous détachés d'un radeau Dieu seul savait combien d'années auparavant. Il faut longtemps aux charognards des profondeurs pour se déplacer sur des sites aussi riches, mais quand ils y arrivent, ces organismes rappliquent de plusieurs kilomètres à la ronde pour participer au festin.

Nous continuâmes en direction de l'est sur quelques mètres encore, en suivant la piste des ruissellements de rouille jusqu'à ce qu'ils disparaissent dans le limon. Je relevai le manche et déployai de nouveau les projecteurs. Dave n'émit aucune objection.

Devant nous, des dizaines de grosses gouttes tremblotaient sur le sédiment comme des moutons de poussière sous le lit d'un gamin. Je fis pivoter toute la rangée de projos pour illuminer le fond.

— Les voilà, dis-je.

Des dizaines de xénos projetaient des ombres étirées. Le SES plana au-dessus d'eux avec la langueur d'une raie manta repue. L'éclairage en révéla des centaines, puis des milliers qui ondulaient légèrement sur le limon. Je parvenais à peine à distinguer les traces floues de leur lent roulement.

— On les a, dit Dave. Et maintenant ?

Tout était revenu à la normale. L'odeur se dissipait et j'étais enfin capable d'en faire abstraction.

Je continuai de diriger les projecteurs. Dave pilotait avec la délicatesse requise.

— Tu vois ceux-là ? demandai-je. En forme d'éventails. Et par là, ces amas gélatineux… Là.

Je repliai le manipulateur et armai son bras articulé d'un tube aspirant.

— A quoi ressemblent-ils, pour toi ?

— Des pâquerettes des mers ? proposa Dave, comme s'il souhaitait confirmer mes espérances.

— Certains leur donneraient ce nom, oui. Légèrement jaunes dans les lumières. Mais ce ne sont pas des siphonophores. Non, c'est autre chose.

Je me mordillai les lèvres. J'étais taraudé par la crainte d'avoir devant moi de simples débris que j'interprétais mal. Mais non, ce n'étaient pas des débris. C'étaient bien des organismes réels.

— Je n'ai jamais rien vu de comparable, avoua Dave. On dirait de petits ballons écrasés.

— Des bouées dégonflées, dis-je. Des enveloppes de bulles.

Le regard de Dave me parut parfaitement en accord avec la situation : agrandi et fixe.

— Ce ne sont pas des méduses ou des coraux. Ni des algues. Pas à une telle profondeur.

— Creuse-toi la cervelle, lui lançai-je, tout excité. Bien avant tout ça. Pense aux fossiles vivants.

— Des Ediacara ? fit Dave, incrédule, avant de secouer la tête comme pour dire « Impossible ».

— Tu y es, répondis-je, tout en notant distraitement le tremblement qui s'était emparé de mes mains.

Les premiers fossiles importants connus, qui datent de dizaines de millions d'années avant l'apparition des premiers animaux vertébrés ou à coquille, sont soit des colonies bactériennes d'aspect grumeleux appelées stromatolites, soit ces formations particulières qu'Adolf Seilacher a baptisées Vendobionts. Un autre nom de ces groupes est Ediacara, d'après l'affleurement australien où des spécimens types ont été découverts pour la première fois. Ces formes de vie très anciennes reposaient sur le fond de mers peu profondes il y a environ six cents millions d'années. Tout ce qu'ils avaient laissé d'eux se résumait à des traces sableuses, guère plus que des empreintes fantomatiques dans la pierre. Jusqu'à maintenant.

Je remarquai de grandes cavités disposées en étoile ou en grille, certaines accrochées, d'autres flottant juste au-dessus du fond. Des cloches rappelant des champignons ; des feuilles aux formes élancées, ondulant gracieusement ; des brins agglomérés ; des matelas d'air gélatineux qui s'étalaient sur le limon. Tout autour d'eux, peut-être leurs cousins ou leurs successeurs — peut-être même leurs larves, leurs propagules, la forme qu'ils prenaient pour s'étendre à des habitats plus propices. Les xénos.

Tout cela n'était qu'hypothèse. J'ignorais si les xénos avaient le moindre lien avec ces merveilles surgies du temps. Mais ils étaient bien là, bons amis au fond de la mer, au coin du Paradis. Si c'étaient bien là les derniers Vendobionts, ils avaient trouvé une niche sûre pour rester à l'écart d'une évolution longue de six cents millions d'années. Des prédateurs métazoaires — nos ancêtres parmi eux — avaient poussé ces grands anciens à se cacher jusqu'au plus profond des océans.

Je commençais à sérieusement m'emballer. J'allais trop vite en besogne, sans étudier assez. Pas suffisamment scientifique.

— C'est une méduse — sur un pédoncule ? demanda Dave.

L'éclairage féroce réchauffait la zone et obligeait certains de ces organismes à expulser du fluide et à se contracter jusqu'à ressembler à des raisins secs ridés.

— Baisse les lumières, suggérai-je.

Il régla le rhéostat. Le fond marin se retrouva baigné dans une lueur dorée à l'effet des plus spectaculaires. J'aurais voulu avoir une pièce de cette couleur où m'asseoir et rêver. Rêver du Jardin d'Eden.

Personne ne sait précisément ce qu'étaient les organismes Ediacara, et quand le mystère ouvre la voie à la spéculation, la spéculation offre des carrières aux scientifiques. Les collègues peuvent débattre et les amitiés se dissoudre dans les disputes. Les merveilles vont et viennent, et les théories meurent par dizaines avant d'être ressuscitées un jour et de s'imposer. Un lien possible entre les xénophyophores et les Vendobionts matelassés n'avait pas échappé à certains esprits. Mais personne ne s'était aventuré aussi loin que moi.

Tout cela ressemblait fort à un jardin, et je me mis à fredonner la chanson des Beatles « Octopus's Garden ».

— Alors on a trouvé ? demanda Dave en me tapotant l'épaule.

Je sursautai, m'arrachai à ma rêverie et répondis, le souffle court :

— Oui. Décrivons un arc de cercle, avec les propulseurs tournés vers le haut. Ils semblent très fragiles. Et commençons la documentation.

— La vidéo fonctionne depuis plusieurs minutes déjà, dit-il. Je vais brancher la Hasselblad. Tu couvres la zone avec la caméra digitale. Attends, je vais installer une grille photographique…

Il fit défiler les menus sur l'écran jusqu'à celui de la caméra, et des carrés de lumière rouge se mirent à clignoter au-dessus de la scène à l'extérieur de la sphère. Nos caméras se coordonnaient à la grille des flashs.

Nous effectuâmes un tour complet à la verticale du jardin et prîmes des clichés pendant près de quinze minutes.

— Aïe, geignit Dave en se tenant le ventre d'une main.

Je l'entendis à peine.

— Crotte de chien, maugréa-t-il.

— Commençons la collecte.

— D'accord, fit-il.

Nous nous mîmes en position pour capturer certains des organismes les plus petits. D'une certaine façon, casser ces éventails et ces cloches me paraissait proche du sacrilège. Mais nous ne pouvions l'éviter.

Je glissai la main dans mon gant électronique et étendis le bras de manipulation, à présent terminé par l'embout aspirant. C'était une version spéciale d'un instrument utilisé auparavant par d'autres pour collecter des spécimens. Le nôtre actionnait un ventilateur miniature selon différentes vitesses qui permettait d'aspirer l'eau dans un tube acrylique transparent.

J'approchai l'embout d'un xéno juste devant les patins du SES et actionnai une petite détente. Le ventilateur se mit en marche. Quand le xéno passa dans le rayon d'un détecteur photographique, le ventilateur s'éteignit avant de risquer d'écraser le spécimen contre l'écran maillé au fond du tube. Les valves se refermèrent et scellèrent le conduit, lequel roula hors de vue comme la douille d'une balle tirée.

J'enclenchai un autre tube vide, et en quelques secondes un autre spécimen — cette fois, un pédoncule à segments — glissa sans problème dans sa prison de plastique. Une troisième manipulation, et j'avais recueilli une petite fleur des mers dont chaque pétale était une cellule distincte recouverte de poils minuscules, comme une réunion de groseilles à maquereau sous-marines.

Leur translucidité de pierre précieuse me donna l'indice ultime. Elles n'étaient pas constituées de ces tissus faits de cellules minuscules qu'on trouvait chez d'autres organismes plus connus. L'éclairage doré de la sphère passait à travers d'épaisses membranes cellulaires en subissant une réfraction particulière assez comparable à l'interférence qu'on constate entre deux couches de verre. De très jolis arcs-en-ciel miniatures.

Le SES était équipé de six compartiments pressurisés destinés à conserver vivants les spécimens. Après avoir enregistré la température et la pression pour chaque tube, je les éjectai dans les compartiments.

Des échantillons de l'eau de mer ambiante étaient analysés par le laboratoire chimique miniature de la NASA, et les données stockées en vue d'une transmission lors du prochain contact avec l'unité de surface. A bord du vaisseau mère, les labos prépareraient bientôt des aquariums adaptés.

— Qu'est-ce que tu vas en faire ? demanda Dave.

J'aspirai un autre spécimen, emmagasinai un autre tube.

— Ils sont magnifiques ! Je n'en ai jamais vu d'aussi beaux.

Dave poussa un autre grognement. Son visage était livide, et teinté de reflets verdâtres à cause de l'éclairage extérieur.

— Eh, ça ne va pas ?

— Je me sens vraiment bizarre. Et pourtant, je jure que je n'ai pas pris de dessert.

Pendant un moment, je fis l'effort d'oublier le bras articulé et les précieux spécimens, et je me redressai pour l'observer.

— Tu as l'air d'avoir pris froid.

Je tendis la main pour toucher son front. Il la repoussa d'un geste sec.

— Fils de punaise, gronda-t-il.

— Bon Dieu ! m'exclamai-je aussitôt.

Soudain, et de façon très irrationnelle, j'étais furieux.

J'avais l'impression qu'une bombe de colère concentrée venait d'exploser dans mon crâne.

— Tu vas tout foutre en l'air à cause d'un truc que tu as mangé ?

Avec une grimace, il plaqua les deux mains sur son ventre et ses yeux se révulsèrent.

— Ne prononce pas le nom du Seigneur en ma présence, mon pote, dit-il. Attrape tes spécimens et tirons-nous d'ici. En vitesse !

Je me remis en position sur mon siège, dirigeai le bras vers les compartiments et y éjectai les tubes. Il en restait tant à ramasser. Mais l'être humain est plus fort que la science.

Dave avait vraiment l'air d'aller mal. Il replia ses genoux devant lui, sur le siège.

Une odeur forte, tropicale, envahit l'habitacle. Ce n'était pas une flatulence, cette fois. Elle émanait de la peau de Dave, de sa sueur, et elle commençait à me tourner la tête, à moi aussi.

La surface était à huit mille pieds. Trois heures au minimum.

Je jetai un dernier regard au Jardin d'Eden. Ce que Mark McMenamin avait appelé le Jardin d'Ediacara. Serein, intact, isolé, sous le vent du geyser, exactement comme je l'avais vu sur les photos — imaginé dans mes rêves —, mon triomphe, le clou de mes explorations, peut-être la clef de toute ma recherche…

— Allons-y, décidai-je.

— Merdique, murmura Dave.

Il avait le regard vague, sauvage, celui d'un animal qui se retrouve en cage. Il frappa du poing la surface interne douce de la sphère, et le choc produisit un son assourdi. La sphère avait quinze centimètres d'épaisseur, et il n'y avait aucun risque qu'il parvienne à y créer une brèche à mains nues.

— C'est trop... foutrement étroit ici, dit-il. Et plus froid que le sein d'une sorcière, ajouta-t-il, en rivant ses yeux aux miens, comme s'il attendait que j'applaudisse, ou que je critique cette attitude dramatique.

Malgré tous ses efforts, il n'était vraiment pas doué pour les jurons. Je retins un rire.

— Je peux t'appeler Hal, ou Henry, n'est-ce pas ? demanda-t-il.

— Bien sûr. Dave, il faut entamer la remontée, maintenant.

Il tendit la main, et ses doigts se crispèrent dans le vide comme s'ils voulaient saisir quelque chose. Un peu plus sur la gauche, et ils m'auraient étranglé.

— Je voulais te demander un truc. Vraiment je m'en balance... Je m'en fous si tu connais Owen Montoya. Mais est-ce qu'il t'a déjà téléphoné ?

— Oui, il me semble que oui. Dave...

— Est-ce qu'il t'a déjà dit ce que tu devrais faire de ta vie ?

Cet échange n'avait aucun sens.

— Peut-être, répondis-je.

— Et est-ce que ton père t'a jamais appelé, longtemps après sa mort ?

La question m'ébranla, et je commençai à avoir vraiment peur. Mon frère m'avait posé exactement la même question.

— Non. Pourquoi ?

— Des merdes. Tous ces petits chefs minables là-haut qui passent leurs petits coups de fil minables pour me dire à moi ce que je dois faire. Eh bien, je ne comprends pas un minable petit mot de ce qu'ils racontent, mais ils me rendent malade. Tu ne crois pas que tout revient à ça ?

A mon avis, ce n'était pas à cause de son régime.

— Dave, je peux nous remonter à la surface, si tu préfères te reposer un peu. Essaie de te détendre et lâche le manche.

— Tu ne sais pas la plus minable des choses sur cet engin.

Il secoua la tête violemment, aspergeant l'intérieur de la sphère de gouttelettes de cette sueur trop odorante.

J'en restai interdit. J'étais sur le point de braire comme un âne tant la situation tournait au ridicule intégral.

D'un geste dramatique, Dave tira violemment sur le manche. Les propulseurs arrière s'inversèrent avec un bruit sourd très désagréable et leurs jets labourèrent le limon sous l'appareil. Les remous dévastèrent le petit jardin. Dans la lumière dorée pareille à celle du soleil couchant, des nuages de vase s'élevèrent en tourbillonnant, tandis que de petites balles de gelée — xénos et morceaux d'autres créatures — explosaient devant la sphère pressurisée.

— Non ! Dave, ressaisis-toi.

— Je pisse sur tout ça, dit-il froidement.

Et soudain il poussa un hurlement qui me déchira les tympans. Il battit l'air des deux bras, renversa le gant de contrôle, laissant celui-ci pendre au bout de ses câbles de connexion, et repoussa le manche sur la droite. Le petit appareil commença à répondre en virant, mais le pilote automatique s'enclencha.

Une petite voix féminine annonça :

— Manœuvre trop extrême. Annulée.

— Je te chie dessus ! s'égosilla Dave.

Il lâcha le manche. Son poing aux doigts épais me

percuta la joue et me rejeta en arrière. Je me protégeai des deux bras levés, qu'il martela avec fureur avant d'en saisir un. Il le tordit si fort qu'il semblait vouloir l'arracher pour atteindre le reste de ma personne.

— Dave, bon Dieu ! Arrête ça !

J'avais vraiment peur, à présent. Devais-je riposter, au risque d'assommer mon pilote, voire même le tuer ?

Serais-je réellement capable de remonter à la surface ?

Il lâcha mon bras, parut changer d'avis. Avec un dernier grognement, il arracha le manche à son support et le fit tournoyer au-dessus de sa tête. Avant que j'aie le temps de lever les mains de nouveau, il l'abattit violemment sur ma tempe. Je me protégeai le crâne d'une main, et de l'autre je parvins à saisir son arme.

Il dégagea le manche d'une saccade et en racla l'intérieur de la surface de la sphère. L'extrémité métallique creusa en crissant un sillon blanc superficiel dans le revêtement acrylique. Peu satisfait du résultat, il frappa de la pointe pour entamer la paroi. Avec la grimace ravie d'un garnement barbouillant un mur au Magic Marker, il se mit à porter une rafale de coups à la sphère. Sueur et salive voletaient autour de lui.

Je revins à l'attaque, sans me soucier du sang qui coulait de mon bras. Dès que je vis une ouverture, je frappai. Il vit le coup venir et se pencha. Nous nous empoignâmes comme deux gamins dans la cour de récréation. Je m'égratignai le poing contre la voûte de la sphère, parvins à lui décocher un direct à la mâchoire.

Une douleur fulgurante incendia ma main.

Dave abandonna le manche, qui chuta en cliquetant sur le sol. Il se recroquevilla sur lui-même et gémit. Puis il rejeta la tête en arrière, bouche grande ouverte, et poussa le geignement pitoyable d'un enfant déçu. Des spasmes et des tremblements secouaient ses mains.

Il cessa de hululer. Il gisait là, immobile et raide.

L'odeur empirait.

Je le surveillai avec méfiance, m'apprêtant à reprendre le combat à tout instant, mais soudain je perdis toute maîtrise de moi-même. Je me cassai en deux sous une nausée violente. Mon estomac ne contenait qu'un peu de liquide amer, qui coula en longs filaments entre mes genoux ouverts et sous le siège. Je remarquai alors que la poche d'air insérée dans la structure de la sphère, à son point le plus bas, n'était pas plus grosse que la bulle dans le niveau d'un menuisier.

La pression était énorme.

Je me redressai en m'attendant à ce que la sphère se fende suivant le sillon laissé par Dave dans le revêtement intérieur.

La voix féminine emplit l'habitacle :

— Veuillez exercer un contrôle positif afin de désengager le pilote automatique.

J'effectuai les calculs avec une précision surprenante malgré la panique. *Deux cent quarante-quatre atmosphères à l'extérieur. Vingt-quatre millions sept cent vingt-trois pascals. Trois mille cinq cent quatre-vingt-cinq livres par pouce carré. L'équivalent d'une berline quatre portes garée sur chaque pouce carré.*

Mes idées s'éclaircirent. J'essuyai le sang de ma joue d'un revers de main puis sur le tissu de ma combinaison thermique. *L'entraînement. Réfléchis.*

Je disposais de mon propre manche de contrôle, rangé pour l'instant sous mon fauteuil. Je pouvais le sortir, l'enclencher dans le support et le brancher. Je pouvais prendre les commandes du *Mary's Triumph.*

Dave émit un soupir bas et s'affaissa sur son siège.

Je le contemplai avec horreur. Il semblait être la proie d'une relaxation totale. Ses yeux mi-clos avaient l'éclat vitreux de l'indifférence. Il glissa lentement en avant jusqu'à ce que le harnais du siège qui entourait encore son épaule le stoppe.

Il semblait mort.

Le *Mary's Triumph* tournait lentement au-dessus du sol marin. Je glissai la main sous mon siège, trouvai le manche, en ôtai les attaches et le sortis pour examiner le raccord, puis j'essayai de l'insérer dans le socle. La sueur coulait dans mes yeux. Le manche refusait de s'ajuster. D'une main aux doigts moites j'ôtai le protège-prise en plastique. Je tremblais si fort qu'il me fallut m'y reprendre plus d'une dizaine de fois avant d'installer correctement l'extrémité du manche. Ensuite je verrouillai les connecteurs électrique et mécanique.

Je maniai doucement le manche.

— Pilote automatique désengagé, annonça la voix. Devons-nous commencer le retour vers la surface ?

Je n'avais reçu aucune information sur les capacités exactes du système de pilotage automatique. La chose n'avait pas semblé faire partie des priorités.

— Bien sûr, dis-je. Euh… Oui, s'il vous plaît.

D'un doigt, je touchai Dave à l'épaule. Inerte. Il avait brisé l'écran à cristaux liquides et deux autres plus petits. C'était le pilote automatique ou rien du tout.

L'appareil continuait de tourner.

— Oui, dis-je plus fort. Remontée.

— Répondez correctement pour activer la manœuvre.

— OUI ! hurlai-je. REMONTÉE !

— Remontée vers la surface amorcée. Transmission de signaux d'urgence.

9

A l'extérieur, l'eau devenait plus claire. C'était maintenant la grisaille du crépuscule. J'essuyai la sueur froide avant qu'elle ne coule dans mes yeux.

Dave reprit conscience dix minutes environ avant que nous ne fassions surface. Je l'épiais de mon siège, prêt à le frapper de nouveau.

— Je ne me sens pas bien, geignit-il.

— Ne bouge pas, dis-je.

Il roula des yeux ronds en apercevant le sang sur mon visage.

— Mince alors ! Que s'est-il passé ?

Le bon Chrétien était de retour.

— Tu es devenu dingue.

Je lus dans ses yeux la tristesse de se sentir trahi.

— Ce n'est pas vrai. C'est toi qui m'as agressé.

— Tu as bousillé ton manche de contrôle et tu as éraflé la sphère.

Je n'avais aucune envie de discuter, pas après trois heures passées coincé avec lui dans l'obscurité empuantie de cette foutue petite balle pressurisée.

Dave contempla les marques laissées sur l'acrylique du revêtement.

— Nous ramassions des spécimens, dit-il d'une voix pâteuse.

— La ferme.

— Je peux piloter.

— Tu as cassé ton manche. Le pilote automatique s'occupe de tout. Ferme-la, c'est tout.

L'incrédulité et la culpabilité se mêlaient sur ses traits.

Le SES creva enfin la surface et les balises s'allumèrent automatiquement. A travers les vagues qui s'écrasaient sur la sphère — car la mer était mauvaise, c'était bien notre chance ! — j'essayai de repérer le vaisseau mère. Je n'y voyais goutte. Il était temps d'aller en haut du SES, près du mât, ne serait-ce que pour respirer un peu d'air frais. Je rampai par-dessus la troisième couchette inoccupée pour déverrouiller l'écoutille.

— La mer est trop mauvaise.

— Va te faire foutre, maugréai-je.

Sans attendre je me glissai dans le tunnel, un boyau en L d'à peine soixante centimètres de diamètre. En jurant à voix basse, je m'accroupis dans l'habituelle flaque d'eau à la base du tunnel, me relevai et pliai les bras pour tourner et actionner d'autres leviers et d'autres volants.

L'écoutille soupira et mes oreilles se débouchèrent. Les embruns m'aspergèrent. J'aspirai avec délice l'air froid du large, qui était d'une douceur incroyable et qui embaumait du parfum de la vie. Je cherchai le *Sea Messenger* du regard et le trouvai à trois heures, à plus d'un kilomètre de distance.

Je criai dans le vent et agitai les bras. Je ne sortis pas plus du submersible. En fait je n'osais pas m'extraire totalement, de peur que Dave ne referme l'écoutille et ne replonge. Coinçant ma jambe, je m'agrippai au pont recouvert d'un filet derrière la sphère pressurisée.

Dave me surveillait à travers la bulle transparente. Il était toujours assis sur son siège, et il semblait effrayé. Il passait un appel radio. Son attitude était logique, mais je n'étais pas prêt à oublier, ni à pardonner. Le *Sea Messenger* aurait dû se trouver presque sur nous, pour répondre à nos signaux de détresse, avec sa grue en H abaissée pour nous repêcher, et sa rampe coulissante déployée comme une langue.

— Ils ne répondent pas ! me lança Dave par le tunnel. Redescends et ferme l'écoutille.

— Pas question ! Je reste ici.

— Ecoute, fit-il d'une voix rauque. La mer est mauvaise. Si tu restes dehors, sors complètement et referme cette écoutille, ou bien l'engin va prendre l'eau et couler.

Les vagues nous ballottaient fortement et le vent soulevait les embruns qui venaient cingler mon visage. Les lumières de positionnement du navire étaient éteintes, et c'était le crépuscule. Tous les feux de route auraient dû être allumés, les projecteurs balayer les eaux à notre recherche.

Rien. Le *Sea Messenger* semblait à l'abandon.

— Je vais nous rapprocher du vaisseau mère ! cria Dave. Et referme cette écoutille, bon sang !

— D'accord, dis-je.

A contrecœur, je me laissai glisser vers le bas et rabattis le panneau. Mais je restai dans le tube, dos collé au métal froid de la cloison.

— Je vais bien, maintenant, je t'assure, insista Dave, sa voix sonnant creux dans la sphère. Je te jure que je ne sais pas ce qui s'est passé.

— Tu as seulement essayé de me tuer.

— Ça ne peut pas être vrai !

Je laissai tomber. Dave passa sur mon siège et tenta de désengager le pilote automatique. Quelque chose clochait, et tout d'abord le système refusa de lui transférer les commandes. Il composa un code d'annulation sur le clavier. L'autopilote se désengagea avec un petit signal sonore.

Dave commença la manœuvre avec mon manche.

Le submersible attaqua la houle de front pour éviter de chavirer. Nous plongions et remontions sans arrêt, avec quelques soubresauts et chocs de côté. Un séjour prolongé dans le tube pouvait vous couvrir de bleus pour plusieurs jours. Je revins dans la sphère.

Le SES escalada un rouleau et nous aperçûmes de nouveau le *Sea Messenger.* Des gens couraient sur le pont supérieur en direction du gaillard d'avant. Les lumières étaient toujours éteintes. Une autre descente, une autre remontée et je vis le flash d'une lumière vive, jaune orangé, près de la poupe, puis cinq autres, en une succession rapide.

— Tu as vu ça ? demandai-je, comme si de nouveau Dave et moi étions des équipiers soudés essayant de deviner ce qui se passait dans le reste du monde.

— Quoi ? fit-il, en pâlissant.

— Comment allons-nous monter à bord s'ils ne nous sortent pas de l'eau ?

— Nous abandonnons le SES, nous nageons jusqu'au navire et nous grimpons par la rampe arrière. Avec un peu de chance, les vagues nous y aideront.

— A moins qu'elles ne nous assomment contre la rampe.

Dave ne protesta pas.

— Il y a une plate-forme de plongée côté bâbord,

s'ils l'ont descendue, ce qui n'est pas impossible. De toute façon, il faut qu'on se sorte au plus vite de l'eau.

Ce point était très important. L'immersion dans des eaux glacées pendant dix ou quinze minutes pouvait être fatale, même avec nos combinaisons thermiques.

— Il faut leur apprendre ce qui s'est passé, dit Dave.

— Que tu es devenu dingue quand on était au fond ? fis-je en claquant des dents.

Il parut avoir accepté ce scénario.

— Ton cerveau n'est plus aux commandes, dit-il avec l'expression d'un petit garçon apeuré avouant quelque secret affreux. Ils peuvent simplement te passer un coup de fil et tout est fini.

Dave avait l'esprit en déroute. Il ne savait même plus comment interpréter la position de l'aiguille du compas.

Subitement le *Sea Messenger* s'illumina comme un bateau de plaisance à la parade : feux de positionnement et de route. Des rubans brisés argent, rouge et vert scintillèrent sur la crête des vagues. Le pinceau d'un projecteur apparut sur le pont, un autre près de la poupe, qui se mirent à balayer la surface avant de converger vers le *Mary's Triumph.* Dave s'abrita les yeux d'une main.

— Quelqu'un s'est enfin réveillé, dit-il.

Des deux mains il s'essuya le visage, puis contempla ses paumes luisantes de sueur en secouant la tête d'un air triste.

— C'est bon pour moi. Tu viens ?

Il quitta son siège et me lança le même regard qu'il aurait eu pour m'inviter à aller prendre un café.

— Tu ne pourras pas nager sur une telle distance, dis-je.

Etait-ce son intention ? Abandonner le submersible et essayer de rallier le vaisseau mère par lui-même ? Nous en étions beaucoup trop éloignés par un temps pareil, même pour un excellent nageur.

Il agrippa un rail au plafond et se hissa à l'envers vers l'écoutille puis, avec une aisance remarquable pour quelqu'un de son gabarit, il pivota et s'agenouilla sur la troisième couchette.

— Salut, fit-il. Suis mon conseil, pour ce qu'il vaut. Reste loin du téléphone.

Avant que je puisse réagir il s'était glissé dans le tube. Avec un juron je le suivis, mais il était aussi rapide qu'une anguille et il était sorti par l'écoutille sans que je puisse lui agripper une cheville.

Je me retrouvai à mi-chemin dans le tube, coincé dans une position précaire. Je pliai la jambe, l'appareil fit une embardée. Pendant un moment, mon genou relevé se trouva bloqué par la cloison et je ne pus bouger. Je me tortillai pour reprendre ma position précédente et devant l'échec de ma tentative je décidai de monter.

J'étais tassé comme un bouchon dans le goulot d'une bouteille.

Une vague submergea l'écoutille béante et m'inonda. Crachant et pestant, je pressai ma cuisse des deux mains pour abaisser le genou de force. Il frotta douloureusement contre le léger renflement d'une soudure et se dégagea enfin. Je me tortillai pour saisir un barreau.

Je hissai la tête hors du submersible. Le crépuscule refluait dans le ciel à l'ouest, dans une jolie lueur orangée qui se fondit dans le bleu avant de virer au noir. Les étoiles emplirent la voûte céleste, visibles malgré les embruns.

Aucune trace de Dave. Une autre vague m'aveugla et fit pivoter l'appareil. J'essuyai mes yeux en hâte et contemplai la scène. Le *Sea Messenger* avait changé de cap et faisait machines arrière à deux cents mètres sur tribord.

Une fusée éclairante jaillit du pont, traçant un arc de cercle au-dessus du SES. Ils m'avaient localisé.

— Repêchez Dave ! hurlai-je en agitant les bras au-dessus de ma tête. Un homme à la mer !

Une autre vague s'éleva devant moi, d'un vert si vif que je distinguai les derniers échos du crépuscule dans ses eaux. Elle frappa le châssis fragile du submersible et me rejeta contre le cerclage de l'écoutille. Le panneau se rabattit sur ma tête et mes doigts. Une douleur fulgurante déclencha en moi une colère folle, et je repoussai l'écoutille si violemment qu'elle rebondit sur la coque. Je la repoussai encore, et encore, de toutes mes forces.

Ma colère épuisée, la tête en feu, je me laissai glisser dans le tube et verrouillai l'écoutille. Pas question que je prenne des risques insensés par une mer pareille. Je tremblais si fort que j'avais l'impression de faire vibrer l'intérieur de la sphère. Pendant une seconde je crus voir Dave qui se débattait dans l'eau à l'extérieur, mais ce n'était sans doute que des tourbillons de bulles.

J'étais fini. J'allais mourir.

Je me surpris à gémir comme un chien rossé. En entendant l'eau qui clapotait en bas de la sphère, je repensai aux spécimens bien à l'abri dans leurs compartiments. La raison pour laquelle j'étais ici, la récompense de mois de travail acharné. J'avais survécu à un pilote de SES pris de folie, j'avais regagné la surface, et j'avais toujours le prix, la Toison d'Or des Dieux.

Personne n'avait dit que ce serait facile.

Je tripotai l'émetteur-récepteur assurant la liaison avec le *Sea Messenger* en changeant la fréquence jusqu'à ce qu'une voix haletante réponde :

— Ici le *Messenger*. C'est toi, Dave ?

Je reconnus Jason, le planificateur et le contrôleur de mission pour le SES. Je pressai le bouton du micro.

— Ici Hal. Dave a pris la tangente. Il est à la mer. Mettez un Zodiac à l'eau, il surnage peut-être encore.

— Merde, dit Jason qui me sembla ravaler un sanglot. C'est toi qui diriges le submersible ?

— Il est en pilotage automatique.

— Hal, nous sommes dans le pétrin ici. Quelqu'un tire à bord. Il se peut qu'il y ait des victimes. Hal ?

— Je te reçois.

— Paul et Stan sont allés à l'arrière il y a dix minutes à peu près. Nous ne pouvons pas atteindre la grue tant qu'ils ne sont pas revenus.

— Dave a perdu les pédales, dis-je, impatient de confier mes malheurs à mon tour.

Le silence de Jason me donna à penser qu'il avait du mal à digérer la nouvelle, et je décidai d'abandonner le sujet et de passer au plus important pour le moment :

— Débrouillez-vous pour me ramener à bord, d'accord ?

— Je ne sais pas combien de temps cela nous prendra. Tiens bon. Nous allons faire de notre mieux.

— Ouais…

Je plaquai une main contre la paroi de la sphère. Le submersible faillit se retourner.

Je me harnachai et agrippai le micro à deux mains, comme un filin de sécurité.

10

Nadia en personne dansait dans l'eau près du SES. Elle tapota la coque avec un grappin. Je lui adressai un signe de la main, et elle me répondit d'un mouvement de menton. Des mèches de ses cheveux noirs saillaient de sous son capuchon, et j'apercevais ses yeux sombres derrière le masque. Elle assura le grappin à un crochet d'élévation et s'éloigna en nageant vigoureusement. Quand elle eut mis les autres grappins en place, elle escalada la structure du submersible. Je regardai par-dessus mon épaule et je la vis. Derrière elle se dressait la masse sombre de la proue du *Sea Messenger*, et la silhouette de la grosse grue rouge montée à l'arrière de l'hélisurface. Je vis Jason à l'abri dans une petite cabine. Le temps se dégradait encore.

Puis la pluie noya l'extérieur. Je sentais le submersible soulevé par les vagues, ces mêmes vagues qui le retenaient à l'écart. Enfin, dans un soubresaut, le *Mary's Triumph* se libéra de l'emprise de la mer et se mit à osciller dans l'air. Paul et Stan m'attendaient sur le traîneau et positionnèrent le submersible sur ses cales. Le traîneau se rétracta sur la poupe dans un grincement de rouages.

Nadia sauta sur le pont pour aider Jason à arrimer le SES à sa structure de maintien. Elle m'aida à sortir par l'écoutille. Elle avait les lèvres bleuies par le froid.

— Nous n'avons pas retrouvé Dave, dit-elle. Gary est sorti avec le Zodiac.

Elle semblait mal en point, mais elle se tenait droite et parlait d'un ton ferme. Je tombai amoureux d'elle sur-le-champ, dans un mélange d'admiration et de soulagement, sans parler de l'émotion d'avoir frôlé la mort.

— Je suis désolé. Que s'est-il passé ?

— Nous sommes dans le pétrin, dit-elle.

— En bas, Dave a eu un coup de folie. Il a tenté de me tuer.

— Comment ça, un coup de folie ? dit-elle, le regard calme.

— Il a essayé de saborder le submersible. Il a arraché le manche de contrôle et s'en est servi pour frapper dans la coque.

— Mon Dieu… dit-elle.

Pourtant elle ne semblait pas étonnée outre mesure. Peut-être était-elle en état de choc. Elle prit appui contre la cloison proche.

— Le Dr Mauritz avait apporté une arme à bord. Il a abattu Thomas et Sylvia. Paul et Stan l'ont maîtrisé ici même, à l'endroit où nous nous tenons. Il est ligoté dans l'hôpital de bord.

J'avais discuté avec Mauritz pendant deux heures l'avant-veille.

— C'est incroyable, fut tout ce que je trouvai à dire.

Je regardai autour de moi et remarquai des taches rougeâtres sur le pont et en direction de la cloison, dans l'éclairage d'urgence. Du sang gouttait du support de la lumière. Cette découverte me donna le vertige et je dus à mon tour m'appuyer contre la cloison.

Nadia prit une serviette dans un labo désert, revint dans la coursive en se frictionnant les cheveux et me lança un regard singulier, chargé de reproches.

J'eus soudain l'impression d'être une sorte d'oiseau de malheur.

— Je ne parviens pas à retrouver Max, dit-elle en jetant la serviette dans le labo.

Nous entendîmes l'hélicoptère au même instant. Elle se détourna et ses épaules s'affaissèrent sous la lassitude.

— Sûrement les gardes-côtes.

D'un pas mal assuré, elle alla jusqu'à l'échelle de coupée et la gravit pour rejoindre le pont.

— Nadia, j'ai les spécimens ! lui criai-je.

— Rien à foutre de tes spécimens ! s'exclama-t-elle en retour. Des gens sont morts. Tu ne comprends pas ?

Elle se retourna et ses yeux rougis plongèrent dans les miens.

— C'est *toi* que Mauritz cherchait. C'est *toi* qu'il voulait tuer.

11

Une vedette de soixante-quinze mètres de long des gardes-côtes vint se mettre à couple avec le *Sea Messenger*. L'hélicoptère Bell arrimé sur l'hélisurface avait débarqué deux agents du FBI. Ils étaient maintenant occupés à rassembler les indices et interrogeaient Stan et Paul.

Le Dr Mauritz fut hissé sur le pont, ligoté sur une civière. Il parlait à toute vitesse, en essayant d'expliquer qu'il allait très bien et qu'ils pouvaient le détacher. Mauritz était un type au front très bombé gagné par la calvitie. Il s'exprimait habituellement avec un soupçon aristocratique d'accent anglais, et pour l'instant il avait tout du savant fou. Mais il semblait navré, et rongé de remords.

Il avait résisté. Stan et Paul avaient dû le cogner rudement, car son crâne était enveloppé de bandages.

J'ignorais combien de temps les spécimens survivraient dans le SES. Ils resteraient sous les pression et température adéquates pendant encore quatre heures environ, à moins d'un incident quelconque. Je ne voulais surtout pas courir ce risque, mais je ne tenais pas non plus à passer pour un abruti insensible. L'ambiance sur le navire n'était pas à la fête, ce qui se comprenait fort bien.

Je patientai dans le poste d'équipage en sirotant un Diet Coke.

La sensation de porter la poisse est indescriptible. Ça n'a rien à voir avec ce que vous avez fait personnellement. C'est comme une ombre qui planerait sur vous, une connexion impossible à rompre avec les problèmes du moment, et que personne ne peut expliquer. J'étais là, presque un intrus à bord du *Sea Messenger*, au centre de la cible. Pourquoi Mauritz avait-il cherché à m'abattre ? Il me connaissait à peine. Pourquoi Dave Press avait-il tenté de saborder le SES et de me noyer ? Cet appareil était le bébé adoré de tout le monde. Des pilotes auraient traversé le monde pour avoir le privilège de mener le *Mary's Triumph* dans les grandes profondeurs.

Rien de tout cela ne se tenait. Sans explication rationnelle, le plus malin des scientifiques en revenait au soupçon primitif du mauvais œil.

L'épuisement s'entrechoquait avec le choc émotionnel. Je ne pouvais m'empêcher de trembler. Seul dans cette pièce, à attendre que les agents du FBI viennent me cuisiner, je m'inquiétais pour les spécimens.

Jason entra et me regarda fixement.

— Ça va ? s'enquit-il.

— Super.

— Owen a appelé le capitaine Burke et a demandé de tes nouvelles. Il a recommandé de prendre soin de toi et de tes travaux. J'ai transvasé tes spécimens dans l'aquarium. Ils sont en sûreté, je pense.

Sans le dire, Jason me faisait savoir que ce que Montoya désirait, il l'obtenait, enquête de police ou pas. Mais cela ne signifiait pas qu'il approuvait la chose.

— Owen est au courant de ce qui est arrivé sur le navire, ajouta-t-il. On en parle à la télé. Tu es sûr que ça va ?

— Merci de les avoir transbordés, dis-je en acquiesçant comme un de ces chiens miniatures sur la plage arrière d'une voiture.

Pour ces bonnes nouvelles, je l'aurais serré dans mes bras si j'en avais eu la force.

— Qu'as-tu trouvé ?

Il se mordillait la lèvre inférieure en opinant du chef au même rythme que moi. J'arrêtai de hocher la tête. C'était trop bizarre.

— Des xénos, dis-je.

— C'est vrai, tu plongeais pour rechercher des xénos. Pour moi, ils ressemblent plutôt à des cnidariens. Tu es sûr d'avoir trouvé ce que tu cherchais ? C'est Dave qui les a attrapés, ou toi ?

— Je me suis servi de l'embout aspirant.

— Tu connais le Dr Mauritz, du bateau ?

— Non.

— Pourquoi Dave a-t-il sauté par-dessus bord ?

— Je n'en sais rien.

— Tu ne l'as pas attaqué, pour le pousser ensuite dehors, juste pour dissimuler tout ça ? Vous ne vous êtes pas battus, je veux dire, et tu l'aurais blessé ? Ce serait de l'autodéfense…

— Non. C'est lui qui a tout fait.

— Est-ce qu'il a dit qu'il voulait te tuer ?

— Non, il s'est seulement mis à… (j'inspirai brièvement) à essayer de jurer, et il ne s'est pas très bien débrouillé, d'ailleurs. C'était assez bizarre, effrayant aussi. Il vaudrait mieux que j'attende la police. Il ne faudrait pas qu'ils aient l'impression que j'ai répété mes réponses.

— Tu as raison, dit Jason en se levant et en enfonçant les poings dans ses poches. Nous avons retrouvé Max. Il est mort, lui aussi. Nadia est salement secouée.

Je le dévisageai.

— Je suis vraiment désolé, dis-je, comme si tout était ma faute.

— Ouais.

Il repartit, et un homme de grande taille entra. La quarantaine passée, il portait un pull en laine et un pantalon kaki humides d'embruns sous sa parka bleue ouverte. Il venait du bureau du FBI de Seattle, dit-il. Il s'appelait Bakker et il me posa tout un tas de questions, dont certaines n'avaient aucun sens, jusqu'à ce que je me rende compte qu'il ignorait que je me trouvais à bord du *Mary's Triumph* lorsque Mauritz était devenu dingue. De même, il n'avait pas été informé que Dave Press était porté disparu et présumé noyé.

Ces nouvelles parurent le déconcerter. Il reprit ses notes et recommença depuis le début :

— Qu'est-ce que c'est, un SES ? demanda-t-il.

A la fin de l'entrevue, j'étais au bord de l'effondrement. Bakker referma son calepin. Aucun des éléments ne collait avec les autres, pour lui non plus. D'après son expérience, les scientifiques ne se mettaient pas à s'entre-tuer.

Après son départ, je m'étendis sur le long banc rembourré derrière la table principale et je m'abîmai aussitôt dans le sommeil. J'aurais dû rêver que je chutais dans les ténèbres, cette fois sans la moindre bulle, d'une nuit infinie et sans fond. Au lieu de cela, je me vis dans le désert, marchant à côté d'un type à la crinière blanche qui portait une longue tunique grise.

12

Seattle, Etat de Washington

Le navire revint au port de Seattle le lendemain matin, et les agents du FBI et les enquêteurs des gardes-côtes l'envahirent. Des hommes et des femmes zélés montèrent à bord et entreprirent de déployer des kilomètres de ruban jaune. Une douzaine d'agents spéciaux équipés d'appareils photo digitaux et de mallettes mitraillèrent chaque recoin du navire et effectuèrent quantité de prélèvements. On nous donna pour consigne expresse de ne rien changer de place, et bien sûr de ne rien subtiliser.

Jason intervint auprès de l'agent qui dirigeait les opérations, qui nous permit, à Nadia et moi, de descendre dans le labo pour vérifier l'état des spécimens remontés de la plongée. Une femme du FBI nous accompagnait. Elle avait le gabarit de Dave, et son pantalon d'une taille trop juste était tendu à craquer. Elle nous surveilla de sous une casquette tricotée perchée de guingois sur des cheveux paille coupés court, et elle posa beaucoup de questions.

Rien ne devait lui échapper, à mon avis.

La plupart du temps, c'est Nadia qui répondit. Elle était un peu moins pâle, mais elle s'était murée dans une attitude froidement efficace, comme si ses émotions se manifestaient en elle à un niveau très bas.

Je me creusais la tête pour trouver un moyen de sortir mes trophées du *Sea Messenger*. Le navire serait certainement placé sous séquestre pendant plusieurs jours, et je n'avais pas la moindre idée de ce qui pourrait leur arriver pendant un tel laps de temps. Je voulais seulement apporter les conteneurs au labo que je louais au sud-ouest de Lake Union. J'avais hâte de stabiliser mes petites bêtes dans les bains inoculants appropriés, de leur fournir de l'eau de mer fraîche et une pression stable.

Peut-être s'agissait-il là d'un détachement personnel, comme un circuit émotionnel qui aurait disjoncté, peut-être était-ce le choc. Tout ce que je désirais à présent, c'était décrire et étudier les Vendobionts, s'ils en étaient bien. Exécuter quelques tests. Compter leurs doigts et leurs orteils.

Non pas que le reste n'ait eu aucune importance pour moi. Je n'avais tout simplement pas la moindre idée de la façon dont je pourrais aider Nadia à se sentir mieux, ou de ce que je pourrais faire pour Jason. Et je ne me sentais absolument plus responsable de ce qui s'était passé, aussi étranges qu'aient été les circonstances.

Peut-être était-ce sur le *Sea Messenger* qu'on avait jeté un sort, et pas sur moi.

Je jetai un coup d'œil dans ma cabine. L'agent dans son costume trop étroit s'y trouvait avec deux hommes en civil, costume noir et lunettes noires.

Mes vêtements, mes livres, mon ordinateur étaient étalés sur le lit. On avait tout fouillé.

— Salut, dis-je.

La femme du FBI avait ôté sa casquette et pas un de ses cheveux dorés n'était dérangé. Elle avait le regard le plus intense et le plus indéchiffrable qu'il m'ait été donné de voir, en parfait accord avec le reste de son visage.

— Nous en avons fini avec ça, dit-elle en indiquant les vêtements sur le lit, mais nous aimerions garder ça.

D'un geste de la main qui fit pivoter tout le haut de son corps elle désigna l'ordinateur et trois manuels.

— Les livres sont disponibles sur Amazon.com, dis-je. Quant au portable, il contient des informations de caractère privé. A moins que vous n'ayez un mandat spécifique, j'aimerais l'emporter. Je ne suis pas considéré comme suspect, n'est-ce pas ?

Je rassemblai mes quelques vêtements et les fourrai dans mon sac de voyage.

— Nous avons besoin d'établir les relations entre les membres de cette expédition et de clarifier les événements, dit-elle.

— Suis-je considéré comme suspect ?

— Non, dut-elle admettre.

— Avez-vous un mandat qui vous autorise à... (Je cherchai le terme légal idoine, puis abandonnai :)... à fouiner dans des documents d'ordre personnel ?

— Non, dit-elle, toujours aussi imperturbable.

— Je garderai tout bien propre, et je suis sûr que vous me ferez savoir si la situation évolue.

Je n'étais pas très sûr de moi, ni d'elle d'ailleurs. Je plaçai le portable et les livres dans mon sac et le refermai.

Je croisai Nadia dans le couloir, alors que je traînais mon sac sur ses roulettes vers la passerelle. Elle fumait une cigarette et ressemblait à une morte vivante. Elle ne m'accorda qu'un coup d'œil, puis s'écarta d'un pas brusque et écrasa sa cigarette dans une petite boîte en fer.

Je ne l'avais encore jamais vue fumer.

— Je ne dirai pas que ça a été un plaisir, laissa-t-elle tomber.

Je fis halte et la regardai avec tristesse. J'étais encore sous le coup de la colère éprouvée dans la cabine. Je fis passer l'anse du sac dans ma main droite.

— J'ai l'impression que je porte la poisse, dis-je en regardant ses yeux s'embuer. Bon sang, mais qu'est-ce que j'ai fait ?

— Rien.

— Je ne m'explique pas pourquoi Dave a eu ce coup de folie dans le SES, ni pourquoi Mauritz voulait me tuer. Vraiment, tout ça me dépasse.

Elle gardait le visage détourné, en direction des ombres et des pans de béton gris du quai. J'ai toujours été attiré par les femmes qui tentent de me repousser ou de m'étiqueter, ou de m'accuser, avec ou sans raison.

— C'est dingue, dis-je en tirant mon petit sac ridicule vers la passerelle.

— Betty Shun veut te parler, fit-elle, comme si l'information était une insulte.

Tu es convoqué dans le bureau du principal.

Je me retournai vers elle et la dévisageai, les yeux agrandis. Elle allumait une autre cigarette.

Notre génération avait adopté Dean Martin et Frank Sinatra, lu des bouquins de poche bon marché, acheté des costumes noirs et fumé des cigarettes, comme les gens las de la guerre dans les années 50, mais sans leurs excuses.

Je me sentais malade.

13

Après une mauvaise nuit au quatrième étage du Homeaway, à quelques pâtés de maisons du Genetron Building et de mon labo de location, j'ouvris les rideaux de la chambre. De l'autre côté de Lake Union, la brume matinale nappait les citernes et les tuyaux rouillés et la grande pelouse de Gasworks Park. Je restai à les contempler pendant cinq minutes, avec l'impression que j'avais de la chance.

Je ne portais pas la poisse. Ce n'était pas sur moi que le sort avait été jeté. J'avais survécu, et cela signifiait que j'avais de la chance, peut-être même que j'étais sur la bonne voie dans le grand schéma du monde. Seuls le FBI et quelques meurtres se dressaient devant moi, et cela, en revanche, m'irritait fort.

Rob aurait compris mon état d'esprit au premier regard. Les choses n'allaient pas exactement comme Prince Hal le souhaitait.

Le téléphone portable sonna sur la table de chevet. Les portables étaient infestés par des virus depuis des semaines aux Etats-Unis. J'en avais quatre avec moi, sur quatre systèmes différents, par sécurité : un Palm-Sec, un InfoBuddy et deux Nokia standard.

C'était le PalmSec qui sonnait. La mélodie à trois notes du matin m'indiqua deux choses : j'avais un appel, et il n'était pas encore midi. Je l'ouvris, composai mon code de déverrouillage et répondis :

— Cousins.

— Docteur Cousins, ici Betty Shun. Comment vous sentez-vous ?

— Impeccable, dis-je, regrettant aussitôt la raillerie.

— Nous sommes tous très tristes ici, dit-elle. Nous avons perdu beaucoup d'amis.

— Oui, je sais.

— Il faut que nous nous réunissions. Je suis avec un homme qui travaille également pour Owen. Il désire vous parler.

— Quand ? demandai-je.

— Nous sommes dans une voiture, devant votre hôtel. Nous vous emmenons au Crab Cart pour le petit déjeuner.

Je venais de recevoir ma feuille de route. Mais il fallait que j'en sache plus sur mes spécimens. Le temps était compté.

Comme toujours.

14

Betty Shun se tenait dans le hall d'entrée, vêtue d'un manteau de cuir et d'un pantalon verts. Je me tournai et vis un homme d'une quarantaine d'années trapu et à la calvitie conquérante qui poussait la porte des toilettes pour hommes en soufflant dans ses mains. Il s'assura qu'elles étaient bien sèches avant de me tendre la droite.

— Hal Cousins, je vous présente Kelly Bloom, dit Betty.

Shun, Bloom, Press… Je voyais une cohérence dans tous ces noms monosyllabiques.

Bloom était tout de jean vêtu : pantalon, veste à boutons en cuivre, chemise. Et il était chaussé d'Air Jordan, fatiguées mais propres.

— Docteur Cousins, tout d'abord, toutes mes félicitations, dit-il. Sortons d'ici et trouvons un endroit tranquille.

Ils m'escortèrent au-dehors. Je m'étais attendu à une limousine, ou à tout le moins une BMW, mais la voiture garée devant l'entrée de l'hôtel, scintillante de rosée et maculée de boue, était une Ford Taurus des années 90, d'un pourpre voyant, au pare-chocs avant cabossé et marqué de rayures le long du côté conducteur.

— A vous ? demandai-je à Bloom, qui me répondit d'un petit rictus.

Je me tournai vers Betty.

— La journée va être longue, n'est-ce pas ? dis-je.

Elle me gratifia d'un sourire étudié.

Calme et pénombre régnaient au Crab Cart. Au fond de la salle, sous des fenêtres surplombant les yachts amarrés aux quais privés, les boxes étaient séparés par des barrières de bois et de verre. Betty commanda la première, des céréales et deux œufs. Bloom ne prit rien, pas même un café. J'optai pour un bol de Wheat Chex, des toasts et une omelette au crabe. Bloom sourit en me voyant dévorer mon plat. Betty ne mangea que la moitié de ses céréales, l'intégralité de ses œufs, et se tamponna les lèvres avec sa serviette dans un geste méticuleux.

L'interrogatoire commença. Bloom parlait d'une voix de basse teintée d'un soupçon d'accent de Caroline du Nord. Il gardait les mains croisées sur la table en chêne.

— Savez-vous pourquoi quelqu'un voudrait vous tuer ?

— Non, dis-je. Vous êtes détective privé, c'est ça ?

— Nous travaillons tous les deux dans le service de sécurité d'Owen, répondit Betty, qui inclina la tête de côté en voyant ma surprise. Quoi, vous pensiez que j'étais décoratrice d'intérieur ?

Elle eut un petit rire perlé.

— Owen peut s'offrir beaucoup plus jolie, mais peut-être pas plus maligne, ni plus prudente.

— Bon, fit Bloom. Vous comprenez que nous n'essayons pas de doubler l'enquête de la police, et que nous n'avons aucune autorité légale ? Vous n'êtes pas obligé de répondre.

— C'est correct de votre part de le préciser, dis-je.

C'était la façon de faire typique à Seattle. Fouille au corps, mais sans brutalité.

— Nous nous efforçons d'être corrects, oui, dit Bloom. Owen veut comprendre ce qui s'est passé. Vous étiez en plongée avec David Press dans le SES quand la fusillade a eu lieu sur le *Sea Messenger*. Avez-vous jugé que Press se comportait de façon bizarre ?

— Il s'est comporté de façon inquiétante, plutôt, dis-je. Et ça n'avait rien de drôle.

— Qu'a-t-il fait ?

— Je l'ai dit à la police, il s'est mis à essayer de jurer, et ça n'était pas très réussi.

— Vous a-t-il posé des questions déplacées ?

— Oui, dis-je. Mais ce n'était pas si grave... Je veux dire... Je n'en ai pas parlé à la police.

Bloom haussa ses épaules serrées dans sa veste en jean.

— A-t-il parlé de M. Montoya ?

Bloom était nouveau dans le personnel du milliardaire, me dis-je.

— Il m'a demandé comment nous nous étions rencontrés, des trucs comme ça. Rien de suspect.

— Il se demandait ce que vous faisiez avec M. Montoya ?

— Il a fait allusion aux privilèges spéciaux dont je bénéficiais, les plongées, le SES. A la jalousie à bord du *Sea Messenger*.

— La jalousie du Dr Mauritz, par exemple ?

— Je le suppose. Mais c'étaient surtout des propos assez décousus, du bavardage.

Bloom acquiesça, mais il ne semblait pas satisfait.

— Le Dr Mauritz a pondu une critique anonyme d'un de vos articles scientifiques, dit-il. Dans laquelle il recommande que votre projet soit rejeté.

— Je l'ignorais. Mais comment aurais-je pu le savoir ?

— A-t-il jamais montré de l'animosité à votre égard ?

— Pas en face. Il m'a donné l'impression de quelqu'un d'agréable, mais nous avons eu très peu de contacts.

Betty Shun intervint :

— Cela ne nous mène nulle part. Docteur Cousins, Owen a fait envoyer vos spécimens à votre labo.

— Vous auriez dû me le dire tout de suite.

— Il a fait en sorte qu'ils soient confiés à vos assistants et qu'on en prenne le plus grand soin.

— Ils sont dans des conteneurs pressurisés spéciaux, dis-je en sentant la colère monter en moi. Ils auraient dû être transportés dans un van spécialement équipé. Nous en avons parlé, ces spécimens sont incroyablement fragiles. La température de leur milieu ambiant rend leurs membranes…

— Tout a été fait selon vos instructions, dit Shun. Si vous le désirez, nous vous conduirons à votre labo.

— C'est juste à côté. Je peux y aller moi-même à pied, dis-je, les dents serrées.

— En voiture, ce sera plus rapide, fit-elle d'un ton persuasif. Et Owen…

— Oui, oui, je sais. Owen *veut un rapport*.

Nous prîmes donc la Ford pour rejoindre le vieux Genetron Building. C'était une ancienne centrale électrique reconvertie à coups de millions de dollars quand Genetron s'y était installé. Vous pouvez voir le bâtiment, avec ses hautes cheminées, du pont de l'Interstate 5. Genetron avait été vendu au géant pharmaceutique franco-suisse Novalis, qui me louait un laboratoire là pour une somme raisonnable, et avec une sécurité assurée.

Le hall d'entrée était une débauche coûteuse de bois blond et d'acier inoxydable, avec une moquette d'un vert assorti à celui du manteau de Betty Shun. Un garde vérifia mon passe et en donna des temporaires à Bloom et Shun. Je les précédai jusqu'au labo situé au rez-de-chaussée, au bout d'un long couloir à l'extrémité nord de la bâtisse.

— Il faut vraiment qu'il nous accompagne ? demandai-je à la jeune femme en désignant Bloom d'un geste.

— Oui.

Il leva la tête comme s'il naviguait vent debout et me décocha un clin d'œil.

— Il se peut que des spécimens aient été en mauvais état, dit Shun alors que nous parcourions le couloir. Nous n'avons pas pu définir s'ils étaient vivants ou non. Nous avons fait de notre mieux, à la demande d'Owen.

— Nadia ou Jason vous ont aidés à les transporter ici ?

— Non, dit Betty. Nadia est en détention préventive.

La nouvelle me laissa pantois.

— Pourquoi ?

— Elle est soupçonnée d'avoir empoisonné la nourriture à bord du *Sea Messenger*.

— Ridicule !

— C'est aussi notre avis.

— Empoisonné, mais comment ? dis-je avant de me rappeler le pudding à la crème et ses effets. Certains d'entre nous ont mangé un dessert pas très réussi, mais…

Bloom intervint :

— Il y a eu beaucoup de comportements singuliers à bord, dès le tout début de cette croisière. Des disputes, des empoignades, des déclarations irrationnelles aux moments les plus incongrus…

J'avais passé la majeure partie de mon temps dans ma cabine. Non que je ne sois pas sociable, mais j'avais beaucoup à lire pour mettre mes connaissances à jour.

— Quelqu'un a peut-être mis des drogues dans la nourriture, ou dans l'eau, conclut Bloom.

Mon labo occupait deux pièces, chacune de six mètres carrés environ, reliées par une porte à double vantail. J'avais commandé des cuves spéciales pour les spécimens. Dan et Valerie, mes deux assistants, étaient occupés à pressuriser les cuves quand nous entrâmes.

Chercheur détenteur d'un doctorat en microbiologie marine, Dan était au physique une sorte de garçon de ferme massif, aux épaules de docker, mais c'était surtout un génie pour tout ce qui touchait à l'équipement. Il leva les yeux de la jauge de pression et me regarda avec une moue attristée.

— Les spécimens sont très traumatisés, docteur Cousins, dit-il.

Je marmonnai un juron.

Valerie se tenait en retrait, bras croisés devant la poitrine, ses mains agrippant ses épaules avec la même mine lugubre que si elle contemplait le cercueil d'un proche.

— Ils ont l'air morts.

Je contournai Bloom et Shun et me tordis les mains un moment en essayant de déterminer par quoi commencer. Une boîte métallique pleine de tubes en plastique contenant des échantillons de trente centimètres collectés lors de nos deux premières plongées se trouvait toujours sur le chariot. Les conteneurs abritant les spécimens récoltés lors de la troisième plongée avaient été empilés sur le banc électrifié et branchés. Ils étaient encore froids et, d'après l'étiquette glissée dans la fenêtre plastifiée, recelaient des « articles de premier intérêt ».

Cependant le dommage était sans doute déjà fait. Comment en minimiser les effets ?

— Ces créatures ne semblaient pas particulièrement vivantes, dis-je, en espérant briser la tension et aider Dan et Valerie à se détendre un peu. Ils sont sédentaires.

Valerie secoua la tête. Les larmes brillaient dans ses yeux. Je ne faisais pas un menteur très convaincant.

— Tous les spécimens sont ici, dis-je en vérifiant l'inventaire. Dans ce petit conteneur, celui qui n'est pas sous pression, nous avons quelques échantillons de sédiments qu'il faudra analyser. Je doute que nous ayons réussi à attraper des spécimens intacts, mais nous pouvons les conserver et essayer la teinture pour le cytoplasme, et faire quelques comptes des tubes dans la boue. Il nous faut du formol et du rose bengale.

Dan et Valerie se concentrèrent sur les échantillons ramassés à la pelle et quelques noyaux. Je préférais qu'ils soient occupés pendant que je porterais le deuil de mes espoirs ou, ce qui était plus improbable, pendant que je pousserais un soupir de soulagement.

J'essuyai la surface vitrée des gros conteneurs de transfert en acier et regardai leur contenu à l'aide d'une lampe de poche. Venues directement des fonds marins, des masses sombres qui auraient tout aussi bien pu être des nuages de sédiments. Ou des xénos en ruine. Je m'agenouillai et scrutai le conteneur. Certaines formes étaient plus que de simples fragments.

Shun resta dans un coin, mais Bloom ressortit pour répondre à un appel sur son portable.

Je vérifiai les données statistiques sur l'ordinateur du labo et m'assurai que les conditions requises étaient remplies : eau à trois degrés Celsius et demi, oxygénation poussée, salinité à trente-six pour cent, traces moyennes de sulfure de métal.

— C'est réglé à deux cent cinquante atmosphères, annonça Valerie.

— Si nous réduisons la pression, les xénos vont se transformer en une sorte de bouillie poisseuse, expliquai-je à Betty Shun. Leurs membranes cellulaires, qui sont constituées principalement de lipides, fondront comme du beurre au soleil. Dans les grands fonds, où il fait froid et où la pression est énorme, ces membranes sont glacées.

J'avais commencé une culture d'un tapis de bactéries types avant même d'embarquer sur le *Sea Messenger*, et je les récoltai dans un conteneur placé au réfrigérateur et les injectai avec une petite bouteille en plastique directement dans la chambre de pompage. Je les regardai qui s'éparpillaient en rubans pâles dans le conteneur réfrigéré central du labo.

— Très impressionnant, commenta Betty Shun qui posa une main légère sur l'acrylique froid du grand conteneur. Vous venez d'introduire des bactéries. Pourquoi ?

— Les bactéries s'adaptent très vite au milieu ambiant. Leurs enzymes désaturases cessent de travailler sous la pression, ce qui fait monter le taux d'acides gras insaturase dans les parois de leurs cellules, et les empêche de devenir trop rigides. Nos spécimens plus importants ne sont pas aussi adaptatifs.

Je demandai à Dan de m'aider à connecter le premier

récipient de transfert au conteneur principal. Nous le transportâmes sur le banc de travail et le reliâmes à la glissière de distribution, en vérifiant que les fermetures étaient bien hermétiques. Je consultai la pression — le récipient avait perdu près de trois atmosphères — et je baissai celle du conteneur principal pour équilibrer. Ensuite j'ouvris les portes intérieures et mêlai les eaux. De petits morceaux d'une gelée sale couleur sable flottèrent ici et là.

Comme l'homme qui prie pour que la bouteille qui est tombée du sac de supermarché soit celle de vermouth et pas celle de gin, j'espérai que ces fragments étaient ceux de xénos communs, et non nos chers Vendobionts.

— C'est de la soupe, dit Dan.

Je tournai un regard accusateur vers Shun.

— J'aurais dû les transporter moi-même.

Elle ne réagit pas. Nul doute qu'elle avait par le passé affronté des personnalités plus féroces que la mienne.

J'inclinai le déflecteur en plastique à l'intérieur du réservoir de transfert et encourageai en douceur un peu plus de son contenu à dériver à travers le petit port acrylique. Dan alluma la caméra vidéo principale et tourna l'écran de contrôle vers moi.

Une feuille ondulait à la jonction entre les deux cuves, encore teintée de jaune.

— Vivante ? demanda Valerie.

— Probablement pas. Mais au moins il n'y a pas eu rupture des cellules, dis-je. Sauvons ce qui peut l'être.

Bloom revint et se posta à l'écart, dans un coin.

Huit heures s'écoulèrent. Je peux toujours très facilement me perdre dans le travail de laboratoire. Je deviens quelque chose d'aimable et de serein, un esprit de la Science désincarné. Un zombie technique, comme Julia m'avait surnommé un jour. Je n'ai même pas besoin de café. Il y a quelque chose dans la découverte qui produit en moi de la caféine naturelle.

Shun se montra plus patiente que je ne l'aurais cru, même si je ne lui accordai guère d'attention pendant les sept premières heures. Mais Bloom se mit à s'agiter au bout de deux heures, à arpenter la pièce après trois, et une demi-heure plus tard il s'excusa et sortit de nouveau.

Le travail était bien défini. Ces fossiles vivants renommés étaient mourants ou morts, et tous leurs secrets s'en allaient avec eux. Il fallait faire vite.

Tout d'abord j'effectuai un tri et utilisai le manipulateur pour repousser en douceur les fragments et les organismes visiblement morts dans une cuve de transfert spécialement préparée. Je mis Valerie à la protéolyse de quelque centimètres cubes de bouillie que je ne parvenais pas à identifier. Elle utilisa l'Applara Proteomizer, une machine de la taille d'une grosse boîte à pain capable d'exécuter une analyse protéinique complète à la vitesse de cinq cents composants d'acides aminés par minute.

Je doutais que ces créatures utilisent plus de quelques milliers de protéines. Notre protéine de base est longue d'un millier d'acides aminés environ. Après quelques heures nous disposions d'une liste de premier ordre des protéines présentes dans la bouillie, et de certains indices quant à la sorte de gènes et de dérivés que nous trouverions quand nous passerions les acides nucléiques au séquenceur.

Pendant que Valerie travaillait, je passai une heure à simplement observer les organismes intacts dans le conteneur principal. Shun se tint près de moi pendant presque tout ce temps, mais elle eut la sagesse de garder le silence.

Si j'étais un esprit flamboyant et inspiré, elle était une ombre discrète, ou le bras armé de mon mécène, Montoya. Peu m'importait. Rien ne me faisait plus peur que l'échec.

Notre spécimen le plus gros, la feuille, était une plume caoutchouteuse avec beaucoup de côtes comprimées, et sa couleur vert vase était légèrement teintée de jaune. Il mesurait une vingtaine de centimètres de long, dix centimètres dans sa plus grande largeur, et il avait l'apparence d'une feuille découpée dans de l'emballage à bulles.

C'était assez résistant comparé à ses compagnons, mais surtout c'était encore en vie. Ma première impression fut qu'il était constitué de protistes semblables aux xénos. Chaque protubérance en forme de sac de son anatomie était une cellule individuelle dont la taille allait de quelques millimètres à deux centimètres.

La plupart des cellules actuelles sont microscopiques et n'ont besoin que d'un seul noyau, l'ordinateur central et l'usine qui contient les chromosomes. Ces cellules étaient beaucoup plus grandes que la plupart des cellules contemporaines. Tout à ma fièvre spéculative, je supposai que chacun des composants aurait de nombreux noyaux, comme chez les xénos, afin d'accélérer la création et l'accouchement des produits génétiques nécessaires — protéines, ARN ribosomal, etc. — dans son territoire cytoplasmique comparativement étendu.

C'était dans la logique des choses, ce à quoi on pouvait s'attendre.

Mais quand nous détachâmes avec beaucoup de précautions une cellule de la colonie en feuille, que nous la gelâmes et la découpâmes en tranches minuscules pour les placer sur le petit microscope électronique du labo, Dan déclara qu'il ne voyait aucun nucléus. La cellule n'était qu'une masse de gelée avec des chromosomes flottant en liberté dans une membrane épaisse mais simple, et cela en faisait une variété de bactérie ou d'archae, lesquelles ne séquestraient pas leur ADN dans le noyau.

Mais la cellule était soutenue par un cytosquelette microtubulaire qui au microscope ressemblait à des tas de fibres de verre. Les bactéries et les archae ne possédaient pas de cytosquelette.

La cellule échantillon était aussi grosse que le bout de mon petit doigt. L'inspection d'une autre cellule nous montra qu'il y avait des bactéries de maintes variétés vivant librement à l'intérieur, et qui se frayaient un chemin à travers le gel cytoplasmique. Certains de ces intrus bactériens étaient gros, de plusieurs millimètres, et visibles à l'œil nu. Ils me rappelaient les extrémophiles dont j'avais vu la description dans la revue *Science* quelques mois plus tôt, du genre à s'agglomérer au bout des vers de Pompéi dans les communautés de cheminées.

La feuille, en ce cas, n'était ni végétale ni totalement animale, pas plus qu'elle n'appartenait à l'un des trois autres règnes restants de la biologie moderne. Chacune des grosses cellules de ma créature coloniale était pareille à une de ces vieilles villes minières de l'Ouest. Les voyageurs bactériens étaient libres d'aller et venir, mais la plupart du temps ils restaient. Je les imaginais comme des mineurs recrutés parmi les voyous de la ville, qui faisaient leur travail, mais de temps à autre ligotaient le patron et sa femme, menaçaient les ingénieurs et forçaient les richissimes propriétaires à leur payer des rançons en or, sans qu'un seul shérif montre le bout de son nez.

Beaucoup de coopération entre des personnages qui à tout moment pouvaient dégainer leur six-coups et s'entre-tuer, puis se détourner le moment suivant…

Et aller boire ensemble un verre au saloon.

J'éclatai de rire. Valerie et Betty me regardèrent sans comprendre. J'étais épuisé. Je consultai ma montre. Il était dix-neuf heures trente. Nous n'avions pas pris la moindre pause.

Nous étions attendus.

Les machines pouvaient continuer à tourner sans nous. Le conteneur garderait en vie ce qui l'était encore. J'étudiai la liste des protéines établie par Valerie à partir de la bouillie et grimaçai.

— Ouh là, fis-je.

— C'est bon ? s'enquit Betty.

— Phénoménal. Il n'y a ni noyau ni mitochondrie dans ces cellules. Elles sont très primitives.

— Et c'est bon ?

— C'est ce dont je rêve depuis des années, dis-je. Les bactéries dans le cytoplasme sont commensales, mais non symbiotiques, elles aident la cellule à respirer et à métaboliser sa nourriture. Mais elles sont encore loin de devenir des mitochondries. Il faudra peut-être encore des centaines de millions d'années…

J'en avais la chair de poule.

— Seigneur, dis-je avec toute la révérence dont j'étais capable. Nous avons peut-être devant nous des fantômes tout droit venus du Jardin d'Eden. Et ils n'ont pas connu la chute de l'homme.

Dan s'était affaissé sur l'écran de l'Applara. Valerie le secoua pour le réveiller et lui murmura quelques mots à l'oreille. Il rayonna.

— On va dîner ? dit-il.

— C'est moi qui invite, répondis-je avant de me tourner vers Betty. Vous devriez venir avec nous. Ainsi que Bloom, s'il est encore dans les parages.

Je me sentais d'humeur magnanime. Bon sang, j'étais tout revigoré par la joie.

— Prévenez Owen, insista Betty.

J'appelai Montoya sur le téléphone portable de la jeune femme. Il répondit à la deuxième sonnerie.

— Betty, je suis aux toilettes. Que se passe-t-il ?

— Ici Hal, dis-je. C'est fantastique. J'ai des nouvelles. Je crois détenir les derniers éléments.

J'inspirai à fond.

— J'espère que ce sont de bonnes nouvelles, dit Montoya. Parce que, jusqu'ici, elles ont été plutôt mauvaises.

— J'ai une cellule primitive. Primordiale. D'une sorte que nous n'avons pas vue depuis trois milliards d'années. Avec les plans d'une domination bactérienne encore frais et tous les joueurs du drame relativement naïfs.

— Expliquez-moi ce que ça veut dire, Hal.

— Je crois avoir la liste des protéines et de l'ARN que les bactéries utilisent pour prendre le contrôle de notre génome.

— Et que comptez-vous en faire ? demanda Montoya d'un ton patient.

— Je vais briser certains schémas, interrompre les récepteurs cellulaires, créer de nouvelles bactéries, dis-je comme si c'était parfaitement évident. Nos cellules ne recevront plus l'ordre de fermer boutique ou de vieillir. Elles ne perdront plus leur capacité à s'autoréparer. Elles resteront jeunes.

— Parfait. Alors vous savez comment nous préserver ?

— Pas encore, dis-je, car les miracles pouvaient prendre des années, et non des jours. Si je me fonde sur les travaux antérieurs, j'aurai besoin de déterminer quelles sont les cinq ou dix autres protéines qui sont activées par l'*hades* pour stopper la maintenance de la jeunesse des cellules. Elles pourraient se trouver sur cette liste. Il faut encore que je séquence les chromosomes sans attaches, moins de quelques millions de paires de base. Je veux effectuer quelques buvardages de Southern, quelques tests d'homologie. J'ai la certitude que nous avons toujours ces gènes, quelque part, en parfait état de conservation.

— Félicitations, Hal, dit Montoya sans paraître réellement enthousiasmé.

Mais comme il l'avait dit, jusqu'alors les nouvelles n'avaient pas été bonnes.

— Passez-moi Betty.

Je redescendis un peu de mon nuage et tendis le portable à la jeune femme. Elle écouta un moment, puis referma le téléphone et se tourna vers moi.

— Owen insiste pour offrir le dîner. Et ensuite il désire vous voir. Il viendra à Seattle par hélicoptère.

Avec Valerie et Dan, nous nous tapâmes dans les mains. Betty semblait plus réservée, et je n'en apprendrais la raison que cinq heures plus tard.

Les mécènes peuvent aussi décider de changer la musique.

15

Le dîner se déroula au Canlis, dans un cadre élégant et calme. Le bois sombre et les nappes blanches encadraient une vue à couper le souffle de Lake Union. Je pouvais rarement m'offrir ce genre d'établissement, mais j'étais nerveux et excité tout à la fois, et le mieux que je pus faire fut de partager un toast au champagne avec Valerie et Dan, et picorer dans mon assiette.

Nous nous séparâmes vers minuit. Betty Shun me conduisit dans sa Lexus jusqu'à une des quatre résidences que Montoya possédait à Seattle, un appartement de grand standing au dernier étage d'une résidence distante de cinq pâtés d'immeubles du restaurant. Je réussis à somnoler pendant ce court trajet.

Betty me réveilla quand elle coupa le moteur dans le garage souterrain. Je sursautai sur mon siège. Elle me regardait fixement. Dans l'éclairage cruel du lieu, son visage paraissait luire d'un éclat violet pâle.

— J'ai une question, dit-elle. Pourquoi voulez-vous vivre mille ans ?

Je penchai la tête d'un côté et de l'autre pour chasser un début de torticolis.

— Mieux vaut trop que pas assez, dis-je.

— L'existence est pleine de souffrances et de déceptions. Pourquoi prolonger cette misère ?

— Je ne crois pas que l'existence soit pleine de souffrances et de misère.

— Je suis catholique, dit Betty Shun sans cesser de scruter mon visage. Je sais que le monde est mauvais. Ma grand-mère est bouddhiste. Elle sait que le monde n'est qu'illusion. Je veux vivre une vie saine, une vie utile, mais je ne veux pas vivre éternellement. Il y a mieux dans les coulisses.

— Je serais plutôt shintoïste, en ce qui me concerne, dis-je. Je crois que le monde vivant est tout autour de nous, qu'il pense et travaille tout le temps, et que toutes les choses vivantes cherchent à comprendre ce qui se passe. Nous ne vivons pas assez longtemps pour y parvenir, c'est tout. Et quand nous mourons, terminé. Pas de deuxième acte.

— Vous en évincerez d'autres qui ne sont pas encore nés, fit-elle.

— Si ce monde regorge de souffrances, je leur rendrai service, dis-je avec un peu d'exaspération.

Je n'avais aucune envie d'entamer un débat aussi prétentieux à minuit, pas après une journée de travail aussi dure qu'enrichissante.

Le visage de Betty Shun demeura neutre. Elle ouvrit sa portière pour sortir.

Comparé à la demeure d'Anson Island, l'appartement était quasiment modeste. Moins de cinq cents mètres carrés, plafond en voûte partout, chambres suspendues au-dessus d'une salle de travail au plancher d'érable, avec une véranda étalant ses six mètres de verre. L'endroit sentait la menthe verte et la rose-thé.

Montoya nous accueillit sous la véranda et me tendit une tasse de café très corsé.

— Expliquez-moi tout ça à nouveau, me demanda-t-il quand Betty se fut retirée. Je dois me rendre à cinq funérailles différentes la semaine prochaine, et j'ai du mal à comprendre. Je veux savoir où nous allons.

Il parlait avec une sorte de colère contenue, mais son visage restait détendu.

— J'ai peur de la mort, docteur Cousins. Vous m'avez montré une issue possible pour y échapper. Et j'ai mordu à l'appât.

Je m'assis dans le salon avec raideur. J'ignorais où il voulait en venir, mais cela ne me plaisait pas du tout.

— Il m'arrive de prendre tous les plats du menu, simplement pour les goûter, dit-il. Je dépense de l'argent uniquement pour connaître tous les choix offerts. Vous me comprenez ?

— Non.

— Je m'inquiète, ou disons plutôt que certaines personnes s'inquiètent pour moi. Elles s'inquiètent de votre rôle. Vous êtes un mystère, Hal.

Il affichait une curiosité tranquille. J'essuyai mes paumes moites sur les jambes de mon pantalon.

— Betty m'a raconté votre prise de bec avec Mauritz avant que vous n'embarquiez sur le *Sea Messenger*. C'était une vraie dispute.

— Nous nous sommes seulement salués.

Il ne m'écoutait pas.

— Le meurtre vous suit comme un nuage de fumée, fit-il en désignant ma tête d'un doigt tordu. Bloom m'a recommandé de ne même plus vous voir.

Je serrai les poings et me levai.

— J'ai été totalement honnête avec vous, monsieur Montoya.

— Owen, s'il vous plaît.

Il observa mes poings crispés avec cette même curiosité distante, puis me regarda avec les yeux d'un petit garçon qui se demande ce que cet étrange petit paquet si bien enveloppé peut bien contenir.

— Je ne sais pas pourquoi Betty vous a menti.

— Je dois croire les gens qui sont à mon service.

— Il y a forcément autre chose. J'ai droit à quelques éclaircissements.

Il parut perdre tout intérêt pour cette discussion. J'aurais tout aussi bien pu disparaître d'un coup.

Je n'ai jamais accepté facilement d'être rejeté. Les mensonges peuvent me mettre en fureur. Mais quelque chose n'allait pas du tout, et si j'avais été à la place de Montoya, après ce qui s'était produit et ce que ses employés lui avaient rapporté, j'aurais peut-être eu la même attitude. Il fallait que je sorte de l'appartement de ce nabab et que je mène ma propre enquête. Mais la rencontre n'était pas arrivée à son terme, pas en ce qui me concernait en tout cas.

— Notre accord spécifie que je termine des recherches substantielles si pour quelque raison que ce soit vous décidez de couper les fonds.

Je me félicitai d'avoir débité cela sans buter sur la moindre syllabe.

D'un doigt, Montoya tapota le verre de sa montre.

— Il est l'heure d'aller dormir.

Il sortit de la véranda et gravit les marches menant à sa chambre. Bloom et Shun attendaient à l'entrée de la salle de travail. Bloom était penché en avant et examinait une impressionnante collection de presse-papiers en verre dans une vitrine. Shun recula de deux pas, bras croisés devant la poitrine, comme une élève prise en faute.

— Je viens de me faire virer, leur annonçai-je. Je

pourrais lui donner ce qu'il désire, mais il refuse de m'écouter. Il n'écoute que les gens qui lui mentent.

L'air maussade, Bloom m'adressa un hochement de tête compatissant.

— Navré de l'apprendre. Je dois vous raccompagner en bas.

— On expulse le mendiant, c'est ça ?

— Prenez-le comme vous voudrez.

Betty fit mine de sortir. Je la saisis par le bras et Bloom agrippa aussitôt le mien, d'une poigne de fer. Nous restâmes ainsi un moment, un petit triangle de tension, avec Betty qui évitait de me regarder et Bloom qui essayait de m'obliger à lui faire face. Son étreinte s'accentua.

— Qui vous a dit de mentir ? demandai-je à la jeune femme.

— Je ne comprends pas, répliqua-t-elle.

— Je suis juste un porte-poisse, alors vous pouvez faire ce que vous voulez de moi ?

Le fait de l'exprimer ainsi à voix haute me causa un choc réel. Ma voix se brisa.

— On a retrouvé le cadavre de David Press flottant au large de Vancouver, dit Bloom comme si nous discutions de la météo. Il avait le crâne défoncé. Peut-être qu'il a heurté quelque chose, peut-être que quelqu'un l'a frappé.

Betty Shun se dégagea d'une saccade et Bloom m'entraîna sans douceur vers la porte.

Aurora Avenue était noire et luisante de pluie. Je n'avais ni manteau ni parapluie. Je restai planté là un instant, à contempler la circulation, sifflement après sifflement des pneus de chaque côté du muret en béton gris qui séparait l'autoroute. Je n'étais pas accoutumé aux nuits froides en été, et je détestais cela, comme je détestais la ville. J'avais mal au ventre, et le peu de ce que j'avais mangé au Canlis me remontait dans la gorge.

En frissonnant je tambourinai à la porte vitrée de la résidence et demandai au gardien en livrée de m'appeler un taxi. Il leva les yeux de sa revue et me considéra comme si j'étais un sans-abri. Puis il se replongea dans sa lecture.

Je partis sous la pluie, contournai l'extrémité sud de Lake Union et marchai dans le silence mouillé sur quatre cents mètres jusqu'à la façade illuminée du Genetron Building.

Peut-être, pensai-je… Peut-être qu'ils avaient saisi tout le matériel du labo. Ou bien je ne pourrais pas y entrer. Mais personne ne m'en empêcha. Je passai devant le garde de la sécurité au regard ensommeillé, qui leva sa chope de café en guise de salut quand je lui montrai mon badge.

Je glissai la clef dans la serrure et entrai dans le labo.

Nous attendons que notre corps nous dise ce que nous devons penser et ressentir. Déjà, dans l'entrée, j'avais perçu une odeur âcre et salée, mais j'avais sciemment repoussé l'évidence, le désespoir.

L'eau de mer luisait sur le sol. Le Proteomizer et le Perkin Elmer avaient été enlevés. Les ordinateurs aussi. Les parois du grand conteneur pressurisé n'étaient plus recouvertes d'une buée givrée. Quelqu'un l'avait débranché, puis en avait retiré le haut et avait agité son contenu avec un manche à balai. La brosse du balai gisait sur le sol.

Les Vendobionts n'étaient plus qu'une bouillie fantomatique.

Je vomis dans l'évier.

Ce début de matinée catastrophique n'était pas terminé. Je regagnai d'un pas de zombie le Homeaway et me glissai dans ma chambre. L'endroit était lumineux et propre, le lit fait au carré, et le motif de fleurs pastel du couvre-lit était comme une étreinte civile et gentille. La pièce sentait le propre. La salle de bains rutilait d'émail blanc, des échantillons de savon et de shampooing emplissaient des petites corbeilles en osier posées sur les gants de toilette, et le siège luisant des toilettes était scellé avec une bande de papier proclamant son hygiène impeccable.

Cette chambre d'hôtel m'accueillait et croyait en moi. J'étais en sécurité.

Je contemplai ma valise ouverte et les vêtements sales dans le sac plastique à côté d'elle. Il était temps de tout reprendre à zéro. Pas question que j'abandonne. L'enjeu était trop énorme. *La Longue Route*. J'avais toujours ma petite liste de protéines, misérablement courte, mais elle pouvait mener à un nouveau départ.

Par automatisme je sortis les quatre portables de ma valise et les alignai sur le lit. Peut-être un autre mécène avait-il appelé. M. Song s'était peut-être lassé d'ingurgiter ses cocktails au fiel de serpent.

J'avais deux messages sur mon Nokia principal. Je composai le code. Le premier était de Rob. Il semblait appeler de très loin.

« Hal, je ne peux pas parler longtemps maintenant, il faut que j'y aille, mais je voulais juste te dire que je suis vraiment désolé. Nous aurions dû joindre nos efforts. J'ai essayé de te tenir à l'écart de tout ça, mais maintenant ils vont sans doute essayer de nous avoir tous les deux. Nous sommes trop semblables. Comme deux graines dans le même haricot. J'ai appris que *silt* est après toi aussi. »

C'est ainsi que le mot sonnait malgré la déformation acoustique, et c'est ainsi que je le griffonnai : *silt : limon.*

« Parle à K, s'il te plaît. Je lui ai donné un paquet pour toi. C'est un pauvre fils de pute, mais il en sait plus que n'importe qui. Le paquet explique beaucoup de choses, si tu es malin. Garde les yeux ouverts. » Il eut un petit rire sec, comme la toux d'un chien malade. « Ce que je ne comprends pas, c'est comment tu es encore sain d'esprit après toutes ces souffrances. Tu t'es blindé le cerveau ? »

Il inspira bruyamment, et dit, pour la première fois d'après mes souvenirs :

« Nous ne sommes pas exactement amis, mais je t'aime vraiment, Prince Hal. »

Je ramenai le couvre-lit en boule et empilai les trois oreillers contre la table de nuit.

J'avais un autre message. De Lissa, celui-là.

« Hal, il faut que tu téléphones à ta mère, je t'en prie. Je n'ai pas son numéro sous la main, et de toute façon je n'aurais pas le cœur à lui parler. Je suis tellement désolée. La police de New York dit que Rob est mort. Il a été abattu dans une ruelle. Oh, mon Dieu, Hal, je n'arrive même pas à penser normalement, je n'arrive pas à penser à ce que je dois faire, je n'arrive plus du tout à penser… »

Penser, penser, penser…

Elle avait laissé son numéro avant de raccrocher. Le système du portable demanda si je voulais conserver le message ou l'effacer.

Je refermai le Nokia. Je me levai, regardai à droite, puis à gauche, scrutai la pièce, sa neutralité, l'ordre qui y régnait. Sur mon PalmSec je trouvai le numéro de ma mère, à Coral Gables. Je m'assis sur le lit et je me vidai les poumons à fond, jusqu'à ce que la chambre s'obscurcisse devant mes yeux. Je ne parvenais pas à me forcer à lui téléphoner. Que lui dirais-je ? Est-ce que je croyais vraiment à tout ça ?

Ce que je n'avais pas fait, localiser Rob et découvrir ce qui le tracassait autant, était revenu me hanter. Les liens du sang sont impossibles à rompre.

J'inspirai enfin et contemplai le radio-réveil sur la table de chevet. Il était trois heures trente du matin. Assis là, je me mis à sangloter comme un enfant terrifié dans cette pièce propre et sûre, ce qui était le mensonge le plus pourri du monde.

16

Je n'avais nulle part ailleurs où aller. Je fermai la porte à clef, engageai la chaîne de sûreté, mis le verrou et poussai devant elle une armoire. Ensuite je déployai les épais rideaux devant la fenêtre.

J'avais toujours entretenu de grandes espérances en l'humanité. Je n'avais jamais cédé au désespoir, aussi dure que fût la vie. Je pensais simplement comprendre les choses et savoir que parfois la situation se dressait entre vous et vos rêves.

A présent je balançais du côté opposé. J'avais complètement sous-estimé la gravité de la situation. Et j'avais le sentiment qu'elle allait encore se détériorer.

Je ne me souviens pas de m'être endormi. Je me réveillai à moitié dans le lit, à moitié en dehors, et j'allai prendre une douche. En premier lieu je vérifiai l'eau, en la reniflant, puis en la tâtant entre le pouce et l'index. Ensuite je la laissai couler pendant plusieurs minutes pour être sûr que je ne serais pas ébouillanté.

Je réfléchis aux derniers événements et en tirai quelques conclusions plutôt sinistres. Quelqu'un était en chasse et cherchait à nous tuer, Rob et moi. J'avais la chance d'être toujours de ce monde. Quant à mon frère… Il n'avait pas eu autant de chance.

Le cerveau erre dans une forêt d'explications possibles, et parfois il grimpe à l'arbre de celle qui semble la plus logique, aussi laid et dépouillé soit cet arbre. Je trouvai le mien. Quelqu'un avait empoisonné la nourriture à bord du *Sea Messenger*. Peut-être avec des substances hallucinogènes. Ayant passé la plupart du temps dans ma cabine, je n'avais pas eu ma dose.

Dave Press avait eu sa dose, lui, c'était clair. Mauritz aussi.

Mauritz était devenu fou et s'était mis à tirer dans le tas.

Peut-être que tu as parlé avec Mauritz. Peut-être que tu as eu ta dose, en fait, et que tu as tout oublié. Y compris quand tu as tué Dave Press.

Je secouai la tête avec dégoût et frappai le mur du poing. J'étais toujours nu, encore trempé, et ma main gauche laissa une empreinte humide sur le papier peint.

Dans la chambre voisine, quelqu'un cogna contre la cloison en retour et me cria de dessaouler.

Je glissai un doigt dans le petit réservoir d'eau du Mr. Coffee, puis je vérifiai que le paquet de Seattle's Best ne portait aucune piqûre d'épingle. Je ne trouvai rien de suspect, rien que je puisse voir, mais je décidai quand même de me passer de café.

Betty Shun était impliquée, d'une certaine façon, puisqu'elle avait menti à son patron au sujet de ma conversation avec Mauritz. Mais pourquoi ? Elle ne me semblait pas du genre à faire ça, et elle paraissait m'apprécier.

Ce qui m'amena à me demander si au centre de toute cette affaire il n'y avait pas tout simplement Montoya, le Crésus de Puget Sound.

Le réveil indiquait une heure de l'après-midi.

Je remis l'armoire à sa place, passai un gant de toilette humide sur mes aisselles pour en essuyer la transpiration, et je m'habillai.

Je rassemblai mes affaires.

Il était temps de filer très loin de la patrie de Dodge.

J'ouvris la porte, bagage à la main, au moment précis où deux hommes en costume sombre s'arrêtaient de l'autre côté. Le plus petit et le moins chevelu des deux avait le poing levé pour frapper à la porte. Il recula d'un pas, l'air surpris, et baissa la main. L'autre me dévisagea et glissa une main sous sa veste.

J'observai le geste avec une fascination morbide. Ils avaient tout de deux gardiens de la paix dévoués.

Ils craignaient que je ne me montre dangereux.

— Vous alliez quelque part ? demanda le plus grand avec un sourire subit.

Devant cet humour digne d'une série policière télévisée, aucune réponse ne me vint à l'esprit. Je les contemplai en posant mon bagage au ralenti.

— Je suis l'inspecteur Tom Finn, police de Seattle, brigade criminelle. Et voici l'inspecteur Keeper. Vous êtes bien Henry Cousins ?

J'acquiesçai.

— Ravi de vous rencontrer, docteur Cousins.

Finn pénétra dans la chambre, en fit le tour rapidement, n'y vit rien d'intéressant et ressortit. Il m'invita à les suivre en ville.

Keeper se chargea de ma valise.

17

J'ai toujours suivi le droit chemin, et je n'ai jamais été arrêté. Pas de drogue, pas de vol à l'étalage, pas d'arnaque. Mon pire péché est un entêtement forcené. Le crime ne m'a jamais repéré dans la nuit. Je me sentais protégé, et même privilégié. Mais depuis quelques jours j'étais tombé dans une trappe invisible pour atterrir en un monde où un tas de choses très moches arrivent tout le temps, et où la police s'intéresse bien malgré vous à vos affaires.

Si j'avais encore entretenu quelques illusions sur ce point, je n'en avais plus aucune.

Finn et Keeper me conduisirent dans le centre-ville et m'escortèrent dans une salle d'interrogatoire située au bout d'un long couloir, au quatrième étage du quartier général de la police. La pièce mesurait deux mètres cinquante sur trois mètres cinquante, était peinte couleur vanille et meublée d'une table solide et de quatre chaises en plastique moulé. Pas de miroir sans tain, seulement un tableau en liège vide et une petite fenêtre munie de barreaux. Ils me laissèrent seul pendant cinq minutes pendant qu'ils allaient chercher leurs papiers. J'inspectai l'endroit dans ses moindres recoins avec tristesse et nervosité. Le petit déjeuner sauté m'occasionnait un début de migraine.

Par la fenêtre on apercevait une place dallée de pierre et ensoleillée. Des employés s'y délassaient, assis jambes croisées ou les bras pendant derrière le dossier des bancs, lisant des journaux et buvant des Starbuck. Des clients de passage somnolaient au soleil sur un minuscule triangle de pelouse. Sans les barreaux cette vision aurait été une carte postale illustrant la paix et la justice, sinon l'égalité, pour tous.

L'inspecteur Finn revint le premier et entreprit de me faire un résumé de la situation.

— Le médecin légiste du comté de Kitsap vient de déclarer que la mort de Dave Press était d'origine accidentelle. Il s'est noyé. Les blessures à la tête sont survenues post mortem.

Keeper entra avec une canette de Pepsi Diet qu'il m'offrit. Pas de sucre, seulement de la caféine pour nourrir ma nervosité. Je n'avais aucune idée de ce que tout cela signifiait : un petit passage sur le gril entre amis ?

— Le Dr Mauritz a tiré sur sa femme et l'a tuée avant de vous rejoindre à bord du *Sea Messenger*.

— J'ignorais, dis-je.

— Nous avons découvert son corps la nuit dernière, précisa Finn. Les meurtres commis à bord relèvent des fédéraux, mais celui-ci est de notre compétence, et le FBI nous laisse carte blanche pour l'enquête. Les questions s'ajoutent aux questions.

Keeper s'appuya au dossier d'une chaise et se pencha en avant comme une gargouille en costume Haggar.

— Un assassinat sur un navire plein de scientifiques n'a aucun sens, continua Finn. Vous n'étiez pas à bord ou proche du *Sea Messenger* quand Mauritz s'est mis à tirer. Mais avez-vous une idée de ce qui a poussé Press à sauter par-dessus bord ?

— Il s'est comporté de façon étrange pendant la majeure partie de la plongée, répondis-je.

— C'est-à-dire ?

— Il a essayé de jurer. Il a eu un comportement déconcertant. Et finalement, il est devenu violent.

— Une sorte d'ivresse des profondeurs ? Pour vous deux, peut-être ?

— Seulement lui. Et je ne sais rien de l'ivresse des profondeurs. Mais je ne crois pas qu'il se soit agi de ça.

Finn se mit à marcher de long en large dans la pièce.

— Certains membres de l'équipage affirment qu'ils ont été empoisonnés et que cela explique leur comportement irrationnel. Avez-vous été empoisonné ?

— Pas que je sache.

— C'est un « non » ferme et définitif ?

— Je me sentais bien. Je me suis énervé quand Press s'est mis à se comporter bizarrement, et je l'ai repoussé quand il a essayé de couler le SES... mais c'est tout.

— Vous l'avez frappé ?

— C'est lui qui m'a donné des coups, dis-je en montrant du doigt le pansement à ma tempe. J'ai ramené le SES à la surface après qu'il est tombé dans les pommes. J'avais une trouille de tous les diables, mais sinon je me sentais bien. Vraiment.

Finn me dévisageait avec insistance. D'un petit geste rotatif de la main, il m'invita à poursuivre.

— Bref, Press était inconscient, ou bien il avait peur et il simulait. J'ai craint qu'il ne soit mort, mais il est revenu à lui quand on est arrivés à la surface. C'est alors qu'il...

— Que vous a-t-il dit, docteur Cousins ?

Je fouillai dans ma mémoire.

— Il m'a demandé si Owen Montoya m'avait jamais téléphoné. Apparemment, c'était important pour lui.

— Montoya lui a-t-il parlé ? Peut-être lui a-t-il dit quelque chose avant que le navire ne quitte le port ?

— J'en doute. Quelle différence cela ferait-il ?

Finn sourit en inclinant la tête de côté.

— L'assistante de Montoya prétend que vous avez eu des mots avec le Dr Mauritz. Vous le niez ?

— Oui.

— Personne d'autre ne vous a vu parler avec Mauritz avant le deuxième jour du voyage. Votre conversation était-elle amicale ?

— Nous nous sommes simplement salués.

— Que savez-vous d'un homme nommé AY3000 ? dit Finn en prenant un feuillet dans son petit tas de documents. Apparemment, c'est son nom légal.

— Il l'a pris à la place de Jack Scholl, dis-je. Il assiste aux conférences sur la nanotechnologie et les recherches sur la longévité.

— Pourquoi a-t-il changé de nom ?

— Un canular. Quelque chose de philosophique, je suppose. Pour Apollo Year 3000, à partir du premier alunissage, et pour la durée de vie qu'il espère atteindre.

— Je vois, dit Finn.

AY souffrait d'un cancer de la prostate et n'avait pas l'air en grande forme la dernière fois que je l'avais vu. Mais il restait plein d'espoir.

— La nanotechnologie… C'est cette science de la miniaturisation des composants électroniques et autres, n'est-ce pas ? demanda Finn.

— Oui.

— Des conneries de science-fiction, lâcha Keeper avec un sourire supérieur.

— AY3000 investissait-il dans vos recherches ?

— AY n'a pas beaucoup d'argent. C'était un petit investisseur, jusqu'à l'année dernière. Je crois que je ne progressais pas assez vite à son goût. Il a trouvé quelqu'un de plus convaincant.

Après une seconde de silence, j'ajoutai, à l'intention de Finn :

— C'est un vieux monsieur intelligent et très poli.

— M. Montoya est également un investisseur ?

— Il l'était.

— Ce AY3000 a menacé par téléphone nombre de vos collègues, y compris le Dr Mauritz. Il a commencé en début de semaine dernière. Mais il n'a jamais quitté San Francisco. Est-il toujours un de vos contacts professionnels ?

— Je ne lui ai pas parlé depuis des mois. Y a-t-il d'autres crimes que j'ignore encore ?

— La petite ampoule a fini par s'allumer, on dirait, fit Keeper de son coin.

— Quelques-uns, oui, me répondit Finn. Et sans aucun lien avec les domaines d'intérêt des victimes. Biologie. Génétique. Océanographie. Deux victimes à Woods Hole, dans le Massachusetts, le 7 juin. L'épouse du Dr Mauritz, le 8. Une autre victime à Palo Alto, le 17. Vous avez résidé à Palo Alto, n'est-ce pas ?

— J'en ai déménagé il y a dix mois.

— Divorcé ? dit Keeper.

— Ouais.

— D'une dénommée Julia Merrivale ?

— Ouais.

— Elle vous a ratiboisé.

— Elle a pris la maison.

Keeper poussa un sifflement bas.

— La maison de Palo Alto. Quelle valeur ?

Finn secoua la tête et Keeper se détourna en souriant.

— A l'exception de la femme de Mauritz, toutes les victimes menaient des recherches en biologie, liées d'une façon ou d'une autre aux vôtres, d'après ce que j'ai pu savoir, dit Finn. Mais je ne suis pas un expert. Pour moi, ce n'est qu'un charabia incompréhensible.

— La biologie peut parfois ressembler à ça.

— Coïncidences ?

— Je n'en sais vraiment rien, dis-je. Et vous ?

— Et maintenant votre frère, abattu par balle à New York, dit Finn.

Je m'éclaircis la voix.

— Je n'ai toujours pas averti notre mère.

— Que se passe-t-il, docteur Cousins ? Quelqu'un essaie de terroriser les scientifiques, ou de les discréditer, peut-être ? Des extrémistes écolos, des défenseurs tarés des droits des animaux ?

— Je ne torture pas de chatons ou de chiots.

— Une autre menace dont vous auriez connaissance ?

— Je n'ai jamais été menacé, dis-je.

— Personne n'a jamais essayé de vous contacter ? demanda Finn.

— A part mon frère, non.

— Et il ne vous a pas menacé ?

— Bien sûr que non.

— A-t-il dit quelque chose d'inhabituel ?

— Oui.

Le visage de Finn exprimait la patience et l'encouragement.

— Il m'a demandé si notre père m'avait parlé. Notre père est mort. Mon frère avait l'air fatigué.

Mon regard fit l'aller-retour entre Finn et Keeper, dans cette petite pièce où régnait une température un peu trop élevée, et je sentis une boule se former dans ma gorge. Ce n'était certainement pas le lieu ni le moment de me mettre à pleurer.

Finn prit un autre document et le parcourut de ses yeux bleu clair.

— Beaucoup de comportements étranges. Nous n'arrivons à rien en cherchant à dégager un mobile.

— Je ne crois pas que Nadia Evans ait fait quoi que ce soit, dis-je.

— Elle est attirante, n'est-ce pas ? dit Finn.

— Mauritz était-il jaloux d'elle ? intervint Keeper.

Finn ne parut pas très satisfait de cette question non plus. Il l'annula d'un petit geste, arrangea ses papiers sur la table et tira une chaise près de la mienne. Une fois assis, il joignit les mains, l'air sincère.

— Comment provoqueriez-vous des comportements criminels coordonnés ? demanda-t-il. Certainement pas en empoisonnant de la nourriture.

— L'hypnose, suggéra Keeper.

L'ombre d'un rictus de mécontentement passa sur le visage de Finn, et Keeper leva les mains en signe de reddition.

— La nourriture a été empoisonnée ? demandai-je, en essayant de me mettre dans l'ambiance de ce tête-à-tête particulier.

— Le labo du FBI affirme que non. Aucune toxine dans la nourriture retrouvée à bord du *Sea Messenger*. Par ailleurs, Mme Mauritz était morte avant que vous ne leviez les amarres.

— Des drogues ?

Je ne voulais pas révéler mes propres cogitations, aussi je feignais de découvrir ces hypothèses.

Finn ne semblait pas s'offusquer que j'inverse ainsi les rôles.

— Aucune drogue que nous ayons pu déceler.

Pour la première fois, je commençais à avoir l'impression que je représentais peut-être une source de renseignements plutôt qu'un suspect. Cependant, Keeper essayait de maintenir la pression en me couvant d'un œil torve.

— Les fédéraux semblent avoir mis toute cette affaire en veilleuse, dit Finn. Nous en sommes là pour l'instant. Je ne peux pas m'intéresser à des crimes commis en mer ou dans d'autres Etats, sauf s'ils peuvent nous renseigner sur notre propre et unique meurtre. Franchement, le Dr Mauritz est pitoyable, il a tout d'un malade mental. Il ne garde aucun souvenir de ce qui s'est passé sur le navire ou chez lui. Nous allons le poursuivre, bien entendu, et les fédéraux aussi, de leur côté, mais je doute fort que cela nous apporte la moindre satisfaction.

— J'aimerais pouvoir vous aider, dis-je.

— Moi aussi, dit Finn. Vous êtes libre de partir, docteur. Désolé pour votre frère. C'est vraiment un monde de dingues, là, dehors. Si vous apprenez quoi que ce soit d'intéressant, nous apprécierions que vous nous en fassiez profiter.

— Vivez longtemps et prospérez, Spock, lança Keeper de son coin, avec un petit sourire malicieux.

18

27 juin — Coral Gables, Etat de Floride

Lissa jeta son chapeau de soleil noir à larges bords sur la table à manger en érable sombre.

— Qu'ils aillent tous au diable, grinça-t-elle en levant ses doigts comme si elle allait tirer sur une cigarette invisible.

Elle se tapota les lèvres de ses longs ongles perle et me coula un regard de biais pour voir ce que j'en pensais, quoiqu'elle n'en eût cure.

— Il méritait mieux. Il méritait tellement mieux.

Je ne pouvais qu'approuver. De toute ma vie je n'avais jamais ressenti aussi fortement l'impact d'un décès, pas même lors de la disparition de notre père. Je venais d'enterrer mon double génétique.

A la demande pressante de notre mère, Rob avait été enseveli dans un cercueil scellé modèle « Bronze aztèque ». Quelque chose d'assez ridicule. Aux funérailles, sous ce soleil hideux, nous avions regardé le tube hermétique descendre dans un trou de deux mètres de profondeur au fond tapissé de calcaire de Floride.

Maman était assise dans sa chambre et pleurait doucement dans un mouchoir en rayonne noire, entourée de ses amies du club de bridge, avec qui elle partageait des commentaires sur les *soap operas*, et de sacs d'épicerie pleins de romans à l'eau de rose.

Je ne cessais de penser à ce jour où j'avais flanqué un coup de poing sur le nez de Rob après que nous nous étions disputés pour savoir qui de nous deux devait sortir avec une certaine jeune fille. Nous avions dix-huit ans. Nous étions debout, à côté de cette même table en érable. Le ton avait monté et chacun s'était convaincu que l'autre avait dépassé les limites et méritait une bonne correction. J'avais été le premier à exploser, et cela l'avait pris de vitesse. Rob s'était écroulé comme un sac de haricots.

Son nez avait aspergé le sol de sang.

Et maintenant, j'avais envie de ramper dans un trou très profond et de le refermer sur moi. Mais je ne pouvais m'empêcher de surveiller Lissa.

Les femmes se plaignent que les hommes sont tous les mêmes. Ce n'est pas vrai. Nous partageons simplement quelques buts. En plein milieu de mon chagrin et de ma honte, et alors que ma mère sanglotait dans la pièce voisine, je considérais la femme qui s'était séparée de mon frère, sa veuve maintenant, et je savais qu'à vingt-six ans elle était aussi fraîche et belle qu'une femme peut l'être.

Il est vain de vouloir mettre tous les chevaux dans une seule harde. Ils n'en rueront que plus violemment dans la barrière quand l'odeur de la mort flottera dans l'air.

— Tu as entendu quelque chose ? demanda Lissa en repoussant une mèche pâle de devant son visage.

Elle semblait vouloir conserver les coudes pliés et les mains près de son visage. Elle avait arrêté de fumer quelques mois plus tôt, mais l'envie la tenaillait toujours.

— Non, dis-je.

Je m'étais rendu au funérarium pour y signer les documents voulus. Leur chauffeur avait réceptionné la dépouille de mon frère à la zone de fret de l'aéroport de Miami, l'avait apportée jusque sur les tables en acier inoxydable et s'était assuré que tous les produits chimiques voulus lui étaient injectés. Une autopsie avait été effectuée à New York. Personne n'aurait voulu d'un cercueil ouvert, de toute façon.

J'aurais tout donné pour passer quelques minutes avec un Rob en vie. Je voulais une dernière chance de m'excuser pour certaines choses, dont la moindre n'était pas ce coup de poing en plein nez.

— Je donnerais n'importe quoi pour lui présenter mes excuses, dit Lissa.

Je tressaillis devant le synchronisme de nos pensées. Elle me regarda droit dans les yeux. Les siens étaient marron, un peu petits peut-être, et surmontés de sourcils épilés couleur blé, dans un visage également petit par rapport aux mensurations de son corps. Ces disparités la rendaient encore plus sensuelle.

— Je te demande pardon ?

— Nous nous sommes fait quelques petites choses qui n'étaient pas très gentilles, et j'éprouve le besoin de les confesser. A lui. Comme je suis désolée…

— Je comprends, dis-je.

— Votre mère… commença-t-elle en tournant les yeux vers les pleurs qui s'élevaient dans l'autre pièce et en grimaçant comme si on avait fait crisser des ongles sur un tableau noir.

— Son fils, dis-je pour défendre notre mère de cette

beauté troublante qui avait essoré Rob d'une manière que je n'aurais jamais pu égaler.

— Aucune arrestation, dit-elle.

— Non, aucune arrestation.

Nous grignotâmes des petits sandwichs et des légumes à la mémoire de Rob, en sirotant du punch, et quand la plupart des gens furent repartis et que maman se fut enfermée dans la salle de bains pour se remettre, je décapsulai deux bières fraîches dans la pénombre de la cuisine et en offris une à l'entrepreneur de pompes funèbres, un type brun aux pommettes extraordinairement saillantes qui devait être plus jeune que moi de deux ou trois ans.

Lissa s'était absentée, et je ne l'avais pas vue s'éclipser.

— Les funérailles sont plus douloureuses en plein été, dit l'autre sur le ton de la confidence. Nous nous sentons tellement plus en vie quand il fait beau. Nous sommes choqués quand vient le soir, que l'air se rafraîchit et que cela nous rappelle la terre profonde.

J'avais assez peu envie de répondre à cet assaut d'éloquence surréaliste. Lissa revint dans la cuisine avec maman à son bras.

— Lissa m'a dit qu'ils étaient sur le point de se remettre ensemble, dit ma mère.

Comme si cela avait de l'importance, comme si ce qui était sans doute un gentil petit mensonge changerait quelque chose, alors que Rob était enfermé dans son cercueil dans la « terre profonde ».

Nous regardâmes maman remercier l'entrepreneur de pompes funèbres, et je raccompagnai ce dernier jusqu'à la limousine, derrière le garage.

Il ôta sa veste et la posa sur le dossier du siège passager de la Lincoln.

— Parfois, dit-il, les mères me donnent un pourboire à la fin du service, quand les traiteurs sont partis. Je dois le leur rendre en m'excusant.

Il sourit et secoua doucement la tête avec une expression de compréhension attristée.

Il avait dû penser que j'étais du genre solide et que je saurais écouter ses histoires de professionnel avec une objectivité amusée. En fait, je détestais ce type. Il avait vu Rob mort.

Plus tard, alors que je me reposais dans notre vieille chambre, la dernière pièce que nous ayons partagée, et que j'écoutais la brise nocturne souffler dans les palmiers derrière la maison, tout ce que je pus faire fut d'imaginer le pire.

Ils l'ont ouvert et ils ont retiré sa cervelle écrabouillée, et ensuite ils l'ont remise en place. A moins qu'ils n'aient pas pris cette peine et que son crâne soit à présent vide. D'une façon comme d'une autre, le jouet ne marchera plus jamais.

Le gamin ne courra plus jamais.

Aux premières lueurs du jour je m'éveillai d'un cauchemar peuplé de tuyaux impossibles dans des salles de bains immenses et je descendis au rez-de-chaussée pour me soulager. J'aperçus ma mère assise avec Lissa sur les vieux fauteuils en rotin fatigué du salon. Elles avaient dû rester éveillées toute la nuit. Elles parlaient de Rob, maman me tournait le dos.

— Ils se battaient comme des chiffonniers, disait-elle pour la dix millième fois. Parfois, si leur père était absent, je n'osais même pas m'interposer. On aurait dit deux chats sauvages. Quand ils avaient trois ans, ils adoraient que je leur fasse la lecture. La seule manière pour qu'ils cessent de se chamailler, c'était de sortir un livre d'images. Je leur disais : « Arrêtez un peu. Et si nous rendions visite au Dr Seuss ? » et ils venaient en courant s'asseoir sur mes genoux, comme si de rien n'était.

Lissa leva les yeux et me vit, immobile dans l'entrée, mon sous-vêtement tendu par une érection monumentale. Je me sentis pareil à un gamin de dix ans pris en train de répéter des gros mots. Ses yeux s'agrandirent une fraction de seconde, puis ses paupières battirent au ralenti, elle détourna le regard et se remit à écouter ma mère.

Les femmes savent se serrer les coudes.

19

Juillet — Berkeley, Etat de Californie

Les convocations à la police cessèrent. Le drame survenu sur le *Sea Messenger* n'était plus d'actualité, et sans rien de nouveau pour épicer la sauce ce qui n'est plus d'actualité devient vite aussi vieux que l'histoire, avant de sombrer dans l'oubli. Pris d'une crise de folie, Mauritz avait tiré sur tout ce qui l'entourait à bord d'un navire, les membres de l'équipage s'étaient comportés étrangement, Dave Press s'était noyé, quelques biologistes avaient été assassinés, dont Rob. A part Mauritz, aucune arrestation, aucun suspect. Fin de l'histoire.

Je quittai Coral Gables discrètement et revins sur la côte Ouest. Je nettoyai mon petit appartement d'Oakland, un logement provisoire et assez délabré, et en effaçai quelques traces trop visibles. Je ne fis pas suivre le courrier, et j'annulai mes abonnements de portables.

J'avais besoin de temps et d'un endroit calme pour réfléchir. Sous un nom d'emprunt je louai un appartement à Berkeley qui se retrouvait chaque matin ensoleillé dans l'ombre du magnifique Claremont Hotel. La propriétaire était une artiste vieillissante qui aimait l'idée d'avoir un scientifique cogitant au-dessus de son garage. Elle partageait la maison principale avec deux compagnes plus jeunes aux cheveux courts que les hommes exaspéraient. Je lui fus chaudement recommandé par un professeur de microbiologie qui enseignait à l'université d'Etat de San Francisco, un sympathisant de gauche qui avait hébergé des extrémistes bien plus contestés que moi dans les années 70.

J'appelais ma mère de temps en temps. D'une cabine publique.

Je me sentais invisible. C'était un peu frustrant, mais aussi rassurant.

Ma vie prit un rythme paisible pendant quelques semaines, une respiration bienvenue avant ma rencontre avec K, le retour de Lissa et ce que plus tard je surnommerais « la Semaine infernale ».

Tout en me prélassant dans un vieux fauteuil au rembourrage confortable, en regardant par la petite baie vitrée de l'appartement les bananiers qui prospéraient sous les vitres laiteuses brisées de la vieille serre, je retournais en esprit cette question des protéines suspectes chez les Vendobionts.

La serre s'élevait en diagonale par rapport au garage, derrière une vieille maison à colombage des années 20, cachée à ma vue par les genévriers et hantée par les glissements rythmés des pantoufles de cette chère vieille logeuse.

J'en arrivais peu à peu à la conclusion que ce qui figurait sur ma liste — et je n'avais que cela — suffisait. Cette énumération me guiderait jusqu'au point d'où j'avais réellement besoin de contempler le labyrinthe des chemins chimiques qui constituent la biographie de la cellule humaine.

Mais à qui parlaient ces protéines quand elles étaient au travail ? Quels messages chimiques interceptaient-elles ou favorisaient-elles pendant les quelques décennies d'une existence humaine ? Sans les spécimens vivants de Vendobionts, je n'avais aucun moyen crédible de l'apprendre. Je pouvais entrevoir un millier de réponses plausibles, mais je n'ai jamais été un adepte des devinettes.

Quand le spectacle de la serre commençait à perdre de son charme et que le calme se transformait en ennui stagnant, je traversais la rue, entre les plots en béton anti-stationnement de la taille de poubelles, et je parcourais quelques pâtés d'immeubles jusqu'à l'université de Californie à Berkeley. Là j'allais m'asseoir dans la bibliothèque et je lisais les dernières revues spécialisées. Je me servais d'un ordinateur pour surfer sur la Toile et lire des articles en ligne.

Mais ce fut un mois curieusement dépourvu d'intérêt dans mon champ d'études. La lecture dans la bibliothèque n'était pas ce qu'il me fallait.

Je ne pensais à rien, trop souvent, et la tristesse n'est pas de mes amies. J'avais besoin d'un labo, de conversations rigoureuses avec des collègues, de contacts avec des compagnies travaillant sur le génome humain. J'avais besoin d'autres spécimens, de travailler avec mes mains, qui avaient toujours guidé et encouragé les muses les plus secrètes de mon cerveau.

Aussi je rouvris boutique. Je me fis installer le téléphone, envoyai quelques courriers, et me mis à me promener sur le campus et dans les rues voisines de mon appartement. Je lançai quelques recherches pour trouver un labo à louer, par l'intermédiaire de mon ami microbiologiste, et toutes revinrent avec une fin de non-recevoir. L'espace pour les labos était restreint, et le curriculum vitae que j'avais concocté était trop mystérieux.

Mon article sur la communication mitochondriale avec les bactéries de l'intestin fut soumis à une autre revue (d'après ce que j'entendis dire) et refusé. Tous mes liens avec la science étaient rompus, et mes traces effacées.

J'en fus finalement réduit à errer dans les centres biotechniques du campus et au labo contenant le superordinateur. J'étais insatisfait, j'essayais de m'imaginer dans une position inspirant le respect, avec des fonds abondants et l'assistance de quelques diplômés pour débattre avec moi des points les plus faibles de mes théories.

Après quelques semaines, mon compte en banque atteignit un niveau dangereusement bas. Je m'astreignis à la parcimonie dans les courses et les menus, et j'imaginai qu'en réduisant les dépenses je retardais ma propre sénescence. Pendant les premiers jours, je réussis à me convaincre que j'étais mon propre laboratoire, ma propre expérimentation, et je pris des notes en rapport — je traçai même un diagramme de ma perte de poids et de mes humeurs. Je comptais les cheveux tombés dans le lavabo chaque matin.

Je faisais de la limonade fade avec de vieux citrons trop amers.

AY3000 s'était privé pendant vingt ans. Ses pulsions sexuelles avaient atteint le niveau zéro. Bettina, son épouse, n'y avait pas vu d'inconvénient majeur. L'apport limité en calories marchait sur les rats et avait peut-être accru l'espérance de vie des survivants des camps de concentration. AY avait constitué une source d'inspiration quelque peu insane pour tant d'entre nous. Et maintenant il agonisait, appelait les gens et menaçait. Ce n'était pas un exemple très encourageant alors que je me mettais au lit avec l'estomac dans les talons.

J'étais sur le point de perdre courage, après avoir déjà perdu toute perspective. Mes lettres m'étaient retournées sans réponse, mes appels téléphoniques ne donnaient rien.

Dans certains milieux, tenter de soigner le vieillissement n'est pas respectable. Nous ne sommes que des touristes dans la contrée des vivants, c'est ce que beaucoup croient. Une existence trop longue va à l'encontre de la loi divine. Qui supposerait que des universitaires libéraux, et même des scientifiques, entretiennent en secret la crainte de la colère de Dieu ?

Je me demandai ce que Rob penserait de moi, maintenant. Dans ma solitude, je devenais plus modéré, plus porté à l'introspection.

J'aurais eu besoin que mon frère me flanque un bon coup de poing sur le nez.

Lors d'une de mes rares équipées jusqu'à l'épicerie Star, sur Claremont Avenue, je remarquai deux hommes minces et alertes qui se tenaient près d'un arrêt de bus. Ils portaient des vestes de sport et des pantalons gris. Ils avaient les cheveux bruns coupés court et des visages longs et théâtraux. Ils semblaient lestes, et auraient pu être des comédiens ou les membres d'une troupe de cirque. L'un était coiffé d'un béret. L'autre me regarda à travers de petites lunettes de soleil cerclées d'acier alors que je passais devant eux, et il poussa du coude l'autre, qui fit de même. Ensemble ils firent mine de m'ignorer.

Rien de très inhabituel à Berkeley.

L'épicerie sentait les pêches fraîches hors de prix dans leurs caisses en sapin, les carottes en vrac, le liquide vaisselle et mille autres choses indispensables dans la vie domestique. J'achetai quatre pommes, deux bananes, deux canettes de jus d'orange surgelé, une livre de jambon de dinde, deux pains ronds, un sac de riz, de la mayonnaise et quelques olives. Je sortis toute ma menue monnaie et laissai tomber quelques pièces sur le lino. Je me baissai, les ramassai et ajoutai les six cents manquants.

Alors que j'étendais la main vers le caissier pour prendre les trois dollars qui me revenaient, un petit homme au nez camus et à l'épaisse crinière noire se glissa entre les caisses et me percuta dans sa hâte. D'autres pièces de monnaie tombèrent sur le sol.

Le petit homme agrippa désespérément le plastique mou d'un vaporisateur sans marque et en fit jaillir un liquide clair.

Un jeune employé totalement chauve lui courut après.

— Non mais, sortez d'ici et ne revenez plus ! vociféra-t-il.

Il lança son pied botté en faisant une grimace de dégoût mais rata sa cible, et l'autre se faufila prestement jusqu'à la sortie.

L'employé se retourna pour fusiller la caissière et moi du regard. Il se ressaisit :

— Désolé pour l'incident, s'excusa-t-il.

Je notai qu'il avait des anneaux dans le lobe des oreilles et dans une narine.

— Maintenant il faut que je jette toute cette laitue.

Il leva la main comme si elle tenait un pistolet et imita avec une moue le geste et le bruit. *Sphritz-sphritz.*

— Mme Lo va me tuer.

— Je l'ai déjà vu, dit une femme d'une cinquantaine d'années à la mine joufflue couronnée d'une chevelure rouge.

Elle souleva son cabas en toile et le déposa sur le comptoir. Elle pinça la jolie tête d'une romaine, comme si c'était un gros insecte.

— Je croyais qu'il travaillait pour vous, ajouta-t-elle.

— Je ne l'avais encore jamais remarqué, dit la jeune caissière.

Elle se hissa sur la pointe des pieds pour regarder par-dessus le présentoir à cigarettes. Le petit homme avait disparu.

— C'est un monde, quand même, grommela le jeune employé, avant de s'excuser encore.

D'un signe de tête je lui fis comprendre que je ne lui en voulais pas. Un jour comme un autre à Berkeley.

Cette nuit-là, je rêvai du petit homme. Il vaporisait de l'eau sur tout, et la ville entière se racornissait. Le Clarement Hotel était en feu, et les vieilles demeures de Berkeley fondaient comme de la cire dans la chaleur du brasier. Puis je me retrouvai dans le désert, à marcher à côté de l'homme aux cheveux blancs.

C'était mon père, et il essayait de me dire quelque chose d'important au sujet de Rob.

La Semaine infernale débuta brillamment. Mon ami de l'université de San Francisco me téléphona pour me dire que le 8 août aurait lieu une conférence prométhéenne sur le campus Clark Kerr, à l'université de Berkeley. Il s'était débrouillé pour obtenir une invitation pour moi auprès d'un des directeurs, Phil Castler et son épouse Frieda. Ce même Phil Castler qui n'avait pas suffisamment impressionné Owen Montoya.

Les Prométhéens sont des visionnaires, innocents à bien des égards, plus sages que leur époque à beaucoup d'autres. Castler lui-même combinait une sensibilité exacerbée pour la politique internationale à un enthousiasme juvénile pour le progrès, enthousiasme que j'avais jadis partagé, et qui me manquait désespérément aujourd'hui. Les Prométhéens se vouaient à écouter et échanger leurs informations et leurs enthousiasmes, et les idées étaient leur menu quotidien. Ils étaient mes pairs, mes amis, même lorsque nous entrions en compétition pour décrocher des fonds, ou que nous étions en désaccord sur un quelconque sujet.

L'invitation de Castler ainsi qu'un badge d'entrée à la conférence arrivèrent par le courrier le lendemain, accompagnés d'un mot griffonné par Frieda : *Où étiez-vous passé ? Phil et moi sommes impatients d'avoir de vos nouvelles !*

Jamais de ma vie je n'avais attendu une conférence avec autant d'impatience. Elle marquerait mon retour dans le monde réel.

Je repérai Phil dans l'entrée carrelée, sous le portique, juste devant le magnifique auditorium Joseph Wood Krutch, de style missionnaire. Il portait un pull-over jaune au col déboutonné sur une chemise blanche, un pantalon gris ample et des chaussures noires éraflées, et il discutait avec un jeune homme corpulent en jean et blouson de cuir noir. Leur conversation semblait intense. Le jeune homme agitait l'index dans l'air, et Castler oscillait d'avant en arrière sur ses talons, en absorbant chaque argument comme si les mots avaient un poids réel. A certains moments stratégiques, il acquiesçait de cet air docte que j'ai déjà remarqué chez certains vieux scientifiques européens. Castler était pourtant né et avait grandi en Amérique ; au fond de lui survivait la courtoisie du vieux monde.

Un garde armé de la sécurité se tenait près de l'entrée, bras croisés comme le génie de la lampe. C'était une première pour une conférence des Prométhéens. Mais trop de scientifiques étaient morts, récemment.

Alors que je me rapprochais, Castler m'aperçut du coin de l'œil et interrompit le jeune homme en pleine phrase avant de faire volte-face et de marcher vers moi.

— Hal ! s'écria-t-il en souriant, main tendue.

Il avait les cheveux plus longs que lors de notre dernière rencontre, qui retombaient sur son col de chemise en un flot épais. Cette crinière à la Liszt lui allait à ravir.

— Que c'est bon de vous revoir ! Ces derniers temps ont été bien éprouvants. Tant d'amis ont disparu. Nous avons craint le pire !

A sa demande pressante, je lui donnai une version édulcorée de mes activités récentes, en l'amputant d'éléments clefs. Il écouta d'une oreille compatissante, et exprima sa tristesse quand j'en vins à la mort de Rob. Une perte terrible, commenta-t-il. Puis il m'expliqua les difficultés que les Prométhéens rencontraient actuellement. Le nombre des membres augmentait, mais les contributions des entreprises avaient fondu. Le *Wall Street Journal* avait publié une attaque particulièrement vicieuse contre ses théories.

Je l'écoutais avec un sentiment aigu de mon désengagement, comme un soldat démobilisé écoutant le bavardage d'un homme d'affaires.

— Qu'avons-nous fait au *Wall Street Journal* ? me

demanda-t-il avec le sourire las de ceux qui sont revenus de tout.

Un autre assistant de conférence lui adressa la parole, et il se tourna vers lui pour engager un nouveau débat.

Je survolai du regard l'entrée et j'admirai les vieux madriers en chêne espagnol sombre qui soutenaient la haute voûte, ainsi que le carrelage orange, blanc et bleu de style mauresque décorant les murs. Je pris mon dossier à l'accueil, bavardai une minute avec Frieda — une styliste qui accordait avec art sa maîtrise des sciences humaines aux schémas technocratiques de Phil —, puis je parcourus la liste des sujets abordés à la conférence. La plupart ne sortaient pas de l'ordinaire de ce genre de manifestation. Cinq présentations sur un sujet unique et plusieurs réunions diverses s'étaleraient sur deux journées entières. L'orateur chargé du discours-programme ferait un exposé sur les germes protéolytiques mixtes et sur les possibilités d'identification de barrages à gène unique sur la voie du rajeunissement.

J'éprouvai une pointe d'irritation en lisant le résumé de son discours. Il n'existait pas de solutions à un seul gène, la chose avait été démontrée depuis des années. L'enthousiasme béat n'était pas nouveau, mais l'approche non plus, et les réponses proposées étaient pour le moins émoussées.

Un petit coup d'œil à la liste des invités me renseigna : quatre-vingts membres participeraient à la conférence, contre cent l'année précédente.

Nous pénétrâmes dans l'auditorium avec le flot des autres et nous nous installâmes. J'étais un des seuls à ne pas prendre de notes sur un calepin ou un ordinateur portable. Les cliquètements des touches et les bips se prolongèrent pendant plusieurs minutes tandis que Phil et Frieda, aidés de leur équipe, terminaient les branchements des caméras vidéo et des projecteurs.

Ma nervosité se mua peu à peu en tristesse. Autour de moi évoluaient des gens qui étaient à l'origine de l'approche scientifique des recherches sur la longévité. Certains d'entre eux travaillaient dans ce domaine et en exploraient les possibilités depuis plus de quarante ans. Mais toute cette conférence dégageait un air de rassemblement autosatisfait et de congratulations mutuelles plutôt qu'un creuset de pensées innovantes.

Ce n'était pas la faute de Castler, je le savais. En partie, c'était le résultat du départ de la plupart des talents dans les entreprises privées spécialisées dans la biotechnique. Les grosses firmes — les petites aussi, d'ailleurs — partageaient rarement leurs dernières découvertes, et certainement pas avec des pionniers visionnaires. On ne pouvait faire confiance à des visionnaires pour tenir leur langue, quant aux pionniers, ils avaient un peu trop tendance à intenter des procès.

Le maître de cérémonie, un chercheur en biologie moléculaire de Stanford, fut présenté par Castler. Il se campa derrière le pupitre, lança quelques plaisanteries pour mettre tout le monde à l'aise et défia le public avec une reformulation de la vieille théorie selon laquelle la longévité est fonction d'une stratégie sexuelle : ayez beaucoup d'enfants et vous mourrez jeune, limitez votre descendance et vous vivrez vieux.

— Et qu'avons-nous à dire à cela ? fit-il d'un ton provocateur.

— On commence quand ? cria une jeune femme au dernier rang.

Un jeune homme portant deux nattes ornées de nœuds noirs se leva. Il n'avait pas saisi le ton humoristique du maître de cérémonie et répliqua que cette vision négligeait totalement l'aspect social qu'il estimait crucial pour comprendre la durée de vie humaine. Les humains font partie intégrante du tissu social, dit-il, ce ne sont pas des animaux sauvages qui se reproduisent au hasard.

L'orateur glissa adroitement et poliment de la plaisanterie au débat, et répondit que le sexe comprenait un peu plus qu'un simple échange de fluides, puisque c'était aussi un échange de bactéries et de virus. Un moine ermite avait des chances de vivre plus longtemps non à cause de son abstinence mais parce que son isolement le mettait à l'abri de tout échange de fluides corporels. Une forêt de mains se leva.

— Eh, il y a de l'ambiance, ici ! s'exclama l'orateur. Voilà qui est parfait ! Et si nous commencions le vrai programme…

Mais la petite foule n'était pas de cet avis. Castler lui-même prit la parole pour poser une question polémique. Il savourait le débat pour le débat, sans se soucier des interventions prévues.

Un jeune type grand et massif et une petite dame aux allures de grand-mère d'une soixantaine d'années reprirent la thèse qui prétend que la sélection naturelle cesse d'elle-même quand les individus cessent de se reproduire. En d'autres termes, nous étions complètement en dehors du grand jeu génétique dès que nous ne concevions plus. Une demi-douzaine de participants protestèrent — bon signe pour eux, me dis-je. C'était l'explication standard de l'évolution du vieillissement depuis que Bidder l'avait exposée en 1925, et elle sentait un peu le réchauffé.

Castler s'imposa malgré les murmures, et concéda que, en dépit de la véracité de la chose, la santé de la société — et donc celle des individus dépendant de cette société comme les abeilles dépendent de l'essaim — était fonction de la sagesse des plus anciens. L'âge de la retraite sonnait généralement une trentaine d'années après la fin de la conception, et l'activité de grands-parents continuait des années encore. La santé d'une société était reflétée à la fois par l'importance numérique de la progéniture et par la vigueur des plus anciens qui permettait justement à cette société de soutenir une plus grande progéniture.

L'orateur, toujours sur l'estrade, se tenait en retrait, ses notes à la main. Il semblait très satisfait que le programme soit aussi méthodiquement saboté.

Je commençais à me détendre. Ces gens étaient mes semblables. J'étais enfin dans la réalité.

Une discussion enfiévrée débuta bientôt sur le fait statistique que le degré maximal de l'entropie était atteint à l'âge de vingt ans, période où nous consommions plus, par unité de poids, et nous engagions dans une plus grande activité et une plus grande croissance cellulaire, avec donc une potentialité d'erreur génétique, avant que la plupart d'entre nous ne se reproduisent. Et pourtant c'était sur la longue courbe de la stabilité entropique comparative que le vieillissement et la mort finissaient par nous rattraper. Quels gènes assuraient notre bonne santé pendant la période où l'entropie et donc les erreurs auraient dû s'accumuler ?

La question n'était pas dénuée d'intérêt, plusieurs personnes en convinrent, mais elle était très complexe et à côté du sujet. Nous ne voulions pas nous embarquer dans un débat sur l'entropie et les systèmes clos quand nous aurions dû discuter de complexité et de liens informatifs.

Castler désamorça habilement un début de polémique entre deux apprentis physiciens qui voulaient explorer les différences entre systèmes clos et systèmes ouverts.

— Puis-je dire quelque chose ? fit le maître de cérémonie, qui fut totalement ignoré.

Frieda Castler avança une idée ingénieuse. Rebondissant sur une déclaration précédente où il était question d'une corrélation entre la longévité et le temps consacré à élever sa progéniture, elle déclara que nous méritions donc tous de vivre plusieurs milliers d'années. Il faudrait bien ce temps pour élever nos véritables enfants, les intelligences artificielles à base de silicium. C'était intelligent, mais cela n'avait pas grand sens à mes yeux. Je croyais résolument au limon, pas au silicium. Et sous cet aspect, je différais largement de Gus Beck, des Castler et de la plupart des gens présents dans cet auditorium.

Mais les discussions me redonnaient du tonus, et c'était une des raisons de ma venue ici.

Nous fîmes une pause pour déjeuner, sans que l'orateur chargé du discours-programme ait pu parler. Au fond de l'auditorium nous pêchâmes des petits cartons individuels bourrés de sandwichs, pommes, gâteaux secs et boissons alcoolisées en canettes. Je pris le mien en bas d'une pile, puis allai manger seul sur un banc, dans la cour, en regardant le vent qui soulevait les feuilles mortes en tourbillons légers autour d'une fontaine à sec.

Personne ne proposa de se joindre à moi. Les gens déambulaient par petits groupes, ici et là.

Peu à peu, je ralentis ma mastication. Je sentais la mélancolie revenir insidieusement. Castler et Frieda avaient été heureux de me revoir, mais d'autres ne montraient pas la même mansuétude.

La poisse me collait toujours à la peau.

AY3000 arriva sur son fauteuil roulant après la pause déjeuner, et il fut aussitôt entouré dans le hall par une petite foule d'admirateurs inconnus. Il me faisait un peu l'effet d'une exposition sur la mortalité montée sur roulettes. La peau était tendue à craquer sur son crâne, il n'avait plus que quelques touffes de cheveux blancs trop fins sur la tête, et son front luisait de sueur. Il avait du mal à lever ses doigts noueux pour serrer les mains de ses enfants intellectuels. Et pourtant il y avait au fond de ses prunelles une lueur que j'aperçus, même à six mètres de distance. Ce même éclat de la conviction que nos certificats de naissance ne préfiguraient pas obligatoirement notre condamnation à mort.

Je n'imaginais pas ce vénérable vieillard en train de passer des coups de fil tordus.

Bettina, sa femme de trente ans plus jeune, poussait le fauteuil et lui essuyait les lèvres avec un mouchoir en tissu. Elle avait tout juste passé le cap de la soixantaine, et sa chevelure opulente formait un casque argenté posé sur un front haut. Après dix minutes, elle le conduisit hors du cercle trop pressant des admirateurs pour lui donner le temps de respirer un peu avant que la conférence ne reprenne. Le hall était mal aéré, et les hommes âgés avaient tendance à s'endormir dans ce genre d'atmosphère. Le groupe d'admirateurs s'écarta avec déférence.

Bettina fit passer son mari devant les dernières rangées, où je m'étais assis. AY tourna la tête dans ma direction et frappa faiblement de la main sur l'accoudoir de son fauteuil roulant. Obéissante, sa femme stoppa. Il leva un faisceau de doigts maigres vers moi.

— Rob Cousins. Vous êtes mort, dit-il.

Un frisson me parcourut l'échine.

Bettina se pencha et lui murmura quelque chose à

l'oreille. AY cligna plusieurs fois des paupières, l'air irrité.

— Pardonnez-moi, me dit-il. Le pire dans tout cela... C'est la perte de mémoire. Et pour moi, la mémoire c'est l'âme. Votre frère était un grand homme. Plus grand que vous, et plus doué. Il m'appelait souvent, pour me parler. Me donner des conseils. Des instructions.

Une soudaine chaleur me monta au visage.

— Oui, bien plus grand que vous, insista AY. Le plus intelligent des deux frères, indubitablement.

— Chut, susurra Bettina.

— Pourquoi avez-vous téléphoné au Dr Mauritz ? demandai-je.

Il leva les yeux au ciel et toussa doucement dans un mouchoir. Bettina me toisa d'un regard féroce. *Comment osez-vous l'importuner de la sorte ? Comment osez-vous mordre à l'hameçon d'un homme aussi visiblement diminué ?* Elle avait raison. Mais il fallait que je sache.

— Je ne me souviens d'aucun Dr Mauritz, dit-il quand il eut repris son souffle. Mais oui, il est probable que je lui ai téléphoné. On m'a dit d'appeler un grand nombre de personnes.

AY lança sa main en arrière quand sa femme voulut de nouveau le calmer, puis fit mine d'adresser un signe aux admirateurs enthousiastes qui prenaient place à l'entrée du hall.

— Pourquoi perdre votre temps ici ? Votre place n'est pas ici, Henry. Il s'agit d'une réunion pour dilettantes doués. Allez continuer votre important travail pendant que vous le pouvez. Eux, ils vont louer mon influence et ignorer toutes mes mises en garde, mes pauvres... mises en garde.

— Allons, du calme, insista Bettina avec un peu plus d'autorité.

D'un autre geste il la fit taire, puis il se pencha sur l'accoudoir pour repousser une chaise pliante et roula son fauteuil vers moi. Lasse de cet entêtement, Bettina resta en arrière et croisa les bras.

AY était assez près de moi pour murmurer. Son haleine sentait la dentition mal entretenue et le mauvais régime alimentaire.

— Avez-vous la moindre idée de ce que les gens mal-intentionnés peuvent faire ? Ce qu'ils peuvent vous extorquer ? Ce qu'ils peuvent me prendre ? Je ne suis qu'un vieil homme à l'agonie, je ne vaux même pas la peine d'être assassiné. Je ne suis bon qu'à faire les commissions. Mais vous et Rob, vous êtes en plein dedans. *Ils savent ce que vous faites.*

Quatre jeunes Occidentaux en jean noir passèrent devant nous, accompagnés de deux jeunes filles asiatiques. A coup sûr, ils faisaient partie du contingent des cyber-jeunes sportifs de Phil. Les petites amies asiatiques étaient de rigueur. Ils saluèrent AY avec des sourires chaleureux.

Il se redressa sur son fauteuil, en remuant les lèvres sans émettre de son jusqu'à ce qu'ils ne puissent plus nous entendre. Alors il reporta son attention sur moi, d'un air implorant.

— Ecoutez Flora Ramone. Elle parlera aujourd'hui à quinze heures. Pour le reste… Pff, penser que nous pourrions maîtriser le futur sans réellement connaître le passé… Ne répondez pas à ces appels. Ne décrochez pas.

Un autre accès de toux saisit le patriarche de la longévité. Bettina le conduisit en hâte hors du hall. Elle était pressée de l'éloigner de moi.

Contre tout ce que me disait mon instinct, je restai pour écouter Flora Ramone. Elle monta à la tribune à quatre heures seulement, car la conférence avait pris du retard.

Elle fit un exposé laborieux, très détaillé, avec une profusion de diagrammes, sur l'organisation sociale et la quête de l'immortalité cellulaire chez les néoplasmes — les tumeurs cancéreuses. A mesure qu'elle parlait, elle s'enthousiasmait pour son sujet, et ses yeux brillaient.

Les cellules devenaient aberrantes. Elles se coupaient de la police cellulaire, encourageaient la croissance de nœuds d'artères, exigeaient des ressources au-delà de leurs besoins. Elles se reproduisaient de façon anarchique et refusaient d'obéir aux signaux qui exigent une identification individuelle. Et cet échec entraînait l'apoptose — le suicide cellulaire.

Les tumeurs faisaient preuve d'une certaine arrogance, d'une audace impertinente. Elles se reproduisaient selon leur bon vouloir, et *vouloir* était un des mots clefs de la démonstration. Elles démontraient une volonté propre, dissociée du reste du corps. Les cellules dans les tumeurs essayaient de créer leur propre société, mais parce qu'elles s'étaient coupées des contrôles sophistiqués de l'organisme plus grand, elles régressaient jusqu'à une sorte de « politique » biologique plus primitive et plus égoïste.

Les tumeurs échouaient souvent à nourrir toutes les cellules qui les composaient, et la mort des cellules — la nécrose — en était une des conséquences. Si elles envoyaient des cellules missionnaires pour diffuser l'évangile de la libération, la mort de l'organisme général était trop souvent le résultat final.

— Les tumeurs s'efforcent de briser leurs chaînes et

de vivre éternellement. La liberté est leur quête, mais elles apportent le désordre et la mort, conclut-elle. Sommes-nous si différents ? Si, en notre qualité d'individus, nous nous efforçons de vivre au-delà de la durée de notre vie, quelle contribution apportons-nous au reste de l'humanité ? Sommes-nous plus intelligents à cent cinquante ans que nous l'étions à quarante ? Et si nous devenions une entrave pour les jeunes ? Si nous accaparions toutes les ressources disponibles et que nous affamions notre société, ou si nous nous égarions dans des quêtes excentriques qui ignorent une sagesse plus grande ? Sommes-nous alors différents, et moins nuisibles, sur le plan biologique, que les tumeurs ?

Le silence accueillit ces dernières paroles. Ceux qui appréciaient ce qu'ils venaient d'entendre étaient sans doute peu nombreux. Le Dr Ramone répondit au pied levé à quelques questions résolument hostiles, sans grand effet. L'auditoire se scinda en petits groupes qui murmuraient. Seule sur l'estrade, elle rangea tristement ses papiers sur le pupitre, puis descendit dans la salle.

Je la suivis du regard en grinçant des dents.

Un Castler furibond m'approcha. Il secoua sa crinière de compositeur romantique et leva un regard étincelant vers les poutres en chêne du plafond.

— Elle a jeté un froid sur tout l'après-midi. C'est de la myopie intellectuelle, tout ce fatras. Qu'est-ce qu'elle est, *marxiste* ?

J'ai toujours détesté les opposants systématiques, ceux qui militent pour l'arrêt des recherches controversées en prétendant que c'est pour le bien à court terme de l'ensemble. Mais ce qui m'avait vraiment mis en rage, c'était la constatation que je n'avais aucun argument convaincant pour réfuter la position polémique mais calmement assumée du Dr Ramone.

La déclaration d'AY et l'exposé du Dr Ramone avaient pompé toute mon énergie. Une longue promenade dans Berkeley avant de retourner à mon appartement semblait constituer le meilleur remède immédiatement disponible. Je me dirigeai vers les grandes portes en chêne au fond du hall.

— Hal Cousins ?

Dans un coin, une ombre se sépara des autres et vint vers moi. Ma première réaction fut de battre en retraite, mais je n'en avais ni le temps ni la place. Quand elle émergea dans le soleil de l'après-midi, l'ombre se métamorphosa en un petit homme à la cinquantaine avantageuse, tempes grisonnantes, nez busqué, sourcils épais à l'arc aristocratique. Il était pauvrement vêtu d'un costume de tweed aux poignets élimés, d'une chemise en lin qui avait dû coûter une belle somme un siècle plus tôt et dont le col était fatigué par trop de repassages, et il était chaussé d'Oxford marron au talon raboté par l'usage. Il portait quelque chose sous son manteau en partie boutonné.

— Vous n'auriez jamais dû venir, dit-il. C'est bien trop exposé.

Son accent était difficile à situer. Il parlait anglais avec une pointe de phrasé de l'Europe de l'Est, me dis-je. Il avait un bandage à la main gauche, qui la recouvrait du poignet à la naissance des doigts. Il remarqua mon regard et plongea la main dans la poche de son manteau.

— Votre frère a peut-être fait allusion à moi. Je suis K. Pourrions-nous quitter… tout ceci ? Trouvons donc un endroit tranquille et plus discret pour parler. Nous porterons un toast à la mémoire de votre frère, et nous essayerons de nous saouler.

20

— Les alcools forts, c'est l'idéal, expliqua K avec une mimique revêche tandis que nous nous installions dans un box au fond de la salle du Pascal's, un pub sur College Avenue.

L'endroit baignait dans une pénombre ponctuée de petites lampes à abat-jour parcheminé jaune et d'une lucarne étroite au centre du plafond. Il y planait l'odeur du houblon et de la sciure répandue sur le sol de brique.

— Le vin, passe encore, ajouta-t-il. Mais la bière… ce n'est pas fiable. L'eau est interdite, à moins que vous ne l'achetiez en bouteilles scellées choisies au hasard dans un magasin. Vous devinez pourquoi ?

— Le poison ? proposai-je.

De nouveau cette moue mécontente pour commenter ma naïveté.

— J'ai aperçu AY dans l'auditorium, fit-il comme pour changer de sujet. Vous a-t-il dit quoi que ce soit ?

— Il est mourant, dis-je sans pouvoir réprimer un petit frisson. Il a vaguement laissé entendre qu'il était manipulé.

— Bah ! A-t-il mentionné Silk ?

— Silk ?

Ce n'était donc pas *Silt*, pensai-je.

— Silk.

— Non.

— Alors il ne sait pas. Ils tirent les ficelles, fit K. Les vrais illuminés. J'ai consacré les quinze dernières années à reconstituer toute l'histoire. Ces foutus Juifs m'ont mis des bâtons dans les roues à chaque étape.

Je scrutai son visage. Pensai à me lever et à sortir du bar. Un des principaux problèmes avec les libertaires, les élitistes scientifiques et autres individualistes mal dégrossis est qu'une petite minorité parmi eux professe des vues étranges et pernicieuses sur les races et les religions autres que les leurs.

— Vous êtes bien sûr que nous devons discuter de quelque chose ?

— Votre frère le croyait, répliqua K dont le visage se ferma. Il vous a conseillé de me parler, pas vrai ?

— Mon frère menait sa vie à sa guise, et je mène la mienne comme je l'entends.

Nos consommations arrivèrent. J'avais commandé un scotch, une boisson que j'appréciais mais que je m'offrais rarement. K but son bourbon d'un trait et ouvrit la bouteille d'eau de Seltz. En écoutant avec attention le bruit du gaz s'échapper, avant de la boire immédiatement.

— Oh, ne vous méprenez pas sur mon compte, dit-il avec un mouvement de sourcils digne d'Errol Flynn. Les Juifs sont eux aussi manipulés.

Ses traits parurent se dissoudre, et une mélancolie indéfinie passa dans ses yeux tandis que ses lèvres se tordaient sur des paroles trop difficiles à contrôler.

— Pardonnez-moi, dit-il. C'est un tic nerveux. Vous vous y habituerez. Ça me poursuit depuis déjà vingt ans. Et ça a foutu en l'air toute ma putain de vie.

Tout aussi rapidement, l'expression légèrement hautaine et assurée revint. La transformation était surprenante.

— Nous allons procéder par étapes. Moins on est prudent, plus vite on meurt. Avez-vous la moindre idée de qui je suis ?

— Seulement K, répondis-je. Comme dans *Le Procès*.

— Votre frère ne vous a rien dit de plus ?

— Rien, non.

— Etes-vous proche de votre but, docteur Cousins ?

Je détaillai son visage un moment, en me demandant si je devais mentir ou pas.

— Tout proche, répondis-je. Encore quelques années, peut-être moins.

— Rob se trouvait sur le lac Baïkal. Il est mort à New York. Avez-vous idée de ce que cela signifie ?

— Non.

— Nous sommes en guerre, dit K. Votre frère s'est retrouvé en plein dedans. Il est mort à cause de ses recherches.

— Rob et moi nous faisions, hem, nous faisons des recherches sur l'extension de la durée de vie. Je sais le sujet controversé, mais comment diable cela nous implique-t-il dans une guerre ?

— Je ne suis pas un scientifique, je suis historien. Votre frère m'a demandé de vous remettre quelque chose. Ce fut pratiquement sa dernière requête… La dernière qu'il m'a faite, en tout cas.

Il sortit le paquet de son manteau et le déposa sur la table. Une enveloppe en papier bulle 21 × 29,7, pleine à craquer, emmaillotée dans du ruban adhésif transparent large. Il la poussa sur la table, vers moi. Je lus ce qui y était inscrit, de l'écriture carrée de Rob : *Pour*

Prince Hal uniquement. Tiré des griffes de l'échec. C'est pour toi, frangin. Avec mon respect et toute mon affection. Rob Cousins.

La signature était celle de Rob, aucun doute, avec ces boucles saccadées, quoique plus nerveuses que dans mon souvenir.

— Comme vous pouvez le constater…

— Je vous en prie, dis-je, la gorge serrée.

J'essuyai prestement les larmes qui menaçaient de noyer mes yeux et pris l'enveloppe.

K m'observait avec la plus grande attention.

— Ceci vient bien de votre frère, fit-il à mi-voix. Aucune contamination. De ses mains aux miennes puis aux vôtres et… Comme vous pouvez le voir…

— S'il vous plaît.

— C'est très important, docteur Cousins. Il a pris toutes les précautions pour que ce document ne soit ouvert par personne d'autre que vous.

Le rabat adhésif de l'enveloppe avait été refermé sur des cheveux de la même teinte que les miens, disposés en croix. D'autres cheveux protégeaient également les bords. Paranoïa. Cette façon de procéder correspondait parfaitement à l'état d'esprit de Rob lors de son dernier message.

— Dois-je prendre connaissance du contenu et vous rendre le tout ? demandai-je.

— C'est à vous, répondit K en sortant de sa poche un carré de tissu pour se moucher. Faites-en ce qu'il vous plaira. Je vous suggère cependant de ne pas l'ouvrir ici.

— Merci, dis-je.

— Rob m'avait demandé de vous retrouver. C'est fait. La situation devient tendue. Il faut que vous commenciez à vous entraîner.

— M'entraîner ? A quoi ?

En dépit de l'enveloppe, j'étais prêt à me lever et à planter là le mystérieux M. K et ses élucubrations. *Je ne laisserais pas la psychose paranoïaque de Rob me faire plonger comme lui.*

— A la survie, répondit-il. Vous avez de l'argent ?

J'eus un mouvement de tête négatif.

— Je connais quelqu'un qui est très bien. Elle prend rarement les étudiants par charité. J'espère que nous pourrons trouver l'argent pour la payer.

— De quelle sorte de survie parlez-vous ? Celle en pleine nature, avec tentes camouflées, à manger des racines et des lézards ?

K afficha un sourire de parent patient que je trouvai plus irritant encore que son délire nerveux.

— Elle apprend aux gens comment esquiver les atteintes particulières à leur vie. J'arrangerai le rendez-vous. Vous mangez des fruits et des légumes frais ?

Je levai les yeux de l'enveloppe.

— Oui, dis-je, en espérant ne trahir là aucun secret d'importance.

Il me décocha un regard aigu.

— Alors arrêtez dès maintenant. Nourriture en conserve uniquement. Ajoutez-y des vitamines, mais assurez-vous que les flacons soient bien scellés quand vous les achetez. Faites vos courses dans différents magasins, éloignés les uns des autres, des grandes surfaces de préférence. Evitez les inconnus, ou les amis qui ont un comportement bizarre. Avec le temps vous finirez par éviter tous vos amis. Les amis et les amours sont notre plus grande faiblesse.

Je repensai au petit homme avec le vaporisateur. Si quelqu'un cherchait à empoisonner toute la ville, ce serait certainement en première page des journaux.

— Pourquoi ferais-je ce que vous me conseillez ?

— Votre frère s'est évertué à se protéger, et pendant un temps il a paru y parvenir, fit-il en pointant l'index sur l'enveloppe. Ce qu'il ne savait pas l'a tué.

Sur ces mots, il se déplaça sur la banquette pour sortir du box. Je n'avais bu que la moitié de mon scotch.

— C'est moi qui offre, dit-il. Parler est une bonne médecine.

Je remarquai pour la première fois qu'il avait un fin gant beige à sa main non bandée. Il sortit de l'argent de son portefeuille.

— Ils peuvent nous atteindre par les pièces et les billets, vous savez, murmura-t-il. Mais mieux vaut utiliser du liquide que d'être suivi à la trace à travers des achats par carte de crédit.

Nous sortîmes dans le crépuscule. L'air était doux, et le soleil filtrant à travers une brume haute baignait Berkeley. Je serrais l'enveloppe de Rob dans mes deux mains. Malgré moi, je dévisageais les gens autour de nous — un vieillard au pas traînant dans un manteau marron crasseux, avec des chaussures délacées, une jeune femme aux cheveux couleur pêche et à la peau très pâle, deux types visiblement argentés en costumes gris identiques qui semblaient sortis du même moule.

— Une minute, fis-je en m'arrêtant au coin de la rue. Mon frère est mort. Qu'est-ce que vous avez donc fait de si important pour lui ?

K détourna les yeux, et je crus qu'il voulait éluder la question. Il regarda fixement vers l'est, en direction des collines. Je reniflai. Je détectai une vague odeur de fumée.

— Où habitez-vous, docteur Cousins ? me demanda-t-il.

Je pivotai sur place. A quelques pâtés de maisons,

sous le Claremont, un incendie faisait rage, élevant à une hauteur de vingt à trente mètres des flammes voraces projetant une lueur orangée comme celle d'un coucher de soleil sur la façade blanche de l'hôtel.

Une colonne de fumée se déroulait lentement vers l'ouest, blanche et grasse, pareille — je ne pus m'empêcher de faire la comparaison — à une plume au-dessus d'une cheminée dans les grands fonds.

— Pas loin, dis-je. Par là.

— Allons vérifier.

Son visage s'était illuminé d'un enthousiasme inattendu, et pendant un instant il parut réellement imiter Errol Flynn.

— Il est possible qu'ils aient déjà infecté votre voisinage.

Nous alternâmes trot et marche pour gravir la pente douce autour du campus. Nous passâmes devant des maisons bien entretenues, puis dans des rues où les pelouses étaient envahies par les herbes folles et les habitations en grand besoin d'être repeintes.

J'avais la mort dans l'âme — bien qu'il n'y ait pas grand-chose d'importance dans mon appartement (j'étais certain maintenant qu'il était la proie de cet incendie). Je m'inquiétais aussi pour la propriétaire et ses amies artistes, et pour les maisons voisines.

La découverte de la scène fut pour moi un choc. Des camions de pompiers embouteillaient ma petite rue, et d'épais tuyaux gris gonflés par la pression sillonnaient tels des serpents le vieil asphalte taché de goudron. Les pompiers braquaient leurs lances, et les arcs blancs d'eau dansaient en un lent va-et-vient au-dessus des flammes.

J'étais horrifié. Trois maisons étaient la proie des flammes, celle à colombage avec mon garage et les deux qui l'encadraient. La fumée n'était déjà plus que de la vapeur, et les constructions des coquilles vides effondrées sur elles-mêmes. Les bananiers dans la serre ressemblaient à des bâtons calcinés, et la chaleur avait tordu la structure en fer. Au-delà des genévriers qui brûlaient encore comme des torches, j'apercevais le squelette noirci de l'étage au-dessus du garage. Il s'écroula dans une violente bouffée de chaleur et de flammes qui fit reculer la ligne des pompiers.

L'hélicoptère d'une chaîne télévisée brassait l'air dans un chuintement rythmé, et les turbulences qu'il créait renvoyaient une partie de la fumée sur la rue dans une spirale grisâtre enveloppant tout.

— Chez vous, je suppose, dit K en m'agrippant l'épaule.

— Chez moi, oui…

— Dommage. J'espérais que vous pourriez m'héberger cette nuit, dit-il d'un ton philosophe. C'est une guerre longue, et déjà ancienne, docteur Cousins. Je suis désolé.

— Il s'agit peut-être d'un incendie accidentel.

Je croisai les bras dans ce que j'espérais ressembler à une attitude de résignation assumée. Je m'assis sur un plot en ciment et me vidai très lentement les poumons en un long soupir. Soudain ma propriétaire et ses deux amies aux cheveux courts apparurent près de nous.

— Dieu soit loué, monsieur Vincent, vous êtes ici ! s'exclama la vieille dame, tandis que des larmes traçaient des sillons verticaux sur ses joues au rose couvert de suie. Nous nous en sommes tous sortis. Je suis tellement soulagée !

Elle effleura ses cheveux d'une main nerveuse.

— Avez-vous remarqué quelqu'un ? Quelqu'un de suspect ? Tout est arrivé si vite, les pompiers pensent que c'est un incendie volontaire. Mais pourquoi, mon Dieu, pourquoi ici ?

Elle leva ses yeux bleus rêveurs vers le haut panache de fumée blanche.

— Pas accidentel, me glissa K à l'oreille. Vous êtes connu, *monsieur Vincent*. C'est peut-être elle qui a mis le feu.

Je m'écartai et le dévisageai avec incrédulité, puis je regardai ma propriétaire.

— Il faut que je fasse une déclaration d'accident, non ?

— Faites-le d'une cabine publique, suggéra K avec la patience résignée d'un adulte expliquant un jeu très simple à un gamin peu éveillé.

Je le suivis comme un robot à travers les lignes de voisins massés devant le spectacle, qui déjà commençaient à se disperser.

Un jour comme un autre à Berkeley.

Je me sentais un peu étourdi. Le contrecoup du choc, certainement.

Un pâté de maisons et demi plus loin, je perçus un cliquetis rapide que j'associai à la chaîne d'un vélo arrivant rapidement derrière nous. K m'agrippa et me tira brusquement de côté au moment où un gros chien noir et feu refermait ses mâchoires sur l'ourlet de mon pantalon.

Ce n'était pas une bicyclette que j'avais entendue, mais les griffes de chiens galopant sur l'asphalte : deux dobermans au bout de leur laisse déroulante que tenait une jeune femme brune vêtue de noir à l'expression furieuse.

— Soyez maudit ! hurla-t-elle. Soyez maudit, espèce de fils de pute ! Reno, Queenie, *bouffez-le* !

Les chiens s'étranglaient en tirant sur leur laisse. K courut sur une courte distance pour se mettre à l'abri, mais il faut porter à son crédit qu'il siffla et frappa le sol du pied pour détourner leur attention. Je reculai précipitamment, mains levées dans un geste de supplication et de défense, le paquet de mon frère brandi comme un bouclier.

La femme posait sur moi un regard étincelant de rage. Ses lèvres étaient frangées d'écume. Je n'arrivais pas à croire ce que je voyais et entendais.

— Vous avez détruit notre voisinage, vous traquez nos enfants et vous roulez sur nos pelouses avec votre grosse voiture, vous nous épiez au supermarché, vous vous glissez dans nos chambres !

Elle s'interrompit, hors d'haleine.

Les dobermans dansaient au bout de leur lien, les yeux écarquillés par la fureur. Ils pédalaient des pattes arrière, les tendons aussi durs que des câbles tendus. Leurs pattes avant lacéraient l'air et firent tomber le paquet de Rob. Les griffes égratignèrent mes paumes, laissant des traces sanglantes. Leurs mâchoires claquèrent à moins de soixante centimètres de ma gorge. Le blanc de leurs yeux se colora de rouge à mesure que le collier les étranglait.

Le doberman sur ma droite plongea et ses crocs se refermèrent sur le gras de mon pouce. Je poussai un cri avant de sentir la douleur. En voyant le sang, la maîtresse des chiens les encouragea de la voix et déroula encore un peu de laisse. Le chien sur ma droite réussit à plaquer ses pattes sur le creux de mes épaules et chercha à mordre. Des deux mains, j'esquivai de mon mieux ses coups de gueule. Alors que je basculais à la renverse, je sentis son mufle frais sur ma pomme d'Adam, l'humidité des babines, une douleur aiguë.

Une voix grave et rauque lança alors :

— Rappelez ces foutus cabots, madame !

Puis il y eut deux détonations, pareilles à des coups de tonnerre.

Je tombai à la renverse sur une jardinière, m'étalai sur le dos. J'entrevis vaguement les deux chiens qui s'écroulaient comme s'ils avaient été frappés par un énorme marteau invisible. Du sang gicla sur l'asphalte.

Je restai étendu sur le dos, les mains pressées sur ma chemise, étourdi par le choc et le souffle coupé. K revint en courant sur ses jambes courtes. Il ramassa le paquet de Rob et lança un regard noir à la maîtresse des dobermans.

Le tireur dévalait les marches du perron d'une maison à bardeaux à moins de dix mètres de là. Il brandissait un 45 noir dans une main, l'autre en coupe sur la première, prêt à faire feu une troisième fois. Il portait un short rouge et un tee-shirt blanc tendu sur son ventre de quinquagénaire. Ses bras et ses jambes étaient épais et velus, ses mains roses aux doigts boudinés semblaient par contraste douces. Il contempla les deux chiens en fronçant les sourcils et émit un son qui traduisait sa tristesse.

— Ah, merde. Je suis désolé.

Les balles avaient atteint les dobermans en plein poitrail. Mort instantanée.

Les seins menus de la femme se soulevaient et s'abaissaient rapidement sous son épais pull-over à col roulé. Maigre, l'air spectrale, on l'imaginait mieux dans un café empli de poètes et de fumée de cigarette que lançant ses chiens sur des inconnus. Elle se redressa de toute sa taille dans un soubresaut singulier et lâcha les enrouleurs. Ceux-ci avalèrent la longueur de laisse jusqu'à s'arrêter à environ un mètre des deux cadavres qui gisaient parallèlement sur le sol ensanglanté.

— Ah, merde, répéta le tireur.

Il s'approcha et s'agenouilla auprès des dobermans. Mon estomac se contracta subitement et la bile monta dans ma gorge, avec un arrière-goût du scotch que j'avais bu au bar.

— Nous n'avons plus rien à faire ici, déclara K en m'aidant à me remettre debout. Ils ne vont pas tarder à revenir à eux, et ça va encore barder.

La femme se mit à pleurer. Ses sanglots se muèrent en un gémissement croissant qui se termina sur un cri perçant.

C'est seulement alors que je pris conscience de la puanteur planant dans l'air. Je crus tout d'abord qu'elle provenait des chiens, puis je me remémorai Dave Press dans la sphère, quand nous nous trouvions au fond de la mer.

C'était la femme trop maigre au col roulé. Tout son corps exhalait l'odeur d'une jungle en putréfaction.

K rangea l'épaisse enveloppe dans sa veste, avant de bander ma main avec son mouchoir.

Nous partîmes en hâte.

Aujourd'hui encore, je suis surpris que personne ne nous ait pris en chasse. La femme était devenue le centre d'attention. Elle se précipita sur l'homme qui m'avait probablement sauvé la vie et l'agressa de ses deux petits poings osseux.

K m'aida à trotter, puis à marcher d'un pas pressé, et finalement il me porta à moitié jusqu'à une vieille Plymouth marron. Je m'installai à l'intérieur, très secoué et l'esprit confus, et il me conduisit au Alta Bates Hospital. Quand nous franchîmes les portes vitrées du service des urgences, je tenais à peine debout.

La réceptionniste effectua le rituel obligatoire de la paperasse et s'enquit de mon assurance.

— Depuis combien de temps vivez-vous ici ? me demanda K alors que je cherchais mon portefeuille.

— Mes blessures ne sont pas si graves, insistai-je juste avant de sentir le sang qui imbibait mon cou.

— Ne touchez pas à la plaie, ordonna la réceptionniste avec une grimace, sans cesser d'écrire.

— Depuis combien de temps êtes-vous ici ? répéta K.

— Quelques minutes seulement. Pas d'assurance.

— Pas à l'hôpital, précisa K. A Berkeley.

Il posa une liasse de billets sur le comptoir. Il y avait largement plus de mille dollars.

— Ça suffira ? Trouvez un médecin pour mon ami.

K ne cessait de m'étonner.

— Deux mois, dis-je enfin.

Une infirmière me fit traverser une petite foule de patients qui attendaient, pour des égratignures ou des chevilles foulées. Ma chemise était trempée de sang. Quelqu'un poussa un fauteuil roulant dans ma direction.

Juste après que j'eus remarqué tout ce sang, je tombai à genoux. Je réussis à agripper l'accoudoir du fauteuil, puis je basculai sur le côté et je sentis le contact froid du linoléum sous ma joue.

21

San Francisco

— Je vous crois, maintenant, dit K.

Le bus franchissait le pont d'Oakland. Je portais le manteau élimé de K sur une chemise verte d'infirmier qu'on m'avait donnée à Alta Bates. On m'avait fait une ribambelle de points de suture à la main, mais rien n'avait été touché, ni les os ni les nerfs. Ma gorge avait été égratignée, et non déchiquetée. J'avais eu beaucoup de chance.

L'enveloppe de Rob pressait mon flanc. J'appuyai la tête contre la vitre de la portière. J'étais sujet à des tremblements dus à la douleur — l'effet du Démerol s'estompait — et à ma première intraveineuse d'Intégumycine.

— Merci, dis-je. Mais quelle importance ça a, en fait ?

— Vous n'avez pas été marqué. Ou si vous l'avez été, ça n'a pas pris.

— Je ne comprends rien à ce que vous racontez.

— La femme avec les chiens, et la personne qui a déclenché l'incendie, elles, elles étaient marquées.

— Marquées, bien sûr, tout s'explique…

K salua cette pauvre raillerie avec beaucoup de compréhension, par un petit rictus.

— Ça n'a rien de drôle. Si vous aviez été marqué, vous pourriez constituer une grave menace pour vous-même, et peut-être pour les autres.

— D'accord, fis-je. De quoi s'agit-il ? Un produit chimique psychotrope ? Ils en aspergent les fruits et légumes, et tout le voisinage devient dingue ?

Cette tirade consuma le peu d'énergie qui me restait, et j'oscillai, au bord de l'évanouissement.

— Comme je l'ai dit, je ne suis pas biologiste. Votre frère commençait à comprendre quand ils l'ont marqué. Il a résisté de son mieux.

K regardait fixement l'allée du bus presque vide.

— Il m'a donné une explication globale à mes difficultés. Il m'a dit que j'avais sans doute été marqué dix ans plus tôt. Et maintenant je ne suis plus que de la petite bière. C'est une vision des choses réellement paranoïaque.

— Silk ? dis-je.

Il acquiesça.

— Tout ça semble parfaitement sinistre, commentai-je. Un peu comme être étranglé par son écharpe.

— Nous trouverons une chambre à San Francisco, quelque chose de bon marché et d'anonyme. J'ai une longue pratique de la dissimulation, aujourd'hui. Nous disposons d'assez de liquide pour l'instant. A dire vrai, je suis soulagé. A partir de maintenant, au moins, nous savons.

K semblait très bien connaître tous les hôtels minables de San Francisco. Nous échouâmes au cœur de Haight, dans un petit immeuble nommé l'Algonquin, coincé entre une épicerie asiatique et un magasin spécialisé dans les posters, les bongs et les poupées à l'effigie de Betty Boop.

L'hôtel comptait dix chambres, un petit hall d'entrée et un canapé délavé et défoncé face à une fenêtre aux vitres constellées de chiures de mouches qui donnait sur la rue. K loua une chambre double avec l'air d'un voyageur européen aristocratique expérimenté mais temporairement gêné, en l'attente d'un versement de sa banque londonienne.

Il paya en liquide.

La chambre était petite, avec deux lits d'une personne, une coiffeuse, une petite penderie et une salle de bains adjacente. Le lavabo était ébréché. Mais j'étais trop épuisé pour m'en soucier.

Je me débarrassai de cette chemise verte horrible et m'allongeai sur le premier lit. Je songeai à retirer de la banque les trois cents dollars qui restaient sur mon compte. Pour rembourser en partie ce que K avait dépensé pour moi à l'hôpital.

A téléphoner à ma mère, et à lui demander un prêt.

K plaça la chaise sous la fenêtre. Il se massa les tempes du bout des doigts, comme s'il essayait de concentrer son énergie psychique sur le mur de briques dans la minuscule cour intérieure.

— Churchill l'a obligé à le faire, dit-il. Ce n'est pas là que tout a commencé, mais ça nous a amenés là où nous en sommes maintenant.

Je somnolais et n'écoutais ses divagations que par intermittence.

— C'étaient les Juifs, continua-t-il. Krupp était un Juif non déclaré, vous saviez ça ? Rockefeller. Un Juif. Ils voulaient que le monde entier entre en guerre. Lisez mon dernier livre si vous n'êtes pas d'accord. Les annotations sont nombreuses et précises. Nous avons vécu un siècle d'impostures et de mensonges.

— Je suis vraiment crevé, dis-je dans un gémissement en me pelotonnant sur le lit.

K se tourna vers moi. Des larmes coulaient sur ses joues.

— J'étais le meilleur pour démêler le vrai du faux dans la face cachée de l'histoire contemporaine, dit-il. Le tout meilleur. Et je le suis toujours.

— Alors pourquoi débitez-vous autant de conneries ? marmonnai-je, de façon fort peu charitable au regard de tout ce qu'il avait fait pour moi ces dernières heures.

— Vous le pensez ? dit-il tristement, avant de pointer l'index sur sa tempe. J'ai passé la majeure partie de mon existence à tenter de comprendre le vingtième siècle. Cent ans de souliers cloutés écrasant les visages humains pour les transformer en hamburgers. J'ai découvert les documents les plus sombres, les papiers officiels les plus haineux jamais concoctés par des êtres humains. Il était de mon devoir de les lire, d'en relever les motivations, d'en creuser la psychologie, pour comprendre comment de telles choses pouvaient exister. Je m'imaginais être une sorte de médecin établissant le diagnostic d'un mal long et hideux. Peut-être ai-je commis l'erreur d'avoir eu l'esprit trop ouvert. Des fantômes s'y sont introduits. Des spectres mauvais.

Je roulai sur moi-même et l'observai.

— Pourquoi mon frère s'est-il adressé à vous ? demandai-je.

Il essuya la sueur qui perlait à son front.

— J'aimerais être un Juif moi-même. Alors je connaîtrais les réponses ultimes. On m'accorderait l'accès à… Si je connaissais les signes secrets, l'identification génétique. Ils font passer une… boîte spéciale…

au-dessus de votre tête, et elle oscille de droite à gauche si vous êtes du sang d'Aaron, d'avant en arrière si vous appartenez aux Lévites. Ensuite ils vous disent…

J'en avais assez. Je balançai les jambes hors du lit, m'assis non sans effort et cherchai la chemise en tâtonnant. Ma main m'élançait et je sentis le pansement à mon cou qui se tendait dans le mouvement.

— Ne partez pas, dit K d'une voix saccadée. Je vous en prie. Votre frère me manque beaucoup. Lui pouvait me voir tel que je suis réellement.

— Quel est votre véritable nom ? dis-je.

— Banning. Rudy Banning. Le nom de jeune fille de ma mère était Katkowicz. Elle était Polonaise. Je suis Canadien de naissance et j'ai pris la nationalité britannique. J'ai écrit vingt-trois livres sur l'histoire de l'Allemagne et de l'Europe de l'Est, et pendant douze ans j'ai été un professeur respecté à Harvard.

Il se ressaisit et se leva, puis alla prendre un paquet fripé de cigarettes dans son manteau. Il en sortit une qu'il ficha au coin de sa bouche, tapota ses poches mais ne put trouver les allumettes. La cigarette pendait à sa lèvre et tressautait quand il parlait.

— J'ai étudié un programme soviétique de création de soie artificielle, dans les années 30. J'ai localisé des documents importants. Pour résumer, je me suis trop approché de la flamme, et ils ont brûlé mes ailes.

— Quel rapport avec mon frère ? Ou avec les Juifs ? demandai-je.

Ses yeux brillèrent et ses lèvres frémirent comme si elles se combattaient.

— Ils ont vu à quel point j'étais près de la vérité.

— Les Juifs ?

Il secoua la tête, pointa l'index sur son oreille droite et arqua un sourcil.

— Pas besoin de me tuer… Il valait mieux me discréditer. J'ai un défaut dans ma personnalité, que mon père et mes grands-parents m'ont légué. Une petite faille de peur tribale. Nous l'avons tous. Ils ont agrandi la mienne.

Il ôta la cigarette de sa bouche d'un geste vif.

— Les sujets que j'étudiais sont devenus objectivés. Je me suis mis à les entendre la nuit, qui murmuraient de grandes vérités. Certaines personnes sentent le contact de leur ange gardien. Le mien est le monstre que j'ai étudié pendant une grande part de ma vie adulte.

Un rictus tordit sa bouche.

— Un compagnon pas très agréable aux heures les plus sombres.

Banning approcha du lit, sa cigarette tenue dans sa main gauche bandée, le filtre écrasé entre deux doigts jaunis par le tabac.

— Je suis un paria, murmura-t-il. Je suis un impur, incapable de travailler. Les Juifs ont fait en sorte que je ne puisse plus publier, ni enseigner. Et c'est la vérité. Mais quels que soient les efforts que je fournis pour ignorer ces anges noirs et emplis de haine, ils m'entourent et frappent comme des harpies. J'ai offensé les dieux.

Je ne voulais plus me trouver dans la même pièce que ce K, ou Rudy Banning, une minute de plus. Je me sentais mal.

— Il faut que je parte.

J'essayai désespérément de me mettre debout. Je glissai sur le sol.

— Ne soyez pas idiot, dit-il en m'aidant avec douceur à regrimper sur le lit. Où iriez-vous ? Vous avez besoin de vous reposer.

En dépit de tout ce que je pouvais vouloir faire, mes paupières se fermèrent.

— Nous nous efforcerons de clarifier tout cela demain, dit encore Banning. J'appellerai Mme Callas pour convenir d'un rendez-vous. Et je vous en dirai plus sur votre frère…

Sa voix paraissait provenir d'une pente immense qu'elle dévalait.

— … et sur le lac Baïkal.

22

Le reflet couleur rouge brique du soleil matinal rebondit dans la petite cour et filtra dans la chambre. Je m'assis dans le lit et pris l'enveloppe de Rob toujours posée sur la table de chevet. Les griffes des chiens avaient déchiré le papier et une largeur de papier adhésif, mais le contenu était intact.

Banning dormait en me tournant le dos sur l'autre lit. Il ronflait doucement. Je passai dans la salle de bains, me mouchai, puis me lavai le visage sans hâte, avec l'espoir d'avoir un peu de temps seul pour étudier l'enveloppe.

Mon dos était un réseau d'hématomes. Ma gorge demeurait douloureuse, et ma main blessée me donnait l'impression d'avoir exploré l'intérieur d'un hachoir à viande. Visiblement, je n'étais pas taillé pour l'aventure.

J'examinai mes pansements avec précaution, avant de les changer avec la gaze, le sparadrap et le désinfectant qu'on nous avait donnés à Alta Bates. Cela fait, je baissai l'abattant des toilettes et m'assis. A l'aide de mon couteau de poche, j'ouvris un côté de l'enveloppe. Couper les cheveux de Rob paraissait revêtir une signification spéciale, d'autant que j'étais encore ensommeillé. N'avais-je pas rêvé de ça, justement ? N'avais-je pas déjà vécu ces moments en songe ?

L'enveloppe avait été bourrée en hâte de papiers, plus d'une centaine de pages dactylographiées, des feuilles lignées d'un carnet de notes, d'autres arrachées à un calepin, et des feuilles à en-tête d'hôtels (en cyrillique et en caractères romains) pris dans des hôtels Intourist d'Irkoutsk et de Listvyanka. Des pages de notes griffonnées avaient été glissées entre trois manuscrits peu épais, deux dactylographiés, un tiré sur une imprimante à jet d'encre, dont les lettres étaient brouillées en bas de feuillet à cause de l'humidité. Dans les trois manuscrits, des passages étaient surlignés en jaune.

Une carte postale montrait de la vapeur s'élevant du lac Baïkal. Le dos ne portait aucune inscription, et elle n'avait jamais été postée. La légende disait : *Le lac le plus profond, le plus grand et le plus ancien du monde : un cinquième des réserves d'eau douce de la planète. Buvez-la et rajeunissez d'un an !*

J'essayai de me remémorer le peu que je savais sur le lac Baïkal. Il était situé dans une zone volcanique, des gaz réchauffaient ses eaux, et les tremblements de terre n'étaient pas rares dans la région. Des bains chauds naturels et des eaux curatives.

Au fond de l'enveloppe je trouvai un livre de poche, une carte de l'Auto Club pour la Californie, et un petit agenda à couverture de vinyle noir. Le livre était *Sépultures singulières* de Benjamin Bridger, une histoire de l'invasion soviétique en Allemagne à la fin de la Seconde Guerre mondiale. L'illustration en couverture ne m'était pas inconnue : un marteau et une faucille déchirant un drapeau frappé de la croix gammée. Au verso de la couverture, deux noms avaient été inscrits à l'encre en lettres majuscules. *HAL & ROB COUSINS*. Nous lisions tous deux quantité d'ouvrages historiques durant notre préadolescence. Bridger était alors un de nos auteurs préférés.

Ce livre avait disparu de mes étagères quand j'avais quatorze ans, et j'avais accusé Rob de me l'avoir volé. Aujourd'hui il me revenait. Je le mis de côté et ouvris l'agenda. Il était empli d'une écriture de griffonnages débordant de boucles. Si j'avais du mal à lire ma propre écriture, celle de Rob me paraissait presque indéchiffrable.

Il restait quelque chose au fond de l'enveloppe. Je retournai celle-ci et la secouai. Trois clefs passées dans un anneau tombèrent en cliquetant sur le carrelage noir et blanc de la salle de bains. A l'anneau était attachée une étiquette en papier portant une adresse à San Jose.

Je me frottai l'arête du nez. Désirais-je vraiment connaître ce que Rob pensait avant sa mort ? Je savais, par cette intuition propre aux jumeaux, que mon frère avait effectué cette sélection avec le plus grand soin, et que le contenu de cette enveloppe allait me faire courir partout pour rien. Ou, pire encore, il avait agencé à mon attention un puzzle que je devrais reconstituer, un dernier défi pour l'arrogant Prince Hal.

Je pris ma dose matinale d'Intégumycine et deux comprimés de T3 — de l'acétaminophène avec de la codéine. Je détestais la codéine, mais un léger bourdonnement était préférable au rythme lancinant de la douleur.

J'entendis Banning qui s'étirait dans l'autre pièce, et je fermai la porte de la salle de bains.

J'ouvris l'agenda, à peu près en son milieu.

Arrivé à Irkoutsk ce matin. Sept ou huit heures de Moscou. Taxi. Cinquante dollars et vous êtes le roi. Rencontré Ch. et Tur. dans un hôtel-restaurant et goûté au saumon local, très bon. M'ont emmené dans leur petit musée du lac récemment recarrelé et rebaptisé ul. Ienissei (auparavant, c'était ul. Dzerjinskova). Compagnons agréables. Picolé un peu, bonne vodka, à la santé des Décembristes, puis fait un tour dans l'ancien labo et musée du lac. Evité par les gars de l'Institut limnologique. Le labo est plein de spécimens du lac Baïkal, des bébés phoques d'eau douce (dans des bocaux) appelés Nerpas ; l'ancien labo est petit, empli de matériel obsolète.

C'est ici que G. a mené ses premiers travaux.

Ch. et Tur. m'ont montré l'aquarium où vivent les xénos récemment recueillis. Massifs — trente centimètres de large. L'eau sent les sulfures. Ventilateur allumé en continu dans la petite pièce sombre. Ch. confirme que ces xénos portent des cinétoplastes. Très primitifs, certains vivant encore au fond du lac. Tur. explique : les eaux grouillent de xénos et aussi de rideaux de membranes gélatineuses semi-perméables hantées par des nuages de bactéries. Dans le coin nord-est, la surface du lac Baïkal est gélatineuse à cause des polysaccharides en rubans et huileuse à certaines époques à cause des phospholipides, confondus avec les rejets de bactéries polluées venant de cette honteuse usine de pâte à papier (à sept cent vingt kilomètres plus au sud), mais ce dépôt est bien d'origine indigène, et vient du fond du lac, autour des cheminées.

Ici la pluie forme de petites gouttes rebondies dans l'eau, des protocellules qui coulent jusqu'au fond et sont colonisées par les bactéries. Les bactéries utilisent les polysaccharides en rubans comme les chiens se ser-

vent du pied des arbres, afin d'établir des centres collectifs et de diffuser les « nouvelles » microbiennes locales. G. a vu et étudié tout ça dans les années 20 et 30 (avant la création de l'usine de pâte à papier).

Le lac Baïkal est vieux au plus de vingt-quatre millions d'années. Mais la vie des cheminées ici rappelle étrangement les communautés océanes. Comme l'Endroit où tout a commencé, le jardin d'Eden ?

Je levai les yeux de l'agenda et contemplai fixement le mur devant moi. Je me sentais triste d'apprendre que mon frère était sur la même piste. Puis j'éprouvai une pointe de fierté familiale, et enfin une soudaine irritation que quelqu'un en soit arrivé là avant l'un de nous deux. Et dans les années 30, si je déchiffrais bien l'écriture de Rob. Que savaient-ils d'autre à l'époque ?

G. voulait comprendre les causes du vieillissement. Il avait l'intuition que la maladie et le vieillissement sont liés. Quoique, peut-être, les bactéries tirent le plus de profit du vieillissement et de toutes sortes d'affections, les cadavres constituant pour elles des opportunités merveilleuses d'orgies. Sa première théorie découle de cette prémisse.

G. a étudié le contrôle parasitaire des hôtes. La fourmi parasitée grimpe jusqu'à la pointe du brin d'herbe, est dévorée par un oiseau, et le stade suivant du parasite est dans l'oiseau. Les rats atteints de toxoplasmose ont des kystes dans le cerveau, ils n'ont pas peur des chats, ils se font dévorer, et les chats deviennent porteurs de la toxoplasmose. Les wolbachiae, des bactéries très répandues, contrôlent effectivement la reproduction des insectes hôtes et autres arthropodes. G. a ensuite étudié les substances psychotropes pro-

duites par les parasites et les a comparées à ce que produisent les bactéries. Beaucoup de bactéries de l'intestin communiquent avec les cellules intestinales. Elles aussi altèrent le comportement de l'hôte, a-t-il découvert.

G. a découvert des « caves » dans les cellules en 1927-28 !

Après son arrestation, G. et sa femme ont été menacés de déportation (problème juif ?). G. s'est rendu à Moscou et a proposé à B. des mélanges de bactéries altérées qui dans l'intestin des sujets pouvaient rendre les prisonniers dociles, ou bavards. Dosés dans la nourriture. Début de Silk.

B. a libéré G. et financé son projet. Histoire d'amour avec Koba pendant vingt ans.

Aucune de ces initiales ne me disait quoi que ce fût. Et qui diable était ce Koba ? Je tournai la page et poursuivis ma lecture.

Journée infructueuse à l'Institut limnologique. Personne ne veut parler de G.

A l'université les gens sont plus ouverts. Ils disent que G. s'intéressait principalement aux « Petites Mères de la Terre ». C'est ainsi que les microbiologistes appellent les bactéries quand ils tombent dans le sentimentalisme. G. s'intéressait aux relations entre germes, le réseau trophique, c'est l'expression que nous utilisons maintenant, mais à l'époque elle n'existait pas dans ce sens. Comment ces sociétés bactériennes coopèrent-elles ? Comment communiquent-elles avec leur hôte ? G. était très en avance sur son temps. Peut-être même encore sur certains biologistes actuels. Impossible de trouver ses écrits à la bibliothèque, mais mes guides Tur. et Ch. de l'univ. disent que c'est parce que B. les a emportés à Moscou. Il voulait les utiliser pour soutenir une vision naturaliste de la théorie marxiste !

Le rire russe est sombre, et dur. Le rire sibérien est encore plus sombre.

J'étais tellement absorbé par ma lecture que lorsque Banning toqua à la porte je faillis tomber du siège des toilettes. Je me cognai le genou contre le rebord de la cabine de douche, et les papiers s'éparpillèrent sur le carrelage.

— Tout va bien là-dedans ? s'enquit-il.

— Impeccable ! criai-je en réponse.

Je ramassai les papiers. Je n'en avais lu qu'une fraction et mon esprit vacillait déjà devant les liens qui se dessinaient. Bon Dieu, des bactéries contrôlant l'esprit ! Rob et moi avions passé tellement de temps à nous mentir réciproquement sur des sujets stupides, surtout à propos des filles. Il avait peut-être perdu l'esprit. Ou bien il était tombé sous l'influence de Banning…

— Montrez un peu de cœur, plaida ce dernier de l'autre côté de la porte. Ma vessie va éclater.

Banning et moi consacrâmes la fin de la matinée à l'achat de deux chemises neuves et d'un pantalon pour moi. Je pris également un petit sac de voyage bon marché pour y caser l'enveloppe de Rob. Je refusai de laisser Banning payer et je vidai mon compte en banque avec quelques chèques.

Et voilà, me dis-je. J'étais devenu un indigent qui se reposait sur la bonté d'un sans-abri illuminé et fanatique. Le temps dont je disposais ne me suffisait pas pour tirer une conclusion quant au contenu de l'enveloppe.

L'heure de notre rendez-vous avec Mme Callas approchant, nous prîmes un taxi pour nous rendre dans les quartiers sud de San Francisco.

Le col de la chemise neuve frottait contre le pansement à mon cou alors que nous gravissions par l'escalier les trois étages menant au dernier niveau d'un entrepôt aménagé. L'air était étouffant, et nous étions tous deux en sueur avant la fin de notre ascension.

Au-delà d'un petit recoin, une large porte blanche bloquait le passage. Banning souleva un lourd heurtoir de fer et l'abattit violemment. Quelques secondes plus tard, un doigt repoussa le cache en cuivre d'un judas. L'œil marron d'une femme nous observa un moment. Puis le cache retomba en place. La porte en acier s'ouvrit sur de petites roulettes en caoutchouc avec le couinement apeuré d'une souris.

Mme Monroe Callas nous fit signe de la rejoindre dans sa petite salle d'attente. Les murs en Placoplâtre blanc étaient nus dans la pièce suivante, bien plus vaste, où l'on apercevait les poutres et le toit en tôle rongée. Mme Callas avait tout d'un héron. Tout en elle était étiré en longueur, jambes et cou, nez et doigts. Mais sa force de caractère et son assurance étaient évidentes.

Nous nous assîmes devant un bureau en acier sur lequel ne se trouvaient qu'un cendrier et deux bouteilles d'eau minérale non entamées.

— Prenez-en, proposa-t-elle. Il fait chaud ici.

L'immeuble était silencieux. Apparemment, nous en étions les seuls occupants. Banning ouvrit sa bouteille avec soin et guetta le léger craquement des attaches en plastique quand il dévissa le bouchon et le pétillement du gaz carbonique s'échappant avant de boire. Je l'imitai.

Callas observa ce rituel avec intérêt, puis elle déclara :

— J'ai étudié les références de M. Banning. Je ne fais pas dans la charité, et je ne m'occupe pas des dingues.

Elle s'adressa à moi :

— Vous semblez appartenir à la première catégorie, et M. Banning à la seconde.

Banning ajusta sa veste avec un air de dignité outragée.

— Il ne s'agit certainement pas de charité, dit-il. Le Dr Cousins est un chercheur renommé. Il se pourrait même qu'il soit en mesure de vous enseigner une ou deux choses dans le domaine des sciences de la vie. Voyez cela comme un échange.

— Oubliez ça, murmurai-je.

J'avais l'impression d'être ridicule, et l'attitude de Callas ne faisait que le confirmer. Son évaluation était d'une acuité redoutable. Jusqu'où devait aller ma loyauté envers Banning, parce qu'il avait réglé la note de mes soins à Alta Bates ? Etais-je désespéré à ce point ?

Désespéré, oui. Et désespérément paumé. Les notes et les manuscrits de mon frère avaient empli ma tête d'images troublantes et confuses qu'on ne pouvait pas appeler des pensées. La codéine agissait toujours, mais elle n'effaçait pas complètement la douleur. Je serrai mon poignet dans mon autre main pour calmer les élancements.

— J'apprends aux gens comment éviter les ennuis, dit-elle. Ils me paient pour ça.

— Eh bien, éviter les ennuis est justement ce que nous voulons apprendre à faire, dit Banning avec un enthousiasme feint. Il y a de cela quelques mois, j'ai tenté de convaincre un jeune homme de venir vous voir. Peut-être vous souvenez-vous de notre rendez-vous manqué ? Rob Cousins ?

Callas demeura impassible.

— Il est mort, continua Banning tristement. C'était son frère.

— Désolée de l'apprendre, me dit Callas.

Elle baissa les yeux sur la table en acier et tapota de ses doigts sur ses bras croisés. Genre : « Messieurs, j'ai du travail. »

— Je suis certain que s'il parvient à rester en vie, le Dr Cousins vous réglera vos émoluments… d'ici quelques mois, plaida Banning.

Je lui décochai un regard incrédule.

— Je ne suis pas intéressée, rétorqua Callas. J'ai pensé plus correct de vous l'annoncer de vive voix plutôt qu'au téléphone. D'ailleurs vous n'aviez pas laissé de numéro où vous appeler. Il est temps, messieurs.

— Qu'avez-vous réellement appris sur nous ? voulus-je savoir.

Je pariai qu'elle saisirait peut-être cette occasion de briller. Une lueur passa dans ses yeux.

— La réputation de M. Banning n'est plus à faire, dit-elle. Et vous vous êtes fourré dans des ennuis trop gros pour moi actuellement.

Son sourire indiquait qu'elle m'avait percé à jour.

Nous la suivîmes hors du bureau, avec les bouteilles. Callas déverrouilla la porte et s'appuya dessus pour la pousser. Elle désigna l'extérieur. Je passai devant elle, le rouge aux joues.

Mais Banning ne se déclarait pas vaincu.

— Vous serez sans doute intéressée de savoir que… commença-t-il.

— Je suis désolé, dis-je en venant m'interposer entre eux. M. Banning a commis une erreur en nous amenant ici.

— Exact, dit Callas.

Banning paraissait abasourdi.

— Ravi d'avoir fait votre connaissance, madame Callas, dis-je en tirant Banning par la manche.

Nous nous éloignions de la porte quand des pas résonnèrent dans l'escalier derrière nous. Je fis volte-face et m'apprêtai à l'affrontement.

— Banning, c'est vous ? dit une voix de femme haletante.

Une jeune femme vêtue d'une robe d'été blanche gravit la dernière marche et tourna le coin du couloir. Sous le chapeau jaune à larges bords, elle portait des lunettes de soleil.

Callas émit un son bas, qui exprimait toute sa dérision. L'arrivante était si inattendue, si déplacée, que je ne la reconnus pas tout de suite. Elle ôta ses lunettes.

— Je vous ai entendue dans l'escalier, dit Lissa. Je paierai, si c'est seulement un problème d'argent.

Elle se tourna vers moi :

— Rob aurait voulu qu'il en soit ainsi. Combien ?

Les deux femmes se jaugèrent du regard. Callas parut apprécier ce qu'elle découvrait.

— Dans les circonstances actuelles, trente-cinq mille pour une évaluation poussée et un programme d'entraînement de quatre semaines.

— Cela semble raisonnable, dit Lissa.

A moi, ça semblait exorbitant.

D'un geste ample du bras, Mme Callas nous invita à revenir.

Je pris Banning à l'écart pendant que Callas apportait d'autres bouteilles d'eau minérale et ajoutait des pommes en tranches, des biscuits et du fromage. Nous allâmes à l'entrée d'un couloir qui desservait une cuisine non encastrée et deux salles de bains.

— Ne mangez rien de ce qu'il y a sur ce plateau, me prévint-il à voix basse.

— Vous connaissez Lissa ?

— Je l'ai déjà rencontrée.

— Comment a-t-elle su que nous étions ici ?

Il me regarda comme s'il n'était pas au courant, avec la mine d'un écolier accusé d'avoir volé un bonbon sur la table d'un camarade de classe.

— Vous l'avez appelée, n'est-ce pas ?

Il continua de me dévisager sans répondre.

Je réprimai un geste d'exaspération. Ma vie ne m'appartenait plus. Et devoir quoi que ce soit à Lissa me semblait pire que de devoir quelque chose à Banning. Je me sentais toujours coupable des pensées qu'elle déclenchait chez moi. Cette robe d'été…

— Franchement, je suis étonné qu'elle soit venue, dit enfin Banning. Visiblement, ce n'est pas pour moi. Elle ne m'apprécie guère. Et je n'ai pas attiré l'attention d'une femme depuis que ma maîtresse de Manchester m'a plaqué il y a dix ans. Une maîtresse juive, je précise.

— Je ne veux pas que Lissa paie pour ça !

— Vous auriez dû faire connaître vos objections plus tôt. Callas doit en ce moment même lui faire signer un contrat.

Je frappai le mur de ma main blessée. Elles avaient dû entendre, dans le bureau.

— Ecoutez, dit Banning, je préférerais moi aussi qu'elle parte, mais nous n'avons pas vraiment le choix.

Vous êtes aussi vulnérable qu'un faon sur une autoroute. Vous avez besoin de ce que Callas peut vous donner.

— Pourquoi je me laisse mener n'importe où par un…

— Un fanatique vieillissant dont les démons sont à peine moins formidables que les vôtres ? railla Banning d'un air très guindé.

Il se renfrogna aussitôt comme s'il venait de goûter quelque chose d'amer et rejoignit Lissa et Callas.

Ma main m'élançait. Je serrai fortement mon poignet, crispai les mâchoires et entrai dans le bureau. Il était vide. Les pas de Banning résonnaient sur le sol en béton de l'entrepôt abandonné. Je suivis ce son.

Un mur de hautes fenêtres à montants d'acier ouvrait à l'est sur d'autres entrepôts et des bâtisses industrielles. Des bourrasques de vent filtraient par les carreaux inférieurs ouverts, mais il faisait aussi chaud sous ce toit d'acier rouillé que dans les escaliers.

Lissa et Callas étaient assises à un vieux bureau en chêne, penchées sur quelques documents. Le soleil inondait le sol sous les fenêtres. Je détestais tout ce que je découvrais.

Lissa s'excusa et vint vers moi d'une démarche qui rendit sa robe d'été complètement inappropriée au moment. Son pas était décidé, ferme, et elle me regardait fixement en avançant.

— Que fais-tu ici, avec Banning ? interrogea-t-elle dans un murmure.

A une dizaine de mètres de nous, Banning s'efforçait de se concentrer dans la contemplation du paysage par la baie vitrée.

— Tu sais qu'il est complètement dingue ?

— Nous avons fait connaissance hier. Et il m'a aidé.

— C'est un révisionniste. Il nie l'Holocauste. Il a fait des conférences devant des groupes extrémistes en Oregon et en Californie. C'était déjà assez moche que Rob se soit mis à le fréquenter, et maintenant toi ?

Elle avait les mâchoires serrées, et ses joues avaient perdu toute couleur.

— Ce n'est pas le moment, ni l'endroit, dis-je en m'efforçant de conserver un ton mesuré. Certains événements très inhabituels se sont produits. Banning…

— Comment sais-tu qu'il n'en est pas le responsable ?

Je me sentais particulièrement idiot.

— Que sais-tu de Callas, Mme Callas ? appuya Lissa.

— Absolument rien.

— Banning te mène donc par le bout du nez ?

Je n'avais rien à répondre.

— J'ai appelé mes contacts dans le milieu policier. Callas est respectée, mais c'est aussi quelqu'un qui saisit les occasions de tous bords. Elle a entraîné quelques clients très peu recommandables. Nous allons avoir une *longue* discussion, promit-elle.

— Pourquoi m'aider ?

— Ta mère et moi avons eu un entretien à cœur ouvert après les funérailles, tu te souviens ?

Je me rappelais surtout m'être tenu dans l'entrée, avec une érection monumentale.

— Elle m'a dit que Rob était intelligent, mais que tu l'étais plus encore. Eh bien, peut-être que je suis encore plus intelligente. Je veux savoir qui a tué Rob, et pourquoi. Je dois au moins ça à mon mari.

Elle répondit à mon scepticisme affiché par une grimace qui disait « Epargne-moi ça, s'il te plaît ».

— J'ai expliqué que si tu acceptais de suivre son

entraînement, je paierais les frais. Je crois qu'elle veut en apprendre plus sur toi et Rob. Elle en sait déjà beaucoup sur Banning.

Pieds sur le bureau et mains croisées derrière la nuque, Callas attendit que nous ayons disposé nos sièges. Il ne lui manquait qu'une allumette entre les dents.

— Je suis maintenant à votre service, grâce à Mme Cousins. Mais nous n'en sommes qu'au tout début, et si je le décide j'interromprai tout. Mettez-moi au courant de la situation.

Lissa commença. Elle lui dit ce qu'elle savait sur les problèmes dont Rob avait souffert, et sur son meurtre. J'écoutai en essayant d'accorder ses propos aux documents que j'avais lus le matin même. Des manuscrits de Rob se dégageait une impression générale d'aventure et de découverte, mais la paranoïa n'était peut-être pas très loin.

Je pris la suite et racontai mes histoires de navires océanographiques, de submersibles d'exploration, de persécutions, d'incendies et d'attaques de chiens.

Callas prit une profonde inspiration et secoua la tête quand je me tus.

— J'aime être en mesure de quantifier les forces de l'ennemi, et de définir la nature de la menace, dit-elle. Je sais quelques petites choses à propos de M. Banning. Des détails que je qualifierai de « pittoresques ». Dans mon métier, il m'est arrivé de rencontrer un certain nombre de gens bizarres, et je les traite de façon professionnelle. Les paranoïaques aussi peuvent avoir des ennemis. Mais vous, Banning, vous étiez naguère un historien respecté. Que vous est-il arrivé ?

— On m'a discrédité, répondit Banning. A moins

que je ne me sois discrédité tout seul. Laissons cela pour l'instant.

— Impossible, fit Callas. Pas si je veux comprendre à qui nous sommes confrontés.

Banning se redressa sur son siège et en saisit les accoudoirs.

— En 1991, je suis tombé par hasard sur certains documents en relation avec un programme de recherche ultra-secret, poussiéreux et oublié depuis longtemps. La façon dont les Russes tiennent à jour leurs archives est bien connue...

— Poursuivez, dit Callas.

— Peu après cette découverte, on a déclenché une campagne pour me discréditer. C'était bien avant que je ne rencontre Rob Cousins.

— Quelle sorte de campagne ?

— J'ai été soumis à des substances qui ont altéré mon esprit. Mon comportement s'en est trouvé modifié.

— Oui ?

— J'ai perdu tout mon argent, ma femme m'a quitté, et j'ai été chassé du monde universitaire. Je suis devenu comme possédé.

Banning paraissait harassé et au bout du rouleau.

— Possédé par quoi ?

— Bah, disons que j'en suis à vivre après ma mort. Et c'est l'enfer. En fait, je suis un homme déjà mort.

Callas l'étudia comme un gardien de zoo accueillant un nouvel animal.

— Pensez-vous avoir été la cible du KGB ? Du SVR ? demanda-t-elle.

— Ils n'auraient eu aucune raison, après la guerre froide.

— Les Juifs ?

Mal à l'aise, Banning se tortilla sur son fauteuil.

— Je ne sais pas.

— Savez-vous à quoi vous croyez, monsieur Banning ? insista Callas.

— Ce à quoi je crois n'a aucune importance, rétorqua-t-il. J'ai la tête pleine de vérités qui sont des mensonges, et de mensonges qui sont des vérités. Je regarde où je pose les pieds et je fais attention à ce que je dis.

— Pas tout le temps, remarqua-t-elle.

Il déglutit et passa la langue sur ses lèvres sèches, en évitant de croiser son regard.

Elle reporta son attention sur Lissa.

— Vous n'avez jamais fait l'objet de menaces ?

— Non. Mais j'ai vu l'état de mon mari se détériorer. Il est possible qu'il ait été soumis au traitement dont vient de parler M. Banning.

— M. Banning a travaillé avec votre mari ?

— Il avait certaines idées que mon mari estimait intéressantes.

L'interrogatoire se poursuivit pendant une heure. Callas nous questionna sur nos habitudes personnelles, voulut savoir si nous avions déjà possédé des armes à feu, pratiqué des arts martiaux, quelles étaient nos attaches politiques, si nous étions en relations avec des groupuscules marginaux. Elle écouta nos réponses et prit des notes dans un calepin jaune. A la fin de l'heure, elle le referma et déclara :

— Je ne peux rien tirer de tout cela. Ce que vous décrivez est une combinaison de contrôle de l'esprit et de violence inutile, voire de menaces de violence émanant de parfaits inconnus.

Je la vis frissonner.

— Je ne vois pas comment je pourrais vous former à vous défendre de ce genre de menace, si elle est réelle.

Cette femme avec les dobermans… C'est assez effrayant. Avant de décider si j'accepte de m'occuper de vous, je dois procéder à quelques recherches complémentaires. Cela pourrait me prendre un jour ou deux.

Elle tambourina sèchement de son crayon sur le bureau. Notre premier entretien était terminé.

Alors que nous descendions l'escalier menant au gymnase de Callas, Lissa dit à Banning de foutre le camp. C'est l'expression qu'elle employa : foutre le camp. Avec un haussement d'épaules, il déclara qu'il me reverrait à l'hôtel.

— Pauvre type, commenta-t-elle quand il fut parti.

Elle me guida par des ruelles jusqu'à un petit restaurant dans la zone industrielle. Nous nous installâmes à une table au fond de la salle, sous une fenêtre aux vitres poussiéreuses. Un petit vase décorait la table, dont les couleurs s'étaient affadies depuis longtemps.

Le serveur, un jeune homme musculeux, lorgna Lissa et me salua d'un bref rictus de félicitation. Je commandai deux thés glacés, et il repartit. Lissa tapota la table éraflée de la pointe de son couteau à dents.

— Je suis vraiment en colère, dit-elle.

C'était son tour de paraître vulnérable.

— Contre qui ?

— Rob. Moi-même. Nous avons tout raté, n'est-ce pas ?

— Je n'en sais rien.

— Vous avez tous les deux prétendu que vous n'étiez pas proches l'un de l'autre.

— Nous ne l'étions pas.

Elle secoua la tête avec exaspération et frappa la table

avec son couteau. Je découvrais où elle voulait en venir, et cela me mettait mal à l'aise.

— Toi et Julia avez divorcé, non ?

— Oui.

— Qu'est-ce qui n'a pas marché ?

— Julia a cessé de s'intéresser à moi, ou à ce que je faisais. Elle s'est mise à s'intéresser beaucoup plus à d'autres hommes. Je ne partage pas cet intérêt.

Le sourire de Lissa était celui d'un fantôme triste. A voir l'expression de son visage, je songeai qu'elle ne devait pas sourire souvent. Elle avait une beauté qui excluait presque ce genre d'émotion.

— Je n'ai pas fréquenté d'homme depuis que j'ai quitté Rob. Ni depuis que je l'ai épousé, d'ailleurs. Je n'ai pas menti à ta mère. Je voulais que Rob et moi nous nous remettions ensemble, mais c'était impossible. Il se comportait de manière encore plus dingue que Banning.

Je me remémorai l'appel téléphonique à Lindbergh Field. Rob et moi, nous faisions la paire. Un joli couple de ratés, qui espéraient vivre éternellement alors qu'ils étaient incapables de profiter de ces moments qui leur étaient accordés sous le soleil.

— J'ai fait ma propre enquête. Sur Banning, et sur Rob, pour voir s'il était mêlé à quoi que ce soit de louche. S'il se droguait, par exemple. Ma famille est très riche, j'ai donc pu me permettre ce petit extra. Quand nous étions encore ensemble, Rob s'est rendu au lac Baïkal. A son retour, il a lu un ouvrage de Banning. J'en ai trouvé un exemplaire chez nous.

— Rob a mentionné une organisation du nom de Silk, dis-je.

— « Une organisation clandestine formée avant le début de la Seconde Guerre mondiale », récita Lissa. C'est dans un livre de Banning, qu'il a publié à compte d'auteur il y a une dizaine d'années. Il y prétend que Winston Churchill a obligé Hitler à entrer en guerre contre l'Angleterre, que les camps de concentration nazis étaient des complexes éducatifs, et les chambres à gaz des saunas dernier cri.

Elle se tut un instant.

— Le fumier, marmonna-t-elle enfin. Mon grand-père a perdu toute sa famille à Dachau.

— Si tu as la moindre explication qui collerait à tout ça, j'aimerais l'entendre, dis-je. Qu'est-ce que Banning a fait pour Rob ?

— Banning était supposé être un expert pour ce qui est de retrouver des documents. Rob voulait confirmation de sa théorie. Il n'avait pas tellement confiance en Banning, et Rob et moi étions…

Elle avait des difficultés à s'exprimer, car elle était encore sous le coup de l'émotion. Elle se reprit :

— Nous nous sommes séparés. Je ne voulais pas renoncer à lui, mais il avait cette autre vie, cette recherche insensée. Banning l'aidait, et j'étais exclue. La dernière fois qu'il m'a parlé, il a dit qu'il prenait des échantillons de sa peau, de son nez, de ses fèces. Qu'il écoutait ses intestins. Il a affirmé qu'il guettait les messages envoyés par une sorte de super-esprit. Du délire total.

Elle leva les yeux de l'entaille qu'elle creusait dans la table avec son couteau.

— J'ai engagé un détective privé pour retrouver ta trace. Je t'aurais retrouvé, que Banning ait appelé ou non.

— Je suis flatté, dis-je.

C'était la vérité, mais j'avais aussi l'estomac noué d'entendre cela.

— Tu es tellement comme Rob, fit-elle.

Mais ce n'était pas une critique. Ses yeux étaient plus que les miroirs de son âme. Je posai une main sur les siennes, pour qu'elle cesse d'abîmer la table.

Elle détourna les yeux, et ce fut plus cinglant qu'un coup de cravache. Elle laissa tomber le couteau sur la table.

— Je suis masochiste, fit-elle en pêchant six coupures d'un dollar dans son sac pour en couvrir l'entaille sur la table. Où es-tu descendu ?

Nous quittâmes le restaurant, et Lissa me conduisit au Haight dans sa Toyota.

Je pris le petit ascenseur pour rejoindre ma chambre. Banning sortait de la douche et avait passé un pantalon et un tee-shirt. Il salua mon retour d'un simple signe de tête puis s'assit sur le lit avec la lenteur d'un vieil homme, avant de s'y allonger. Dès qu'il eut fermé les yeux, comme si l'obscurité était un luxe délicieux, il se mit à ronfler. Les lignes soucieuses au coin de ses lèvres et sur son front s'estompèrent un peu.

La vie l'érodait lentement mais sûrement.

Je m'assis près de la fenêtre et contemplai la cour minuscule, avec une sensation d'appréhension soudaine. Banning ne nous disait pas tout ce qu'il savait, et peut-être même pas tout ce qu'il avait confié à Rob. D'un autre côté, je lui dissimulais moi aussi certaines choses. Je n'avais pas confiance en lui, et il n'avait pas confiance en moi. Nous nous retrouvions dans une impasse.

Quant à Lissa, elle était plongée dans nos soupçons et notre confusion. J'en étais désolé pour elle.

Le puits d'aération s'assombrit. Banning s'était transformé en Belle au bois dormant enfermée dans son sommeil éternel. Le climatiseur était détraqué, et une brise chaude et humide en filtrait. Je l'éteignis, ouvris la fenêtre et me penchai à l'extérieur pour regarder le carré de ciel crépusculaire au-dessus de moi, où un vent fort poussait des nuages.

Banning avait fait quelques provisions. Un sac empli de conserves et de bouteilles d'eau minérale se trouvait dans la salle de bains. Ma gorge était sèche, et j'avais bien besoin de me rafraîchir. J'ouvris une boîte de pêches et bus le sirop dans lequel elles baignaient. J'allais lécher mes doigts pour récupérer le peu de jus perdu mais je me ravisai et me lavai les mains à cinq reprises sans mouiller mon pansement. Je dévorai les fruits, puis je me passai la tête sous l'eau. Je trempai mon col, mais c'était mieux ainsi.

De la nourriture en conserve et des comprimés de vitamines. Ce n'était pas une façon de vivre. J'éprouvais un besoin presque désespéré de retourner au labo, n'importe quel labo, pour y travailler, quelle que soit la tâche. C'est là qu'était ma vie, pas dans cette insanité sans fin.

Mon estomac n'arrivait pas à décider si j'aimais les pêches. Je sentais les ombres s'accumuler dans les coins de la pièce. Ma main et mon cou étaient toujours douloureux, et les ronflements irréguliers de Banning m'interdisaient tout repos ou réflexion.

J'essayai d'ignorer ces inconvénients. Je portai le sac de voyage sur la table, sans trop savoir où reprendre, je tirai la chaise et m'assis.

Finalement j'ouvris le sac et je fouillai dans les papiers de Rob. Je trouvai une enveloppe par avion petit modèle et en sortis cinq bandes de papier bleuté. Des colonnes de mots à trois lettres qui n'avaient aucun sens, en fait les abréviations des vingt acides aminés communs qui fabriquent les protéines, couvraient chaque côté de chaque bande. Je les étalai sur le bureau devant moi. Elles auraient pu constituer une ou plusieurs séquences de peptides, de gauche à droite, de haut en bas ou selon un autre système de lecture, si elles avaient été disposées correctement. Un puzzle, ou un code. Je les plaçai dans un ordre différent et les lus de diverses façons avant de recommencer la manœuvre à plusieurs reprises. J'espérais détecter une séquence que je connaissais, mais je n'eus pas cette chance. Je rangeai les bandelettes dans l'enveloppe.

Une lettre en russe, écrite au stylo à encre, dépassait un peu d'un des manuscrits dactylographiés. Je tirai sur le coin de papier et la feuille apparut, attachée par un trombone à une enveloppe par avion. Celle-ci contenait une photo Polaroïd floue, dans les tons jaune-brun. On y voyait mon frère et moi-même dans une rue, peut-être quelque part en Europe. Nous souriions tous les deux. Il était évident que Rob avait conservé cette photo comme souvenir. C'était touchant, mais je n'arrivais pas à me rappeler où elle avait été prise.

Banning pourrait peut-être me traduire la lettre.

Mais voulais-je qu'il le fasse ? S'il me cachait certaines informations, comment avoir confiance en lui ? Et pourtant, s'il avait voulu lire le contenu du paquet, ne l'aurait-il pas déjà fait ?

Je laissai cette énigme en suspens pour le moment et repris le journal là où j'avais interrompu ma lecture.

La persuasion parasitaire et les communications bactériennes avec les cellules intestinales et épidermiques. G. va voir Beria, Beria va voir Koba. Beria était beaucoup plus que le simple chef de la police secrète. Plus tard, Koba allait le charger des recherches sur les armes nucléaires. Mais ceci... Ceci serait encore plus énorme que les bombes atomiques. Beria a dit à Koba que Golokhov pouvait leur fournir un véritable pipeline jusque dans la psyché humaine.

G. présente ses arguments. Koba saisit aussitôt ; G. trouve des fonds, des assistants et un labo équipé à Irkoutsk. Cela au moins est clair. Ch. et T. laissent tous deux entendre que c'est ainsi que les choses se sont passées : les questions auxquelles ils ne veulent pas répondre — comment G. a-t-il survécu à Lysenko ? — et leur façon de sourire quand je leur confie mes suppositions. Ils taisent beaucoup de choses mais c'est avec une culpabilité et une honte typiques des Russes. Je pense qu'en fait ils préféreraient ne rien cacher.

J'essayai de me remémorer l'histoire russe. Beria avait été exécuté après la mort de Staline. Mais quel rapport y avait-il avec nos recherches ? Nous nous intéressions à l'accroissement de la longévité humaine, pas au contrôle des esprits.

Ch. et T. ont décidé de m'emmener dans un endroit situé près d'Irkoutsk. La honte, le besoin de montrer la vérité ou autre chose semble les motiver.

Ils m'ont conduit dans un vieux camion Opel à cinquante kilomètres en dehors d'Irkoutsk. Après avoir passé une barrière de barbelés, contourné un étang et traversé une forêt vieille de peut-être soixante ou soixante-dix ans, nous avons suivi une route de terre battue flanquée de plaques déchiquetées d'asphalte et de tas de pavés. Nous avons pénétré dans une ville fantôme. Des bâtisses de pierres et de briques solides, des maisons en bois, des rues pavées. Complètement déserte, fenêtres ouvertes.

« C'est la Cité des Mères-Chiennes », m'a dit T. dans son anglais approximatif. Je suis sûr que j'ai raté la moitié de l'histoire. Dois-je y croire ?

Beria a fait construire cet endroit en 1938-39 comme centre d'essais pour Silk. G. impliqué, dans quelle mesure, Ch. et T. ne le savent pas, ou refusent de le dire. Alimentation en énergie moderne et en eau, système de téléphonie interne, même un bureau de poste, le tout plutôt confortable, mais isolé d'Irkoutsk et de tous les villages avoisinants.

Cinq mille prisonniers politiques ont été amenés ici — des Juifs, bien sûr, des militaires et leurs familles, des intellectuels de Moscou et de régions aussi lointaines que la Lituanie et la Géorgie, je crois, mais Ch. et T. m'affirment que ce n'était pas un goulag mais un centre de recherches. Il n'a jamais eu de nom, seulement un matricule : 38-J.

Je n'aime pas cet endroit. Personne ne vient ici, personne n'y vit plus. Il y plane une atmosphère dérangeante. Nous parcourons les rues qui sont propres, balayées, mais vides, sans même un chien, un chat ou un rat. Ch. et T. ne m'accordent qu'une heure de visite. Ils ne peuvent supporter plus. Ils semblent désireux de m'en dire plus, mais dans un premier temps ils en sont incapables, ils manifestent une honte que jamais encore ils n'avaient montrée.

De ce qu'ils disent, je comprends que toute personne déplacée ici était encouragée à croire que c'était là une cité modèle. Une chance de se réhabiliter et de survivre aux purges. Et puis, petit à petit, les magasins ont été approvisionnés par de la nourriture préparée par Silk. Beria et Koba voulaient savoir combien de temps cela prendrait.

T. finit par craquer. Il n'était pas encore né à l'époque, pourtant il se met à pleurer.

Quelques semaines après l'arrivée de cette nourriture spécialement préparée, les habitants de 38-J marchaient nus dans les rues, et forniquaient en public. De la chair humaine — principalement celle de jeunes enfants — était vendue chez les bouchers. Beria a fait apporter des camions d'armes, et les a distribuées à chaque citoyen. Il a paradé en parcourant sans aucune protection les rues d'une ville peuplée de dissidents et de prisonniers politiques armés qui auraient dû le haïr.

Des escouades recevaient leurs instructions par téléphone, ou de voisins qui étaient en fait des agents infiltrés. Ils traquaient les gens qui se rendaient à la bibliothèque, ceux qui étaient chauves ou qui avaient les jambes arquées, ceux qui portaient leurs bébés en public. Certains recevaient pour ordre de sortir et de siffler, d'autres de sortir et d'abattre tous ceux qui sifflaient.

En 1940, Beria a décidé de fermer le centre. C'était pour lui un grand succès, et presque tous ses habitants étaient déjà morts. Les dernières femmes encore en vie marchaient à quatre pattes dans les rues. Quelques-unes qui avaient été enceintes souriaient et ouvraient leur corsage pour allaiter les chiots des gardes de Beria, pendant que des photos étaient prises.

Ce spectacle faisait rire Koba aux éclats.

Ils ont insisté pour que je retourne au camion. Ils en avaient assez, et moi aussi.

Ce soir, ils m'ont donné une cassette vidéo. L'histoire en images de Silk.

Il n'y avait pas de vidéocassette. Je rangeai le journal et les divers papiers dans l'enveloppe, et replaçai celle-ci dans le sac. Je ne crois pas avoir jamais lu quelque chose d'aussi laid et d'aussi perturbant. J'en avais mal au cœur. Il fallait que je sorte, pour respirer de l'air frais. Mais je ne bougeai pas. J'avais besoin d'un signal, de quelque chose qui tiendrait lieu d'excuse. Une mouche entrant en bourdonnant par la fenêtre ferait l'affaire. Un coup de klaxon. N'importe quoi.

Une heure s'écoula, puis deux.

Je m'étendis sur mon lit, en me demandant ce qui n'allait pas chez moi. La couardise, l'indécision, des pensées trop nébuleuses. J'essayai de lire encore, mais les mots semblaient onduler par vagues sur les pages remplies par Rob. Je ne parvenais pas à trouver le sommeil. Dans la chambre, l'air devint plus chaud encore, et plus immobile.

Au-dehors, la circulation semblait avoir baissé, le bruit des moteurs s'était fait plus doux, les voix plus distantes.

Le téléphone sonna, d'une sonnerie mécanique et suraiguë. Je me redressai en sursaut, et me tournai vers Banning. Il continuait de ronfler. Une sonnerie de plus. Je décrochai.

— Oui ?

— C'est Rob, dit la voix à l'autre bout du fil.

— Bon Dieu, soufflai-je.

— Erreur, encore une fois. Comment va mon joli Prince Hal ?

La voix *ressemblait* à celle de Rob.

— Arrête de m'emmerder, dis-je.

— Ecoute attentivement. Tu es fatigué et il est temps que tu me montres de quoi tu es capable.

La voix se mit à lire une longue liste de nombres.

— Une minute, dis-je d'un ton suppliant. J'ignore de quoi tu parles. S'il te plaît, va moins vite.

— Tu as tout eu ? demanda la voix. Répète les trois derniers nombres.

Je voulus me les remémorer, mais j'en fus incapable.

— J'ai vu Lissa, aujourd'hui, dis-je.

— Ah ouais ? Ecoute encore, et cette fois sers-toi de ta cervelle. C'est important.

Etait-ce Rob ? Un moment, j'en fus convaincu. Je ne l'avais jamais vu avec le crâne explosé ; cet abruti d'entrepreneur des pompes funèbres qui refusait les pourboires l'avait vu ainsi, pas moi. Je devais croire sur parole à la mort de mon jumeau, et ce n'était certainement pas suffisant.

Il était bon de penser qu'il était toujours parmi nous, parce que cela me permettait de m'excuser.

— Tu es près d'ici ? En bas ? demandai-je. Rob, je suis tellement désolé pour…

— Ferme-la, tu veux bien ?

La voix reprit la lecture des nombres. L'air me semblait aussi épais que de la gelée tiède. Quand je ne voulus pas ou ne pus pas réciter les trois derniers nombres de la liste, il jura sourdement et raccrocha.

Une fois encore, j'avais déçu mon jumeau. J'étais anéanti. Je désirais tant contenter quelqu'un, faire ce que quelqu'un attendait de moi.

Je glissai dans un état de fugue psychologique. Je me souvins qu'il était temps que je prenne mes cachets de vitamines, avec un peu de nourriture. Tout irait bien. J'ouvris une autre conserve, de haricots rouges celle-là, avalai mes cachets et mangeai la moitié des haricots. Puis je me renversai dans le fauteuil, et je m'endormis.

Quand je rouvris les yeux, j'étais raide dans tout mon corps et il était neuf heures du matin. Banning me secouait l'épaule. Il tenait un objet blanc et argenté devant mes yeux, qui restait flou pour moi.

— Ce n'est pas *notre* ouvre-boîtes, dit-il, le visage sombre. J'en ai acheté un bon marché, qui a disparu. Quelqu'un s'est introduit dans notre chambre. Avez-vous mangé quelque chose ?

Je le regardai stupidement, puis je tendis la main vers la table de chevet. Le sac et les papiers de Rob étaient toujours là.

— J'ai mangé une conserve de pêches au sirop et une demi-boîte de haricots rouges.

— Je n'ai *pas* acheté de pêches au sirop, lâcha Banning.

Il recula de deux pas, se cogna contre le climatiseur défunt et resta là, dans une attitude rigide, presque militaire, qui aurait pu être comique dans d'autres circonstances.

— Vous êtes peut-être marqué, déclara-t-il.

— Je vais bien. J'ai juste fait des rêves bizarres.

Il parut dérouté.

— Quelqu'un a téléphoné ?

— Non.

— Il faut nous trouver un autre endroit.

— D'accord.

En une demi-heure, nous avions réglé notre note et rangé nos maigres affaires dans la voiture de Banning.

— Que savez-vous de la Cité des Mères-Chiennes ? lui demandai-je tandis que nous roulions vers le centre-ville.

— Une horreur. Mais pas la pire de toutes.

23

Il était dix heures. Lissa, Banning et moi étions assis face au bureau de Monroe Callas depuis une heure, et nous n'avions presque pas parlé. Notre rendez-vous était fixé à huit heures trente, et Callas avait insisté pour que nous soyons ponctuels. La tension dans la grande pièce était palpable, et elle ne venait pas de notre attente forcée.

Callas se laissa aller contre le dossier de son siège.

— On a tagué ma porte d'entrée ce matin, annonça-t-elle, avec une légère vibration dans la voix. J'habite un quartier calme, où le vandalisme est exceptionnel, les graffitis inexistants. La sécurité y est renforcée, sur trois périmètres, dont deux sont de ma propre création et sous mon contrôle exclusif. Aucune des personnes venant à l'entrepôt ne connaît l'adresse de mon domicile.

Elle se tourna vers Banning, le regarda au fond des yeux.

— Vous n'avez aucune idée de l'endroit où j'habite, bien entendu ?

— Non, répondit-il.

— Pouvez-vous deviner ce qui a été écrit sur ma porte ?

— Non, dit Banning, le visage fermé.

— « Salope de putain juive ».

Les traits de Banning se durcirent un peu plus.

— Pourquoi, commença-t-il en faisant une pause pour choisir avec soin ses mots, pourquoi ferais-je une chose aussi évidente et aussi stupide ?

— Je ne suis pas juive, dit Callas. Je n'ai jamais pratiqué la plus vieille profession du monde. Quant à être une salope, à vous de voir. Je ne tiens pas à m'étendre sur le sujet.

Elle se tut, et un silence lourd s'ensuivit. Je commençais à éprouver de la compassion pour Banning.

— Je doute fort que ce soit votre œuvre, déclara enfin Callas. C'est probablement le fait d'un de mes jardiniers. Je suis en retard parce que j'ai suivi ses empreintes boueuses à partir du porche d'entrée jusqu'à une benne à ordures située à l'arrière de mon domicile. Sans entrer dans les détails, j'estime qu'il a tagué ma porte aux environs de cinq heures du matin, juste après avoir fini d'arroser la pelouse. Si je l'interroge… C'est un jardinier qui parle à peine notre langue et qui n'a aucun mobile rationnel pour commettre un tel acte… Que vais-je découvrir ?

— De la confusion, dit Banning.

— C'est bien ce que je craignais, dit-elle, un pli soucieux naissant aux coins de sa bouche. Mon jardinier serait-il sous le contrôle de quelque agence d'espionnage ultra-secrète ?

Aucun de nous ne répondit. C'était ridicule, paranoïaque, trop énorme pour être seulement plausible.

— Est-ce qu'ils vont de porte en porte, comme des démarcheurs en aspirateurs ? dit Callas qui sortit d'un tiroir du bureau un dossier empli de feuilles tirées sur imprimante et d'articles de presse. Un certain Hefner

Thorgood a été déféré devant la justice hier pour avoir tiré avec un 45 non déclaré à Berkeley. L'Etat n'aime pas qu'on agisse ainsi. Il a abattu deux chiens qui selon lui attaquaient un autre homme. Cela vous dit quelque chose ?

J'acquiesçai.

— La police n'a enregistré aucune plainte de la part de la maîtresse des deux chiens, de sorte que je n'ai pu retrouver sa trace. Mais un rapport antérieur fait état d'un homme ayant déclaré qu'une femme avait lâché ses deux dobermans sur lui, avant de les rappeler et de disparaître.

Banning hocha la tête, comme si ces propos corroboraient un schéma beaucoup plus vaste.

— Notre dame aux molosses aurait-elle commis une erreur ? s'interrogea Callas. Aurait-elle vu quelqu'un de votre corpulence et de votre âge avant de vous trouver ? Et puis nous avons M. Alvaro Cunningham. C'est un ivrogne notoire, connu de la police pour avoir uriné en public et lancé des sacs emplis de ses propres excréments dans les jardins de citoyens riches. Une nuisance générale. Il est accusé d'avoir déclenché un incendie à Berkeley le 8 août dernier. Monsieur Banning, devons-nous penser que quelqu'un, peut-être, l'aurait hypnotisé ? Ou s'agit-il d'un agent russe sous couverture ?

Banning ne répondit pas.

— Les gens n'agissent pas ainsi par hasard, ni sans raison, poursuivit Callas d'une voix douce. Le lavage de cerveau n'est pas chose facile à réaliser. Mais voici comment j'envisage les choses. Il existe des précédents historiques. Je choisirais des gens vulnérables dans le voisinage de ma cible, je les travaillerais psychologiquement, quelle que soit la méthode : drogues, hypnose, appels téléphoniques en pleine nuit.

Je serrai les dents.

Callas feuilleta quelques-uns de ses documents.

— Vérifions ma théorie. Le Dr Stanley Mauritz, accusé d'agression et de meurtre dans l'Etat de Washington, plaide non coupable et invoque la démence passagère. Son dossier médical, tel qu'il est détenu par les autorités judiciaires, inclut effectivement un traitement pour désordre bipolaire. Et votre pilote de submersible, David Jackson Press… En 1998, il a été traité pour dépression. Peu après, il est devenu évangéliste, un de ces « born-again »...

— Rob n'a jamais été traité pour quoi que ce soit, intervint Lissa. Il ne souffrait d'aucun problème psychiatrique quand je l'ai épousé.

Callas se tourna vers moi pour confirmation.

— C'est vrai ?

— On ne nous a jamais diagnostiqué le moindre problème mental.

— Non, fit Lissa en secouant la tête. Pas à ma connaissance, en tout cas.

— Jamais, fit Banning.

J'approuvai.

— Il a surtout été la victime, la cible. Comme M. Banning affirme l'avoir été.

— Avant 1992, je ne souffrais d'aucun désordre mental, dit Banning d'une petite voix.

— Mais depuis cette époque… Paranoïa, antisémitisme, pensées racistes obsessionnelles, effondrement total de votre carrière d'universitaire et d'historien en raison d'un comportement inopportun et de vos relations, lut Callas sur un document. Ou n'est-ce là qu'une entreprise de démolition en règle de votre réputation ?

Banning paraissait soudain intensément captivé par la contemplation de ses genoux.

Callas rassembla tous ses papiers en une pile bien nette.

— J'aimerais que Rudy et Lissa se retirent dans le bureau pendant quelques minutes. Je désire parler avec Hal, seule à seul.

Lissa se leva et sortit aussitôt. Banning se mit debout plus lentement, et nous lança un regard de chien battu.

Après leur départ, Callas me dit :

— Quelqu'un qui assassine quelqu'un d'autre désire généralement obtenir quelque chose de ce meurtre, mais il arrive qu'il ne veuille rien. Que faites-vous pour que quelqu'un désire votre mort ?

— Des recherches.

— Des recherches sur l'extension de l'espérance de vie, précisa-t-elle avec un sourire de doute. Seriez-vous en compétition avec une firme pharmaceutique pour le lancement sur le marché d'un nouveau médicament ?

— Pas que je sache. Il n'est pas question d'un nouveau médicament.

— Avez-vous volé des données secrètes à quelqu'un ? Hal, dans la situation actuelle, il est crucial que je sache la vérité.

— Non. Et personne de sensé ne pourrait le croire, de toute façon.

— Avez-vous remarqué quelqu'un que vous estimez pouvoir être associé à ces efforts contre vous ? Quelqu'un qui vous aurait paru suspect ?

Je lui parlai de l'homme à l'aérosol au marché de Berkeley.

— Pourquoi quelqu'un aspergerait-il des laitues avec un aérosol ? demanda-t-elle.

— Les bactéries, répondis-je.

— Pour vous rendre malade ?

— Pas dans le sens commun de ce terme. Pour modifier le comportement.

— Là, je ne comprends plus, Hal.

— Moi non plus.

— Vous détenez une arme à feu ?

— Non.

Callas réfléchit à ces nouvelles données pendant quelques secondes, puis :

— Avez-vous un lieu de résidence permanent ?

— Plus maintenant.

— La législation sur les armes à feu étant ce qu'elle est, et avec votre nom qui circule toujours dans le système policier, il pourrait vous falloir plusieurs semaines avant d'obtenir un permis et une arme. Peut-être plus longtemps. Etes-vous prêt à acheter une arme illégalement ? Le prix sera élevé.

— Ai-je besoin d'en avoir une ?

— Oui. C'est évident.

— Combien ?

— Pour un neuf millimètres de qualité, dans les sept cents dollars, sans qu'on vous pose de question. Un revolver bon marché et en bon état vous reviendra à deux cents, trois cents dollars.

— Et pour Banning et Lissa ?

— Quelqu'un cherche à les tuer ?

— Je l'ignore.

— D'après moi, fit-elle avec une petite moue, M. Banning ou Lissa Cousins, peut-être même les deux, pourraient vous poser un sérieux problème.

J'avais du mal à comprendre, et je le lui avouai.

— Tous deux manquent d'entraînement, et ils sont vulnérables. M. Banning constitue un risque certain, et je me méfie toujours de l'altruisme chez une femme, à moins qu'il ne soit motivé par des raisons sentimentales.

— Ce n'est pas le cas, dis-je simplement.

Callas posa une main à plat sur le bureau, doigts écartés, et la regarda fixement.

— Un mensonge pourrait vous être fatal, Hal.

— Il n'y a rien entre nous.

— Que s'est-il passé la nuit dernière, pour que vous abandonniez votre chambre d'hôtel ?

— Banning pense que quelqu'un s'y est introduit et a déposé un ouvre-boîtes et une conserve de pêches au sirop, expliquai-je. J'ai utilisé l'ouvre-boîtes et j'ai mangé les pêches. Il craint que je ne sois marqué.

Je lui précisai ce que j'entendais par ce terme. Callas posa sur moi un regard où luisait une curiosité froide.

— Vous sentez-vous malade, dans un état inhabituel ?

— Non.

— Pourriez-vous faire pratiquer des analyses sur cet ouvre-boîtes ?

Je réfléchis un instant avant de répondre par l'affirmative.

— Que faisait votre frère à New York ?

— Je pense qu'il assemblait les dernières pièces du puzzle, dis-je.

Callas détourna les yeux.

— Vous voulez me faire croire que vos ennemis, quels qu'ils soient, travaillent dans l'ombre, qu'ils obscurcissent l'esprit des gens. C'est bien ça ?

Je me sentais aussi à l'aise qu'un insecte qui regarde un énorme soulier descendre sur lui.

— Pourquoi ne seraient-ils pas en mesure d'obscurcir votre esprit également ?

Je ne trouvai malheureusement pas de réponse rassurante à cette question.

— C'est au plus offrant, n'est-ce pas ? dit Callas. Tout ce que nous savons sur la santé mentale et le libre arbitre…

Elle tapota la table avec la jointure de ses doigts, en regardant par les grandes fenêtres à montant d'acier.

— Je mange beaucoup de produits frais. Ils savent où j'habite. Que se passera-t-il s'ils décident d'obscurcir mon esprit ? A quoi vous serai-je utile ?

D'un doigt, elle fit glisser le chèque de Lissa sur le bureau, vers moi.

— Je vais rendre son chèque à Mme Cousins. Le travail d'investigation est aux frais de la maison. Voyez cela comme un échange de bons procédés, pour m'avoir communiqué certaines informations fort intéressantes. Et pour ce que ça vaut, venant d'une professionnelle qui ne se sent plus aussi maligne, suivez ces conseils : procurez-vous une arme ; oubliez tout ce que vous croyez savoir sur la vie, la décence et la civilisation ; restez loin de vos amis.

« Et surtout, restez loin de *moi.* »

24

Je rejoignis Banning et Lissa dans la rue à l'extérieur de l'entrepôt.

— Nous sommes trop étranges pour elle, leur dis-je en tendant le chèque à Lissa. Elle sait que je ne fais pas confiance à Rudy, et que Rudy ne me fait pas confiance. Et elle pense que, peut-être, tu ne devrais pas non plus me faire confiance.

A son expression, Banning semblait trouver tout cela d'une logique imparable.

— J'ai noué des liens avec votre frère, dit-il. Il me faut très longtemps pour accorder ma confiance à quelqu'un. Je suis sûr qu'à présent vous comprenez pourquoi.

Lissa me regarda avec tristesse.

— A qui puis-je faire confiance ?

— Je pense que Mme Callas est dans le vrai, dis-je. Nous devrions tous nous séparer.

— J'ai rempli mon devoir envers votre frère autant qu'il m'a été possible, déclara Banning en gonflant et dégonflant ses joues, avant d'ajouter : A présent je souhaite seulement retourner à l'obscurité et à l'échec. C'est encore ma meilleure chance.

Nous le regardâmes tandis qu'il descendait la rue jusqu'à sa vieille Plymouth cabossée, silhouette de plus en plus menue sur la perspective des murs et des grandes fenêtres des entrepôts.

— C'est ridicule, dit Lissa. Où vas-tu aller ?

— N'importe où, mais ce sera à pied, dis-je en commençant à marcher vers le sud.

Le moteur de la Plymouth cracha des nuages de fumée bleue dont l'odeur me parvint.

— Bravo ! s'écria Lissa dans mon dos. Pas d'argent, pas de voiture, juste tes satanées chaussures ! Tu es d'une stupidité vraiment incroyable !

Je m'arrêtai net. Lissa se tenait très droite sur le trottoir abîmé, poings serrés, le visage dur et rougi aux pommettes. Elle était furieuse autant qu'effrayée. Ma résolution, qui n'était déjà pas des plus fermes, chancela un peu plus.

J'étais seul depuis si longtemps que j'en avais presque oublié à quel point je détestais cette situation. Mais Banning pouvait partir, pas un instant il ne me manquerait. Autant voir les choses en face : je ne voulais pas tourner le dos à Lissa. Chez la plupart des hommes, il y a une sorte d'instinct qui nous lie aux belles femmes.

C'est une faiblesse réelle, très simple, et elle contribue à nous faire mourir jeunes.

— Ça ne peut pas finir comme ça, dit-elle. Je ne veux pas que ça finisse comme ça.

J'étouffai un juron et la dépassai en trottant pour rejoindre la Plymouth. Il fallait un peu de temps à la voiture pour que le moteur chauffe. Banning descendit la vitre de la portière de quelques centimètres et me lança un regard en biais, circonspect.

— Il n'y a plus rien d'amusant, maintenant, me dit-il sur le ton de la mise en garde.

— Vous avez apporté l'ouvre-boîtes ? Je peux le prendre ?

Il pianota des doigts sur le volant, puis répondit :

— Dans le coffre. Il vous suffit de tirer le morceau de fil de fer qui dépasse de la serrure.

Je fouillai dans le carton contenant les conserves et trouvai l'ouvre-boîtes que je glissai dans le sac de voyage à côté des papiers de Rob. Je dus m'y reprendre à deux fois pour refermer le coffre.

— Je l'ai, annonçai-je. Merci.

Il remonta la vitre et appuya sur l'accélérateur. La Plymouth s'éloigna en cahotant en direction du nord, et disparut au premier croisement.

Lissa au volant, nous longeâmes l'aéroport vers le sud, et notre destination ne semblait pas avoir d'importance. Pendant vingt minutes nous nous contentâmes d'être dans la même voiture qui filait sur la route. Si nous commencions à nous poser des questions, le plus dur serait de décider par laquelle débuter. En tirant sur tel fil, tomberions-nous sur un nœud inextricable, ou parviendrions-nous à démêler l'écheveau ? Jusqu'ici tous les fils ne nous avaient menés qu'à une confusion toujours plus grande.

— Hier soir, quelqu'un qui s'est fait passer pour Rob m'a téléphoné, dis-je enfin.

— Rob est mort et bien mort, fit-elle comme si elle récitait un mantra. Ils essaient de t'embrouiller l'esprit.

— Qui donc ?

— Eux, qui qu'ils soient.

— C'est pourquoi Banning était si heureux de partir. Il pense que j'ai été marqué.

— Ah. Et être marqué, ça veut dire quoi, au juste ?

— On glisse des bactéries ou autre chose dans ta nourriture. Pour contrôler ton esprit.

— C'est la théorie dingue de Banning. Il a amené Rob à y croire.

— Ah oui ? Rob a couché sur le papier ce qu'il a découvert en Sibérie, et c'est foutrement effrayant, dis-je en sortant l'enveloppe du sac de voyage. Dans les années 30, les Soviétiques ont lancé un programme visant à développer le lavage de cerveau grâce à des bactéries. Certaines sortes de bactéries très spéciales, mélangées à la nourriture, pouvaient modifier ton comportement ou te rendre perméable à la suggestion. Quelqu'un pouvait alors te manipuler à sa guise. Contrôler ton esprit. Tu étais « marqué ».

— Tu penses qu'ils contrôlent ton esprit, en ce moment ?

— Non.

— Et pourquoi pas ? Je ne sais pas qui ils sont, mais d'après ce que tu dis ils ont l'air extrêmement puissants. Ils ont réussi à effrayer Mme Callas.

— Je suis sous antibiotiques.

Ce paramètre me trottait dans la tête depuis déjà deux bonnes heures. L'hypothèse était séduisante, mais elle n'expliquait pas nombre de détails, tel cet état proche de la transe de la nuit dernière, ni comment j'avais échappé à la folie à bord du *Sea Messenger*.

— Des antibiotiques ? Et c'est tout ce qu'il faudrait pour échapper à l'emprise diabolique du Dr Mabuse ?

— Qui ?

— Le Dr Mabuse. Fritz Lang a fait un film dans lequel un génie du crime s'appelle Mabuse. Une sorte de caricature symbolique d'Adolf Hitler.

— Ah.

Une preuve supplémentaire que j'avais passé trop de

temps plongé dans les revues et les manuels scientifiques.

— Et ces maîtres de l'univers n'auraient pas pensé aux antibiotiques ?

— Il existait très peu d'antibiotiques dans les années 20 et 30. Seulement des sulfamides.

— Donc notre Dr Mabuse dispose de ce petit cirque de maîtres espions bien dressés, sauf que ce sont des bactéries, résuma Lissa. Et les antibiotiques les mettent KO sur leur petit trapèze. Elles crient « Mein Gott » et leurs yeux, si les bactéries en ont, se transforment en petits X. C'est très commode.

Je ne pus m'empêcher de sourire.

— « Boljé moï », plutôt, si elles sont russes. Nous verrons cela dans huit jours, quand j'aurai épuisé mes réserves de médicaments.

La conversation était si désespérément délirante qu'elle ne pouvait que nous détendre un peu. Lissa s'étira autant qu'elle le pouvait derrière le volant, bâilla à s'en décrocher les mâchoires, non de fatigue, mais pour chasser la tension.

— Rob a confié l'enveloppe à Banning pour que celui-ci te la remette ? dit-elle d'un ton ouvertement sceptique.

— Oui.

— Tu es sûr que son contenu provient bien de Rob ?

— Je connais son écriture. Tu peux lire les documents, si tu veux.

— Tu as décidé de me faire confiance ? fit-elle, l'air sombre.

Elle ne quittait pas la route des yeux. La circulation était devenue dense, notre vitesse irrégulière, et la conduite exigeait toute son attention. Une Honda rouge aux roues minuscules occupée par trois jeunes coiffés de casquettes de base-ball à l'envers nous doubla en effectuant une queue de poisson. Lissa appuya sur les freins et sur l'avertisseur en même temps.

— La confiance n'a pas grand-chose à voir dans l'affaire, dis-je. Si ce qu'il a écrit s'est bien produit, et si j'additionne correctement deux et deux, si ce que raconte Banning a un sens, ou si ce que dit AY…

— AY ? fit Lissa.

— Rob ne t'a donc pas parlé de ses travaux ?

— Pas dans les derniers temps. Je ne pouvais tout simplement plus supporter de le voir s'effondrer petit à petit. Quelle variété d'antibiotiques ?

— L'Intégumycine. C'est tout nouveau.

— Je suis surprise qu'un antibiotique ait encore de l'effet de nos jours. Il y a tant de germes résistants. Comme s'ils avaient une dent contre nous.

— Oui, approuvai-je. Où allons-nous ?

— Pour l'instant il est onze heures, nous sommes coincés sur la 101, et nous n'allons nulle part, répondit-elle.

— J'ai les clefs de Rob. Et une carte.

Je sortis cette dernière de l'enveloppe et la dépliai sur mes cuisses. Une photo découpée dans du papier journal jauni en glissa. Elle montrait une ligne d'officiels souriants dont l'un coupait un long ruban jaune avec une paire de ciseaux géante. Au-dessus de leur tête une bannière était tendue, qui proclamait :

POUR OFFRIR LE MEILLEUR À L'AMÉRIQUE
THURINGIA
AMANDES FRUITS PÂTISSERIES

La légende disait : *La plus récente des villes touristiques californiennes accueille ses premiers visiteurs.*

Sur la carte, deux cercles avaient été tracés au crayon rouge, l'un autour d'un petit point sans nom à l'est de Livermore, l'autre autour de San Jose.

— Tu sais quelque chose à propos d'un endroit nommé Thuringia ?

— Non, fit-elle. On dirait le nom d'une variété de saucisses, ou de tulipes.

— Jusqu'où es-tu prête à aller, dans cette histoire ?

Je vis ses mains se crisper sur le volant.

— Lissa ? dis-je en me penchant en avant pour attirer son regard et la forcer à répondre.

— Je veux réussir à mener une vie paisible un jour ou l'autre, murmura-t-elle. Si tu as l'intention de faire ce que Rob a fait...

Elle ne m'accorda qu'un coup d'œil furtif, mais d'instinct je sus qu'elle voyait Rob. Mon frère et moi avions très peu divergé physiquement, en trente ans. Rob avait été droitier, moi gaucher. Adroit et gauche. Il mettait toujours sa chaussure droite en premier, moi l'inverse. La paupière supérieure de son œil gauche était très légèrement tombante, alors que chez moi c'était celle de l'œil droit. Nous avions des empreintes, des rétines différentes, bien sûr. Les embryons conservent quand même quelque autonomie quand ils se développent.

Mais nous avions des gènes identiques. Identiques.

Pendant notre premier (et dernier) rendez-vous amoureux commun, lors de l'été désastreux de nos dix-huit ans, nous nous étions demandé si c'était une infidélité technique pour un jumeau de coucher avec la petite amie de son frère. Aucune différence dans le grand jeu de l'évolution, avions-nous conclu. Mais nous avions appris qu'il n'en était pas ainsi.

Et aujourd'hui, je restais le seul en piste.

— Il y a quelque chose à Thuringia, et une adresse à San Jose, dis-je. Si nous essayions d'ouvrir quelques portes ?

— Pourquoi ? rétorqua Lissa.

— Je pense que c'est la dernière blague de mon frère. Il m'a donné juste assez d'indices afin d'éveiller mon intérêt, et il a voulu que je suive ses traces pour résoudre un mystère. A mon avis, si j'y parviens j'apprendrai pourquoi il a été tué, et peut-être que je serai en mesure de retrouver ma vie.

Même pour moi l'explication ne sonnait pas très convaincante, mais comment aurais-je pu expliquer ce jeu typiquement masculin du « premier qui se dégonfle » entre un jumeau décédé et le survivant ?

— Peut-être qu'il te met en garde, qu'il voudrait que tu restes loin de ces endroits.

— En m'envoyant une carte et un trousseau de clefs ?

Elle serra un peu plus fort le volant.

— Tu as faim ? demanda-t-elle.

— J'ai l'estomac dans les talons.

— Dis-moi où nous pourrions manger, et quoi, fit-elle avec juste une pointe d'aigreur. C'est toi l'expert.

Je choisis un restaurant de la chaîne Denny's. Nous serions impuissants s'il fallait affronter une organisation capable de contrôler les fast-foods de Californie.

Lissa prit une soupe de palourdes, moi une omelette au fromage avec des saucisses. Le tout nous fut servi très cuit.

25

Nous manquâmes l'embranchement à deux reprises. Je consultai la carte de Rob et déterminai que Thuringia — si c'était bien le point sans nom dans le cercle rouge — se trouvait situé entre deux petites villes, Gillette Hot Springs et Cinnabar, à environ huit kilomètres d'une ancienne autoroute à présent utilisée uniquement pour l'accès à l'arrière-pays. Mais à l'est de Gillette Hot Springs nous ne trouvâmes que des collines brunes et un complexe hôtelier abandonné avec un moulin à vent hollandais vert et blanc en ruine.

Nous fîmes halte pour demander notre chemin à Cinnabar, qui n'était guère plus qu'une station-service et un camp de caravaning. Le gérant de la station, un gamin de seize ans aux longs cheveux noirs vêtu d'un tee-shirt déchiré frappé du signe *LA RAMS*, n'avait jamais entendu parler de Thuringia.

— Ici, c'est l'endroit le plus ennuyeux de toute la Terre, confia-t-il en faisant le plein de la Toyota. Rien que des vieillards. Même les chiens sont vieux.

Lissa était visiblement mécontente, mais elle ne fit aucun commentaire pendant que j'étudiais la carte en jurant.

Finalement je décidai qu'il valait mieux rebrousser chemin et nous arrêter au vieux restaurant. Nous nous garâmes dans le parking abandonné aux herbes folles. Je descendis de voiture et scrutai l'intérieur en ruine à travers les vitres crasseuses et fêlées. Les comptoirs étaient dévastés, des détritus jonchaient le plancher. A l'arrière de la bâtisse, dans un angle noyé d'ombre, je découvris une grande enseigne gauchie en contre-plaqué adossée contre deux poubelles cabossées. Je la retournai de la pointe de ma chaussure, et elle retomba du côté écrit. En fausses lettres gothiques d'un vert fané, soulignées d'un rose pâle, elle proclamait : *Soupe aux Pois Cassés Thuringia.*

Une main en visière pour abriter mes yeux du soleil, je traversai l'asphalte craquelé. Une barricade décolorée par les intempéries condamnait l'accès à une petite route qui s'enfonçait droit dans les collines.

— Bingo ! lançai-je à l'attention de Lissa restée dans la voiture.

Elle ne parut pas partager mon excitation.

Des années de canicules, de pluies et d'absence d'entretien avaient transformé la route en une planche à laver. Lissa ne dépassait pas les cinquante kilomètres à l'heure, et nous grincions des dents en rythme avec la suspension.

— Qu'espères-tu trouver ? dit-elle.

— Je n'espère rien trouver, répondis-je. Sauf peut-être que tout ça n'est qu'un rêve.

Des pylônes longeaient la route. Le courant desservait toujours Thuringia, laquelle n'existait pourtant plus sur les cartes.

Lissa ralentit pour contourner un nid-de-poule particulièrement impressionnant.

— Tu crois qu'une mauvaise surprise nous attend là-bas ?

— Je n'en ai aucune idée.

Mais les mots inscrits sur la bannière de la photo de journal me hantaient : *POUR OFFRIR LE MEILLEUR À L'AMÉRIQUE/THURINGIA/AMANDES FRUITS PÂTISSERIES.* J'imaginais très bien des publicités au dos des numéros du *National Geographic* et de *Sunset* dans les années 50 : des incitations à commander par correspondance des caisses de fruits et d'amandes de Californie.

— Et s'il avait tout inventé ? dit Lissa avec espoir.

— Alors nous ferons demi-tour et nous nous rendrons à San Jose. Pour avoir confirmation que Rob était vraiment cinglé.

Lissa sembla voir une sorte de signal dans cette réponse.

— Pendant le dernier voyage que nous avons fait ensemble, avant notre séparation, Rob a voulu me montrer quelque chose à San Francisco. Nous avons fait en voiture tout le trajet depuis Santa Monica jusqu'à une saline dans South Bay. Nous avons franchi le Dumbarton Bridge et fini sur une route poussiéreuse sur une levée naturelle. Tout autour de nous il n'y avait que ces grands lagons rectangulaires emplis d'une eau pourpre. Ils les asséchaient pour récolter le sel. Il m'a expliqué que ces plans d'eau grouillaient de bactéries. Des halophiles, c'est le nom qu'il leur a donné.

— Des organismes qui aiment le sel.

— Ça, je le sais, répliqua-t-elle sans quitter la route des yeux. Je me tenais debout près de la voiture, sur la jetée, dans la puanteur. Il y avait des mouches partout. Je me souviens de m'être demandé si je serais un jour capable d'utiliser du sel. Sais-tu quelle question il m'a posée ?

J'aurais juré qu'elle me faisait marcher, comme si elle menait l'interrogatoire contradictoire d'un témoin ; qu'elle savait déjà. Peut-être Rob lui en avait-il dit plus, et elle sondait simplement l'étendue de mes connaissances. Je secouai la tête négativement.

— Si je m'étais jamais demandé quel pouvait être l'esprit le plus vieux sur cette terre.

— Vraiment ?

— Il a désigné les plans d'eau. « Il est là, a-t-il dit. Et je me demande ce qu'il pense en ce moment même. Je me demande s'il nous en veut. » Ça m'a effrayée. Un trajet interminable en voiture, juste pour contempler des marais salants et puants. Cette nuit-là nous avons eu une dispute violente, et quelques semaines plus tard nous avons rompu. Mais ce n'est pas moi qui ai voulu le divorce. C'est Rob.

— Je suis désolé, dis-je.

— Que voulait-il dire ? fit-elle.

— Que les bactéries communiquent entre elles, je suppose.

— C'est ridicule, commenta-t-elle, avant de prendre un air de doute. Ce serait vrai ?

— Oui. Mais pas de la façon dont nous en parlons maintenant. Elles échangent des matériaux génétiques, des plasmides, des substances chimiques...

— Comme dans le cerveau humain ?

— C'est possible.

— Et ça ne t'effraie pas ? Moi, ça m'effraie. Si elles nous détestent, elles sont si nombreuses, elles gagneront le combat, c'est sûr.

— Bah, trop de choses m'effraient, ces temps-ci. Je m'efforce de ne pas penser à toutes en même temps.

Lissa freina brutalement et passa au point mort. Devant nous, posée sur une étendue plane entre les collines jaunies par le soleil, s'étalait une ville basse et marron.

— Et voici la Mecque du tourisme, Thuringia, dis-je.

Le moteur et la climatisation gémissaient un chœur japonais régulier dans la chaleur de la vallée.

— Je ne veux pas faire ça, dit Lissa.

Son visage était pâle, et de la sueur perlait au-dessus de sa lèvre supérieure.

— Tu peux rester ici. J'irai à pied, proposai-je.

Elle réfléchit un instant.

— Non.

— Nous le faisons pour Rob.

— J'en ai déjà beaucoup fait pour Rob, dit-elle avec une amertume que je n'avais encore jamais perçue chez elle.

A travers le pare-brise poussiéreux, nous scrutâmes tous deux la ligne des habitations regroupées ici et là, comme un troupeau de vaches frappées par la sécheresse.

Lissa passa une vitesse et la Toyota parcourut à vitesse réduite les cent derniers mètres sur l'asphalte lézardé. Elle la gara le long d'une barrière constituée d'un grillage tendu entre des poteaux de béton et qui, pour ce que nous pouvions apercevoir, faisait le tour de toute l'agglomération. Une pancarte accrochée à la chaîne annonçait en lettres blanches sur fond rouge : *SITE DE POLLUTION NATURELLE — ENTRÉE INTERDITE.* Le grillage franchissait la route. Il n'y avait aucun accès visible.

— Qu'est-ce que ça signifie ? dit Lissa.

— La ville à l'est d'ici s'appelle Cinnabar. Cinabre. C'est le nom d'un sulfure de mercure.

— Le mercure est un poison.

— Un truc assez vilain, oui, approuvai-je. Mais je

vois mal comment il pourrait polluer une ville entière. Il n'y a pas d'usine, ou de mine.

— En es-tu bien certain ? Moi, je suis d'avis que nous repartions.

La suggestion était des plus raisonnables, mais quelque chose me disait que cette pancarte ne mettait pas en garde contre la présence de mercure.

— Reste ici, je vais aller jeter un coup d'œil, décidai-je, avant d'ajouter : Je promets d'essuyer les semelles de mes chaussures avant de remonter dans ta voiture.

— Je m'en fiche, répliqua-t-elle en essayant de prendre un air bravache. Bon... Je viens avec toi.

Franchir le grillage ne présenta aucune difficulté. A l'aide d'une grosse pierre je tirai le grillage jusqu'à le soulever du sol, suffisamment pour que nous puissions nous glisser dessous. Je le fis aussitôt, et décidai de garder le morceau de roc, juste au cas où. A cause de sa robe, Lissa eut plus de difficulté, et pendant un moment elle dévoila plus de ses cuisses qu'elle ou moi ne l'aurions souhaité.

Elle se redressa et remit un peu d'ordre dans sa tenue pendant que j'observais la grand-rue de Thuringia. Elle semblait tout droit sortie d'un décor minable pour un Frankenstein de série Z. Les constructions de chaque côté, aux façades imitant celles d'un village de style européen, étaient toutes aveuglées par des planches. Le soleil et la pluie avaient effacé en partie les peintures. On distinguait encore vaguement des traces de rouge, de bleu et de vert. La rue était recouverte de boue séchée et la pluie avait creusé de petites rigoles de ruissellement. Des amarantes poussaient un peu partout.

— Les amarantes proviennent de Russie, dis-je à Lissa.

— Et alors ?

— Rien.

Nous descendîmes de quelques pas sur Saxony Boulevard. Certaines des bâtisses étaient décorées de graffitis, en nombre cependant très inférieur à la moyenne dans cette partie du pays. Sur notre gauche, dans Bohemian Way, d'autres commerces factices étalaient leurs fausses promesses.

Nous fîmes halte sous l'enseigne or écaillé d'une pâtisserie. Ce commerce n'avait pas été condamné par des planches, mais les vitres aux fenêtres en avaient disparu depuis longtemps, et l'intérieur était plongé dans la pénombre. On discernait des rayonnages vides et poussiéreux, des tuyaux et des conduits électriques d'où saillaient des fils dénudés.

Dans la vitrine était exposée une miniature de la ville. Toute couleur avait disparu des modèles réduits de maisons en carton. Près d'un trou au nord de la miniature, une petite bande de papier proclamait : *LE BADEN BADEN DE THURINGIA : SOURCES MINÉRALES ET THERMALES, EAUX NATURELLEMENT CURATIVES JAILLIES DES PROFONDEURS DE LA TERRE.*

— Des sources chaudes, dit Lissa. La mort bouillonnante par les fumées de mercure.

— Ce n'est pas drôle.

Deux portes plus bas, du contre-plaqué effrité recouvrait la vitrine d'une agence immobilière. *Votre Agence Locale Alpestre*, prétendaient des lettres ciselées au-dessus du contre-plaqué. Finitions bleu et rouge tarabiscotées, avec des edelweiss stylisés. L'Amérique blanche, avec son histoire superficielle, cherchait toujours à s'affirmer par le biais de cultures mieux enracinées. N'importe où ailleurs, ces décorations auraient été tout simplement ridicules. Ici elles me firent grincer des dents.

— Tu en as assez ? dit Lissa.

— Encore quatre ou cinq rues.

Pendant le quart d'heure suivant, nous parcourûmes les rêves tristes et délabrés d'une petite ville touristique qui avait échoué, s'était trouvée réduite aux faillites et aux souvenirs aussi délavés que les affiches vantant ses charmes.

Un kiosque à musique se dressait au centre d'une petite place. On imaginait aisément les airs de polka et les flonflons qui auraient dû s'en élever durant les longues soirées d'été.

Le calme ici était absolu. Pas même un souffle de brise entre ces vieilles constructions. Nous passâmes devant un entrepôt aux portes béantes. Son sol bétonné était jonché de palettes brisées et de toiles d'emballage pourries en tas. Dans une ruelle étroite entre deux chalets pittoresques et très éprouvés stationnait une conduite intérieure Ford abandonnée, complètement désossée. Elle avait chaviré sur un cric qui avait fini par céder, après Dieu sait combien de dizaines d'années.

A l'arrière de la ville, séparé des autres bâtisses, nous découvrîmes le bureau du *Thuringia Courier-Journal*, un nom pompeux pour ce que je devinais n'avoir été qu'une feuille de chou consacrée aux petits événements locaux. Cependant la porte n'était pas condamnée par des planches, et je songeai qu'un coup d'œil à l'intérieur ne serait peut-être pas inutile.

— Tu crois que le shérif y verra à redire ? fis-je en me préparant à enfoncer la porte d'un coup d'épaule.

— C'est stupide, dit Lissa. Tu vas te casser quelque chose.

Je gonflai mes muscles.

— Je suis l'Homme d'Acier.

Le bois était vieux et mince, et la porte céda à la première poussée. Un nuage de poussière salua cet exploit. Je m'aventurai dans l'obscurité. Quand ma vue se fut adaptée, je pus distinguer des tas d'affiches, des boîtes pleines de prospectus, et un petit bureau gris.

Je rapportai au-dehors une affiche et un tract.

— « Les Fermes de Thuringia. Expéditions dans le monde entier, lus-je. Noël, Thanksgiving, pour toutes vos fêtes ! Cakes de réputation internationale, paniers d'amandes et de noix, échantillons de fruits secs, oranges déconfites, ananas… »

— *Dé*confites ? railla Lissa.

— C'est ce qui est écrit. « Dattes et olives, prunes dénoyautées de qualité supérieure en provenance des Golden Hills de Californie. Satisfaction garantie. »

— Rien que de très normal, commenta Lissa.

— Copyright 1950.

Je brandis l'affiche.

BIENVENUE À THURINGIA LA PARADISIAQUE !
SOLEIL, SOURCES MINÉRALES ET THERMALES
MENEZ UNE VIE SAINE DANS LA CAPITALE
DE LA NOUVELLE VIGUEUR AMÉRICAINE

Des nageuses vêtues de maillots une pièce très convenables rappelant ceux d'Esther Williams posaient sur des rochers, pieds trempant dans un plan d'eau fumante. Sourires de rigueur. Partout vigueur, dents blanches et cuisses solides, comme c'était la mode dans les années 50.

— Essayons de dénicher les bains publics, proposai-je. Tout ça semble très agréable.

— Evitons-nous cette peine et disons que nous l'avons fait, suggéra Lissa.

Mais la légèreté du propos n'effaçait pas la pâleur de son visage. Elle détestait cet endroit. Quant à moi, j'y voyais surtout de la tristesse et de la stupidité mais, jusqu'alors, aucune raison d'inquiétude.

Les bains publics étaient installés dans une bâtisse aux allures de casemate de brique et de pierre, à la limite est de la ville. Un grillage l'entourait, avec une grille cadenassée et une pancarte énorme annonçant SITE SUJET À POLLUTION NATURELLE. En caractères plus petits venaient les détails :

AVERTISSEMENT :
NE VOUS BAIGNEZ PAS DANS LES THERMES !
N'EN BUVEZ PAS LES EAUX !
(SERVICES SANITAIRES DE CALIFORNIE)

Et en dessous, en capitales épaisses :

CONTAMINATION BACTÉRIENNE

— Curieuse ?

— Non, répondit Lissa.

Je pris le morceau de roc et l'abattis sur le cadenas. Il se cassa net au troisième coup, et le portail s'ouvrit avec un crissement aigu. Lissa me suivit à quelques pas de distance.

On avait muré l'entrée principale, mais sur le côté je trouvai une porte de service, elle aussi cadenassée. Celle-ci demanda cinq coups de roc. Je saisis le loquet pendant et tirai le battant vers moi, puis je scrutai les ténèbres.

A l'intérieur l'eau gouttait et s'écoulait en bruissant.

Le soleil filtrait par les interstices entre les planches aveuglant les fenêtres à claire-voie. Lissa m'effleura l'épaule de la main, mais ne dit rien. Après une minute environ, ma vision s'était accoutumée à la pénombre ambiante. L'air sentait le soufre, comme il convenait pour une source chaude naturelle.

— Pouah, fis-je en agitant une main devant mon visage pour dissiper la puanteur, mais aussi ma nervosité et l'envie de ressortir.

Un passage en brique menait à trois bassins fumants, le plus grand faisant environ six mètres de long, tous emplis d'une eau noire et frissonnante. Un tuyau de vingt centimètres de diamètre saillant du mur précipitait un torrent continu d'eau chaude dans le plus grand des bassins. Les deux autres accueillaient le trop-plein, et les eaux y refroidissaient pour atteindre une température plus agréable pour les clients non habitués.

Je m'accroupis au bord d'un des petits bassins. Un film épais recouvrait la surface, formant des îles jaunâtres au centre et des côtes écumeuses autour des gouttières. J'agitai le film avec mon morceau de roche que j'élevai pour l'examiner et le sentir. L'odeur était écœurante, non pas celle d'algues mais de bactéries, sans doute des cousines lointaines de celles vivant au fond des océans, et qui mouraient en se retrouvant exposées à l'air dans ces thermes.

Je brandis le roc pour le montrer à Lissa, mais elle n'était plus derrière moi. Je me redressai et fouillai les ombres environnantes du regard. Quelqu'un se déplaçait de l'autre côté du bâtiment. Un tic-tac s'éleva au-dessus du bruit des eaux cascadant du tuyau : une machinerie toujours en état de fonctionner. Je crus entendre quelqu'un dire quelque chose, mais les mots étaient hachés par le bruit.

— Lissa ?

Pas de réponse. Je contournai les bassins et aperçus un grand boîtier noir relié à une profusion de tuyaux. Plusieurs d'entre eux plongeaient dans le bassin principal. Tous étaient peints en rouge. Ils semblaient plus récents que le reste de l'équipement, et bien entretenus.

Lissa apparut derrière le boîtier et passa dans un puits de lumière. Malgré moi je sursautai.

— Quoi ? fit-elle.

Je la rassurai d'un geste de la main qui manquait de conviction.

— C'est en acier, annonça-t-elle. Il y a quelque chose à l'intérieur, mais je doute fort que tu parviennes à ouvrir cette porte-là.

Je fis le tour du boîtier, d'un mètre cinquante de côté à la base, pour une hauteur de deux mètres. Quand j'y tambourinai, le panneau d'acier rendit un son profond qui disait sa résistance. Il était épais d'au moins quatre centimètres, comme un blindage. Une serrure encastrée en était le seul accès.

— Une station des Services sanitaires ? me demandai-je tout haut.

— Un système de détection sismique, peut-être, proposa Lissa. Tu sais, comme dans ce film, la température des eaux augmente avant une éruption.

Un autre chef-d'œuvre que je n'avais pas vu.

Nous restâmes encore cinq minutes dans cette salle, avant que l'odeur ne nous pousse au-dehors. Je n'en savais pas plus qu'avant notre effraction. Nous revînmes sur nos pas à travers les rues désolées, et nous retrouvâmes une fois de plus dans Saxony Boulevard.

Un bruit s'éleva derrière nous. Linda et moi fîmes volte-face pour affronter ce qui se révéla n'être qu'un écho, mais une voiture de la police des autoroutes était garée dans l'ombre, derrière une petite réserve. Nous tournâmes la tête avec le même ensemble vers la droite. Un homme de grande taille en uniforme kaki, ceinture épaisse avec un 45 dans son étui de hanche, s'approchait d'un pas lent. Il avait le pouce glissé dans la ceinture, et son autre main, libre, oscillait doucement devant l'arme. Il portait un casque de moto à l'ancienne, semblable à un bol.

Je laissai discrètement tomber le morceau de roc.

— Bonjour ! lui lança Lissa d'un ton enjoué, non sans un certain culot.

Excellente couverture, me dis-je aussitôt. Un couple d'Américains blancs et sains qui se promènent dans la nature. Rien de mal à ça, M'sieur l'agent.

— Quelle merveilleuse vieille ville ! dit-elle encore. Il y a quelque chose d'ouvert, ici ?

L'homme en uniforme la salua en effleurant le bord de son casque de l'index. Sa main était ridée, avec un étrange petit pli entre les tendons de chaque doigt. Derrière ses lunettes noires à la MacArthur, son visage ressemblait à une pomme desséchée. Des cheveux neigeux dépassaient de sous son casque ridicule.

Je n'aurais pu dire quel âge il avait. Mais il était bien trop vieux pour un flic encore en activité.

— Cette ville est zone interdite, dit-il d'une voix qui semblait sortir d'un vieux soixante-dix-huit tours éraillé. Ne buvez pas l'eau.

Il passa une main dans son dos et décrocha une bouteille d'Evian qui y était fixée.

— Il fait chaud, en ce moment. J'ai apporté ma propre réserve. Franchement, vous enfreignez la loi. Les gens ne respectent plus la propriété privée, de nos jours. J'ai trouvé une porte fracturée. Mais il n'y a rien à voler ici.

A l'extrémité de la rue, j'aurais juré qu'une silhouette grise et mince nous observait depuis l'ombre profonde sous l'auvent d'un magasin. Mais il pouvait aussi s'agir de l'image résiduelle née de l'éclat sur le badge argenté du vieux type.

— Il n'y a rien, ici, pas même des fantômes, dit-il. Est-ce que je peux vous aider à rejoindre la route principale ?

Tandis que nous roulions en cahotant sur la route défoncée en direction de l'ancienne autoroute, Lissa tremblait derrière le volant.

— Il nous suit, dit-elle après avoir regardé dans le rétroviseur.

Moi aussi, je frissonnais.

— Bon Dieu, sa bagnole est une antiquité. Et lui c'est une momie. Qui essaie de se faire passer pour un flic en service.

Un vieux dingue dans une ville déserte, qui roulait derrière nous dans sa voiture pie sortie du musée de la police. Et ces lunettes. Ce ton sec et poli, d'un autre temps…

— Les bactéries, dis-je. Des sources chaudes pleines de bactéries, et des bactéries qui ne viennent pas seulement de couches pour bébé usagées, je le parierais. Une source naturelle, qui jaillit de la terre. Pas étonnant que Rob ait été intéressé.

— Hum, fit-elle avant de désigner la banquette arrière d'un geste du pouce. Prends mon sac.

Je me retournai à demi et étendis le bras pour ramener vers moi le sac à main en cuir brun lustré. Il pesait un bon poids.

Elle le prit sur ses cuisses et en sortit un pistolet noir, aux formes anguleuses.

— Mon père m'a donné quelques cours de tir, mais ça remonte à des années, fit-elle en me le tendant par le canon. Tu sais t'en servir ?

— Non.

— Tu sais comment appuyer sur une détente, quand même ?

— Je suppose que oui.

Je soupesai l'arme, testai son équilibre. C'était comme un instrument de labo de qualité, en plus simple et plus sérieux. La mort est plus facile d'accès que la science.

— Tu me fais confiance ?

— Il faut encore que tu poses la question alors que je viens de t'accompagner dans l'Enfer des fruits confits, que nous sommes suivis par un vieux cinglé et que tu as mon arme dans la main…

Je maniais le pistolet avec précaution. Un Glock. Exactement ce que Mme Callas avait recommandé.

— Il n'est pas chargé, hein ?

— Il l'est. Chargeur de quinze balles. Il y a trois chargeurs de plus dans le sac.

Je vérifiai l'information.

— Il s'arrête, dit-elle dans un soupir. Non, il redémarre.

Je regardai en arrière. La voiture pie soulevait des nuages de poussière sur le bas-côté de la route, et pendant un moment je ne pus voir ce qu'il faisait.

Lissa accéléra doucement, comme si elle essayait de distancer un prédateur fatigué.

La poussière se dissipa. La voiture de police avait fait demi-tour vers Thuringia.

— Il est reparti, dis-je.

— Dieu soit loué.

C'est seulement alors que j'eus une intuition étrange. Elle guettait depuis des heures dans les recoins de mon esprit, et ce fut une révélation qui me submergea et me glaça jusqu'aux os. Des cakes, des fruits secs et des amandes, expédiés aux quatre coins des Etats-Unis, en provenance d'une petite ville de Californie, une façade commerciale pour… quoi ?

Silk ?

Il suffisait d'asperger des germes permettant le contrôle mental sur chaque petite prune, chaque gâteau aux fruits, de les injecter dans les paquets d'amandes et de noix. Et dans le même temps, de collationner des échantillons aux sources chaudes qui bouillonnaient en dégageant des nuages blanchâtres et nauséabonds de Petites Mères de la Terre.

Rob était peut-être tombé sur quelque chose de presque incroyable. Il fallait que j'en apprenne plus pour seulement commencer à y croire.

— Tu en as assez ? demandai-je.

— Et toi ?

— San Jose, fis-je en braquant l'index sur la route défoncée devant nous.

— Tu n'es pas fatigué ?

— Arrêtons-nous quelque part pour prendre un café.

D'une main, Lissa se massa la nuque.

— C'est pour Rob, dis-je, comprenant, mais trop tard, que j'avais utilisé l'argument une fois de trop.

Son visage se figea.

— Où as-tu eu le flingue ? demandai-je.

— Ce ne sont pas tes oignons, répliqua-t-elle. Et ne me redis jamais plus que nous faisons ça pour Rob. Tu le fais parce que tu veux savoir, c'est tout. Lui aussi était curieux, et il m'a plaquée, tu te souviens ? C'est lui qui s'est comporté comme un taré et qui s'est mis à partir aux quatre coins du monde. Il n'a pas voulu m'écouter, et maintenant c'est à ton tour de devenir sourd.

Je replaçai le Glock dans son sac à main. Sa seule vue me rendait nerveux.

— Désolé, dis-je.

Elle releva le menton et se frotta le bout du nez.

— Oublions ça.

— Peut-être qu'on devrait s'arrêter et boire un café ?

— Non, ça va. Allons à San Jose et finissons-en. Où est ce foutu trousseau de clefs ?

26

San Jose

Lissa leva les yeux vers la cage d'escalier vitrée du Creighton Building, une énorme construction en forme de cube datant du début des années 70 située sur une route quelconque près de la 280 et entourée de sites de vente de voitures d'occasion. A une douzaine de mètres plus au sud, les bannières claquaient joyeusement au vent au sommet du Choosy Chan's, mais à dix-huit heures trente, à l'approche du dîner et du crépuscule, les clients étaient rares. Un grand vendeur dégingandé serré dans un costume à chevrons trop étroit s'appuyait paresseusement contre le flanc d'un Ford Explorer en se curant les dents. Il nous ignorait.

Je tenais dans ma main le petit anneau d'acier auquel était accrochée l'étiquette sur laquelle Rob avait inscrit avec soin cette adresse. Trois clefs formaient le trousseau, deux du type en cuivre répandu qui convenait à bon nombre de portes, et la dernière en acier, d'un modèle récent, carrée, brillante.

Nous poussâmes la porte en verre et pénétrâmes dans le hall. L'éclairage fluorescent s'alluma et nous fit sursauter, mais c'était simplement le système automatique du building. Le bureau de la sécurité était désert et nappé de poussière. Nous consultâmes la liste des locataires affichée dans un tableau mural vitré en colonnes de lettres en plastique blanc collées sur du velours noir côtelé. Aucun des noms ne suggérait Rob.

— Peut-être qu'il avait déménagé, dis-je.

— Il se serait débarrassé des clefs, remarqua Lissa. Il détestait s'encombrer de ses anciennes clefs.

Moi aussi, j'avais pour habitude de jeter les clefs devenues inutiles.

Le premier étage était occupé par une société de placement, le troisième par un cabinet d'avocats. Ce qui ne laissait que le deuxième.

Sur les douze portes de ce niveau, une seule n'était pas fermée. La plupart montraient des plaques en Formica glissées dans un montant en aluminium bon marché. Au-delà de la porte ouverte, une réceptionniste esseulée était assise derrière son bureau et parlait au téléphone.

— D'accord, maman. J'arrangerai ça. Laisse-moi vérifier… Ça ferait quatre cent vingt-six oranges, c'est bien ça ? Désolée, oui : cinq cent deux.

Elle ne leva pas les yeux quand nous passâmes à côté d'elle.

Après nous être assurés que le couloir était désert, nous essayâmes les poignées en laiton de chacune des trois portes sans plaques nominatives.

Fermées. Nous fîmes halte. Lissa déclara qu'elle voulait boire un peu à la fontaine d'eau au bout du couloir, mais je lui fis remarquer que l'idée n'était pas très indiquée.

— Comment sauraient-ils, pour cet endroit ? fit-elle.

— Mauvaise idée, répétai-je.

— J'ai chaud, se plaignit-elle, sans toutefois boire.

J'étudiai les plaques en m'efforçant de me mettre au diapason du sens de l'humour de mon frère, de son goût pour les jeux de mots. Il me fallut parcourir deux fois le couloir dans toute sa longueur et essuyer un regard étonné de la réceptionniste avant de m'arrêter enfin devant la porte dont la plaque gravée indiquait *Richard Escher Industries*.

Escher, Richard. *Escherichia coli, E. coli*, découverte d'un Allemand du nom d'Escherich.

La deuxième clef en cuivre s'inséra dans la serrure, et j'ouvris la porte. Le bureau était plongé dans l'obscurité. Le battant buta à mi-course contre quelque chose. Je distinguai l'ombre de boîtes empilées. Une odeur de moisi, quelque chose de vieux et de gâté, flottait dans l'air frais. Pas assez forte pour être celle d'un cadavre, me dis-je, plutôt une pourriture légère, comme celle attaquant des revues ou des livres.

Soudain je n'avais aucune envie d'entrer dans la pièce.

Lissa éternua.

— Comment as-tu su que c'était ce bureau ? demanda-t-elle en sortant un Kleenex de son sac.

Je le lui expliquai.

— Beaucoup trop évident, conclus-je dans un souffle.

— Evident pour qui ?

Quelqu'un parla à l'autre bout du couloir. Nous bondîmes tous deux dans la pièce. Je refermai la porte et tâtonnai jusqu'à trouver l'interrupteur. Les néons inondèrent les lieux d'une lumière d'un blanc cru.

Lissa souffla et rit doucement.

— Nous nous comportons comme des voleurs, murmura-t-elle.

— Pas tant que le loyer est payé.
— Ça fait un mois et demi.
Nous ne parlions que pour briser le silence. Ce que nous découvrions n'avait pas grand sens. Des cartons à dossiers étaient alignés contre le mur où ouvrait la porte. Deux s'étaient renversés. Nous enjambâmes de vieux numéros de revues : *Friday*, *Colliers*, *Time* et *Life*.
J'ouvris la porte récalcitrante d'un placard et découvris un monceau de journaux, une boîte débordant d'articles découpés, une autre de feuillets d'imprimante de pages copiées sur des sites Internet.
— Que fabriquait-il ? dit Lissa.
— Des recherches.
Je ramassai un magazine. Deux pages avaient été amputées chacune d'un article. Presque toutes les publications ici dataient de la fin des années 40 ou du début des années 50. Quelques-unes remontaient même aux années 30.
De ce que nous pouvions en voir sous les cartons, la moquette était grise et usée.
— D'où vient cette odeur ? demanda Lissa qui luttait contre un autre éternuement.
— De tous ces vieux journaux.
— C'est la même odeur que celle de la bière éventée.
Nous fouillâmes la deuxième pièce, un petit bureau carré de trois mètres de côté. Un lit de camp pliable s'y trouvait, sous une unique couverture en laine. Autour, des étagères bricolées avec des planches de pin et des parpaings croulaient sous des livres et des journaux, d'autres boîtes pleines à ras bord, quand les quotidiens jaunis ne débordaient pas d'un autre petit placard. La plupart des livres étaient en format de poche, des récits

et témoignages sur les deux guerres mondiales, la Révolution russe. J'en identifiai quelques-uns que Rob et moi avions lus dans notre jeunesse.

Je repérai trois ouvrages reliés de Rudy Banning et les tirai avec précaution du milieu d'une pile. *Entre deux démons*, une histoire de l'alliance entre Hitler et Staline, était barré d'un bandeau proclamant BEST-SELLER DU *NEW YORK TIMES* PENDANT CINQ SEMAINES. Il avait été publié en 1985. Le deuxième, *Nous ne savions rien*, comparait la complicité des civils allemands dans l'Holocauste à la complicité des civils russes dans l'expulsion des Juifs en Sibérie pendant les années 50. Publié en 1992, il n'avait apparemment pas connu le même succès. Le texte de chacun était abondamment souligné et annoté, ou surligné au marqueur lavande, jaune ou rose.

Le troisième, moins épais et en grand format, *Blondi, chien du destin*, avait été publié en 1997 par les Presses de la Vérité Blanche, à Ojai, en Californie. La page de titre portait une dédicace en larges lettres tracées au stylo à encre : *A Rob et à tous les enfants du futur, un legs de faits, avérés sur l'honneur par Rudolph B.*

Je le tendis à Lissa, qui examina les illustrations enfantines en plissant le front.

— Hitler avait un chien ? demanda-t-elle.

— Il faut croire.

Je plaçai le sac de voyage sur le sol, bien en vue, et plaçai les deux autres livres de Banning dessus, puis je m'intéressai au placard. Un petit coffre-fort rivé au plancher s'y trouvait, sa porte ouverte parmi une accumulation de numéros du *San Jose Mercury News*.

Mon frère avait toujours préféré voyager léger, tout comme moi. Cet amoncellement ne lui ressemblait pas du tout, et ne pouvait indiquer qu'un projet hâtif resté incomplet ou un changement radical dans sa personnalité.

Je me penchai en avant et regardai dans le coffre. Vide.

A travers la cloison peu épaisse, je perçus le bourdonnement léger d'un petit compresseur. Un réfrigérateur, très certainement. Le son provenait de la troisième pièce, au bout du couloir.

C'était la plus vaste, près de six mètres sur quatre. Une table de réunion placée en son centre servait de support à une extrémité à un petit réfrigérateur blanc cubique. Un microscope occupait un espace dégagé à l'autre bout de la table. Des bouteilles de produits chimiques et des boîtes d'ustensiles de laboratoire s'amassaient au milieu du plateau, à côté d'une tranche de pain et d'un morceau de fromage, un cœur de laitue fripé, un pot ouvert de mayonnaise jaune desséchée et un paquet de viande de porc sous vide Oscar Mayer. Le fromage, le pain et la viande étaient depuis longtemps recouverts d'une moisissure luxuriante.

Une poêle perchée sur un petit réchaud posé sur le sol dévoilait une couche de gélose craquelée sur son fond.

Le mur à droite était occupé par un congélateur du type « bahut » long de deux mètres. D'un blanc immaculé si l'on faisait abstraction de la fine couche de poussière, il était cadenassé de façon ostentatoire et ronronnait doucement. Je remarquai les deux cartes punaisées sur des plaques de liège au-dessus de l'appareil : la Russie et l'Amérique du Nord.

— Un appartement de célibataire, dit Lissa d'un ton un peu narquois.

Elle ouvrit le réfrigérateur et en sortit une boîte de Petri.

— Des moustiques, dit-elle en le brandissant, avant d'en prendre d'autres. Des pétales de fleurs, je crois. Encore de la laitue. Des tranches de pomme. Des quantités de moisissure.

— Des échantillons bactériens, fis-je.

Elle prit un petit plateau en plastique contenant six plats minuscules.

— De la viande. Enfin, on dirait.

Elle remit le plateau en place sur la clayette et s'essuya les mains avec soin sur sa robe.

Je me campai devant le congélateur et examinai de plus près les cartes. Des épingles à tête rouge ou bleue marquaient certains endroits sur les deux. En Sibérie, une épingle rouge était enfoncée dans la partie nord du lac Baïkal. D'autres épingles rouges marquaient certains lieux du sud de la Californie, de l'Utah — le Grand Lac Salé — et de Yellowstone. Trois épingles bleues s'alignaient au large des côtes de l'Oregon et de l'Etat de Washington. Une autre, rouge, occupait l'extrémité sud de la baie de San Francisco. Peut-être s'agissait-il des lagons salés dont Lissa m'avait parlé. Une épingle bleue était fichée en plein cœur de New York. Les autres épingles pouvaient certes signaler des concentrations bactériennes intéressantes, mais New York ?

Je posai la main à plat sur le congélateur, baissai les yeux et soulevai le cadenas bloquant le loquet en acier.

— Tu crois que nous devons… commença Lissa.

— Bien sûr.

Si quelqu'un en avait le droit, me dis-je, c'était bien moi.

Lissa vint se placer derrière moi, poussée par la curiosité. Je me servis de la petite clef en acier. Avec un déclic, le cadenas s'ouvrit. Je soulevai le couvercle.

Un nuage de vapeur s'éleva de l'intérieur du congélateur et se dissipa rapidement.

Lissa poussa un petit cri aigu et recula.

J'avais déjà vu des cadavres humains, sur les tables de dissection pendant mes études, et je savais à quoi ils ressemblaient. Mais je n'avais jamais pu m'habituer au choc de la découverte d'un corps. Pour moi, un être humain mort signifiait un échec. Je me courbai en avant pour l'étudier. Le doute n'était évidemment pas permis, ce cadavre était là pour une raison très précise, congelé dans le bureau de location de mon frère. Il portait toujours ses chaussettes noires, un tee-shirt remonté sur la poitrine et un caleçon bleu. De même, l'autopsie qu'il avait subie n'était pas le fruit du hasard. Le sommet du crâne avait été découpé et ôté, et la majeure partie du cerveau ainsi que le cuir chevelu pelé en arrière reposaient sur un carré de plastique épais. Le torse avait été ouvert d'une seule incision nette, de l'avant vers l'arrière et de la partie supérieure de l'abdomen jusqu'aux reins.

Mais ce cadavre n'était pas destiné à une école de médecine. Sa chair était d'un bleu pâle taché de vert. Je doutais beaucoup de trouver la lividité cadavérique, ou le sang amassé dans les tissus du dos si je le retournais. Il avait certainement été congelé à peine quelques heures après le décès.

Je refermai le congélateur et reculai, jusqu'à me cogner contre le rebord de la table. Je pris une profonde inspiration pour calmer mon estomac.

— Il faut partir, insista Lissa.

— Va près de la porte et tends l'oreille, lui dis-je en déglutissant avec effort.

— *Je veux partir d'ici.*

— Va m'attendre dans la voiture, alors. Et surveille les alentours.

— Il ne faut pas que tu touches à quoi que ce soit ! chuchota-t-elle en se tordant les doigts. Nous devrions appeler la police tout de suite...

— Du calme, je t'en prie ! fis-je sans desserrer les dents.

J'attirai une chaise à moi et m'assis pour réfléchir. Je regardai fixement le congélateur. J'entendis Lissa qui s'éloignait sur la vieille moquette grise dans le couloir. Puis ses pas revinrent.

— C'est Rob qui a fait ça ? demanda-t-elle.

J'eus une moue pour indiquer qu'il était impossible de le déterminer pour l'instant.

— Si c'est lui, pourquoi ?

— S'il te plaît, laisse-moi réfléchir.

Elle s'assit sur une autre chaise.

— Les empreintes digitales, dis-je pour la mettre en garde.

Elle sortit un Kleenex propre de son sac et essuya les endroits du siège qu'elle avait touchés.

— C'est un labo, ça, c'est évident, dis-je après un moment. Peut-être que ce corps est celui de quelqu'un qui a tenté de l'agresser. Ou de le tuer.

— Pourquoi une autopsie ? fit Lissa, avant d'ajouter d'une petite voix : Tu devrais essayer de penser comme ton frère.

Je me levai et me mis à arpenter la pièce. Un détail me narguait, quelque chose que je savais mais qui demeurait à la frontière de ma conscience à cause du choc et des derniers événements. Du regard je survolai l'amas de plaques, plateaux, sacs en plastique, plats, bouteilles de produits chimiques, et j'aperçus une boîte de gants de laboratoire jetables en matière synthétique.

Rob et moi étions allergiques au latex. J'en pris une paire et l'enfilai.

Lissa me tendit un autre Kleenex et j'essuyai la poignée du congélateur.

— Garde ça, dis-je en lui faisant signe de mettre la boîte de gants dans son sac.

— Tu crois que quelqu'un est déjà venu fouiller ici ? demanda-t-elle. On dirait que oui.

— Chut…

Je cherchais toujours à localiser ce souvenir fuyant. Je m'efforçai de contempler cette pièce à travers un regard autre que le mien, avec des yeux semblables qui étaient les fenêtres d'un esprit comparable. J'ouvris le petit réfrigérateur. Une trentaine de boîtes de Petri étaient entassées sur la clayette supérieure. Je soulevai le couvercle d'une d'entre elles et reniflai le contenu rosâtre et semblable à du pudding.

— Du yaourt, dis-je.

Derrière les boîtes, à l'arrière du réfrigérateur, se trouvait une petite tasse toujours scellée de pina colada Yoplait. Un de mes petits plaisirs.

Un des plaisirs de Rob.

Lissa et moi nous regardâmes.

— Il essayait de comprendre comment ils droguaient ses aliments, dis-je. Il cultivait des échantillons pris dans ce qu'il aurait pu manger, ou dans des aliments qu'il soupçonnait d'être marqués.

Je refermai le frigo et regardai autour de moi en pivotant sur place au ralenti. J'avais un début de migraine à force de vouloir me souvenir.

Une boîte à dossiers avait été placée dans le coin à côté du frigo. J'en soulevai le couvercle d'un doigt. Elle contenait un pantalon gris, une chemise au tissu fin, une paire de chaussures italiennes noires, une ceinture de cuir noir, et sur le tout un portefeuille en cuir, quelques clefs et des lunettes de soleil aux verres ovales cerclés d'acier.

Je pris ces dernières, et tout s'éclaircit. J'allai ouvrir de nouveau le congélateur et plongeai la tête et les mains dans la vapeur froide qui en montait.

— Non ! fit Lissa d'une voix aiguë. Tu vas perdre un cheveu, ou autre chose.

Elle doit souvent lire des polars, pensai-je. Un médecin légiste saurait-il faire la différence entre un cheveu appartenant à un jumeau et un de son frère ? J'en doutais fort. Génétiquement, j'étais mon propre frère.

Je scrutai ce visage figé dans la mort, ces yeux gelés indolents. Les cheveux visibles étaient noirs et épais.

— J'ai déjà vu ce type, déclarai-je.

Doucement je lui mis les lunettes. Avec le haut du crâne ôté, il aurait dû m'être difficile de le reconnaître, mais je me concentrai sur l'arête fine du nez, les traits émaciés, les lunettes. Bingo.

Un coup d'œil et un coup de coude dans les côtes entre deux types sveltes et sportifs à un arrêt de bus, dans Berkeley. Pas très loin du marché de Claremont Avenue, avant l'incident du petit homme à l'aérosol.

Le cadavre était celui d'un de ces deux individus, et il était encore en vie plus d'un mois après l'assassinat de Rob à New York.

— Rob ne peut pas l'avoir tué, dis-je en laissant retomber le couvercle du congélateur. C'est forcément quelqu'un d'autre.

— Banning ?

J'avais du mal à imaginer Banning pratiquant une autopsie, même sommaire.

— Je ne pense pas. C'est un littéraire, pas un manuel.

Il devenait très, très important que nous décampions au plus vite de cette pièce et de ce bâtiment. Sans retirer mes gants, j'ouvris la porte et regardai dans le couloir. Désert. Nous sortîmes, et je refermai la porte de l'appartement.

Nous devions repasser devant la réceptionniste avant d'atteindre les escaliers. Alors que nous arrivions à son niveau, elle releva la tête et dit :

— Vous êtes du bureau de M. Escher ? J'ai quelque chose pour vous.

Des nombres. A notre arrivée, elle était en train de lire des séries de nombres à sa mère...

— Merde ! grognai-je.

Saisissant le poignet de Lissa, je fonçai avec elle dans le hall.

La réceptionniste jaillit de derrière son bureau comme si elle était montée sur ressort. Elle avait un grand carton dans les mains.

— Attendez ! cria-t-elle. Quelqu'un a laissé ça pour vous !

Je poussai Lissa dans l'escalier. Elle dévala tant bien que mal la première volée de marches, en se cognant de l'épaule contre le mur de parpaings.

J'étais presque totalement abrité par le coin de la cage d'escalier quand l'explosion projeta une masse de flammes et de débris dans le hall. Des clous, des boulons, des échardes de verre et des morceaux de métal griffèrent l'arrière de mes chaussures et le dos de ma chemise avant de pulvériser la grande vitre. L'onde de choc me projeta au bas des marches et je roulai au sol avec Lissa. Une épaisse fumée se déversait de la cage d'escalier, portant avec elle une odeur âcre de caoutchouc brûlé. Le sac de voyage s'enfonçait dans mon diaphragme. J'avais du mal à bouger et à respirer.

L'alarme se déclencha, ainsi que le système anti-incendie.

Lissa me traîna sur la volée de marches suivante. Elle était forte. Arrivé en bas, j'avais assez repris mes sens pour agripper la rampe et me tenir debout tout seul. Je descendis à sa suite en titubant. Nous débouchâmes dans le crépuscule.

Le trottoir et la rue étaient jonchés d'éclats de verre et de bouts de métal. Levant les yeux, nous vîmes des torches de flammes et de vapeur fuser du deuxième étage sur un rythme soutenu, comme le souffle haletant d'un dragon.

Le vendeur de voitures trop maigre dans son costume à chevrons étriqué était adossé contre la voiture de Lissa comme s'il avait patiemment attendu tout ce temps.

— Tout va bien ? fit-il.

D'une pichenette il projeta un cure-dents bien usé sur la pelouse, puis il sortit de son veston un pistolet, avec un geste aussi naturel que si c'était un contrat de vente. Il pointa l'arme sur moi, et non sur Lissa, et son visage de fouine afficha un sourire froid. Une goutte de salive luisait sur son menton. Nous reculâmes lentement.

— Bon sang, restez donc là, fit-il à mon adresse. Vous allez me faire perdre des ventes.

Je tressaillis au moment de la détonation. *C'est fini.* Je plaquai une main sur mon ventre. Rien. Pas de sang, pas de douleur. Je relevai les yeux à temps pour voir l'homme faire deux pas en arrière, comme frappé par un poing géant. Un petit trou noir venait de naître sur la chemise de son costume.

L'irrigation sanguine du cerveau était encore suffisante pour qu'il essaie de viser, mais quand il comprit ce qui lui arrivait l'arme fut la dernière chose qui lui importait. Ses jambes se dérobèrent sous lui et il s'effondra au sol avec un geignement sourd. Il resta là, étendu, à donner des coups de pieds saccadés, en émettant des sons rauques.

— Oh, mon Dieu… Oh, maman… dit-il.

Toute expression déserta son visage, mais son pied continua de tressauter un instant encore.

Je n'avais encore jamais vu un homme mourir.

Lissa rangeait le Glock dans son sac quand je me retournai vers elle. Son visage était très blanc dans la lumière, sa chevelure blonde et ses épaules étaient nimbées d'orange par les flammes crachées aux fenêtres du deuxième étage.

— Putain d'amateur, dit-elle. Tirons-nous d'ici.

Elle paraissait furieuse, et cette vision me fit encore plus peur que le reste.

DEUXIÈME PARTIE

Ben Bridger

« Ils ont transformé les germes en camarades et en alliés. Ils leur parlent, et ils parlent à travers eux. Ils ont ouvert une ligne téléphonique branchée sur le psychisme humain. C'est un pouvoir qui dépasse l'imagination. »

« Rapport secret du Comité central
d'enquête adressé à Lavrenti Beria », 1937
(Extrait des archives Golokhov,
publié par le Comité pour l'exactitude
historique de l'université d'Irkoutsk,
16 août 2001)

27

6 juin — El Cajon, Etat de Californie

J'étais dans un drôle d'état quand Rob Cousins m'appela.

La machine à café avait rendu l'âme et crachait de l'eau brûlante par tous ses joints. La maison était devenue une réserve nationale pour les moutons sous les lits. Notre vieux chat blanc s'était sauvé pour aller jouer à la belote avec les coyotes, et les coyotes avaient gagné. Il avait toujours préféré Janie, de toute façon.

Aller dans les librairies d'occasion constituait presque ma seule joie dans la vie, et la plupart de mes boutiques préférées avaient fermé pour se mettre à la vente en ligne. Janie hantait toujours la cuisine, aussi y entrais-je le plus rarement possible. La pelouse avait tellement poussé que je n'osais pas risquer la tondeuse dans cette forêt vierge. Le matin j'étais sujet à des attaques de trouille si violentes que c'est tout juste si je parvenais à sortir du lit.

Le soir était le meilleur moment. A la tombée du jour, la chaleur de l'été se muait en une fournaise lasse et la brise marine s'insinuait dans les canyons tel le souffle d'un ange. Alors le calme prenait possession de la maison. Au-dehors, les étoiles s'éveillaient au-dessus des collines noires et les grillons entamaient leur chant obstiné.

J'avais soixante-trois ans. Mon livre sur les opérations de guérilla sous-marines dans les Philippines était à l'eau. Après toutes mes recherches, je n'arrivais toujours pas à trouver l'histoire. J'étais fatigué d'écrire sur de braves jeunes gars combattant dans une guerre juste soixante ans plus tôt. Ecrire ne semblait plus être pour moi.

Je ne me voyais aucun avenir, et du coup mon passé me paraissait vain.

J'étais assis dans mon fauteuil bien moelleux aux accoudoirs lacérés par le chat et je sirotais un Martini. Je n'aime pas le gin, au contraire de Janie. Après le Martini, j'avais l'intention de m'envoyer une bonne bière et, une heure plus tard, un scotch. Je ne suis pas d'un tempérament suicidaire, c'est pourquoi je m'en tiens toujours à trois verres. Ils suffisent à me rendre mélancolique sans pour autant me faire perdre les pédales.

Les fenêtres étaient d'un noir luisant et la lampe près du fauteuil jetait une lumière douce et chaude sur la pièce. Vers neuf heures, le chagrin me paraissait presque agréable.

Ma fille habitait Minneapolis. Comme un caméléon, après six ans elle avait attrapé l'accent de là-bas, et je l'entendais rarement au téléphone. Mon fils à Baltimore n'avait même pas pu venir à l'enterrement de sa mère. Il avait dit qu'il était malade, un empoisonnement aux fruits de mer. C'était peut-être vrai.

Janie et moi avions tout juste envoyé tout ce que les gosses ne voulaient pas à Goodwill, et nous commencions à envisager une seconde lune de miel quand l'attaque l'avait abattue. Au diable les relations humaines. Jamais plus je ne tomberais amoureux, jamais plus je ne ferais confiance à une femme qui risquait de se lever pour aller mourir dans la pièce d'à côté.

Je hanterais les ténèbres comme ce hibou solitaire que j'apercevais parfois la nuit dans le jardin, en train de décapiter une souris dans l'herbe haute.

Il n'y a rien de plus triste qu'un pauvre type privé de sa partenaire de toute une vie.

Le téléphone sonna. Janie en avait acheté un sans fil, mais je conservais un bon vieux modèle Ma Bell tout en bakélite près du fauteuil. Il avait naguère été utilisé par l'amiral Halsey. Je décrochai et une voix d'homme jeune dit :

— Je suis bien chez Ben Bridger ? L'auteur de *Sépultures singulières* ?

— C'est lui, oui, dis-je avant de passer à un baryton plus digne : Qui est à l'appareil ?

— Je m'appelle Rob Cousins. Je suis biologiste.

— C'est bien, dis-je.

— J'ai lu vos livres quand j'étais gosse. Les vieilles éditions de poche de chez Ballantine et Bantam. Je crois que j'en ai gardé quelques-uns, quelque part. Ils étaient vraiment bien.

— Merci, dis-je. Que puis-je pour vous ?

— Vous avez écrit un livre avec l'assistant de Beria, celui qui a échappé au peloton d'exécution, n'est-ce pas ?

— Oui.

Danse avec la Bête, chez Houghton Mifflin, en 1982. Quatre tirages en format broché, deux ou trois en poche.

— Connaissez-vous un écrivain du nom de Rudy Banning ?

— A une époque, il vendait quatre fois plus que moi.

— Et aujourd'hui ?

— Il n'arriverait pas à se faire publier même si sa vie en dépendait. C'est un dingue et un fanatique.

— D'après vous, on ne peut donc absolument pas avoir confiance en lui ?

— Je crois qu'il sort encore quelques articles aux Archives nationales, de temps en temps.

— Que pensez-vous qu'il lui soit arrivé ?

— Ce ne sont pas mes affaires, monsieur…

— Cousins. Ecoutez, je me trouve à El Cajon, en ce moment. Dans Broadway, je crois. S'il n'est pas trop tard, j'aimerais apporter le dîner et discuter avec vous.

Une petite sonnette d'alerte résonna dans mon crâne.

— Il est tard, justement, dis-je. Comment savez-vous que je n'ai pas dîné ?

— Je l'ignore. Mais pour ma part je n'ai rien avalé depuis le petit déjeuner. Je pourrais apporter un dessert.

— Un gâteau au fromage blanc ?

— Bien sûr.

— Que voulez-vous savoir, monsieur Cousins ?

— J'aimerais avoir confirmation de certaines choses que Rudy Banning m'a racontées. Ce pourrait être important… pour moi. Et aussi pour un historien tel que vous.

Si c'était un de ces admirateurs de Banning qui marchaient au pas de l'oie, s'il venait avec un Lüger ou un Mauser, je pourrais le mettre en rogne avec l'anecdote du testicule unique de Hitler. Il entrerait en rage et il me mettrait une balle dans la tête. Ce ne serait pas une si mauvaise sortie. Rapide, avec mon nom dans les journaux. Il n'y avait plus beaucoup de Laphroaig dans la bouteille, de toute façon.

— En fait, je n'ai pas dîné, dis-je.

— Je suis juste à côté d'un restaurant vietnamien qui vend des plats à emporter. Je vous prends quoi ?

— Des rouleaux de printemps, une soupe phô, avec de la saucisse, du bœuf bien cuit et du tendon. Beaucoup de basilic et de piments. Mais pas de germes de soja.

Je lui indiquai comment arriver à la maison.

Dehors, j'entendis le grand hibou qui chassait dans les herbes hautes, ses ailes murmurant comme de petites geishas.

Cousins arriva une heure plus tard et nous dînâmes sur le perron à l'arrière de la maison, à la lumière des lampes anti-insectes. C'était un type svelte, pas loin de la trentaine d'après moi, plutôt bien de sa personne, avec des cheveux châtain clair et un peu de gris aux tempes, ce qui ne lui allait pas mal. Le teint pâle, presque maladif, le front luisant, mais pas du genre nostalgique du nazisme. Le regard intense, d'un vert sombre, avec la paupière supérieure gauche qui retombait un peu sur l'œil. Il parlait vite, et il avait de longs doigts de pianiste.

— Que savez-vous sur Lydia Timashuk ? demanda-t-il quand j'eus terminé mon gâteau au fromage blanc Sam Lee.

— Timashuk, dis-je. Elle avait l'oreille de Staline dans les années 30. Elle disait que tous les meilleurs scientifiques et médecins de l'Union soviétique devraient travailler ensemble à prolonger la durée de vie du camarade Staline. Evidemment, Staline aimait ça, mais Timashuk était la reine de l'imposture. Elle a dénoncé les médecins juifs en 1952. La plupart ont été fusillés.

Cousins acquiesça en souriant. J'eus l'impression que je venais de passer avec succès le premier test.

— La reine de l'imposture, tout à fait exact. Mais avez-vous jamais entendu parler d'un chercheur nommé Golokhov ? Maxim Golokhov ?

— Maxim Gorki, oui. Golokhov, non.

— Et d'un projet baptisé Silk ? Il a débuté avant la guerre.

Je savais de quelle guerre il parlait.

— Non… A moins que ça n'ait été un de ces projets de production de soie artificielle. Pour les parachutes, entre autres choses.

— Rien impliquant Staline, des recherches sur le contrôle de l'esprit, le lac Baïkal et l'université d'Irkoutsk ? Qui aurait débuté dans les années 20 ?

— Rien du tout. Mais je ne fais pas autorité sur le sujet. Et puis, on découvre encore des tonnes de documents là-bas tous les mois, des dossiers sur ceci ou cela. Pas aussi bien organisés que les dossiers des nazis, mais tout aussi effrayants. Staline n'était pas la moitié d'un monstre.

— Que pouvez-vous me dire sur Rudy Banning ?

— C'était le meilleur.

Cousins sourit encore.

— C'est ce qu'il dit aussi.

— Vous travaillez avec lui ?

— Je ne saurais comment définir notre relation avec exactitude.

Cousins semblait nerveux, mais pas instable. Les grillons s'étaient tus. Les poutres de la maison craquaient en s'affaissant. Je crus entendre des pas dans la cuisine. J'entends souvent des pas dans la cuisine, à cette période de la nuit.

C'était bon d'avoir quelqu'un à qui parler.

— Les bouquins de Rudy étaient excellents, dans le temps, dis-je. Il avait le chic pour renifler des documents rares. Mais quelque chose finit par se passer après que vous avez parcouru le millième dossier officiel archivé sur des brutalités intolérables. Le mal spirituel, comme ils disent. Oh, il ne s'agit pas de démons, ce sont des êtres de chair et de sang qui font l'inimaginable, puis qui l'enregistrent comme vous et moi inscrivons nos dépenses sur le talon de nos chèques. Alors vous commencez à perdre confiance en l'humanité, et finalement ça se transforme en paranoïa. Ça peut toujours se reproduire, vous savez. Un tas de gens ordinaires sont là, dehors, qui attendent que l'orgie reprenne. Ils se pourlèchent les babines, ils attendent que la haine coule à flots. Si vous étudiez le vingtième siècle assez longtemps, vous finissez par avoir envie de mettre un flingue dans votre sac.

J'étirai les bras et chassai un moustique d'un geste. Les voisins avaient un bassin d'eau stagnante à trois cents mètres plus bas, sur la route, et les personnes âgées ont la peau fragile.

— Bref, dis-je pour terminer, Banning est possédé par le spectre d'Adolf Hitler. C'est une image, bien sûr.

— Je suis d'accord avec vous, dit Cousins.

Il avait apporté avec lui un sac de voyage en toile bleu bien rempli. Il fouilla à l'intérieur.

Je contemplai le bagage avec un vague regret, car je savais déjà qu'il n'était pas du genre à mettre fin à mes soucis. Il sortit non pas un Lüger mais un livre d'images, *Blondi, chien du destin*. Je l'avais déjà vu, dans un bac de chez Wahrenbrock, à San Diego, soldé à vingt-cinq cents.

— Voilà ce que Silk a fait à Banning, dit Cousins.

Il ne sait même pas à quel point il est dingue. Moi non plus.

Je lus l'adresse de l'éditeur. Les Presses de la Vérité Blanche, Ojai, Californie. Des néo-aryens marteaux et fondus de soucoupes volantes. Pitoyable.

— Mais ce que je recherche est très sérieux, dit Cousins. Banning a trouvé certains dossiers aux Archives nationales, dans les années 90, et quand il a lu un article sur mes recherches dans une revue, il est entré en contact avec moi. Ses documents paraissaient intéressants, alors je l'ai rencontré. Et depuis, il s'est produit des événements très curieux.

Je le dévisageai pendant une poignée de secondes, assez longtemps pour qu'il commence à se sentir mal à l'aise.

— Ecoutez, dis-je. J'ai lu *Le Dossier Odessa*. J'aurais aimé l'écrire, cette maison serait beaucoup plus jolie. Et peut-être que j'aurais pu avoir des soins médicaux meilleurs pour Janie. Mais les conspirations nazies, ce n'est pas trop mon truc. Je ne suis pas pour banaliser l'horreur réelle dans des romans pour skinheads.

Cousins parut déconcerté, mais il ne lâcha pas prise :

— Il ne s'agit pas des nazis, et pas seulement des communistes. Il est question de biologistes, certaines des personnes les plus intelligentes du monde. Des pionniers, dans leur domaine. Et c'est vraiment très important pour moi, monsieur Bridger.

— Ben, dis-je.

— Il me faut une confirmation. C'est tout ce que je demande. Un peu d'aide de quelqu'un qui m'a appris l'histoire quand j'étais enfant.

Il était tellement sincère, et sa voix si calme. Je ne voulais pas rester seul dans cette maison. La cuisine était hantée, c'était pour moi une certitude. Peut-être que le dingue ici, c'était moi. Et puis, Cousins me rappelait mon fils. Et mon fils me manquait terriblement.

— D'accord, dis-je avec un soupir. Nous avons une demi-heure, ensuite ce sera l'heure d'aller se coucher.

Cousins m'expliqua que ses recherches portaient sur l'allongement de la durée de vie, une durée de vie indéfinie. Il avait publié quelques articles et était sous contrat avec deux firmes pharmaceutiques pour le développement de produits permettant de renouveler le collagène de la peau. Tout cela semblait assez logique. La biologie est sexy, à ce que j'ai entendu dire.

Ensuite Rudy Banning avait fait irruption dans son existence. Il avait envoyé à Cousins une lettre dans laquelle il lui demandait s'il avait entendu parler de recherches conduites en Union soviétique pendant les années 30.

— J'ai répondu par courrier à Banning en lui demandant de me dire ce qu'il savait sur le sujet. Il m'a dit que des scientifiques russes étaient tombés sur une forme d'immortalité humaine en utilisant des substances extraites d'organismes primitifs. Tout à fait par hasard, ils avaient découvert certaines méthodes très efficaces pour contrôler le comportement humain. Tout cela alors que nous n'en étions encore qu'à soupçonner l'existence de l'ADN et des gènes.

C'était trop gros à avaler d'un coup. J'en pris un morceau et m'accordai le temps de le mastiquer.

— Comment l'immortalité pourrait-elle mener au contrôle de l'esprit ? demandai-je.

— Concentrons-nous sur le contrôle de l'esprit, fit Cousins. Les bactéries sont de merveilleuses petites usines. Elles peuvent produire à peu près n'importe quelle substance si vous les programmez pour cela. Et vous les programmez en leur fournissant les gènes appropriés. Au début des années 30, à l'université d'Irkoutsk, un biologiste nommé Maxim Golokhov étudiait de gros organismes unicellulaires primitifs qu'il avait découverts au fond du lac Baïkal. A sa stupéfaction, il s'est rendu compte que les grosses cellules avaient recruté un type inconnu de bactéries pour aider à créer un système immunitaire primordial. Encore plus surprenant, Golokhov a constaté que ce système était adaptatif, ingénieux et flexible. Les bactéries sentaient la présence d'organismes intrus et créaient des moules peptidiques négatifs qui correspondaient précisément à la molécule cible, et qui immobilisaient et tuaient l'envahisseur.

Je devais avoir l'air un rien somnolent. La réponse de Cousins fut de parler plus vite, en agitant les mains.

— Mais une fois qu'elles avaient fini le travail et nettoyé ce qui restait, ces mêmes bactéries pouvaient également créer des moules de ces moules, pour recréer un positif avec les mêmes qualités que l'original. Ainsi elles pouvaient créer par inversion à peu près n'importe quelle substance organique et encoder un gène pour la reproduire. En théorie, c'était fantastique, de quoi décrocher le prix Nobel. Mais Golokhov était surtout préoccupé de sa survie dans ce monde très dur, et ce qu'il aurait voulu, c'était neutraliser les forces qui les avaient pris pour cible, sa femme et lui. S'il voulait faire quelque chose d'utile pour les monstres humains de son époque, il fallait qu'il trouve une application pratique à sa découverte. Il a alors conçu un plan stupéfiant… quelque chose de réellement effrayant. Il a entrepris de reprogrammer les bactéries qu'on trouve communément chez les humains. Le premier écueil a été de transférer les gènes nécessaires. Il s'est servi de phages…

Je lui demandai ce qu'étaient les « phages ».

— Des virus qui ne s'attaquent qu'aux bactéries.

— Ils les font éternuer ?

Cousins ne sourit pas. C'était son domaine, ce qui le faisait vivre et ce pour quoi il vivait, et cela n'avait rien de comique.

— Certains phages transportent des gènes hôtes d'une bactérie à une autre. Golokhov a infecté les bactéries *E. coli*…

— Comme dans les fosses septiques, là, dehors ? fis-je.

Mon visiteur n'appréciait visiblement pas d'être interrompu dans ses explications.

— Des bactéries ordinaires de l'intestin. Oui, parfois elles sont un signe de pollution des égouts. En se servant de phages, Golokhov a donné à ses bactéries des gènes inversés de substances psychotropes contenues dans les champignons hallucinogènes. Il a aspergé ces bactéries modifiées sur des légumes qu'il a servis crus à des étudiants volontaires. Environ une semaine plus tard, les étudiants étaient sous l'effet de la drogue. Ils sont restés sous ses effets pendant des mois.

— Alors, dans les années 60, votre Golokhov est venu s'installer en Californie et s'est fait appeler Timothy Leary, dis-je.

Cette fois Cousins m'accorda un mince rictus tolérant, et c'était à peu près tout ce que ma blague méritait. En fait, j'étais captivé par ce qu'il racontait.

— Avant d'aller plus loin, lui dis-je, j'aimerais voir quelle sorte de documents vous détenez. Inutile de perdre notre temps si Banning a concocté un méli-mélo de différents trucs.

— Je vous demande pardon ? dit Cousins.

— Montrez-moi ce que vous avez.

Du sac de voyage il sortit trois enveloppes rebondies. Après une hésitation, il en étala le contenu sur la table en fer forgé, à côté de la bougie à la citronnelle.

Les lampes anti-insectes donnaient à l'ensemble une teinte jaunâtre.

Je lus maints documents rédigés en russe. Il me fallut moins de dix minutes pour me réveiller complètement. Les en-têtes et les caractères d'imprimerie, les cachets et les signatures (je vis « Beria » une trentaine de fois sur autant de pages), tout paraissait parfaitement authentique. Je n'avais jamais entendu dire que Banning fabriquait de faux documents, ni personne à ma connaissance. C'étaient les conclusions qu'il avait tirées depuis le début des années 90 qui avaient coulé sa carrière, pas la validité de ses sources.

— Où dit-il avoir obtenu ces pièces ? demandai-je.

— En fait, nous avons tous les deux fouillé dans les archives, dit Cousins. Je me suis rendu à Irkoutsk l'année dernière.

— Alors... Ce n'est pas seulement Banning, c'est vous aussi ?

Il acquiesça avec nervosité.

— Beaucoup de documents proviennent de l'université d'Irkoutsk, alors ? dis-je.

— Ils donnent accès à de vieux dossiers, dit Cousins. La *glasnost* survit encore.

— Très bien. Je vois les noms de Golokhov et de Beria sur tout un ensemble de documents en rapport avec un programme de recherche secret. Dans quel contexte ?

— Au départ, Golokhov était un idéaliste, comme tant d'entre nous. Mais sa fiancée et lui étaient juifs. Il y a eu des problèmes, nous ignorons leur nature exacte. Ils allaient être arrêtés et déportés encore plus loin à l'est. En 1937, Golokhov a approché Beria, le futur chef du NKVD, la police secrète soviétique, et il lui a dit ce qu'il avait appris. Beria a vu là une opportunité pour grimper dans l'appareil...

Cousins me montra une lettre demandant cette entrevue.

— Beria a rapporté la chose à Staline une semaine plus tard. Golokhov a fait son baratin et a montré des films à Staline. Le camarade a décidé de financer le projet Silk dès cet instant, et Beria a couvert l'ensemble en le travestissant en programme de recherche pour faire…

— De la soie synthétique.

— Oui. L'opération avait deux composantes. Tout d'abord, Golokhov devait altérer les bactéries de l'intestin afin qu'elles acceptent des gènes provenant de ses phages. Il leur donnait l'équivalent de prises de courant pour que les nouveaux gènes puissent venir s'y brancher. Ensuite, il devait s'assurer que tout le monde — et je dis bien tout le monde — avait reçu les nouvelles bactéries intestinales. Silk a démarré quand Golokhov a commencé à disséminer des *E. coli* altérées dans la population. Il existe de nombreuses méthodes pour procéder : on peut asperger les fruits et les végétaux, les disperser dans l'air, sur les poignées de portes, les billets de banque, les vêtements… les transmettre par les poignées de main. Les excréments d'oiseaux. Et même par l'alimentation pour animaux. Bien entendu, il a bénéficié de l'assistance d'agents qui croyaient être engagés dans une sorte de subversion communiste. Certains ont peut-être même deviné qu'il s'agissait d'une guerre bactériologique.

— Quand cela s'est-il produit ?

— La première phase a commencé en 1935. Golokhov s'est lancé dans des opérations expérimentales, d'abord en Russie, puis en Allemagne, au Japon et en Chine. Il voulait créer des fondations solides pour développer ses plans futurs. Certaines populations ont ingéré les nouveaux coliformes plus rapidement que d'autres, en particulier dans les zones où l'hygiène publique était défaillante. Les coliformes altérés s'étaient répandus dans toute la Russie dès 1939, à mon avis, et dans le monde entier à la fin de la Seconde Guerre mondiale.

— Nous naissons avec elles, maintenant ?

— Non, mais nous sommes infectés peu de temps après la naissance par l'intermédiaire de nos parents, des animaux, de notre environnement, dit Cousins. Il faut que vous compreniez une chose : Golokhov a sélectionné des souches très vigoureuses susceptibles de dominer. A présent elles sont partout sur le globe. Chacun d'entre nous porte en lui des bactéries qui peuvent être programmées de l'extérieur. Programmées pour créer des substances chimiques qui modifieront notre façon de penser.

— Comme une bombe en deux parties, résumai-je. Nous sommes porteurs d'une moitié, eux détiennent l'autre.

— Exactement, approuva Cousins.

— Pourquoi est-il resté à Irkoutsk ? Pourquoi ne pas s'être installé directement à Moscou ?

— C'était isolé. C'était là qu'il vivait auparavant. Par ailleurs, Irkoutsk est située sur le principal axe ferroviaire pour la Sibérie, dit Cousins. Beria approvisionnait le labo en prisonniers politiques par trains entiers. Golokhov choisissait ceux qui étaient mentalement dérangés, il prélevait sur eux des échantillons de sang et de lymphe, de fluides intestinaux, de chyme, et ainsi de suite. Après leur exécution, il rassemblait leurs cerveaux. Avec les échantillons, il isolait les peptides et les enzymes ainsi que d'autres éléments qu'il soupçonnait d'être responsables d'une altération du comportement, et il en nourrissait ses bactéries inversées. Celles-ci étaient ensuite programmées pour induire divers états psychotiques.

A onze heures et demie, après que je me fus aventuré par deux fois dans la cuisine pour faire du café sans même penser à Janie, nous en étions arrivés à Lydia Timashuk et au Complot des Blouses Blanches de 1952, suivi de « l'expatriation » de deux millions de Juifs en Sibérie, puis de la mort — certains parlaient d'assassinat — de ce vieux Joe Staline. J'étais plus que captivé, et nous n'étions pas encore à la fin de l'année 1953.

C'était l'affaire la plus énorme que j'aie jamais rencontrée depuis que je m'intéressais à l'histoire. La documentation était imparable : copie après copie de documents d'Etat, de lettres et de mémos scientifiques. L'hémorragie à l'université d'Irkoutsk avait dû être d'une ampleur impressionnante.

Un cauchemar pur et simple.

— Rien d'étonnant à ce que Banning ait perdu les pédales, dis-je. Rien que d'y penser, ça me rend malade.

— Et ça s'aggrave encore, dit Cousins. A la fin des années 30, Golokhov a établi des centres à Moscou, Paris et Londres. Il a même réussi à contourner la destruction du domaine génétique ordonné par Lyssenko en Russie. Il est probable qu'il jouissait toujours de la protection de Beria, et je suppose qu'il savait quels résultats diffuser, et lesquels garder secrets. Vers 1950, il n'est pas impossible qu'il ait conduit des recherches clandestines aux Etats-Unis. Il y a cinq Etats sur le continent nord-américain où il a probablement monté des opérations. Je me suis rendu sur l'un des sites, dans les collines à l'est de Livermore.

« Rudy pense qu'en 1953 Golokhov a ouvert un laboratoire en plein Manhattan, sous la couverture d'une organisation internationale travaillant à la mise au point de vaccins contre la polio, la malaria et la dengue.

J'avais attrapé la dengue au Laos en 1970. J'avais bien failli en mourir et je ne gardais qu'un souvenir très parcellaire de ces quelques semaines de fièvre.

— Un faux front ?

Cousins hocha la tête.

— Ils créaient les Candidats de Manhattan, partout aux Etats-Unis.

— Seigneur, dis-je, en sentant la chair de poule hérisser mes avant-bras. Et puisque nous portons tous ces germes altérés… nous sommes tous des Candidats de Manhattan potentiels ?

— En effet. A mon avis, dans les années 30 et 40, un tiers seulement de la population mondiale pouvait être programmée avec succès par Silk. Leurs opérations étaient encore très fragmentaires. Dieu soit loué pour ça. Orwell n'aurait peut-être jamais fini d'écrire *1984*.

— Bon sang… Mais pourquoi seulement un tiers ?

— Parce que nous sommes tous faits sur mesure. Nous n'utilisons pas nos hormones, nos enzymes, nos peptides, nos neurotransmetteurs, tous les composants chimiques dans notre corps et notre cerveau, de façon uniforme. Ce qui gênait la création de nouveaux agents dormants. Mais j'ai la quasi-certitude qu'ils ont affiné leur technique. Pour moi, ils ont quatre-vingts ou quatre-vingt-dix, voire cent pour cent de succès s'ils sélectionnent les porteurs avec soin. Et bien sûr tout dépend de la dose délivrée. Quand vous entamez une opération, vous envoyez trois ou quatre personnes triées sur le volet avec les réserves nécessaires dans la zone cible. Ils déposent des phages dans les supermarchés des environs, ou les livrent directement au domicile des gens, et ils attendent quelques jours. Combien de fois des représentants de commerce viennent-ils frapper à votre porte ? Ou des Témoins de Jéhovah ?

— Pas très souvent, dans ce coin, dis-je, comprenant pourtant très bien ce qu'il voulait dire.

— Jusqu'à quel point les légumes vendus en grande surface sont-ils sûrs ? demanda-t-il.

J'inclinai la tête de côté en réfléchissant.

— On pourrait déclencher ce genre de chose avec très peu de moyens. Main-d'œuvre illimitée, ressources illimitées… Et possibilité d'atteindre les classes dirigeantes. Bon sang de bois… Et avec l'Internet ?

— Je crois que vous voyez l'étendue du problème, dit Cousins.

A minuit et demi, je proposai à Cousins de rester dormir pour que nous puissions reprendre au matin. Il refusa avec une nervosité perceptible.

— Je ne veux pas vous mettre en danger, dit-il. Je porte la poisse, vous savez.

Il rassembla tous ses documents, les replaça dans les enveloppes et remit le tout dans son sac de voyage.

— J'ai quelque part où dormir. J'y serai en sécurité. Je vous rappellerai demain. Et s'il vous plaît, n'allez pas penser que je suis paranoïaque.

— Oh non, dis-je.

« Paranoïaque » n'était pas le mot qui convenait.

— Mais j'aimerais beaucoup avoir votre opinion,

dit-il. Tout ça est-il fondé ? Ou est-ce que Banning est dingue ?

— L'ensemble me semble très prometteur, hélas, dis-je.

— Je dois me rendre à Manhattan très bientôt pour visiter un vieil immeuble, dit Cousins. Il se peut qu'il ait abrité le labo principal de Golokhov dans les années 50. Je cherche des preuves, et des échantillons à tester. Aimeriez-vous m'accompagner ?

La proposition m'ébranla. J'avais appris à préférer un bureau au travail de terrain. Je lui promis d'y réfléchir.

— Une chose encore, fit-il. Vous avez un magnétoscope ?

— Oui. Janie — ma femme — adorait regarder des vidéos.

— Voir, c'est croire, à ce qu'on dit, n'est-ce pas ? dit-il en sortant du sac de voyage une cassette vidéo qu'il me tendit. De Russie. Irkoutsk. Nous en reparlerons demain.

Après le départ de Cousins, j'ignorai la fatigue et insérai la cassette dans le magnétoscope. L'enregistrement était mauvais. Je doutais d'avoir là l'original. Les Russes utilisaient le système SECAM, et nous le NTSC.

J'avais quelques connaissances de la langue russe, qui me permirent de traduire les quelques lignes en cyrillique qui apparurent sur l'écran.

Université d'Irkoutsk

Nouvelle enquête universitaire pour la vérité et la justice

Anthologie numéro 5, films sur un camp d'endoctrinement secret, 1935-1950.

Il était une heure du matin, et le vieil enregistrement se déroula, peuplant mon salon de fantômes.

Une femme souriante vêtue d'une longue robe noire se tenait à la proue d'un yacht, et derrière elle la brume nappait la surface d'un lac. Mme Golokhova ? Elle fit un petit signe de la main à l'opérateur, puis pivota vers la gauche et plissa les yeux dans le soleil.

Ensuite vint un mariage dans un hangar de type industriel, avec des centaines d'hommes en uniforme. M. Golokhov (du moins je supposai qu'il s'agissait de lui) et sa jeune épouse se tenaient par la main sous une voûte de fusils entrecroisés au niveau des baïonnettes. Un petit homme soigné de sa personne leva un vase à bec de laboratoire qu'il avait empli de champagne pour leur porter un toast. Une vision fugitive de Joseph Staline, sourire figé, regardant à droite, puis à gauche, comme s'il cherchait une échappatoire à cette assemblée trop joyeuse à son goût.

Un frisson me parcourut la nuque.

Un homme svelte et séduisant, aux traits aristocratiques, le nez mince et court, les cheveux fins mais très noirs, se penchait au-dessus d'une baignoire et souriait d'un air bizarre à l'objectif. Un plan rapide d'un petit homme nu marchant en rond dans une cellule exiguë, puis sautant sur place, qui agitait les mains et souriait largement. L'aristocrate observait et dirigeait l'homme nu, tout en prenant des notes dans un petit livre noir avec cette expression étrange qu'avaient les gens dans les années 30 quand ils se savaient filmés.

L'état de la bande allait en se dégradant. Il y avait des rayures et l'image sautait continuellement, et dans le sifflement bas de la bande-son vide on pouvait aisément imaginer les murmures douloureux des morts.

J'observai Mme Golokhova et son mari dans leurs

moments de détente, ou au travail, étudiant des plans architecturaux, préparant leur empire dans le monde mortel et chancelant de l'avant-guerre dans la Russie soviétique. Puis il n'y eut plus aucune apparition de Mme Golokhova. Seulement Maxim, qui semblait plus vieux, et plus grave. Il commandait des ouvriers travaillant à l'édification d'une casemate en brique, il posait près d'une source chaude fumante, surveillait des bassins emplis d'un liquide laiteux remué avec de longues pagaies par des femmes au regard morne en uniforme sans aucune décoration. La mise de Golokhov changeait très peu au fil des ans, mais son regard se faisait de plus en plus vague, et ses traits de plus en plus tirés.

Puis vinrent de longues files de prisonniers hagards dans des habits dépenaillés, certains portant des sacs déchirés qui semblaient contenir tous leurs biens, immobiles devant un train et surveillés par des gardes austères.

Le tout fut subitement remplacé par un plan présentant des têtes humaines entassées dans de grandes bassines métalliques devant un laboratoire en bois. Les bouches étaient mollement entrouvertes, la langue dardait, les cheveux étaient maculés de sang. Ces macabres trophées attendaient d'être retraités.

Le pire était encore à venir.

Le titre suivant disait :

CITÉ DES MÈRES-CHIENNES
1938-1939

L'horreur m'hypnotisait. Je vis des dizaines d'hommes qui déambulaient en sifflant joyeusement, joues gonflées et lèvres arrondies. Leurs bourreaux descendaient les rues d'un pas de marionnette, un pistolet au bout de leur bras raide. Les bras se levaient d'une saccade pour chaque mise à mort.

Je vis des femmes affamées serrant des chiots gras contre leurs seins dégonflés, et qui souriaient à l'objectif.

Les dernières secondes du film montraient Lavrenti Beria arpentant les rues pavées. Il désignait les bâtiments déserts, adressait un sourire plein de fierté à la caméra, repoussait le corps décapité d'une femme de la pointe de sa botte, puis levait la main, poing fermé et pouce dressé, en signe de victoire.

Un homme très heureux.

Quand j'interrompis la lecture de la bande, je m'interrogeai sur ceux qui avaient pris ces images. Combien de temps ces horreurs avaient-elles hanté leur esprit comme une marque obscène au fer rouge ? Je fis le serment de ne plus jamais ouvrir un ouvrage historique.

Je m'endormis sur le canapé, enveloppé dans la dernière couverture achetée par Janie.

Je me réveillai moins de deux heures plus tard. Je roulai à bas du canapé et j'émis un son qui n'était plus sorti de ma bouche depuis plus de soixante ans. Le gémissement effrayé d'un enfant. Je ne pouvais plus supporter l'idée d'être un humain. Ma peau me semblait trop sale pour être portée. Aux toilettes, je geignis en urinant. Je songeai que ces organes avaient engendré des enfants qui n'étaient pas si différents des ombres peuplant ces vieux films. Je me lavai les mains et le visage, encore et encore, puis je me douchai. L'eau chaude agit quelques minutes, et je profitai d'une fausse quiétude tiède, mais, dès que je me séchai sur le petit tapis de bain, la sensation d'oppression revint m'écraser comme un nuage d'ombre impénétrable.

Une serviette autour des reins et les cheveux hérissés, je fis le tour de la maison au hasard. Je n'arrivais pas à chasser ces images de ma tête. Je maudissais Cousins pour cela.

Et puis je me posai la question : et si tout ça n'était qu'une imposture magnifiquement réalisée ? Le tout fabriqué à partir de vieux documents bien réels trafiqués et de faux géniaux ? Oui, bien sûr, c'était la seule explication.

C'était beaucoup plus facile que d'accepter un monde contrôlé par des monstres.

Rob Cousins avait monté une jolie combine pour embobiner ce vieux crédule de Ben Bridger, en me préparant à un autre livre délirant de Rudy Banning, et celui-là était assuré de devenir un best-seller, alors que ce n'était qu'un tissu d'élucubrations.

Mais non, je savais.

Le soleil se levait au-dessus des collines. La journée s'annonçait claire, très agréable.

En recourant à une de ces vieilles techniques mentales apprises au Vietnam et au Laos, j'avais « photographié » quelques-uns des documents que Cousins m'avait présentés, et je voulais avoir quelques précisions sur des noms et des dates. Je me connectai à Internet et envoyai une requête codée à cinq de mes amis. Tous avaient servi dans la CIA ou, comme moi, dans les services de renseignements de la marine. Nous étions tous à la retraite et nous avions créé une sorte de club informel d'ex-barbouzes, le Tam-Tam des anciens sur la Toile, pour nous alerter mutuellement, surtout sur la sortie de nouveaux livres historiques intéressants et sur les sites Web proposant de bonnes photos de femmes nues.

Certains des membres du Tam-Tam Club étaient vraiment âgés, pour avoir entraîné et dirigé les autres, et ils étaient bien en place en 1953.

J'obtins des réponses en quelques heures. Deux étaient totalement négatives. Deux annonçaient que mes amis ne pouvaient rien me dire et leurs messages disparurent devant mes yeux. Un tour de passe-passe très étudié. Le dernier ne répondit même pas.

Dès que je découvre un nid de guêpes, je ne peux pas le laisser tranquille. Ce que m'avait montré Cousins était horrible au-delà des mots, et très, très effrayant. C'était également la révélation historique la plus énorme de toute ma vie.

Je n'étais qu'un vieux type esseulé et stupide qui voulait redevenir quelqu'un d'important.

Je m'étais habillé, et devant ma quatrième tasse de café, dans la cuisine, je m'efforçais de réfléchir à la meilleure façon d'agir quand j'entendis des véhicules s'engager sur l'allée cimentée. J'ouvris la porte d'entrée dans la chaleur et le soleil éblouissant, et je vis trois Tahoe et deux Crown Victoria du shérif de San Diego County. Des types en noir, portant gilet pare-balles et casque de combat, se déversèrent des camions avec des fusils d'assaut et des pistolet automatiques brandis, cran de sûreté ôté et doigt sur la détente.

Les hommes du shérif restèrent dans leurs véhicules, l'air un peu ennuyés, le micro collé à la bouche.

Je repoussai la porte-écran et les types en noir prirent leurs positions respectives pour être en mesure de me réduire à l'état de viande hachée. Je ne pus qu'admirer cette chorégraphie, mais je trouvai l'ironie un peu amère que tout doive finir alors que je venais de découvrir une bonne raison de continuer à vivre.

Je me courbai lentement en avant, déposai la tasse de café devant moi et me redressai en levant les mains, doigts bien écartés. J'avais vécu une situation comparable lors de mon arrestation pour possession de marijuana à mon retour chez nous, en 1973, et je connaissais la musique.

— Bien le bonjour, messieurs, dis-je.

— DEA, lança le chef du commando. Nous avons un mandat fédéral pour fouiller le domicile de Benjamin Bridger.

— C'est moi. Que recherchez-vous ? Je peux peut-être vous faire gagner du temps.

Le type me toisa de ce même regard dur que j'avais eu jadis pour les Vietcongs. Il me montra un document officiel tandis que ses hommes investissaient la maison. Ils accomplirent leur petite danse acrobatique, position accroupie, quart de tour arme braquée, inspection, pièce suivante, le tout dans la grande tradition des commandos. J'aurais été impressionné si je n'avais pas eu le sang glacé.

— Quelqu'un d'autre à l'intérieur ? demanda le chef.

— Il n'y a que moi. Ma femme est décédée…

— La ferme, coupa-t-il.

Les agents firent descendre deux beagles frétillants de l'arrière d'un des camions. Les chiens étaient équipés eux aussi de gilets pare-balles à leur taille. Ils balancèrent leur langue et gémirent pendant que leurs maîtres ouvraient le robinet du jardin et emplissaient deux petites cuvettes en plastique marquées des lettres *DEA*. Les chiens lapèrent l'eau avec enthousiasme, puis se mirent au travail.

Ils cherchaient de la cocaïne, des armes, de la marijuana, que sais-je. Les hommes du shérif étaient eux en quête de revues pédophiles. Ils avaient eux aussi un mandat, mais la présence des fédéraux les rendait manifestement perplexes.

Aucun d'entre eux ne montra la moindre politesse.

28

10-11 juin — San Diego/El Cajon

Mon sens de l'humour avait des limites.

Je restai trois jours au centre de détention de San Diego avant que les charges pesant contre moi soient abandonnées. Aucune explication, et personne ne me présenta d'excuses.

Les services de mon avocate me coûtèrent plus de la moitié de mon pécule, des économies faites sur la pension de Janie, que je n'avais pas voulu écorner. Ma défenderesse, une femme corpulente moulée dans un ensemble vert bouteille, m'expliqua qu'elle avait réussi à me faire sortir grâce à un ordre écrit d'habeas corpus, mais qu'il n'y aurait pas de procès. Des informateurs avaient allongé la sauce, des sources s'étaient complètement trompées et une série de pistes solides s'étaient embourbées dans le néant. Et quand on vous accuse de « rien », on ne peut vous retenir en prison.

J'avais de la chance qu'ils n'aient pas saisi tout ce que je possédais. Le comté avait toutefois gardé mon ordinateur. Ils en auraient pour des semaines à analyser tous les sites que j'avais visités dans mes recherches sur la Seconde Guerre mondiale.

En une nuit j'étais devenu suspect de vente de drogue et de viol d'enfants. Le voisinage avait sans doute eu vent de cette charmante histoire, de même que la presse locale. A notre époque, personne ne prend beaucoup de précautions envers la réputation de quelqu'un, surtout quand ce quelqu'un est un ex-marine vétéran du Vietnam, vivotant de sa pension d'invalidité, et probablement déglingué par l'agent Orange. Qui sait combien d'enfants ce type a embrochés sur sa baïonnette ?

Je me sentais sale et coupable alors que je n'avais enfreint aucune loi.

Je rentrai chez moi et contemplai dans un état d'engourdissement admiratif les ravages qu'ils avaient causés. On avait perforé les murs, des trous béaient dans le plafond, et on en avait tiré la vieille laine de verre marron, qui pour l'heure pendait. Les photographies de famille avaient été jetées au sol dans le salon, et les rangers des commandos avaient piétiné les vitres des cadres. Tout mon équipement électronique — le magnétoscope, la vieille chaîne stéréo Kenwood, le téléviseur Sony Trinitron, la platine de magnétophone Akai — était entassé près de la porte, après avoir été désossé et remonté grossièrement.

La vidéocassette avait disparu.

Ils avaient même pris une binette, dégagé ma fosse septique en fibre de glace et l'avaient éventrée. La puanteur des excréments exposés au soleil planait partout. Des rubans jaunes de la police gisaient sur l'allée cimentée et tout autour de la maison.

Au moins ils avaient refermé la porte à clef en partant.

Je ramassai les meubles brisés et une cuvette de WC

cassée en deux et transportai le tout dans le garage pour un tri ultérieur.

Ils ne m'avaient même pas laissé un pot dans lequel pisser.

Des années plus tôt, Janie m'avait obligé à vendre mon Colt, mon fusil à pompe et tous mes couteaux. Je lui en étais reconnaissant. A : parce que j'en avais retiré un peu d'argent, et B : je n'avais constitué aucune menace immédiate pour ces types en gilets pare-balles et rangers. Autrement, j'aurais pu en mourir.

Imaginez ma surprise quand je découvris un Smith & Wesson de calibre 38 posé sur une pile de quatre de mes livres. Mes propres livres, en édition brochée, les exemplaires réservés à l'auteur, placés bien en vue au milieu de mon petit bureau. Pour que je ne puisse pas les rater.

Le reste de ma bibliothèque avait été bouleversé, les étagères vidées, les livres éparpillés dans la pièce.

J'essayai de donner un sens à la présence de cette arme. C'était un vieux modèle. Sa crosse était enveloppée dans ce qui ressemblait à du tissu adhésif médical devenu gris à l'usage. Quelqu'un l'avait laissée là, juste au cas où j'en aurais besoin. J'envisageai de prévenir le bureau du shérif, mais je décidai très vite que toute action sans avoir bien réfléchi serait presque à coup sûr contre-productive.

Je contemplais ce satané pistolet depuis peut-être cinq minutes quand je reçus le premier appel téléphonique. Je décrochai mais je n'entendis qu'un déclic suivi d'un long silence qui me parut venir de très loin. Une de ces opérations de démarchage automatique où cent personnes sont contactées simultanément mais dont dix ou quinze seulement sont traitées par l'ordinateur, me dis-je.

Le second appel venait de Janie. Un nuage me sembla assombrir toute la maison. Elle me demanda comment je me sentais.

— Pas très bien, balbutiai-je.

Et je me mis à sangloter. J'entendais sa voix, et elle me manquait tant et je me sentais si terriblement inutile, aussi vide qu'une poupée jetée à la poubelle.

Les paroles de Janie se déversèrent en moi.

J'allai pisser dehors, sur le côté de la maison, puis je fis un petit somme dans un fauteuil. La brise marine allait et venait, puis les étoiles apparurent. Dans le canyon, l'air s'était figé et j'entendis le hibou dans le jardin derrière la maison, sans l'apercevoir. Finalement je sortis le matelas deux places éventré, le traînai sur la pelouse, jetai un drap dessus et m'allongeai.

Le lendemain matin, j'étais assis de nouveau sur le perron, cette fois avec une bière dans une main et le Smith & Wesson dans l'autre. Je tournais et retournais en pensée l'idée de prendre congé de ce vieux motel merdique qu'on appelle la vie. En un éclair, je pouvais me retrouver auprès de Janie.

Je ne pensais pas à Rob Cousins jusqu'à ce qu'il arrive à huit heures, accompagné d'un autre homme. Je reconnus Banning d'après les photos des rabats de jaquette dans ses livres. Ils projetèrent des ombres allongées sur l'allée cimentée quand ils la remontèrent.

— Ça va, Ben ? s'enquit Cousins.

Banning enjamba une bande jaune de la police et me fit un petit signe de la main.

Ma première pensée, en les voyant, fut que Cousins

m'avait abandonné, exactement comme mon vrai fils l'avait fait. Je sentis une chaleur singulière monter en moi.

— Allez vous faire foutre, dis-je. Vous m'avez menti. Vous m'avez tendu un piège. Où étiez-vous quand ils ont perquisitionné ici ?

— Je crois que vous avez été marqué, déclara Banning avec un accent anglais plein de hauteur.

Il n'avança pas.

— Vous avez apporté le dîner ? demandai-je. Ou est-ce que tout ça n'était qu'un stratagème pour pouvoir planquer un peu de coke chez moi ?

Cousins s'adressa à moi sur le ton qu'il aurait employé avec un enfant :

— Ils ont trouvé de la coke ?

— Vous croyez que je serais encore là ?

Je jouai un instant avec le pistolet, levai le canon au niveau de mes yeux, le pointai vaguement dans leur direction, juste pour leur montrer que je pouvais encore me rendre très utile.

— Non, dis-je. Mais ce n'est pas faute d'avoir cherché.

— Quel bordel, maugréa Cousins. Vous devez être très en colère.

— J'encaisse bien, répondis-je.

— Nous devrions partir d'ici, dit Banning.

— Et pourquoi voudrais-je aller où que ce soit en compagnie de deux cinglés ?

— Qui vous a téléphoné ? demanda Cousins d'un ton raisonnable.

Je braquai le Smith & Wesson sur lui. Janie avait expliqué beaucoup de choses, comment on m'avait piégé, comment on m'estimait trop vieux pour inspirer le moindre respect. Elle voulait revenir et m'aider à reprendre une vie normale, mais Cousins ne la laisserait évidemment pas faire. Banning était probablement dans le coup, lui aussi.

Cousins se tenait si près de moi que j'aurais pu lui faire un trou dans la poitrine de la taille de mon poing. Il transpirait comme un cochon qu'on va saigner.

— Je vais faire quelque chose qui va peut-être vous paraître un peu bizarre, dit-il. Je vais vous lire des nombres pour voir si vous parvenez à les mémoriser.

Il exhiba une petite bande de papier allongée, comme un ticket d'épicerie.

— Pourquoi ?

Je ne connaissais pas la pression nécessaire pour un Smith & Wesson. Le coup pouvait partir avec une simple petite contraction de l'index. Je dirigeai l'arme vers la droite et j'appuyai sur la détente pour voir. La détonation fit déguerpir Banning comme un lapin.

Pression courte, moyenne, mais pas trop sensible.

Cousins grimaça, mais il ne bougea pas.

— Sept cinq deux quatre, lut-il.

— Ouais, dis-je. Et maintenant il faut tourner le cadran sur le vieux système à combinaison de deux tours à droite et ensuite… (Je cessai de bredouiller, car ces nombres avaient un sens évident, un sens raisonnable.) D'accord.

— Répétez-les-moi.

— Sept cinq deux quatre.

— Trois sept huit un. Une fois encore, répétez.

— Trois sept huit un.

— Et la *dernière* série, promis. Deux six neuf huit.

— Deux six neuf huit.

— Mon cher vieux Ben, j'ai du nouveau, déclara Rob. Si nous allions rendre visite au Dr Seuss ?

Je me recroquevillai sur moi-même et un éclair vert sembla passer au-dessus de ma tête.

— Comment vous sentez-vous, maintenant ?

— Ça va, dis-je en abaissant le pistolet.

— Quelle couleur avez-vous vue ?

— Du vert, dis-je en reniflant l'air. Bon sang de bois, qui a coupé le fromage ?

J'essayai d'identifier cette puanteur. Celle des cadavres et de la végétation pourrie, comme dans le temps, sur le champ de bataille.

Banning rebroussa chemin sur l'allée. Il fronça le nez.

— Ils vous ont eu, pas de doute, dit-il.

— Qui ?

Je me sentais calme, mais très affecté. L'appel téléphonique de Janie n'avait été qu'un rêve. Je me mis à pleurer et Cousins entoura mes épaules d'un bras. Il me retira l'arme de la main et la confia à Banning qui s'en saisit avec deux doigts par le canon, comme s'il tenait un rat mort.

— C'est mieux, dit Cousins. On fait les bagages et on lève le camp. L'endroit n'est pas sûr.

— Que se passe-t-il ? voulus-je savoir.

Mon nez coulait et la sueur trempait mon menton et ma chemise. Mon estomac était noué de manière impossible.

— Il faut que je prenne une douche.

— Nous n'avons vraiment pas le temps, dit Banning.

Dans le fouillis de la maison nous remplîmes un sac de voyage de mes vêtements. Je ramassai quelques photos dans un sac d'épicerie et emplis un petit carton de mes livres préférés. Banning trouva un marteau dans le garage et réduisit le Smith & Wesson en morceaux. Nous ne voulions pas être arrêtés avec l'arme qu'un flic avait déposée là à dessein, une arme sans doute volée et non enregistrée.

Ensuite nous quittâmes la maison, le fantôme, vingt ans de souvenirs, toute ma foutue vie, et depuis je n'y suis pas retourné.

29

San Diego/Los Angeles

— Je voulais vous remercier pour avoir confirmé que je suis un honnête homme, dit Banning.

Cousins voyageait comme passager avant et j'occupais la banquette arrière de la vieille Plymouth de Banning avec mes cartons. Le coffre était fermé avec du fil de fer et je craignais à tout moment qu'il ne s'ouvre.

— Je n'ai rien dit de la sorte, répondis-je.

La voiture ralentit pour négocier l'embranchement vers le nord sur la 5. Nous courions certes le risque d'être arrêtés au poste de contrôle de San Onofre, mais il fallait absolument que nous rejoignions LA pour y rencontrer certaines personnes connues de Cousins, et c'était l'itinéraire le plus rapide. Nous étions tous blancs, et je n'étais plus suspect. Nous avions décidé de tenter notre chance.

On nous fit effectivement sortir de la file des véhicules au poste de contrôle. Ils fouillèrent la voiture et ils nous examinèrent comme des animaux de foire. A leurs yeux, nous étions des fugitifs cherchant à éviter quelque chose ou quelqu'un, ils le lisaient sur nous.

Cousins parla pour nous, avec une calme assurance. Ils n'avaient rien à nous reprocher, et ils finirent par nous laisser poursuivre notre route.

Je déteste la loi et ses représentants.

Je somnolai durant la majeure partie du trajet jusqu'à Los Angeles. Nous étions en plein Laurel Canyon quand je rouvris les yeux. L'après-midi touchait à sa fin, et la route bordée d'arbres était mangée par les ombres. Une caille traversa l'asphalte craquelé devant nous. L'air charriait des senteurs douceâtres d'eucalyptus et de sauge.

Banning arrêta la voiture devant une épaisse grille d'acier. Cousins descendit et dit quelques mots dans un boîtier fixé à un long poteau incurvé.

— Notre refuge, expliqua Cousins en remontant dans la voiture et en claquant la portière. Ça prendra juste une minute. Il y a pas mal de systèmes de sécurité à débrancher.

Après cette longue sieste, j'étais très alerte. Le moment me paraissait bien choisi, juste avant que nous ne devions affronter quelqu'un d'inconnu. J'étais incapable d'expliquer mon comportement à El Cajon. J'avais envie de m'excuser, mais sans en être trop sûr. Et si c'était à eux de s'excuser ?

— Que m'est-il arrivé ? demandai-je.

Cousins me regarda par-dessus son épaule.

— Ce qu'on vous a donné à manger en prison, lâcha-t-il. Quelqu'un a marqué votre nourriture quand vous étiez au centre de détention. Ils voulaient que vous tuiez Rudy, et moi. C'est pourquoi ils ont laissé le pistolet chez vous.

J'eus soudain du mal à respirer, malgré les vitres arrière baissées.

— Merci de m'avoir prévenu, dis-je.

— Avez-vous reçu un appel téléphonique de la part de quelqu'un qui vous est cher ? demanda Cousins.

— Oui, soufflai-je.

— Votre défunte femme ?

— Oui…

Cousins se tourna un peu plus pour me considérer une fois encore à la manière d'un professeur face à un élève à problème.

— Je ne sais pas encore qui vous a contacté, ou qui a drogué votre nourriture en prison, dit-il. Nous les soupçonnons d'avoir un grand nombre d'agents partout en Californie, et ailleurs, qui œuvrent à nous intimider, ou à nous tuer.

— Alors pourquoi ne vous ai-je pas abattu ?

— Vous vous souvenez, vous avez décroché et vous avez eu une ligne vide ?

— Oui.

— C'était moi, dit Cousins. La nuit précédente, quand j'ai apporté le dîner et le dessert, j'ai aspergé votre gâteau au fromage blanc de bactéries. Des bactéries inoffensives, mais infectées par des phages spécifiques. J'espérais qu'elles vous conféreraient une immunité au moins partielle contre des attaques ultérieures.

— Bon sang de bois, murmurai-je en croisant les bras sur mon ventre, avec l'envie de devenir tout petit et de me dissimuler sous une couverture.

— Dans l'idéal, je leur donnais quarante-huit heures, poursuivit Cousins d'un ton si pragmatique que je serrai les poings et dus me retenir pour ne pas le frapper. Une fois en prison, vous étiez beaucoup moins bien protégé. Quand j'ai appris votre libération, j'ai téléphoné chez vous jusqu'à vous avoir. Vous étiez très influençable, mais pas encore totalement sous leur emprise, alors j'ai renversé les rôles. Je vous ai orienté. Je vous ai donné une liste de nombres et je vous ai demandé de décrire la couleur que chacun évoquait pour vous. Ensuite je vous ai dit que cela aurait la priorité sur n'importe quoi d'autre.

— C'est vous qui m'avez appelé le premier, qui m'avez programmé, et j'ai tout oublié ?

Cousins acquiesça. Il ne semblait pas trouver tout cela amusant, ni même étrange. Je dus me maîtriser pour avaler le tout.

— En gros, vous m'avez vacciné contre le contrôle mental, c'est ça ?

— En gros, c'est ça, oui. Mais il reste encore du travail.

— Et c'est ça qui m'a empêché de vous abattre ?

— Le résultat n'était pas assuré à cent pour cent, dit Banning en reniflant.

Il sortit un mouchoir de sa poche et se moucha.

— Donc vous m'avez manipulé. Je vous ai servi de cobaye.

— Nous sommes tous des cobayes, rectifia Cousins. C'était pour vous protéger, et pour nous protéger, aussi. Nous ignorons de quoi Silk est capable, l'envergure de leurs opérations actuelles, mais à une époque ils avaient des milliers d'agents actifs de par le monde.

Je caressai la poignée de la portière, en envisageant sérieusement de sortir et de m'éloigner au plus vite. Mais Cousins lança son bras par-dessus le siège avant. Ses yeux se fixèrent sur ma main, puis il me regarda et secoua la tête.

Je lâchai la poignée.

— Expliquez-moi encore ce que nous faisons ici, dis-je.

— Attendons d'être à l'intérieur, répondit Cousins. Tammy prépare le repas. Avec des aliments *sains*.

— Sacrée histoire, fit Banning.

La grille s'ouvrit.

— Tout va bien, soupira Cousins.

Nous remontâmes une longue allée, passâmes sous une arche de ranch flanquée de deux grands transformateurs verts, des caméras vidéo montées sur de hauts poteaux, puis nous traversâmes une étendue découverte frangée de barbelés, et tout ce temps Banning conduisit la vieille Plymouth comme si c'était une limousine transportant des chefs d'Etat.

Un individu replet au teint sombre et à la mine avenante nous accueillit devant la double porte de style espagnol, sur le perron d'entrée. Cousins me présenta Joseph Marquez, notre hôte. Il portait un pantalon de pyjama en soie sur lequel débordait un ventre rondelet. Son torse et ses bras étaient recouverts d'un système pileux surabondant, son visage était mangé par une barbe digne du Maharishi, et ses longs cheveux noirs bouclés étaient surmontés d'une petite kippa brodée. Il ressemblait beaucoup à Jerry Garcia. Ses yeux étaient petits, couleur ambre, son regard perçant, et sa bouche expressive découvrait facilement une dentition parfaite.

Marquez nous observa d'un air soupçonneux.

— Il est OK, lui dit Cousins.

Notre hôte eut une petite grimace dubitative et répéta mon nom, en détachant chaque syllabe, à plusieurs reprises, jusqu'à me donner envie de jurer. Puis il leva les bras en l'air et les agita comme un prédicateur qui vient d'avoir sa révélation quotidienne.

— Mais oui, je vous connais ! J'ai lu vos livres.

Sépultures singulières, c'est bien ça ? Merde alors, un vétéran ! Le dernier membre du commando. Le Cambodge, hein ? Les Forces spéciales ?

En proie à une inquiétude sourde, je laissai mon regard errer dans la pièce.

— Bienvenue dans mon sanctuaire ! Ici, tout le monde est en sécurité. Tammy nous prépare un véritable festin.

Metteur en scène et producteur, Marquez n'avait pas fait de film depuis plus de quinze ans. Mais il avait investi avec flair. Sa magnifique demeure couvrait plus d'un hectare en surplomb de Mulholland, avec une vue imprenable sur Laurel Canyon.

J'appris qu'il avait alloué une certaine somme à Cousins et lui avait permis d'installer un laboratoire dans le sous-sol de sa maison. Mais il y avait autre chose.

Tammy nous rejoignit dans le foyer aux murs plaqués de pierre à chaux. Elle était jeune, sans doute moins de vingt ans, avec la peau chocolat, le front haut, les cheveux rejetés en arrière comme dans un tableau du Titien, les hanches larges, le ventre plat et une poitrine généreuse. Elle portait elle aussi un pantalon de pyjama en soie et un haut de bikini qui ne cachait pratiquement rien de ses charmes. Elle nous serra tour à tour dans ses bras avec l'enthousiasme innocent d'une enfant et demanda si nous préférions le riz sauvage ou le basmati.

— Il y a un curry au menu, expliqua-t-elle, en gratifiant Cousins d'un sourire étincelant. Joe adore le curry.

— Ça tue les germes, dit Marquez avec un sourire de gamin.

Il parut apprécier mon expression tandis que je regardais Tammy qui s'éloignait.

— Pas de film en chantier, dit-il. Mais il y a un fils

et héritier en gestation dans cette *incroyable* incubatrice.

— Ça suffit ! le tança Tammy sans se retourner.

— Elle est moitié française et moitié brésilienne. Et moi je suis moitié irlandais, moitié espagnol. Joli cocktail, hein ? Le petit est en route depuis un mois et demi. Un petit tour du propriétaire ?

— Peut-être préféreraient-ils faire un brin de toilette avant ! lança Tammy, à deux pièces de distance.

— Ce ne serait pas de refus, approuva Cousins.

Je nettoyai la crasse récoltée pendant notre voyage dans la douche aux parois dallées de marbre qui était plus grande à elle seule que ma salle de bains à El Cajon. Deux rangées de jets orientables s'allumèrent quand j'ouvris l'eau, et des milliers d'aiguilles délicieusement chaudes me torturèrent de façon si exquise que j'en grognai de plaisir. J'aurais pu rester là des heures.

Quand je fermai le robinet, j'entendis frapper à la porte de la salle de bains. Cousins lança par-dessus la partition en verre un petit flacon en plastique de crème rosâtre que j'attrapai tant bien que mal.

— Enduisez-vous de ça quand vous aurez fini, dit-il.

— Qu'est-ce que c'est ?

— Un produit qui concourt à l'immunisation. De la lanoline et un mélange de ma propre composition.

Je sentis la crème tout en me séchant. L'odeur rappelait vaguement celle du pain frais. J'en étalai sur mes bras et mes jambes, puis sur ma nuque, partout où ma peau me paraissait sèche et tendue. Ensuite je m'habillai et rejoignis Cousins, Banning et Marquez dans le salon.

Tammy vint nous demander ce que nous désirions boire et se rendit dans la cuisine toute d'acier, de cuivre et de granite. Elle recommanda des bouteilles pleines à ras bord d'India Pale Ale, et je ne vis rien à y redire. Un peu plus tard je me retrouvai à déambuler dans la pièce comme dans un brouillard, les épaules voûtées, un sourire stupide accroché aux lèvres. J'avais l'impression d'avoir été emporté d'un coup dans le royaume d'Oz.

— Vous étiez dans les Opérations spéciales, pas vrai ? me demanda Marquez.

Il passa un bras autour de mes épaules. Je n'aime pas qu'on me touche, et je ne me sens à l'aise que lorsque les gens sont à deux mètres de moi, à l'exception de Janie.

— Allez, dites-moi, comment franchiriez-vous toutes mes défenses pour m'abattre ?

Je serrai les mâchoires et lui dis que j'allais réfléchir au problème.

La maison était bâtie selon le modèle d'un ranch, sur deux niveaux, avec des vues dégagées de tous les côtés — à travers les vitres à l'épreuve des balles. Dans le salon, plus grand que toute ma maison d'El Cajon, Marquez retira le tissu recouvrant une maquette de sa propriété et me fit jurer le secret, en ajoutant que c'était sans grande importance puisqu'il ajoutait des dispositifs chaque mois.

— Il faut toujours avoir une longueur d'avance, dit-il.

Marquez entrait dans la catégorie des Californiens paranoïaques diplômés.

Le seul accès de face devait se faire à travers un défilé étroit bloqué par la grille d'acier et protégé par des clôtures en fil de fer aussi coupant que des rasoirs, un fossé hérissé de pieux et une barrière électrifiée large de trois mètres et constituée de tubulures amovibles. En bas de la falaise, à l'arrière du terrain, il avait fait poser des poutrelles d'acier et étendu un nappage de béton pour empêcher les glissements de terrain, avant de truffer le béton de fils de détente et de détecteurs de mouvement. Plus tard il avait fait creuser un puits d'ascenseur jusqu'au pied de la falaise, avec son propre générateur et une issue dans la maison en contrebas, qu'il possédait également.

— Le fait d'avoir une seule issue m'ennuyait, dit-il. Et s'ils entreprenaient un assaut de grande envergure par l'ouest ? Je n'en ai pas dormi pendant des nuits. Finalement j'ai acquis la maison en bas et j'ai créé une issue de secours. C'est là que j'entrepose mes souvenirs.

Des caméras balayaient toute la propriété. Deux gardes du corps armés de Beretta semi-automatiques patrouillaient constamment.

Marquez nous mena à l'extérieur pour nous montrer son jardin et ses chiens. Il avait un élevage de rottweilers comme passe-temps. Ses préférés attendaient leur chance dans un chenil situé derrière la maison. Nous les rencontrâmes vers la fin de la visite. En présence de Marquez, ce n'étaient que des chiots joueurs.

— Si je n'étais pas là, ils vous sauteraient à la gorge, dit-il en souriant comme un gosse qui exhibe son train électrique. Mais ils respectent Tammy. Quand elle est là, ils se roulent sur le dos et montrent leur ventre. Des chiens malins, pas vrai ?

Marquez se fit soudain timide quand il nous précéda dans la maison et nous dévoila la pièce où il se livrait à son hobby. Son centre d'intérêt en tant qu'homme était certes Tammy, expliqua-t-il, mais c'était là que vivait son « âme d'enfant », là qu'il avait enterré un million de regrets et trouvé la paix véritable. Je n'ai jamais vu autant de modèles réduits en plastique de toute mon existence. Les murs et le plafond disparaissaient derrière des casiers en acier et plastique. Partout des avions, des blindés, des porte-avions, des dioramas de batailles terrestres et navales. Et tout était très juste. Parmi les avions je reconnus des Shithook, des Spad, des Thud et des Willy Fudds avec toutes les marques et couleurs de rigueur, et aucun n'était plus gros que mon poing.

Quelques espaces restaient ouverts entre les casiers, pour accueillir des affiches encadrées et des photos de présentoir de ses films. Il en avait scénarisé et dirigé trois : *Le Lion blanc*, sur le thème d'un programmeur informatique qui imagine qu'il est Tarzan ; *Les Maîtres de la fange*, une comédie suburbaine assez grinçante ; et son film à grand spectacle, *Le Défi*, une fiction sur les premiers U-boats allemands s'attaquant à la Grande Flotte Blanche de Roosevelt.

— Aucun n'a fait exploser le box-office, dit-il fièrement. J'ai gardé mon rang dans cette ville pourrie par ma seule force de caractère. Et tout ce que ça m'a jamais rendu a été Tammy. Très bien, ajouta-t-il avec un sourire malicieux, je n'ai pas perdu au change.

J'eus l'impression qu'il disposait de beaucoup d'argent, tout comme Tammy. Nous nous installâmes pour dîner à une table en bois de rose qui ne serait pas entrée dans ma cuisine, sur laquelle était disposée une armée de plats tous plus alléchants les uns que les autres. Marquez fit passer à la ronde un agneau vindaloo qui expliquait aisément la pilosité foisonnante sur sa poitrine. Tammy apporta un plateau surchargé de chutneys et autres sauces. Je n'avais pas aussi bien mangé depuis des mois.

— Rob m'a laissé entendre que vous aviez connu quelques péripéties, dit Marquez. Racontez-moi. Nous sortons rarement de la propriété.

Cousins commença :

— Tout d'abord, j'aimerais présenter mes excuses à Ben. Je ne pensais pas qu'ils s'attaqueraient à lui aussi vite.

— Silk ? demanda Marquez.

— M. Bridger a passé quelque temps en prison, fit Banning.

— En prison ! s'exclama Marquez. Woah. Un traquenard ?

— Oui, dit Cousins avant de s'adresser à moi : Joe sait tout. Tammy aussi.

La jeune femme baissa les yeux sur son assiette. A la façon dont il avait parlé, je suspectai la conversation de bientôt se focaliser sur elle, et je voyais bien que cela ne l'enchantait guère.

— Mais le Dr Cousins a repris la main en immunisant M. Bridger par avance, intervint Banning.

— Une simple précaution, précisa Rob. Et, bien sûr, une mesure de protection envers M. Bridger. Il connaît très bien l'histoire, et c'est un point important.

— Vous ne me faisiez pas confiance, dit Banning avec un regard circulaire sur la tablée. Vous vouliez à toute force une confirmation émanant d'une autre source.

— Parce que vous êtes un foutu taré, répliqua Marquez.

L'air résigné, Banning se tassa un peu sur sa chaise. Il avait été accusé des mêmes torts maintes fois déjà.

— Nous avions effectivement besoin d'une confirmation, reprit Cousins. Ben est très compétent.

— Mais ce n'est pas tout, n'est-ce pas ? dit Marquez, les yeux brillants. Il s'y connaît en tactiques de combat. En explosifs et en armes. C'est notre homme fort.

— Pas si vite, dis-je. J'en sais très peu, pour ne pas dire rien, sur votre compte.

— Ce qui n'est pas très juste, convint Cousins.

Tammy acquiesça comme si un savoir secret l'autorisait à approuver. Marquez se pencha vers elle et passa un bras autour de ses épaules.

— Si Rudy avait été immunisé il y a dix ans, Silk ne l'aurait peut-être pas transformé en nazillon fanatique.

— J'aimerais que vous n'employiez plus cette expression.

Les lèvres de Banning avaient remué comme s'il cherchait à se débarrasser d'un morceau d'aliment coincé entre deux dents.

— Ils ne vous ont pas réellement transformé, poursuivit Marquez. Ils ont simplement fait passer votre haine des Juifs au premier plan de votre personnalité. Mais si les Juifs sont des êtres inférieurs, comment expliquez-vous Golokhov ?

Les deux hommes s'affrontèrent du regard, Marquez avec dans les prunelles l'éclat de celui qui sait qu'il vient de marquer un point.

Le visage de Banning se vida de toute expression.

— N'allez pas trop vite, dis-je. Qui diable est ce Golokhov ? Comment a-t-il réussi à mettre tout ça en place ?

— C'était le biologiste le plus brillant du vingtième siècle, répondit Cousins.

— Le Einstein des germes, pour résumer, fit Marquez en se levant de table. Tout le monde est rassasié ? Ce curry était délicieux.

Tammy semblait de plus en plus nerveuse, comme si son tour allait venir.

— Il est temps de regarder quelques vidéos, annonça Marquez. J'apporte des boissons.

— Je suis un porc, j'en suis conscient, dit Marquez.

Nous étions assis dans sa luxueuse salle de projection, quatre rangées de fauteuils confortables entourés de rideaux de velours rouge. Un projecteur était fixé au plafond, et son ventilateur de refroidissement chuintait doucement dans le calme ambiant. Dans le mur derrière nous, des fentes laissaient entrevoir l'œil rond de trois autres projecteurs. Marquez appuya sur un bouton, et une longueur de rideau se replia sur le côté, révélant une console de matériel électronique. Il glissa un disque dans un lecteur.

— Banning est dingue, mais moi je suis un cochon plaqué or. Je suis arrivé où j'en suis à la force du poignet, sans l'aide de personne. Je me suis enfermé dans ce château pour paranoïaque, et… voilà le résultat !

Il fit un mouvement emphatique de la main, comme s'il dévoilait le nouveau Veau d'Or.

— Je suis simplement ce dont cette pauvre fille a besoin.

Banning alla se placer face à nous. Tout en parlant, il se mit à faire les mêmes gestes qu'un professeur donnant son cours :

— En 1948, il semble qu'une brouille sérieuse se soit produite entre Staline et Golokhov. Staline a peut-être craint que Golokhov ne cherche à contrôler son entourage. Quoi qu'il en soit, il a lancé une purge contre

Golokhov et tous les spécialistes qui collaboraient au projet Silk. Il a donné ordre à Beria de tous les déporter... Je parle des chercheurs qui travaillaient avec Silk. Le prétendu Complot des Blouses Blanches de 1952. Finalement, ce sont des millions de Juifs qui ont été bannis en Sibérie. Il faut bien admettre que c'était là une sorte de justice immanente.

Marquez se redressa vivement dans son siège.

— Vous êtes mon invité, grinça-t-il. Mais je ne permettrai pas que vous me provoquiez.

Les yeux de Banning étincelaient, mais il alla s'asseoir.

— Rudy, fit Cousins d'un ton calme, peu nous importe en l'occurrence de savoir qui était juif et qui ne l'était pas.

— Non, bien sûr que non, dit Banning en détournant les yeux.

— Golokhov a réussi à fuir et il est venu à New York, enchaîna Cousins. Lui et ce qui restait de Silk ont joué profil bas. Ensuite, les faits sont plus nébuleux. Nous allons nous rendre à New York pour assembler les dernières pièces du puzzle. Et puis nous irons en Floride et à Exuma Cays.

Marquez se pencha en avant, l'air concentré.

— C'est là que Tammy entre en scène, déclara-t-il.

— Tammy ? m'étonnai-je. Elle est dans le coup ?

— Indirectement, dit Cousins qui se tourna vers Marquez.

Ce dernier eut un geste d'ignorance.

— Que puis-je dire ? Tout ça est très étonnant, oui.

Ce déferlement d'informations et de mystères commençait à me taper sur les nerfs.

— Bon, alors ? dis-je.

— Tammy a pris l'avion de Los Angeles pour les

Bahamas en compagnie de son petit ami, dit Marquez. Ils se trouvaient à une remise de prix de Themed Entertainment au Beverly Wilshire. Vous savez, Disneyland, le Sea World, les shows donnés dans les casinos, ce genre de trucs. Avez-vous jamais entendu parler du *Cirque Fantôme* ?

Marquez enfonça une autre touche de la console et un autre rideau s'ouvrit. L'image très nette d'un amphithéâtre apparut sur l'écran. De longues draperies diaphanes blanches dissimulaient à demi plusieurs scènes en escalier au centre. L'éclairage derrière ces draperies dansait comme une nuée de papillons.

— Il me semble que oui, répondis-je. C'est une sorte de show comme ceux qu'on voit à Las Vegas, non ?

— Plutôt de type européen, dit Marquez. Le meilleur cirque du monde, vraiment. Des numéros incroyables, une mise en scène et des cascades époustouflantes…

Marquez coula un regard plein de vénération à Tammy, dans lequel je lus cependant une pointe d'inquiétude.

— C'est mon histoire, dit-elle, c'est à moi de la raconter. Le Cirque Fantôme est plus qu'un simple cirque. Ils envoient des recruteurs dans les villes, et surtout dans les bidonvilles. Quand ils m'ont repérée, j'étais orpheline dans un quartier pauvre de Rio. Que savais-je de la vie ? Je n'avais que quatorze ans. Si je ne partais pas de là, je finirais en vendant mon corps, en me droguant, et je mourrais très jeune. Travailler dans un bar ou essayer d'avoir des rendez-vous pour une entreprise, voilà le mieux que je pouvais rêver. Mon protecteur — vous le qualifieriez de souteneur — a signé un contrat et les recruteurs m'ont obtenu un visa et un permis de travail aux Etats-Unis. Ils m'ont emmenée sur Lee Stocking Island.

— Exuma Cays, dit Marquez. Aux Bahamas.

Des titres se succédèrent sur l'écran : *Le Cirque Fantôme, Fin de Siècle, L'Ombre et la Lumière*. Les draperies translucides s'écartèrent pour dévoiler trois scènes vides. Des colonnades en acier s'élevaient de tous côtés, au nombre de six, et servaient de support à l'ensemble, plates-formes, éclairage, câbles et cordes.

— Le Cirque Fantôme m'a fait apprendre l'anglais, le russe et le français, ainsi que la corde raide, le jonglage et la danse. Je me suis essayée aux Boleadoras. Vous devenez membre d'une famille. Tout le monde apporte sa contribution, chacun travaille avec tous les autres. Ils vous entraînent du matin au soir. La nourriture est merveilleuse. Vous avez le droit de manger tout ce que vous désirez, et vous ne grossissez pas, à cause des exercices intensifs. Je n'avais encore jamais connu des draps propres, un lit confortable, des gens attentionnés. Pour moi, c'était le paradis.

Un clown immense, de trois mètres cinquante au moins de hauteur, avec des jambes interminables, apparut sur la plus grande des trois scènes. Il était certainement monté sur des échasses, mais elles étaient d'un modèle très réussi, que je n'avais encore jamais vu. La moitié de son visage était peinte en blanc, l'autre en noir, et il était vêtu d'un costume classique gris anthracite. Il se courba au niveau de la taille, puis se mit sur les genoux, si c'étaient bien là ses genoux. Une musique inquiétante s'éleva en fond sonore, et au-dessus des plates-formes une autre draperie s'escamota pour révéler un orchestre de rock composé d'hommes et de femmes portant tous ce qui ressemblait fort à l'uniforme des prisonniers dans les camps de concentration nazis.

— J'avais seize ans, j'étais la plus jeune de la troupe, l'enfant, continua Tammy, regard rivé à l'écran. J'étais très bonne jongleuse, mais assez peu douée pour la corde raide. Je manquais de concentration. Aussi ma nouvelle famille m'a-t-elle emmenée rendre visite au Dr Goncourt, chez lui, en bord de mer. Là, j'ai fait la connaissance de Philippe Cabal. Philippe est un artiste de haut niveau, très proche du Dr Goncourt. Je lui ai plu.

Le grand clown écarta les bras à l'horizontale et se mit à tournoyer sur lui-même. Des cyclistes en tenue du début du siècle circulèrent autour des scènes, en brandissant des bibelots anciens — lampes, bijoux, pendules. Au tour suivant, ils tenaient des pistolets et des fusils. Comment ils avaient opéré cette substitution, j'étais incapable de le dire. La musique était devenue une marche militaire tonitruante et parodique.

Tammy tourna son regard mordoré vers moi.

— A seize ans, je suis devenue la maîtresse attitrée de Philippe. C'était à la fois mon amant et mon père. Mon maître.

Marquez croisa les mains derrière sa nuque et contempla l'écran.

— Tu t'écartes du sujet, lui rappela-t-il d'un ton doux.

Il enfonça une touche. Les images défilèrent en accéléré, clowns et cyclistes s'agitèrent frénétiquement, tandis que la musique prenait un rythme trépidant et aigu.

— Ah oui. Ils le construisent depuis cinq ans, maintenant. Ils l'ont appelé *Lemuria*. C'est immense.

— Le gratte-ciel flottant — des appartements vendus séparément ? dis-je. J'ai lu quelque chose à ce sujet dans les journaux.

— Le navire fait six cents mètres de long, dit Marquez. Un havre fiscal pour les petits salopards comme moi.

Il figea l'image au moment où le grand clown quittait la scène.

— C'est Philippe, indiqua Tammy à mi-voix.

— Le fumier, lâcha Marquez.

Il avança rapidement la bande jusqu'à la sortie complète du clown, et remit sur « pause ».

Les yeux de Tammy étaient extraordinaires, ses iris pareils à des noisettes éclaboussées d'or.

— Sur le navire, ils n'ont pas encore vendu tous les appartements. Ils rencontrent des problèmes de trésorerie. Goncourt, qui est le directeur du Cirque Fantôme, notre médecin, notre père, a suggéré que le cirque loue un espace sur le *Lemuria*. Nous fournirions les spectacles et la publicité. Les actionnaires du *Lemuria* ont accepté, et le Dr Goncourt a déménagé son centre médical et d'entraînement de Lee Stocking Island sur le bateau. Je suis montée à bord l'année dernière, pour vivre avec Philippe et suivre les traitements du Dr Goncourt. Il veut faire de nous les athlètes les plus performants qui soient, les artistes les plus aboutis dans leur discipline que le monde ait connus. Nous étions malades, nous sommes toujours forts, en pleine forme, et d'humeur égale. Nous sommes les meilleurs.

Marquez remit la vidéo en marche. Cinq femmes à la peau dorée escaladèrent les colonnades en acier jusqu'aux cordes et commencèrent un numéro de corde raide.

Le regard de Tammy devint rêveur. Elle se remémorait des jours merveilleux, un engagement total, une foi inédite.

— Philippe a dit que le Dr Goncourt était un génie. Pour moi, il était Dieu. Il choisissait notre alimentation, supervisait nos entraînements. Il nous donnait des bains spéciaux, qui sentaient très mauvais, comme du soufre.

Il nous essuyait lui-même. Mais il ne nous a jamais donné de drogue. Jamais je ne m'étais sentie aussi bien. Je suis au summum, et j'excelle même à la corde raide. Philippe était très fier de moi. Ils m'ont dit que désormais je pourrais voyager.

Le numéro de corde raide était ahurissant de force et d'agilité, de grâce et d'ingénuité. Les jeunes femmes donnaient l'impression de danser dans les airs, et parfois même de voler.

— Philippe m'a confié que certains membres de la famille faisaient un peu plus que nos spectacles de cirque. Ils allaient dans certains endroits et rendaient des services au Dr Goncourt. Il m'a demandé si je voulais les imiter. J'ai accepté. Il m'a alors fait passer devant le Comité, des gens plus âgés qui étaient avec le Dr Goncourt bien avant le Cirque Fantôme. Des athlètes olympiques, des artistes venus de Russie.

— Des enfoirés de communistes, grommela Marquez.

Il se cacha les yeux derrière une main, puis bascula la tête en arrière et contempla fixement le plafond.

— Maudits Juifs, lança Banning, comme sous l'effet d'un spasme incontrôlable.

Tammy porta le poing à sa bouche et se mordilla une articulation, en clignant plusieurs fois des paupières.

— Le Comité m'a adoptée, avec Philippe…

Marquez n'y tenait plus. Il se leva brusquement et pointa un doigt accusateur sur Banning.

— Je vais vous parler des Juifs, moi ! s'écria-t-il. Je vais vous dire qui sont les victimes et qui sont les criminels !

Les yeux de l'historien déchu s'écarquillèrent, relevant les sourcils et plissant le haut de son front.

— Marx, Trotsky, Zinoviev, Kamenev… Les communistes ont été mis en place par la Juiverie mondiale, par des Juifs qui haïssaient leur propre race !

Marquez sauta presque par-dessus les sièges pour l'atteindre. Tammy le tira en arrière.

Banning était complètement hors de lui, et incapable de s'arrêter :

— Les Juifs ont organisé leur propre mort, méthodiquement, point par point, et ensuite ils ont accusé Hitler, mais Staline aussi en a tué beaucoup, il a massacré tous les Juifs autour de lui sauf un seul, il les a déportés en Sibérie, et qui l'a porté au pouvoir ? Les Juifs. Qui a espionné pour lui ? Les Juifs communistes. Les Rosenberg, Ted Hall… Tous des Juifs ! Maudits soient les Juifs !

Marquez laissa échapper un cri de fureur torturé.

— Je vais te tuer !

Il repoussa Tammy d'une bourrade. Banning s'adossa contre la rangée de sièges derrière lui et s'apprêta à contrer l'assaut de Marquez. Celui-ci le saisit au cou et le secoua comme un prunier.

Cousins m'adressa un signe de tête, à croire que nous avions toujours été deux flics patrouillant ensemble. Alors que Tammy hurlait « Arrêtez ! Arrêtez ! » chacun de nous agrippa un des adversaires et nous les séparâmes. Banning échappa à mon étreinte, trébucha dans l'allée et s'écroula avec un bruit mou.

Tammy murmurait à l'oreille de son amant. Marquez rugissait toujours un torrent de jurons, mais il avait cessé de se débattre.

— Allons, il est malade, disait la jeune femme. C'est un grand malade…

Banning se remit debout, épousseta sa veste avec toute la dignité qu'il put afficher. Il inclina la tête et étendit sa main gantée comme s'il demandait poliment la permission de s'éclipser, et il fila hors de la petite salle.

— Je me contrefous que sa cervelle soit infestée de la syphilis nazie, c'en est trop, je ne peux pas en supporter plus !

Des larmes striaient les joues de Marquez.

Tammy se mit à sangloter.

— *Je ne peux pas avoir un enfant dans cette ambiance !*

La colère de Marquez fut soufflée comme la flamme d'une bougie dans un brusque courant d'air.

— Oh, merde… marmonna-t-il.

Tammy se laissa aller à la renverse dans son siège.

— Je ne peux pas sortir de cette maison, il faut que je fasse semblant d'être courageuse, j'ai la tête prête à exploser. Je dois garder tout en moi, tout le temps ! Je ne sais même pas qui je suis, ou quoi, ni où est ma place, je ne sais rien !

— Nous sommes désolés, chérie, dit Marquez. Nous sommes tous vraiment désolés.

Il avait l'air accablé par le remords. Tammy voulut le repousser, mais il s'accrocha à elle en lui caressant les cheveux. Ce fut un moment très particulier, un peu déstabilisant même, et je ne savais pas quelle attitude adopter. J'aurais aimé sortir de la pièce sans me faire remarquer.

Nous restâmes silencieux pendant que Marquez s'efforçait d'apaiser la mère de son futur enfant.

— J'aimerais tant que nous puissions changer tout ce qui s'est passé, lui murmura-t-il.

L'expression de Cousins me surprit. C'était celle, analytique, de quelqu'un qui observe avec une concentration intense un poisson dans son bocal. Mais peut-être n'était-ce là que sa manière de réagir aux scènes émotionnelles.

Dans l'entrée, j'entendis le fracas d'une pièce de verre qui se brise. Cousins et moi nous précipitâmes. Banning se tenait très droit devant un grand bouquet décoratif de fleurs en soie posé sur une table en marbre. Il avait brisé le grand miroir placé derrière la table, avait ramassé un éclat aussi long et effilé qu'une dague et l'enfonçait centimètre après centimètre dans la paume de sa main gauche. Le sang roulait en rubans vermillon sur son pantalon, ses chaussures et les dalles du sol.

— Je ne suis qu'une loque humaine, dit-il.

Ses yeux se révulsèrent et il s'écroula sur place.

Ensemble nous le transportâmes dans la salle de bains. Tammy nous dit qu'il y avait un kit de premier secours dans le placard sous le lavabo. Poings serrés, Marquez secouait la tête en faisant les cent pas devant la porte tandis que nous extirpions le poignard de verre, étanchions la plaie et la bandions.

— Il lui faut un médecin, déclara Cousins. Il a peut-être endommagé des nerfs. Et il aura besoin de points de suture.

— J'ai mon propre médecin, dit Marquez sur le seuil de la salle de bains.

J'ouvris la porte. Banning revenait à lui. Marquez recula. Les deux gardes du corps, des brutes en tee-shirt noir et combinaison de soie, tête rasée, le flanquaient, l'air sévères.

— Tammy, dit Marquez en se frottant les mains sur son pantalon de pyjama, appelle le Dr Franks.

Elle alla téléphoner. Cousins et moi transportâmes Banning, encore groggy et désorienté, au-dehors par la porte de derrière, et dans la petite maison d'hôtes voisine. Tammy nous rejoignit, déverrouilla une porte-fenêtre et nous allâmes l'étendre sur un lit.

— Je suis désolé, dit Banning d'une voix pâteuse, avant de rouler sur le flanc et de s'évanouir de nouveau.

Cousins s'essuya les mains avec une serviette prise dans la salle de bains. Son visage était pâle, et les aisselles de sa chemise trempées.

— Quelle journée ! soupira-t-il.

Le médecin arriva peu après dix heures. Les gardes l'escortèrent depuis la grille. Il examina la main de Banning dans la maison d'hôtes et déclara qu'il était plus que souhaitable de l'emmener à l'hôpital. La blessure était sérieuse, mais il était surtout inquiet pour son état mental.

Dans le jardin, Marquez attendait en faisant des étirements. Dans le chenil, les chiens surexcités aboyaient en tirant sur leurs chaînes.

Banning leva un regard vague vers moi quand ils l'aidèrent à marcher vers l'ambulance qui venait d'arriver. Je lui fis un petit signe de la main. Il secoua la tête. Il n'avait pas besoin de se répéter : *Je ne suis qu'une loque humaine*.

L'ambulance s'éloigna dans la nuit.

Cousins m'avait entraîné dans un monde cauchemardesque qui n'avait aucun sens. Ma maison avait été saccagée et j'avais passé trois nuits derrière les barreaux d'une cellule. On m'avait drogué — du moins je le pensais — à deux reprises au moins, et j'ignorais si je redeviendrais un jour le maître absolu de mon propre esprit.

Ils voulaient que je les aide, mais comment ? Quel ennemi affrontaient-ils ? Comment pouvaient-ils gagner contre lui ? Tout s'amassait sur mes épaules, et je ne savais pas quelle décision prendre.

Les rottweilers continuaient à sauter en aboyant.

— C'est à cause de tout ce va-et-vient avec des inconnus, expliqua Marquez. Mais ils vont se calmer. Ils se calment toujours.

Il s'approcha des enclos grillagés et essaya de les apaiser de la voix, ce qui eut pour seul effet d'exciter deux fois plus les chiens. Deux d'entre eux, de vrais monstres, mordaient le grillage et envoyaient des gouttes de bave sur le ciment. Décontenancé, Marquez battit en retraite et enfouit les mains dans les poches de son pyjama.

Cousins s'approcha par-derrière. Les molosses sentirent son odeur. Le grand mâle commença à aller d'un bout à l'autre de sa cage individuelle, ne s'arrêtant que pour mordre ses pattes, les yeux fous. J'essayai d'attirer un des chiens vers le grillage, mais il m'ignora et aboya rageusement contre Cousins.

— Qui se charge de les nourrir ? demandai-je.

— Pourquoi ? fit Marquez, sur la défensive.

Cousins comprit aussitôt.

— Oh, merde, souffla-t-il. Joe, qui les nourrit ?

— Parfois c'est Tammy, ou moi, parfois les gardes du corps.

— D'où viennent ces gardes du corps ? demandai-je, en m'en voulant de ne pas y avoir pensé plus tôt.

— Une agence de sécurité dans Van Nuys. Ils changent tous les jours, dit Marquez.

Cousins saisit notre hôte par le bras et ils s'éloignèrent des cages. Les chiens se calmèrent un peu, mais ils nous observaient toujours avec le plus grand intérêt.

— Rentrons dans la maison, proposa Cousins.

A l'intérieur, il annonça à Marquez que les gardes du

corps devraient quitter la propriété. Nous ne pouvions plus avoir confiance en eux. Marquez fit les cent pas dans le salon, en débitant une longue excuse ampoulée et en jurant contre sa stupidité.

Le voir ainsi fut le coup de grâce.

Je m'approchai de Cousins et lui dis à voix basse :

— Ce n'est pas Oz, c'est Kafkaville. Banning n'est pas le seul cinglé ici.

Les gardes du corps exigèrent de Marquez qu'il signe une décharge explicite afin que leur entreprise ne les tienne pas pour responsables de leur renvoi, puis ils montèrent dans un SUV Nissan noir qui descendit la route en direction de la grille.

Tammy emmena Marquez se coucher.

Je contemplai la salle de projection en attendant Cousins. Le cirque était toujours figé sur le grand écran. La pièce était silencieuse et paisible. Rien de tout ça, sur l'écran ou autour, ne me paraissait réel.

Cousins revint et ferma la porte derrière lui.

— Ça a l'air désespéré, pas vrai ? fit-il.

— Quand avez-vous fait connaissance ?

— Il y a six mois. Marquez avait déjà travaillé avec Banning sur un projet de film de guerre, avant que Banning ne soit marqué. A l'entrée de Tammy dans sa vie, l'année dernière, Marquez a appelé Banning pour avoir son opinion. Peu de temps après, Banning m'a contacté.

— Un enchaînement de coïncidences remarquable…

— Toutes les routes mènent aux gens qui font des films, dit Cousins d'un ton léger. Croyez-moi, à Los Angeles il y a peu de coïncidences véritables. Avant que vous ne partiez, laissez-moi vous montrer ce que nous avons de notre côté. Ce sur quoi je travaille. Ça pourrait vous faire changer d'avis.

— Vraiment, je crois que je n'ai pas envie d'en voir plus, marmonnai-je avec un peu d'embarras. Je risquerais de compromettre toute votre opération.

— Allons donc. Regardez-nous... Une bande d'amateurs. Si vous, vous ne pouvez pas nous aider, alors c'est qu'il est temps de laisser tomber. Et cela signifie... Bah, vous pouvez le deviner. Mais je comprendrai si vous décidez de filer d'ici au plus vite. Accordez-moi dix minutes de votre temps de plus, ensuite je vous raccompagnerai moi-même jusqu'à la grille.

Je le suivis à l'extérieur. Nous contournâmes le flanc est de la maison, descendîmes une volée de marches et empruntâmes une entrée dérobée, sous le niveau de la pelouse, qui donnait dans le sous-sol.

Cousins actionna un interrupteur. La lumière révéla une grande pièce blanche qui évoquait un peu un hôpital, avec des équipements coûteux, des microscopes, des réfrigérateurs, des fours. Equations et représentations de molécules recouvraient un tableau blanc fixé au mur. Dans un coin je vis une lampe à ultraviolets, dans un autre une petite baignoire et une cabine de douche, ainsi qu'un fauteuil d'aspect confortable.

— C'est ici que vous fabriquez ce truc que vous m'avez fait prendre ?

— Oui.

— Et vous ? demandai-je. Vous êtes influençable ?

— Oui. Mais je conduis des expériences sur ma propre personne depuis ces dernières années, dans l'intérêt de l'allongement de l'espérance de vie. Avant même de découvrir Silk, j'avais altéré mes bactéries intestinales et certaines de mes caractéristiques cellulaires. Sans le savoir, je m'étais en partie immunisé. Et maintenant c'est tout ce qui me reste pour conserver une longueur d'avance sur Silk.

— Ils savent où vous vous trouvez, dis-je.

Cousins eut une moue empreinte d'une ironie désabusée.

— Je croyais que la paranoïa de Marquez faisait de cette propriété l'endroit idéal.

J'évitai tout commentaire. Les civils connaissent rarement les lieux qui font les meilleures cachettes, comme ils ignorent à qui accorder leur confiance quand leur vie est en jeu.

— Et Banning ? Que savez-vous de lui ? C'est lui qui vous a tous réunis, il est le catalyseur de tous ceux qui constituent une menace potentielle pour Silk. Avez-vous déjà envisagé qu'il soit un de leurs agents ?

— L'idée m'a traversé l'esprit, oui. Ce n'est pas impossible. Mais je ne pense pas que ce soit lui.

Son visage s'amollit un peu sous l'effet de la tristesse, puis la réflexion le crispa de nouveau.

— Ma femme, peut-être.

— Vous avez peur de *votre femme* ?

— Nous sommes en plein divorce. Je me suis mis à avoir des soupçons. Tout un tas de petits détails.

— Merde.

C'était de pis en pis. Je me frottai la nuque et regardai autour de moi.

— Depuis combien de temps travaillez-vous sur vos vaccins ?

— Six mois.

— Et Silk sévit depuis combien de temps en ce bas monde ?

Je l'avais déjà calculé de tête, c'était juste pour préparer la suite.

— Soixante-dix ans, peut-être.

Je levai les deux mains comme pour me rendre à l'ennemi.

— Ces gars-là creusent des tunnels, accumulent les contacts, ils préparent leurs agents et tracent leurs itinéraires subversifs depuis soixante-dix ans. Ils jouent dans une catégorie bien supérieure à la mienne. Non, merci. Désolé, les gars, mais c'est perdu d'avance.

Cousins me considéra avec tristesse.

— Je sais que nous avons une chance de réussir, insista-t-il. Et nous ne pouvons tout simplement pas la laisser passer !

Tammy ouvrit la porte du sous-sol et passa la tête par l'embrasure.

— Je dérange ?

— Pas du tout, dis-je en baissant les bras et en m'éloignant.

Je ne voulais pas de cette femme dans cette pièce, pas alors que je venais de prendre ma décision, alors que mon instinct me criait de décamper d'ici sans plus attendre. En sa présence, quelque chose semblait se liquéfier en moi. Janie elle-même ne m'avait jamais fait un tel effet, et cette constatation me rendait furieux.

— J'ai mis Joe au lit. Il dort comme un bébé.

Elle entra et referma la porte. Elle avait passé un caftan coloré, une tenue plus chaude qui dissimulait un peu mieux sa plastique.

— Il est très sensible au sujet des Juifs, surtout avec M. Banning. Il ne comprend pas.

— Tammy n'avait pas fini son histoire, fit Cousins. Le moment est peut-être venu ?

— Je m'en doutais.

Elle vint se placer à côté de lui. Tous deux m'observaient avec l'air d'attendre quelque chose.

— Tammy a vu Golokhov, dis-je. Tout revient à ça. C'est Goncourt, n'est-ce pas ?

La jeune femme me gratifia d'un sourire las et très beau.

— Nous en sommes persuadés, dit Cousins.

— Il aurait quel âge, aujourd'hui ? Une centaine d'années ?

— Plus près de cent cinq.

— Et vous voulez que je vous aide à effectuer une opération dans les Bahamas.

Cousins me regarda droit dans les yeux.

— Tôt ou tard. Si vous êtes d'accord.

— Je dis pourquoi j'ai quitté Philippe ? lui demanda Tammy.

Il acquiesça.

— Oui, dis-je. Allez-y.

Je ne résistai plus. La journée avait été très longue, il fallait bien qu'elle mène quelque part.

— Juste après notre arrivée avec Philippe à Los Angeles, je suis tombée malade. La turista.

— Le thème du jour, dis-je d'un air pince-sans-rire.

— Un banquet devait se tenir dans un hôtel de luxe, gens raffinés venus du Canada, du Venezuela, du Brésil, de Chine, de Porto Rico, de Las Vegas, des Bahamas, de Disneyland… J'ai commencé à être malade alors que nous étions encore dans notre suite. Philippe s'est mis en colère, il voulait m'exhiber, mais c'était impossible, que pouvait-il faire ?

Sa voix était délicieusement exotique, avec ce phrasé mélancolique. Magnifique.

— Je ne le savais pas alors, mais j'étais en train d'échapper à leur emprise.

— Constitution robuste, endurcie par les bactéries

qui pullulent dans les quartiers miséreux, dit Cousins. Enfin, c'est ma théorie.

Tammy se frotta les yeux et posa sur moi un regard intense.

— Subitement je vois la pièce où je me trouve, la ville, de façon complètement différente. C'est comme perdre soudain sa foi en Dieu, vous comprenez ? Mais c'est une ville immense, je suis effrayée, je ne connais personne, rien. J'accompagne Philippe dans un autre hôtel, le Beverly Hilton. Il me présente à une femme. Elle est blonde, grande, très belle. Elle est avec deux hommes plus petits qu'elle et que je ne connais pas, mais eux aussi ont l'allure d'artistes de cirque. Je les baptise les Hommes Gris. Philippe me dit qu'ils représentent Goncourt en Californie et sur la côte Ouest.

— Des agents contaminateurs, dit Cousins.

— Il me dit qu'il va me laisser avec les Hommes Gris, et qu'ils m'entraîneront.

Son visage se plissa de dégoût.

— Me laisser, *moi* ! Dans une ville inconnue, loin de la famille !

— Le salopard, dis-je.

— Les deux hommes demandent à Philippe si je suis assez obéissante. La femme blonde se comporte comme si j'étais un chien, ou un chat. L'obéissance est primordiale, c'est ce que me dit Philippe. Nous formons une cellule à LA, et nous accomplissons un travail important pour le Dr Goncourt. « C'est une vie fabuleuse, dit-il, tu iras partout, tu te glisseras ici et là dans la nuit. » Les Hommes Gris affirment que je deviendrai comme eux, qui maîtrisent l'art de passer inaperçus.

Je doutais qu'elle puisse jamais passer inaperçue.

— Ils m'apprendront tous les talents nécessaires, et même à tuer sans toucher ma victime.

Je perçus un bourdonnement indistinct à l'extérieur. Cela ne ressemblait pas au tonnerre. Le sous-sol n'avait aucune fenêtre. Un frisson électrique me parcourut la nuque.

— Je me suis enfuie le lendemain matin, dit Tammy. J'ai traîné dans les rues, dans un foyer pour les jeunes, jusqu'à ce que je sois ramassée par la police de Beverly Hills. Je leur ai raconté toute mon histoire. Je leur ai dit que c'était quelque chose en rapport avec des drogues, et peut-être que c'est ça. Et puis deux, trois personnes m'ont aidée, j'ai eu de la chance. Une était psychiatre, elle connaissait Joe. La maison de Joe est isolée. Sûre. Personne de méchant ne pourra m'y trouver.

Ses épaules s'affaissèrent et elle baissa légèrement la tête, puis elle regarda le mur en face d'elle, avec le tableau couvert de griffonnages incompréhensibles.

— Je me souviens des codes, dit-elle.

Avant qu'elle puisse s'expliquer, Cousins intervint, d'une voix aux accents dramatiques :

— Il n'y a pas d'échappatoire. Réfléchissez. Que peuvent-ils obliger les gens à faire ? Tout ce qu'ils désirent. Qui peuvent-ils atteindre ? N'importe qui, n'importe où. Bon sang, j'aimerais leur faire savoir ce qu'on ressent…

Il leva un poing et l'agita en l'air.

— Leur en filer un en plein visage.

Le bruit bas constant m'était familier, et dans un premier temps même il me sembla bienvenu. Mon cœur battait à l'unisson du rythme chuinté des pales, si semblable au battement des ailes d'un ange pour un soldat ayant connu les combats dans la jungle. Mais cette réaction ne dura pas plus d'une poignée de secondes.

Je n'étais pas dans la jungle.

— Qu'est-ce que c'est ? demanda Cousins.

J'avais réfléchi au défi de Marquez. Comment franchir ses systèmes de sécurité pour investir sa forteresse ? Comme la plupart des civils, il était parti du faux principe qu'il existe des limites dans la vie, et que ce que vous ne connaissez pas ou n'avez jamais expérimenté n'existe tout bonnement pas.

Marquez avait oublié la supériorité aérienne. Je pointai un doigt vers le plafond.

— Ecoutez.

Tammy pencha la tête de côté.

— C'est seulement un hélicoptère, dit Cousins. Il est probablement en route pour LAX.

Mais déjà j'avais identifié le rugissement des turbines de deux, peut-être trois hélicoptères, qui avaient ralenti leur rotor. En dehors du sous-sol, nous ne nous serions plus entendus.

— Ils sont trop proches, dis-je. Vol en formation.

— La police ? fit Cousins, sans y croire.

J'ouvris la porte donnant sur l'extérieur. Cousins vint se planter à côté de moi sur le seuil, dans la fraîcheur du petit matin. Derrière nous, Tammy s'affairait à déplacer des objets. Sans avoir besoin de me retourner, je savais ce qu'elle faisait. Elle empilait des meubles pour se cacher derrière.

Cousins et moi gravîmes les marches. J'étais passé devant. Sans réfléchir, quand éclata l'autre bruit, terrifiant, je m'accroupis. Cousins faillit trébucher sur moi.

Mon corps n'avait jamais oublié ce rugissement assourdissant. Je ne l'avais pas entendu depuis plus de trente ans, mais je le reconnus immédiatement : ce cri métallique qui déchirait l'air, celui de l'arme capable de dévaster un village entier.

Je levai la tête au-dessus du mur de soutènement en béton. Trois AH-1 SuperCobra, des unités du corps des marines, à peine plus que des silhouettes dans la grisaille de l'aube, braquaient leurs projecteurs sur la maison voisine au bord de la corniche. Le canon de trente millimètres du premier appareil se remit à mugir, imité par le second, puis les trois déchiquetèrent la demeure et le sol. Des centaines de projectiles par seconde hachèrent le toit. Les murs se délitèrent et s'écroulèrent par pans entiers, comme des tissus tranchés par un scalpel. Un millier de geysers entrèrent en éruption dans la piscine.

Une silhouette enveloppée d'une robe de chambre blanche courut un instant sur la pelouse, vira au rouge et parut soudain effacée du paysage.

Je dis quelque chose à Cousins, je ne sais plus quoi. Même au Vietnam ces maudits hélicos réduisant en charpie paysans et villages m'avaient fait pleurer, et là c'était infiniment pire. Je me retrouvais trente ans plus tard, à sangloter comme un gosse.

Le troisième Cobra recula de quelques dizaines de mètres et s'attaqua à la maison au pied de la falaise. Je ne vis pas sa destruction, mais je l'entendis.

Les projecteurs sur la pelouse s'éteignirent.

— Pas maintenant, dis-je. *Ne leur signalez pas que nous sommes là.*

Les canons se turent. Cousins releva la tête à côté de moi. Nous étions accroupis tous deux dans le recoin abrité devant la porte.

J'aperçus Marquez, en pantalon de pyjama, qui courait sur la pelouse, projetant une ombre de gnome contre la lueur venue de la vallée.

— Qu'est-ce que c'est, bordel ? l'entendis-je crier.

La maison voisine prit feu. La flamme du gaz naturel qui s'embrasait s'éleva dans l'air comme celle d'un briquet géant.

Marquez se redressa de toute sa taille et écarta les bras. Il semblait fasciné par le spectacle. Ça ne vaut rien de vivre sa vie dans les films. Tout devient effets spéciaux et trucages, plus rien ne semble réel.

— C'est une erreur, fit Cousins.

Je savais ce qu'il voulait dire. Les pilotes s'étaient trompés de cible.

Juste au moment où il parlait, les trois hélicos virèrent à l'unisson, hésitèrent quelques longues secondes, comme si les copilotes vérifiaient leurs cartes, *Ah ! merde…*

Ils glissèrent sur la droite tels trois jouets au bout de bâtons, inclinèrent le nez vers le sol et foncèrent droit sur nous.

TROISIÈME PARTIE

Hal Cousins

30

10 août — Imperial Valley

Lissa conduisait. Nous n'échangeâmes pas un mot jusqu'à ce que nous passions sur la 5 en direction du sud à travers la longue vallée.

— Ne me regarde pas comme ça, dit-elle. Il t'aurait abattu.

— Mais qui était-ce, enfin ?

— Il avait une arme.

J'étais encore sous le choc.

— Je n'aurais pas pu supporter de vous voir abattus tous les deux.

Nous fîmes halte au Spanish Baron's Ranch House Inn pour nous restaurer. Nous n'avions pas déjeuné et il était déjà dix heures du soir. La pluie laissait des éclaboussures presque régulières sur le pare-brise. L'air sentait l'humidité qui montait de l'asphalte dans le parking, et je me rendis compte que j'étais simplement heureux d'être toujours en vie.

— Merci, dis-je.

— *De nada.*

Pour rejoindre le restaurant, nous passâmes devant un

antique tracteur à vapeur bardé d'acier, une collection de vieilles charrues, des murs en planches supposés être de ferme et décorés de jougs, supports de timon et harnais en cuir. A l'intérieur, la serveuse nous guida jusqu'à un box.

Lissa semblait éreintée, mais elle était toujours aussi belle. Elle fouilla dans son sac à main, sans trouver ce qu'elle cherchait.

— J'aimerais fumer une cigarette. Et je me fous que ça déplaise.

— Tu es une dure à cuire, dis-je.

— Une dure à cuire, répéta-t-elle avec un petit hochement de tête. Il t'aurait tué.

— N'en parlons plus.

— Il avait ce regard.

— Il souriait.

— Il avait ce regard.

— Il avait l'air drogué.

— Il était marqué.

— C'est à peu près certain, oui.

— Et il portait le costume le plus horrible que j'aie jamais vu, tu as remarqué ? dit-elle avec une sorte de hoquet.

Je crus qu'elle allait pleurer. Elle essuya ses yeux d'un geste vif.

— Tu crois que quelqu'un nous a vus ?

— Aucune idée.

— A mon avis, non, dit-elle.

La serveuse nous apporta nos consommations. J'avalai les cachets d'Intégumycine avec une gorgée de la mienne. Lissa fit passer deux Tums avec un peu de lait.

— Mal au ventre ? m'enquis-je.

— Manque de calcium, répondit-elle. Je ne veux pas que mes os s'effritent.

— Un mélange bien dosé d'hormones mâles et femelles est la solution, dis-je. Tu devrais aussi commencer une thérapie probiotique pour une meilleure fixation du calcium.

— Je sais. Rob me disait la même chose.

Elle céda aux larmes, en tressaillant sous des sanglots silencieux.

— Je ne veux pas faire ça, dit-elle d'une voix tremblante. Je ne veux pas être là, vraiment, je ne veux pas.

Je vins m'asseoir sur sa banquette et entourai ses épaules de mon bras.

Nous mangeâmes nos sandwichs.

Elle paya en liquide, et je pris le volant pendant quelques heures.

— Les nombres, dis-je après un long silence. Ils semblent revêtir une grande importance pour eux.

Mais elle s'était assoupie. Il était deux heures du matin quand je me garai devant un motel beige et trapu datant sans doute des années 80, un autre Homeaway, qui se dressait, solitaire, au cœur de la vallée, souligné par une ligne de grosses lumières orange dans la pénombre précédant l'aube. J'entrai dans le hall et demandai deux chambres.

— Vous voulez qu'elles communiquent ? dit l'employé au comptoir.

Lissa entra à son tour en se recoiffant d'une main, et elle déclara qu'une seule chambre ferait très bien l'affaire.

— Elles sont grandes, n'est-ce pas ? fit-elle.

— Bien sûr, répondit l'employé avec un sourire de connivence.

Une fois de plus, la mort avait consumé toute ma raison. Nous nous écroulâmes sur le grand lit sans nous dévêtir et nous dormîmes pendant quatre heures. Quand la lumière du jour filtra à travers les rideaux, je m'éveillai au son de la douche que prenait la veuve de mon frère. C'était un son plaisant, plein de normalité, et la vapeur qui s'échappait par la porte entrouverte de la salle de bains me rendit audacieux.

Je pénétrai dans l'espace carrelé et restai là, en chaussettes. Je sentais le froid de la faïence sous la plante de mes pieds.

Elle repoussa le rideau de douche.

— Tu as la même odeur que lui quand tu dors, dit-elle en posant le pied sur le tapis absorbant.

L'eau chaude avait rosi sa peau. Elle était très attirante avec sa chevelure mouillée de la couleur du caramel strié de coulées de vanille.

Elle ne paraissait pas du tout se rendre compte de la situation. Elle enveloppa ses cheveux dans une serviette et en prit une autre pour se sécher avec méthode, à partir des épaules.

Je ne décelai aucune odeur de savon. Seulement toute cette vapeur. Les savons et le shampoing dans le petit panier d'osier étaient toujours intacts.

Elle se pencha, fesses tendues vers moi, et se frictionna les cheveux avec la serviette. Puis elle recula de quelques centimètres, jusqu'à toucher mes hanches, ce qui laissa deux marques humides sur mon pantalon. Elle se redressa, fit demi-tour et dit :

— Nous devrions reprendre bientôt la route.

Tout cela avec un naturel désarmant, mais aussi avec une nonchalance voulue qui m'assurait qu'elle ne me repousserait pas. Elle déboucha une petite fiole de crème pour la peau — la sienne, pas celle offerte par le motel — et l'étala sur ses bras, ses jambes, ses seins, et pour finir sur son visage.

— Où allons-nous ? dis-je.

— Los Angeles.

Pour la deuxième fois, elle se frotta l'entrejambe avec la serviette.

— Qu'y a-t-il là ?

— Pardon ? fit-elle en se figeant.

— A LA ?

— Ah, d'accord.

— Je suis désolé.

— Et moi, je suis prête.

Elle tendit la serviette et la passa avec douceur sur mon visage.

Nous fîmes l'amour, et ce fut merveilleux, et horrible. Je ne pouvais chasser de mon esprit Rob et sa prépondérance évidente, quand bien même je me répétais qu'ils étaient séparés quand lui était mort, qu'elle venait de me sauver la vie et que je lui devais bien ça. Je savais qu'elle avait l'impression d'être de nouveau avec mon jumeau, et cette pensée m'effrayait autant qu'elle m'excitait.

— Ne me dis pas « Je fais l'amour avec Rob », murmurai-je.

Il était huit heures et demie.

— Je ne te le dirai pas.

— Ne me dis pas non plus que je le fais mieux que lui, ajoutai-je, en sentant la colère monter en moi.

— Désolée.

Elle gisait sur le flanc, la tête soutenue par un bras replié. Ses seins étaient proches de la perfection, l'un au repos sur la blancheur lisse du drap, le second posé si légèrement sur le premier qu'une plume aurait pu glisser entre eux. J'avais envie d'elle, encore.

— Tu n'as pas eu de femme depuis longtemps ? demanda-t-elle.

— Longtemps, oui.

— Mon pauvre. Eh bien, tu as rendu justice à ma féminité, en tout cas.

Je ne savais que dire. Je jouais dans une catégorie supérieure à celle qui m'aurait convenu, et j'avais l'impression que je le faisais depuis quelques millions d'années déjà.

Elle brancha la petite cafetière dont était équipée la chambre et m'apporta une tasse fumante.

— J'ai fait bouillir l'eau, dit-elle. Elle est un peu salée, mais c'est normal, nous sommes dans Imperial Valley.

Nous bûmes en silence, en essayant de déterminer ce que cette nouvelle situation changeait. Nue, Lissa avait des mouvements coulés et détendus. Elle sentait le foin et le thé, avec une touche citronnée en arrière-plan. Elle arrangea les oreillers pour s'adosser à la tête du lit. Les ongles de ses pieds dépourvus de vernis étaient parfaits, taillés avec soin sans que ce soit l'œuvre d'une manucure, me sembla-t-il. De très fins poils blonds doraient ses bras. Elle n'avait pas à se raser les jambes, et d'ailleurs cela ne présentait aucune espèce d'importance pour moi.

Le café avait effectivement un goût salé, et je n'en bus que la moitié. Elle emporta ma tasse et la vida dans l'évier. Nous nous habillâmes et descendîmes.

Lissa acheta le *Los Angeles Times* à un kiosque dans le hall d'entrée et me le donna quand nous montâmes dans la voiture. En première page : trois hélicoptères des marines avaient été récupérés au large de Malibu par une équipe de plongeurs de la Navy. Les appareils avaient décollé de Camp Pendleton et mitraillé plusieurs propriétés de Los Angeles trois mois plus tôt, tuant quatre personnes dont un réalisateur de Hollywood. Aucun mobile, aucune explication. Les cadavres des six membres d'équipage avaient été découverts, toujours harnachés à leurs sièges.

— Quelqu'un que nous connaissons ? demanda Lissa.

Son regard froid et distant me stupéfia.

— On pourrait croire à un règlement de comptes dans une affaire de trafic de drogue, dis-je.

— C'est ça, approuva-t-elle en démarrant. Des pilotes de la marine pulvérisent une propriété après qu'une affaire de drogue a mal tourné.

La voiture sortit du parking et nous reprîmes la route. Nous parcourûmes une trentaine de kilomètres avant qu'elle ne reprenne la parole :

— Tu n'as jamais pensé que la quête de la vie éternelle était complètement dingue ?

— Ça ne l'est pas.

— Mais le simple fait d'y croire, ce n'est pas déjà dingue, en un sens ? Une telle conviction ?

— Pas si elle est fondée sur la science, rétorquai-je.

— Et tu as percé ce secret ?

— Pas encore. Bientôt, pour peu que je puisse me remettre au travail.

— Rob s'est foutu en l'air sous mes yeux. Il semble que ça ait commencé par Rudy Banning, mais si Rob avait été le premier ? Un gène de la folie. La capacité de se délabrer au moindre écueil.

— Rob n'était pas fou.

Je regardai les champs de coton d'un vert changeant sous le soleil de cette fin de matinée. La luminosité agressait mes yeux.

— Et je ne suis pas fou non plus, précisai-je.

— Toi et Rob avez les mêmes gènes. Et si tout ça se résumait à un cercle de quelques personnes qui se seraient mutuellement induites en erreur…

Elle inspira bruyamment.

— Des gens en quête d'on ne sait quoi, qui auraient tué et se seraient fait tuer, tout ça pour rien ?

— J'admets qu'il est difficile de croire à l'existence d'une telle horreur, dis-je. Mais tu en as vu les résultats.

— J'ai vu la folie, répondit-elle d'une voix un peu trop aiguë. Et je ne vois rien qui ait un sens. Ne peux-tu même pas accepter la possibilité que tout ça soit une erreur ?

— Comme hypothèse, bien sûr. Mais toute hypothèse doit être étayée par des faits. Est-ce que je me comporte comme quelqu'un qui a perdu la tête ?

— Ta vie part à vau-l'eau. Tu le reconnais toi-même.

— Même les paranoïaques ont des ennemis, dis-je en citant Mme Callas.

— Et si Rob avait contracté une quelconque maladie transmissible, un virus, en Russie, quelque chose qui lui aurait déglingué la cervelle avant qu'il apprenne l'existence de Silk ?

— Ça, c'est paranoïaque.

— Est-ce vraiment différent de ce que tu prétends être en train d'arriver, est-ce que c'est plus difficile à croire ?

J'admis que ça ne l'était pas.

— Mais je ne vois toujours pas l'intérêt de l'hypothèse.

— Je vais te dire ce qui s'est passé entre Rob et moi.

Le sujet n'était pas en tête de la liste de ceux que je désirais approfondir. Toute cette conversation dérivait sérieusement.

— Je ne tiens pas à te faire de la peine, dit-elle en

préambule, mais je pense que tu devrais prendre en compte ce que je vais te révéler. Pour étayer mon hypothèse, comme tu le dis si bien.

— Je t'écoute.

En réalité je commençais à éprouver un petit problème d'audition. Je tentai de me déboucher les oreilles de la pointe de mes auriculaires, mais rien n'y fit. Le son du moteur semblait toujours assourdi.

— Il a commencé à perdre le nord après son voyage en Sibérie. Ça s'est aggravé dès qu'il a rencontré Banning. Il parlait toute la nuit. Il n'en revenait pas que quelqu'un soit arrivé aux mêmes conclusions avant lui. Il est devenu obsédé, et il s'est mis à approuver tout ce que Banning affirmait…

— Y compris le délire nazi ?

— Non, reconnut-elle. Il n'est pas allé jusque-là. Mais il a commencé à m'éviter, en s'inventant des excuses. Je l'aimais, et j'ai tout fait pour rester auprès de lui, mais il a refusé mon aide. Il m'a accusée d'entraver ses recherches. Comment l'aurais-je pu ? Il ne voulait même pas me dire ce qu'il faisait ! Et puis il est parti.

Je tapotai ma mâchoire pour déloger ce qui bouchait mes oreilles.

Elle hocha la tête, l'air maussade.

— Et pour être franche, je dois reconnaître que de mon côté j'en avais plus qu'assez. Je ne pouvais plus supporter qu'il…

Je ne saisis pas la suite. Je perçus un bourdonnement et je vis le pare-brise devenir aussi blanc qu'une plaque de glace. Lissa continuait de conduire, mais plus aucun son ne me parvenait. J'appuyai la tête contre la vitre fraîche de la portière. Du coin de l'œil, je vis ses lèvres remuer.

J'étais d'un calme total. Comme il était agréable de ne pas avoir à écouter. Mais il faudrait quand même que je formule des réponses adéquates.

— Ils l'avaient probablement déjà eu, à ce moment-là, dis-je, juste pour rester dans la conversation. Folie induite. C'est assez logique.

Elle arrêta la voiture sur le bas-côté. Sans un mot, elle ouvrit ma portière et m'aida à sortir. Je vis des champs de fraises vert sombre tout autour de moi. Nous étions sur un chemin de terre, à quelque distance de la route principale. Elle agita une main devant mes yeux. Il me sembla qu'elle demandait « Hal, ça va ? », mais je ne lui prêtai pas grande attention. Le calme qui régnait ici était merveilleux. Après tout ce que j'avais enduré, c'était une bénédiction.

Elle me fit passer sur la banquette arrière. J'imaginai qu'elle se dévêtait, puis me déshabillait, et qu'elle frottait son corps contre le mien en des contorsions pleines de grâce. Elle frotta avec soin ses cuisses, ses lèvres et sa toison pubienne sur mon visage, ma bouche et mon nez, puis sur mes cheveux, y laissant son parfum de foin et de rose. Ensuite, comme si cette idée lui venait subitement, elle fit ce qu'il fallait pour me mettre en érection et elle ôta sa culotte. Elle se glissa sur moi, m'amena à la jouissance, et recommença. Quand elle en eut terminé, elle me tira hors de la banquette arrière et me rhabilla.

Tout cela était fort divertissant, et ne manquait certes pas d'intérêt, mais n'entama en rien mon calme extraordinaire et si bienvenu.

— Tu n'es qu'un gros cochon, dit-elle froidement alors que la voiture roulait de nouveau sur la route.

Je vérifiai mes vêtements. Ma chemise était soigneusement boutonnée. Et je pouvais entendre de nouveau. C'était bien.

— Est-ce qu'on ne vient pas de faire l'amour sur un petit chemin ? demandai-je.

— Oui, dit-elle. Merci de t'en souvenir.

Elle m'adressa un sourire magnifique, mais glacé.

— Super, dis-je. Quand me laisseras-tu prendre le volant ?

— Pas maintenant, répondit-elle. Un mâle qui vient de se faire baiser n'a aucun sens du danger.

Je ne pouvais pas désapprouver.

31

Sud de la Californie

Les souvenirs que je garde des heures suivantes sont très flous. Je revois des autoroutes et des villes poussiéreuses, et toutes semblent mener à un motel marron dans une petite agglomération parsemée d'arbres aux feuillages verts et tombants. Je pense que nous nous trouvions quelque part à l'est de Los Angeles.

Le calme m'avait empli comme une transfusion de bouillon de poulet, guérissant la plupart de mes douleurs et rendant tout le reste insignifiant. Je voulais que Lissa se frotte de nouveau contre moi, et lors de ce que je crus être notre première nuit au motel, c'est ce qu'elle fit. Elle me roula sur le lit comme un chiot, et m'inspecta avec une attention teintée de tristesse.

Elle frotta sa peau de ses mains, cracha dans ses paumes et les appliqua sur moi. Une fois encore elle introduisit ses doigts dans mes narines, ma bouche et mes oreilles.

Elle ne me fit pas l'amour. Et c'était normal. J'étais simplement récompensé pour m'être montré un gentil chiot.

Elle m'autorisa à m'asseoir sur une chaise dehors, sur l'allée cimentée, en attendant que le climatiseur asthmatique rafraîchisse la chambre. Pour meubler un peu, je lui parlai du climatiseur dans l'hôtel de San Francisco. Cela la rendit encore plus triste.

Elle s'assit à côté de moi sur une autre chaise rouillée et nous contemplâmes le coucher de soleil derrière les montagnes. Le motel n'avait pas d'autres clients que nous. Il faut dire que c'était une épave sur une autoroute peu fréquentée. Peut-être l'avait-elle choisi pour ça.

Une petite Toyota Celica blanche entra dans le parking et contourna un nid-de-poule. L'autre type que j'avais vu à Berkeley, le compagnon du cadavre dans le congélateur, en sortit, vint vers nous, retira son feutre et s'en éventa le visage. Il se campa devant ma chaise et me considéra d'un regard noir et fixe.

Lissa lui parla dans une langue que je ne comprenais pas. Je leur souris à tous deux. Le type remonta dans la Toyota et s'installa derrière le volant, sans fermer la portière ni nous accorder la moindre attention. Un fils de pute arrogant, me dis-je.

— Tu le connais ? demandai-je à Lissa.

— C'est mon entraîneur.

— Comme un dompteur de lion ?

— Non. Il m'entraînait pour les jeux Olympiques. Mais je me suis brisé une cheville.

— Désolé.

Elle secoua la tête. Cela remontait visiblement à un passé lointain.

Je crus approprié de demander :

— Et ensuite ?

— Tu vas rester ici, dit-elle.

— D'accord.

Elle me dévisagea.

— Tu sais ce qui se passe ?

— Non.

— Ça t'inquiète ?

— Pas vraiment. Pas pour l'instant, en tout cas.

— Tu devrais t'inquiéter.

— Pourquoi tu ne m'abats pas, tout simplement ? dis-je en mimant un pistolet avec l'index.

— Ce n'est pas ainsi que nous procédons. Personne n'aime tuer les gens, s'il y a un autre moyen.

La réflexion ne manquait pas de sel pour cette femme qui avait abattu froidement et sans hésiter le type au complet à chevrons.

— Faire en sorte que d'autres gens tuent à ta place, c'est mieux, et plus propre, dis-je, juste pour entretenir la conversation. Aucun doute là-dessus.

Elle contemplait l'horizon. Le soleil descendait rapidement. Partout, il n'y avait que des rochers.

— Si quelqu'un doit me tuer, je préférerais que ce soit toi, dis-je.

— Tu n'as réellement pas la moindre idée de ce qui se passe, n'est-ce pas ?

Je regardai ce qui restait du soleil, puis je la regardai, elle, qui était tout aussi lumineuse et magnifique.

— Eh bien, tu m'as enduit d'un produit qui se trouvait sur ton corps, sans parler de tes fluides intimes. Ils sont probablement porteurs de bactéries spéciales. Tu t'es servie de la crème dans le flacon... La dose devait être concentrée. Tu n'as pas utilisé de savon.

Quel dommage que je n'aie pas recoupé tous ces indices plus tôt. Mais *un mâle qui vient de se faire baiser...*

— Elles déversent en moi leurs peptides spéciaux, et le reste, de sorte que je suis content, heureux même, mais... d'une certaine façon je suis toujours protégé, et je ne me transformerai pas en zombie. Peut-être à cause du traitement que je me suis donné. Ou à cause des antibiotiques. Je n'en sais rien.

— L'Intégumycine reste dans le corps et ne passe pas par la peau, dit Lissa.

— C'est vrai ?

— Donc tu es vulnérable, et plus que tu ne le penses. Mais je ne te ferai pas tuer quelqu'un d'autre, si ça peut te consoler. Pour qui penses-tu que je travaille ?

— Personne, mentis-je en souriant. Je pense que tu es très belle.

— J'appartiens corps et âme à Silk, tout comme mon entraîneur.

— Ce n'est pas surprenant.

— Pourquoi n'est-ce pas surprenant ?

Je réfléchis à la question et m'efforçai d'ordonner ma pensée.

— Je suppose qu'ils estiment utile de surveiller les gens qui travaillent sur la longévité, et les plus avancés dans ce domaine ont droit à des attentions toutes particulières. Une femme, peut-être, pour les espionner, suivre leurs progrès, les travailler au corps si nécessaire… Mais un point m'échappe encore. Comment te programment-ils, toi ?

— Ils ne le font pas, enfin, ça ne fonctionne pas comme ça, dit-elle. Je suis orpheline. Ils m'ont trouvée à Budapest.

Elle prononça *Bouda-pesht*.

— Et les parents que tu nous as présentés, à Rob et à moi ?

Elle secoua la tête.

— Ils font partie de Silk aussi ? Pas à dire, ce truc est sacrément étendu.

— Plus encore que tu ne peux l'imaginer, dit-elle.

La soirée se déroulait très agréablement. La température, qui avait frôlé les quarante pendant la journée, était redescendue d'une dizaine de degrés. Et nous avions une très chouette conversation.

L'homme en gris devait étouffer dans la Toyota, mais il ne bougeait pas.

— Tu ne veux pas me ramener dans la chambre et te frotter encore contre moi ?

— Tu n'en as pas besoin, dit-elle.

— Pourquoi les bactéries ne t'affectent-elles pas de la même manière ?

— Je suis porteuse de cultures créées pour rendre Rob heureux, dit-elle. Ce qu'il faisait, ses recherches, tout ça a bloqué une partie de leurs effets, et après un temps il a commencé à avoir des soupçons. Il refusait de faire l'amour. Et puis il m'a quittée.

— Tu es vraiment très, très attirante.

— Oui, et d'ici quelques heures tu ne pourras plus te passer de moi, comme un amant.

— L'obsession du chiot pour sa maîtresse, dis-je.

— Ne te méprends pas. Je te laisserai mourir.

— Je n'en doute pas une seule seconde.

— Et ne va pas penser que tu es James Bond et que je vais tomber amoureuse de toi.

— Je ne le penserai pas, promis. Pas si ça te rend malheureuse.

Elle se leva et prit mon visage entre ses mains.

— Tu n'es pas la moitié de l'homme que ton frère était. Je ne serai pas triste quand tu mourras.

— Il fallait que tu sois amoureuse de Rob pour faire ton boulot de façon convaincante, dis-je.

— C'était quelque chose comme de l'amour.

— Peut-être que tu l'as inspiré.

— Chacun de vous détenait la moitié du secret, mais

vous n'avez jamais réuni les deux moitiés, dit-elle. Vous n'étiez que deux frères stupides qui se querellaient continuellement. C'est un sale petit secret, de toute façon, tu sais ça ? Tu n'as pas idée à quel point.

— Alors, dis-moi, pourquoi Silk ne vise-t-il pas les dealers ? Les tyrans ? Les tueurs en série ? Les gens vraiment mauvais ? Vous devriez travailler à l'amélioration de la société, plutôt que de vous en prendre à des scientifiques arrogants.

— Je ne sais pas.

— Est-ce que ma femme faisait partie de Silk ?

— Non, dit-elle, avant de rectifier : Je ne crois pas.

— Je ne le crois pas non plus. Elle n'était pas du tout comme toi. Sûrement pas aussi belle.

— C'est Silk qui nous donne cette beauté. Quoique je ne fusse pas une enfant laide.

Une enfant laide. Je jouai avec l'expression en pensée, je la savourai.

— Tu avales les petites pilules de Mudd et d'un coup tu es belle ? demandai-je.

Elle fronça les sourcils et ses yeux s'étrécirent. Elle ne saisissait pas la référence. Une femme épouse un scientifique mais ne regarde pas *Star Trek* ? Pas étonnant que Rob ait eu des soupçons.

— Nous jouissons d'une excellente santé, dit-elle. Aucune maladie.

— N'empêche, tu vas vieillir et tu finiras par mourir, dis-je, en le regrettant aussitôt.

L'idée de cette beauté se fanant était horrible.

— C'est ça ou la folie, dit-elle.

— Et Golokhov ? fis-je d'un ton innocent. Il va vivre éternellement, lui ?

Lissa me gifla violemment. Elle me souleva et me

traîna jusque dans la chambre, où il faisait toujours chaud, et me laissa tomber sur le lit.

— Je ne permettrai à personne de venir ici pour t'agresser, dit-elle, des larmes sur ses joues. Mais je serai contente si tu te blesses toi-même. Je serai très contente. Il faut que je parte, maintenant. Dors un peu.

Je disposai un oreiller et essayai de lui obéir, mais il faisait trop chaud. A travers mes paupières presque fermées, je la regardai qui ramassait ses affaires, sortait et fermait la porte.

J'entendis le déclic de la serrure.

Lissa et l'homme en gris s'engagèrent dans un échange houleux à l'extérieur de la chambre. Quelque chose à propos de « transition » et « terminer ». Ils s'échauffaient très vite, mais après les premières phrases je ne compris plus un seul mot. Ils s'étaient mis à parler en hongrois peut-être, ou en russe.

Je fis de mon mieux pour dormir. Quand je jetai un coup d'œil au réveil sur la table de chevet, il indiquait 10 : 00. J'avais donc somnolé un peu. J'avais le corps lourd, comme si je couvais quelque chose. Une chaleur frissonnante. Peut-être une infection bactérienne massive. Et si Lissa était porteuse de bactéries pathogènes, en plus des autres ?

— Quel plan de retraite tu as, ma douce ? criai-je dans l'obscurité, avec l'espoir qu'elle entendrait et viendrait me gifler.

Toutes sortes de questions me traversaient l'esprit, et elles redoublèrent quand je me rendis compte qu'une autre heure s'était écoulée sans que j'entende le moindre bruit dehors. Est-ce que je pouvais sortir du lit ?

— Vous dormez dans des dortoirs, tous ensemble ? lançai-je. Ou est-ce que c'est un genre de petit village avec maisons individuelles ? Pas une vie de célibataire, ça, c'est sûr. Est-ce que tu mènes une vie de célibataire dans ta famille ? Tu as affirmé que tu avais une famille, mais tu es orpheline, de *Bouda-Pesht*. Il y a plein de très belles femmes, là-bas. Dans l'ancienne Union soviétique, la Hongrie, la Roumanie, la Tchécoslovaquie. Elles veulent toutes venir ici pour trouver un mari plein aux as.

La porte ne s'ouvrit pas. Peut-être parviendrais-je à attirer son attention si je faisais quelque chose d'imprudent. Je regardai dans la chambre, me levai et allumai toutes les lampes. Je me déshabillai, pour ne garder que mon caleçon. J'examinai les fils électriques des lampes. Un d'eux était dénudé. Je collai le morceau de cuivre contre le rembourrage qui sortait par une déchirure du couvre-lit. Rien ne se produisit.

Je marchai en rond en réfléchissant à ce que Lissa avait dit. Elle ne laisserait personne m'agresser. Peut-être qu'elle ne le pouvait pas. J'avais senti la persuasion induite par les bactéries de Silk dans le SES, dans la chambre d'hôtel avec Banning à San Francisco. Je la ressentais maintenant. Mais on ne pouvait pas me transformer en assassin. J'en étais heureux. La petite veuve délurée de mon jumeau était incapable de me forcer à tuer quelqu'un d'autre. La chose était significative.

Chacun de vous détenait la moitié du secret.

Je regardai sur la coiffeuse, et sur la table de chevet dans le coin. Lissa avait laissé des pochettes d'allumettes ouvertes un peu partout dans la pièce. Quelle obligeance. Si j'allumais un incendie, elle reviendrait probablement dans la chambre. A priori, elle approuverait le geste.

J'enflammai une allumette et la laissai tomber dans la corbeille à papier métallique. Le petit rond de papier au fond prit feu et se mit à fumer. Je levai les yeux vers le détecteur de fumée. Aucune réaction. Les piles devaient être mortes. Hôtel minable. La structure et les panneaux de revêtement, avec un vide continu au-dessus des chambres en enfilade, tout était fait pour que l'incendie se propage très rapidement.

Je sortis de la salle de bains tout le papier toilette et le déroulai tout autour de la pièce, en me demandant quelles zones de mon cerveau les bactéries de Silk activaient. A travers ma peau. Dans mon nez. Sur ma queue ? Jusque dans mon urètre ? Le café salé. Quelque chose en rapport avec la dopamine et les inhibiteurs cycliques, certaines protéines. Un petit orchestre symphonique d'effets très subtils, directs et indirects.

Le désir de rejoindre la pègre ? Plutôt le désir de complaire à une femme puissante, de faire plaisir à ma mère, à mon épouse. Les femmes ont une influence tellement forte sur les jeunes hommes.

Le papier hygiénique que j'avais disposé sur la vieille moquette flambait comme des feux de camp en miniature. Je m'imaginai regardant d'en haut les troupes de Sherman campées autour d'Atlanta, attendant d'incendier toute la ville. La ville, bien sûr, serait le lit. J'entrepris de déchirer le matelas, en m'extasiant de mon intelligence.

J'ai la moitié, Rob a la moitié. Rassemblons les deux moitiés… Tous les fils se nouent, et en avant sur la Longue Route.

La poignée de la porte tourna. Je reculai derrière mes petits feux. Je ne portais que mon caleçon et ma montre. J'étais prêt, si Lissa désirait une autre séance.

Un juron bas, prononcé par une voix grave, à peine audible. On gratta à la porte. D'accord, c'était le type qui venait pour me tuer. Si Lissa avait menti, et était en fait partie pour régler les derniers détails de mon assassinat, plutôt que de me laisser brûler dans un incendie, pas de problème. Ce serait une mort moins cruelle, à tout prendre.

La porte s'ouvrit avec fracas et le vieux chauffage mural derrière elle cliqueta et perdit quelques vis. Une ombre géante se tenait là, sur fond de nuit. Je ne voyais que le reflet d'un réverbère sur un crâne dégarni.

— Hal Cousins ?

— C'est moi, dis-je en me plaçant de façon à offrir la meilleure cible possible.

— Etonnant comme vous lui ressemblez, fit l'homme, dont les épaules s'affaissèrent un peu tandis qu'il soufflait. Vous êtes dans un sale état.

— Je suis en tenue.

— On va sortir d'ici, compris ?

— Pas si ce n'est pas ce que veut Lissa.

— Qu'elle aille se faire foutre, Lissa.

Je n'avais pas l'intention de m'abaisser à discuter ce sujet.

— Qui êtes-vous ? dis-je en me laissant tomber sur le lit dans un mouvement très sexy, mais tout me paraissait très sexy.

Le grand type marcha sur les feux de camp miniatures pour les éteindre. Puis il me tira du lit et me mit debout.

— Vous puez, remarqua-t-il.

— Je sens le thé et le bois de santal, vous ne trouvez pas ?

— Sûrement pas. Vous sentez la bouse.

En me tenant par les épaules il me poussa dans la salle de bains et ouvrit la porte de la douche. J'y entrai en souriant. Sans refermer, il ouvrit l'eau — un jet froid, qui devint rapidement chaud — et il prit deux petits flacons de shampoing sur la tablette. Ensuite il enfila un gant et me lava partout, en frottant de façon plutôt intime, ce qui me plut bien.

J'avais l'impression que ma peau était ébouillantée. Il ferma l'eau et me sortit de la cabine de douche. Je tournai sur moi-même avec coquetterie, pour qu'il puisse inspecter son œuvre.

— Où sont vos affaires ?

Je n'avais rien apporté avec moi, pas même les papiers de Rob. Ils étaient peut-être dans la voiture de Lissa, mais certainement pas ici, dans cette chambre. Les avions-nous laissés dans l'immeuble de bureaux, et dans l'incendie ?

Je ne pouvais pas m'en souvenir.

— Les papiers, dis-je, avec une soudaine inquiétude.

— Habillez-vous, ordonna-t-il.

— Je suis mouillé.

— Faites-le.

J'enfilai donc mes vêtements, non sans difficulté, et me trémoussai pour qu'ils tombent correctement. J'étais en train de boutonner ma chemise quand il me souleva et me balança sur son épaule. C'est dans cette position qu'il me fit passer la porte et que nous allâmes dans le parking.

L'endroit était baigné d'une lueur orange irréelle dispensée par les réverbères. Le voisinage était très calme, comme en attente.

— Ça file la chair de poule, dis-je en tournant la tête pour regarder dans tous les sens.

La voiture était une Mercedes classe S, très jolie, d'un rouge sombre qui semblait noir.

Il me redéposa sur mes pieds près de l'automobile. Quelqu'un ouvrit la portière du côté conducteur et sortit comme pour aider.

Banning.

— Rudy ! m'exclamai-je.

— Voilà un sourire dégoûtant de sensiblerie, dit Banning sans la moindre touche d'humour.

— Qu'est-ce que vous faites ici ?

— Je vous sauve la vie, répliqua-t-il. Dépêchons.

J'oscillai d'avant en arrière comme un ivrogne pour mieux voir le grand type. La soixantaine, des épaules massives et des mains poilues, un ventre d'ancien catcheur buveur de bière.

Il ouvrit la portière arrière et me poussa à l'intérieur. Je m'installai sur la banquette.

— C'est super pour vous, Rudy, fis-je. Une jolie voiture allemande.

Le grand type s'assit à l'avant et me tendit une grosse bouteille de lait en plastique, de deux litres.

— Buvez ça, dit-il. Jusqu'à la dernière goutte. Vous serez malade comme un chien, et vous vous viderez par les deux extrémités. Avertissez-nous quand vous sentirez que ça vient.

Il consulta sa montre.

— D'ici une heure, certainement.

— Je vous avertirai, dis-je avec sincérité.

Je me mis à boire. Ce n'était pas du lait. Le goût était atroce, comme du yaourt tourné mélangé à de l'Angostura. Pourtant je m'exécutai, non parce qu'on m'y incitait mais parce qu'une petite voix effrayée me disait que je m'étais presque tué, et que ces gens étaient mes amis.

Le grand type m'observa pendant que je buvais.

— Partons avant qu'ils ne reviennent voir comment vous allez.

Rudy balaya le parking du regard et démarra. La Mercedes s'éloigna du motel avec toute l'aisance mécanique de l'ancien monde.

— Nous vous emmenons à un avion, dit le grand type. Ensuite nous irons à New York. J'y suis déjà allé.

— Je connais Rudy, mais vous, qui êtes-vous ?

— Je suis le salopard qui a abattu votre frère, dit-il, avec une grimace d'amertume.

QUATRIÈME PARTIE

Ben Bridger

32

20 juin — Manhattan

— C'est un peu comme de faire déplacer des pièces d'échecs au talkie-walkie par quelqu'un portant des moufles, dit Rob alors que l'Amtrak entrait dans Penn Station.

Il venait d'émerger d'un sommeil lourd pendant lequel il avait bruyamment ronflé. Il avait le regard vague et les yeux exorbités devant les murs de pierres et de briques au-dehors du train. Il avait très mauvaise mine.

— Trois et quatre repliés, en attente, cachés…

Je lui demandai de quoi il parlait.

— Silk, dit-il.

Nous descendîmes de l'Amtrak, traversâmes le quai et prîmes nos deux sacs — achetés d'occasion à LA — avant de remonter Pennsylvania Avenue. Je cherchai un taxi.

— Ne pas prendre de taxi en attente, dit Rob. Ne pas prendre un taxi qui a l'air de *nous* attendre. En fait, il vaut mieux marcher encore un peu.

La précaution semblait raisonnable.

— Vous êtes sûr que ça va ?

Il avait le teint terreux et le pas mal assuré.

— Nous sommes des rats de laboratoire à deux pattes, murmura-t-il en essayant d'éviter tout contact physique avec les gens que nous croisions. Je vais bien, oui. On marche, d'accord ?

Je voulus lui prendre son sac.

— Non, je le tiens bien, ne vous en faites pas, dit-il. Mais je me sens vraiment idiot. Je croyais qu'il y avait des limites. J'aurais dû lire vos livres avec plus d'attention.

— Il faut que vous vous reposiez. Nous allons entrer dans un hall d'hôtel, nous asseoir et boire un peu d'eau en bouteille.

— Vous êtes au courant ? Quelqu'un a corsé de l'eau en bouteille dans toute la ville.

— Oui, mais c'était avec de l'ammoniac et de l'eau de Javel, dis-je. Un simple dingue.

— Comment être sûr que ce n'est pas une couverture ?

J'eus une moue d'ignorance. Nous ne pouvions pas le savoir. Nous ne savions rien. Nous travaillions et voyagions depuis une semaine. Nous étions à demi morts d'épuisement. Le bras gauche de Rob était bandé, j'avais des coupures au cuir chevelu, que je cachais sous ma casquette de base-ball.

Je levai les yeux et contemplai l'Empire State Building. Toujours impressionnant, toujours New York. Je pris soudain pleinement conscience de l'endroit où nous nous trouvions. C'était le monde réel ; à l'ouest, c'était un domaine de folie, un énorme non-sens.

Mais un non-sens qui tuait. Nous avions eu de la chance.

Le sous-sol s'était en partie effondré, nous prenant au piège, Rob et moi, pendant un temps. Tammy avait réussi à sortir en rampant par un trou dans le sol. Nous l'entendîmes qui marchait au-dessus de nos têtes en criant, puis les canons redonnèrent de la voix.

Pendant que je dégageais les gravats et réussissais à relever un morceau de plancher qui bloquait l'issue, Rob prit une glacière sous une poutre écroulée et explora ce qui restait du labo pour l'emplir de fioles et de petits plats en plastique.

Nous trouvâmes Tammy dans le jardin de façade. Elle criait et marchait au hasard, en tendant devant elle une main mutilée. Je fis ce que je pus, et improvisai un pansement avec ce que je dénichai dans une trousse de premiers secours.

Rob fouilla dans les pièces dévastées et découvrit Marquez dans les ruines de la pièce aux maquettes. Il y avait du sang, des éclats de verre et des modèles réduits d'avion brisés partout.

Dans les chenils, les chiens s'étaient tus. Ils gisaient sur le ventre, oreilles couchées en arrière, yeux saillants.

Un incendie dévorait la maison. Nous n'avions pas beaucoup de temps.

Des voitures de police et des ambulances arrivèrent. Nous confiâmes Tammy aux auxiliaires médicaux et convînmes que nous n'avions plus rien à faire ici. Par l'ascenseur nous descendîmes dans la seconde maison, qui n'avait subi que quelques dommages légers. Là nous trouvâmes une Mercedes S320 rouge avec la clef sur le tableau de bord. La porte du garage fonctionnait et nous pûmes quitter les lieux avant que les camions de pompiers et d'autres véhicules ne bloquent les rues plus bas.

Marquez avait pensé à tout. Il y avait une deuxième série de plaques d'immatriculation dans le coffre, et la voiture était enregistrée dans le Nevada.

Nous prîmes le risque d'aller voir Tammy à l'hôpital. Quatre nouveaux gardes du corps nous laissèrent entrer dans sa chambre. Pas de protection policière.

Elle était encore faible, mais elle pouvait parler.

— Allez dire au Dr Goncourt qu'il a tué des gens bien, dit-elle en me caressant la main. Il a tué mon homme. Il a tué mon fils.

Puis elle nous donna les clefs du royaume de Joe. Les numéros de comptes bancaires et les mots de passe que Marquez lui avait fait mémoriser. Les codes de sécurité de consignes dans sept villes différentes, avec les numéros de téléphone d'endroits où nous pourrions nous cacher si les choses devenaient impossibles dans la rue.

Et les joyaux de la couronne : des cartes et des codes clefs pour pénétrer dans certaines zones du *Lemuria* et de la propriété de Goncourt sur Lee Stocking Island. Elle ignorait si les codes clefs étaient encore valides.

Je détestais l'idée d'abandonner Tammy, mais nous ne pouvions rien faire pour elle. Et nous avions un travail à terminer.

J'avais changé d'avis durant ce massacre venu du ciel. Les maîtres tiraient de loin les ficelles de leurs marionnettes, mais les marionnettes s'étaient trompées. Les maîtres étaient vulnérables. Et ils avaient tué beaucoup d'innocents. Ils avaient tenté de supprimer une femme enceinte.

Janie n'accepterait jamais de m'accueillir dans notre maison au paradis si je ne tentais pas quelque chose pour rectifier la situation.

Nous nous rendîmes à San Jose par la route, et nous entreposâmes les échantillons de Rob dans un bureau qu'il avait loué avec Rudy Banning, moitié dépôt pour les collections délirantes de journaux et magazines de Rudy, moitié labo de fortune. Rob avait continué de payer le loyer même après que Marquez lui eut donné son sous-sol.

C'était un refuge, juste au cas où.

Là, il travailla fiévreusement pendant plusieurs jours, puis il nous donna la dernière version de son vaccin. Pendant qu'il s'activait, je passai un coup de fil.

J'avais hâte d'en découdre, mais si je pouvais nous trouver un peu d'aide, j'estimais que nous améliorerions nos chances de réussite.

New York devint le Graal de Rob. Je le jure, il se comportait comme si nous nous apprêtions à visiter un lieu saint. Je craignais que nous ne soyons trop repérables. Lui s'en moquait.

— Il faut que je trouve quelques spécimens, avait-il dit. Avec quelques spécimens, je pourrai tout relier.

Nous devions ressembler à deux clochards sortis d'une mauvaise comédie de Broadway.

Rob s'arrêta net en plein milieu du trottoir et contempla les nuages d'où la pluie commençait à tomber, puis il me regarda.

— Vous allez bien ? demanda-t-il, avec une inquiétude sincère. C'est un brouet de sorcière, je sais. Mais je n'avais pas le temps. Il me faut absolument ces dernières protéines et…

— Minute, dis-je en l'attirant vers moi.

Nos sacs se heurtèrent. Une Ford Crown Victoria vert foncé sans aucun signe distinctif passa devant nous pour la troisième fois. Un vieux type portant un blouson d'aviateur en cuir marron laissa pendre son bras à la portière en nous observant. Nos regards se croisèrent et il eut un petit hochement de tête aimable, puis il indiqua au conducteur de se garer.

Rob et moi restions aussi immobiles que deux cerfs tétanisés par les phares d'un 4×4.

Le type au blouson descendit sur le trottoir et me fit signe.

— Bon Dieu, Ben, ramène-toi ! cria-t-il. C'est nous, le taxi.

Rob frissonna. Je craignis qu'il ne s'évanouisse. Je scrutai le visage de l'homme.

— Stuart ? dis-je.

Un sourire naquit sur mes lèvres en le reconnaissant, que je réprimai aussitôt. Aucune raison de sourire, aucune raison d'avoir confiance en qui que ce soit.

— Ouais. Allez, montez, dit-il.

— Qui est-ce ? demanda Rob, prêt à s'enfuir.

— Des amis. Nous avons une ligne téléphonique de dernier recours avec un répondeur. Je ne pensais pas que quelqu'un me croirait. Quand vous êtes dingue, vous êtes seul.

Rob me suivit à deux mètres de distance tandis que je m'approchais de la voiture. Stuart Garvey avait été membre de la CIA et avait pris sa retraite au début des années 80. Je ne l'avais pas revu en chair et en os depuis 1985, lors d'une réunion d'anciens barbouzes, mais il faisait partie du Tam-Tam Club. Il avait été le deuxième que j'avais contacté par Internet à El Cajon, et le seul à ne pas répondre. Et c'était la dernière personne que je m'attendais à rencontrer à New York.

— Vous avez besoin d'un moyen de transport, on dirait, fit-il d'un ton détaché.

Il ouvrit la portière arrière et posa sur Rob un regard critique.

— Ton ami va prendre un coup de boule s'il ne veut pas s'asseoir.

— Je vais bien, affirma Rob.

A mon avis, personne ne le crut.

Nous nous installâmes sur la banquette arrière et Stuart nous présenta le chauffeur.

— Tu te souviens de Norton, n'est-ce pas ?

Je m'en souvenais vaguement. Je l'avais vu à des stages, à la base de marines de Quantico. Norton Crenshaw, plus jeune que Stuart, la soixantaine peut-être, et toujours aussi imposant. Nous l'avions surnommé Melon. Il portait un anorak léger et était coiffé d'une casquette E.T. délavée.

— Je suis juste un associé, dit-il avec un petit sourire.

Il avait un visage avenant, mais je me souvenais qu'il avait beaucoup aimé être entraîné à tuer.

Stuart nous emmena dans un petit restaurant calme dont il connaissait le patron. Juste après la porte d'entrée, nous passâmes sous un détecteur de métal du type employé dans les aéroports. Stuart leva les bras et pirouetta sur lui-même. La machine émit un bip faible. Seulement de la menue monnaie et des clefs. Nous passâmes sans plus de problème. Le propriétaire, un Asiatique menu, ridé et solennel, nous guida jusqu'à un box au fond de la salle.

Stuart et moi nous rendîmes aux toilettes. Il me détailla du regard par-dessus la division en marbre séparant nos urinoirs. Il se soulagea rapidement, alors que je mis un peu plus de temps ; ce qui signifiait qu'il pensait dominer la situation.

— Sais-tu dans quoi tu t'es fourré ? demanda-t-il calmement en refermant sa braguette.

— Pas du tout, avouai-je.

— C'est tout ce que tu as à dire ?

Il se lava les mains dans le lavabo. Une odeur de framboise montait de la cuvette. Il plissa le nez.

— Bien vu, le détecteur à l'entrée, dis-je.

— Ouais. M. Chung a eu quelques problèmes avec de jeunes frimeurs. Sais-tu tout ce qu'il y a à savoir sur le Dr Cousins ?

— A toi de me le dire.

A mon tour je me lavai les mains, pendant qu'il faisait descendre la serviette de l'enrouleur et s'essuyait avec vigueur.

— Le vent se lève. Des emmerdes ressurgissent, que nous pensions avoir réglés il y a quarante ans. Et ton Dr Cousins est en plein dans l'œil du cyclone.

Il me planta là et sortit par les portes battantes. Mon sixième sens était en alerte.

Quand je revins à notre table, Rob piquait son bœuf fumé épicé sur pain de seigle avec sa fourchette, et il n'avait pas touché à son verre de thé glacé. Tout en lui montrait qu'il ne voulait ni boire ni manger ici.

— Comment saviez-vous quel train nous allions prendre ? demanda-t-il aux autres quand je m'assis.

Stuart se tapota la tempe d'un doigt.

— Barbouze un jour, barbouze toujours, dit-il. Où allez-vous descendre ?

— Nulle part, dis-je. Nous voulons visiter un immeuble, et filer aussitôt après.

— Quel immeuble ? demanda Stuart.

Rob me lança un regard interrogateur. J'acquiesçai.

— Le Jenner Building, dit-il, en leur montrant l'adresse inscrite sur un morceau de papier.

— Merde, fit Stuart en baissant la voix et en se penchant sur la table. Anthrax Central ? C'est fermé. Ils ne peuvent même pas démolir cette saloperie, tant elle est contaminée.

Je n'aurais pu dire ce que cela signifiait. Puis je compris. Stuart avait été spécialiste au département Guerre chimique et bactériologique.

— C'est vrai. Tu t'occupais de la GCB à l'époque.

— Il n'y a pas d'anthrax, déclara Rob. Ce n'est qu'une couverture.

— Ce n'est pas ce que moi j'ai entendu dire, répliqua Stuart.

Il jouait avec Rob et je n'appréciais pas trop cela, mais il fallait que j'apprenne où l'eau déferlerait quand le barrage céderait, ce qui allait se produire très bientôt. Stuart et Norton savaient depuis le début où nous comptions nous rendre. Ils étaient toujours en service actif. On leur avait donné pour mission de nous retrouver.

— Il ne s'agit pas d'anthrax, insista Rob.

Son front luisait de sueur. Il se tourna vers moi.

— Nous devrions prendre un taxi.

— Ton ami ne se sent pas bien, déclara Stuart d'un ton catégorique.

— Je vais très bien, affirma Rob.

— Il sait de quoi il parle, dis-je. Et maintenant, Stuart, explique-toi.

— Ben, comment as-tu pu te laisser embringuer dans un truc pareil ? Surtout toi. Tu ne connais rien à la GCB. Tu veux aider des chiens errants ?

— Quand quelqu'un leur donne des coups de pied, oui.

Norton grogna et se tamponna les lèvres d'un doigt épais. Stuart avait l'air revêche.

— Inutile d'attendre, dit-il. Vous avez fini ?

Rob repoussa son sandwich sur la table.

— Je n'ai pas faim.

— Alors on va vous aider à faire ce truc.

Nous retournâmes à la voiture. Norton sifflotait un air guilleret. Il mit le contact. Rob avait l'air plus mal en point que jamais.

— Manhattan a été un foyer important des recherches biologiques, dont une bonne part secrètes, dit Stuart alors que la voiture louvoyait sous la pluie dans les rues encombrées.

Je touchai la clenche de la portière arrière à côté de moi. Elle s'abaissa et remonta mollement. Elle ne commandait rien.

— Ils ont construit trois immeubles spéciaux ici, à la fin des années 30. Les laboratoires les plus modernes de l'époque. Certains abritaient des chercheurs qui travaillaient à trouver un remède à la petite vérole, à la malaria, à la polio. Ils utilisaient les meilleures procédures d'isolation disponibles. Même ainsi, c'est un miracle que rien ne se soit échappé pour tuer des milliers de gens. Peut-être des millions. Le dernier immeuble a été achevé et occupé en 1954.

Il désigna le haut de la rue.

— Il a abrité Silk jusqu'au début des années 60.

Rob se pencha en avant. Ses joues avaient rosi.

— Que savez-vous sur Silk ?

— Beaucoup plus de choses que Rudy Banning, répondit Stuart. Mon dernier boulot a consisté à discréditer Rudy. Ce qui n'a pas été bien difficile. Ce type est cinglé.

— Je croyais que tu avais pris ta retraite dans les années 80, fis-je remarquer.

Stuart regarda par la vitre de sa portière. Ces questions l'ennuyaient. On n'apprend rien d'un agent secret en regardant ses yeux, mais cette fois il voulait que je voie ce qu'il ressentait : de l'impatience.

— Ben, cette affaire n'est pas pour toi. Tu aurais dû le sentir plus tôt, et te désengager.

Rob regarda autour de lui comme un pigeon affolé dans la grosse Crown Victoria.

— Je n'étais même pas assez paranoïaque, hein ?

La voiture passa dans une zone de chargement face à une grande bâtisse cubique à façade de pierre, luisante de pluie.

— Nous y voilà, annonça Norton.

Il passa la main sous le tableau de bord et glissa à Stuart quelque chose que je ne pus voir. Mais j'avais la quasi-certitude qu'il s'agissait d'un flingue.

Les étages inférieurs étaient dépourvus de fenêtre et les portes de l'entrée principale avaient été condamnées par des planches sur plusieurs épaisseurs. Les graffitis recouvraient tout le premier niveau, le protégeant d'un air d'abandon, comme une barrière de couleurs.

— Immeuble de premier choix, fit Stuart. Ça ne te dit rien ?

— Stuart, pourquoi êtes-vous ici, et que savez-vous ?

— Je vais te le dire, Ben, en souvenir du bon vieux temps.

Norton lui lança un regard désapprobateur, puis leva les mains, dans un geste de résignation.

— Personne ne le croira, bien sûr, dit-il. C'est trop dingue. Comme Roswell et la base 51.

— La retraite, fait chier, grommela Stuart.

Il leva le pistolet pour nous permettre de le voir. Un Sig-Sauer. Je ne pus identifier le modèle, mais il était récent. La dernière dotation chez les agents gouvernementaux.

— A la fin de la guerre froide, les meilleurs de la vieille garde ont été rappelés pour réorganiser tout le système d'espionnage sur de nouvelles bases. On visait le domaine industriel, les grosses entreprises.

— Ils ne m'ont pas contacté, remarquai-je.

— Exact, dit simplement Stuart.

— Nous sommes cuits, lâcha Rob qui leva les mains comme le méchant se rendant au shérif.

— La ferme, lui dit Stuart. Vous êtes responsable d'un tas d'emmerdes à venir.

Je posai une main sur le bras de Rob : du calme.

— J'ai travaillé sur Silk à la fin des années 50 et au début des années 60. A l'époque, je débutais, dit Stuart. Dans les briefings, j'ai entendu des trucs que vous ne croiriez pas. L'OSS et le MI6 les avaient plus ou moins surveillés pendant toutes les années 40. Personne ne connaît la véritable histoire de la guerre. Mais c'était avant mon époque. Ce que je sais, c'est que Silk s'est mis à coopérer avec nous à la fin des années 40. Ils ont compris que la chute de Staline était proche, et, sur une période de trois ans, ils ont démantelé toutes leurs opérations en Union soviétique, saboté leurs stocks et leurs labos, et se sont dissociés de la génération suivante de chercheurs en guerre biologique. Tout a été mené de façon très ingénieuse. Le résultat : pour les Russes après Staline, Silk n'était plus qu'un ramassis de dingues dépassés, du même acabit que Lyssenko.

« En 1953, alors que j'étais encore un bleu, on nous a ordonné de les aider à trouver un endroit sûr aux Etats-Unis. Ils avaient des besoins particuliers. Alors nous avons enchéri sur des firmes pharmaceutiques et nous avons acheté Anthrax Central avant même la fin de sa construction.

Il désigna le bâtiment massif de l'autre côté de la rue.

— Nous l'avons donné à Silk en échange de leur collaboration à certaines activités en Amérique latine, en Asie du Sud-Est et en Chine. "Du remodelage politique", c'est comme ça qu'ils appelaient ça. J'ai pris la tête des opérations quotidiennes en 1961. Nous entretenions de drôles de rapports. La moitié du temps, ils ne voulaient pas faire ce que nous leur demandions. J'ai toujours pensé qu'ils travaillaient en parallèle, peut-être sur le plan financier, en Europe, ou en Chine, peut-être même qu'ils s'étaient réimplantés en Russie. Mais nous n'avions aucun moyen de le savoir. L'Agence m'a dit de ne pas m'en soucier, alors j'ai fermé les yeux. Bas les pattes, ne les provoquez pas, telles étaient nos instructions de base.

— Vous aviez peur, dit Rob.

— Un peu que nous avions peur ! Plus j'en apprenais et moins je dormais bien la nuit. Je suis à peu près certain qu'ils ont imposé leurs conditions dès le début. Personne ne savait qui ils tenaient — au Département d'Etat, au FBI, dans l'armée. Au bureau Ovale. Même à l'Agence. Dès que nous tentions d'autoriser des contre-mesures, on nous coupait le sifflet. Et ça venait de haut. En 1970, on m'a assigné ailleurs. Silk a quitté le continent pour s'installer aux Bahamas, et a cessé ses activités. J'ai mené une carrière longue et bien remplie, et puis j'ai pris ma retraite. L'Union soviétique s'est effondrée comme un château de cartes. Chouette époque. Et puis j'ai appris qu'on avait de nouveau besoin de mes services. Etonnant, mais Silk nous avait recontactés pour nous faire une proposition. Ils désiraient un refuge plus sûr dans ce monde changeant.

Quelqu'un a décidé que l'industrie américaine pourrait tirer des bénéfices non négligeables du savoir accumulé par Silk. On a passé des accords. Moi, je me suis assuré que l'ensemble de l'opération demeure secrète, même et surtout quand certaines personnes voulaient tout déballer. C'est alors que j'ai reçu pour mission de discréditer Banning.

Stuart bougea la tête de droite et de gauche et se massa la nuque d'une main.

— C'est eux qui ont fixé les termes du marché. C'était un bon marché, mais maintenant tout s'écroule, et il semble bien que le Dr Cousins ici présent en soit responsable.

— Merde, merde, merde, souffla Rob.

Il saisit la clenche de sa portière, découvrit ce que je savais déjà, martela l'accoudoir du poing puis s'affaissa mollement sur la banquette. Il regarda fixement la nuque de Stuart.

— Vous les avez aidés à s'attaquer à AY3000 et à moi, aussi ? fit-il avec l'expression de quelqu'un s'apercevant qu'il a reçu une balle dans le ventre. Vous vous en êtes pris à mon frère ?

— Ça, je ne suis pas au courant, et je ne veux pas le savoir, dit Stuart. Mais il est évident que vous avez mis en rogne quelqu'un qui n'aurait jamais dû être énervé. Et ça nous donne beaucoup plus de boulot que prévu.

— Tout ça sent mauvais, Stuart, dis-je. Et si vous nous laissiez filer, tout simplement ? Le Tam-Tam Club est au courant.

Il parut irrité par ma suggestion. La pluie qui giflait la vitre de sa portière dessinait des ombres changeantes sur son visage.

— Tu voulais venir ici, Ben. Nous t'avons amené ici. Nous avons fait tout ce que tu as demandé, non ?

Personne au Tam-Tam Club ne te croira. Tu n'as jamais été le membre le plus finaud du club. Tu as toujours été le grognement dans la brousse.

C'était une vieille insulte. Qu'est-ce qu'on peut attendre d'un grognement dans la brousse ? Un tas de merde.

— Va te faire mettre, lui dis-je, puis, à Norton : Et toi aussi.

Stuart me montra que son regard pouvait toujours être glacial s'il le désirait.

— Les morts ne se mettent pas. Ils ne peuvent plus mettre personne, ni se faire mettre. J'ignore ce qu'ils vont te raconter, crois-moi, mais je te conseille d'ouvrir grandes tes oreilles. Ce sera peut-être ta seule possibilité de te sortir de ce merdier. Vous aussi, docteur Cousins. Vous avez vraiment mauvaise mine.

La voiture s'engagea dans une large allée à l'arrière du bâtiment. Norton descendit et ouvrit ma portière. Lui aussi était armé. Un autre Sig-Sauer. Stuart ouvrit la portière de Rob.

Des filets d'eau cascadaient en un fin rideau mouvant depuis le parapet couronnant la bâtisse. Une énorme porte en acier couverte de graffitis — yeux exorbités, mains crispées avec des ongles fendillés, couronnes d'épines sur des têtes ensanglantées — s'ouvrit à notre approche.

— Je croyais que c'était abandonné, dit Rob, visiblement au bord de la rupture. Nous allons nous introduire là-dedans et prendre quelques échantillons.

— N'allez pas prétendre que je ne vous aurai pas prévenus, fit Stuart.

Deux jeunes hommes au visage las et aux cheveux courts, vêtus de costumes fripés dans lesquels ils avaient transpiré pendant des heures, émergèrent de la pénombre derrière la porte et se placèrent devant nous, dans une attitude faussement désinvolte.

L'odeur venue de la bâtisse était sèche, tiède et propre.

Les jeunes agents saluèrent Norton et Stuart. Ce dernier murmura quelque chose à celui de gauche. Norton entra sans hésiter.

— Allons-y, dit-il.

Rob pénétra dans Anthrax Central. Je le suivis, en repérant les coins où s'abriter, les objets à renverser, pour entretenir un peu de confusion au cas où. Les possibilités étaient minces. Nous foulions un sol en béton. Les murs, en béton également, avaient été peints en gris et rouge, et une plate-forme de chargement occupait le fond de mon champ de vision. De grands conteneurs vitrés emplis d'une eau trouble étaient alignés d'un côté de la plate-forme. Ç'aurait pu être l'aire de réception d'un grand aquarium public, mais je n'apercevais aucun poisson dans les cuves de verre, seulement des ombres indistinctes, comme des coraux avec des sortes de tuyaux qui se détendaient et se rétractaient à leur partie supérieure.

Deux garçons et deux filles d'à peine vingt ans, tous vêtus de salopettes en jean, souples et alertes comme des cobras, jaillirent des ombres entre les conteneurs. Ils s'accroupirent au bord de la plate-forme comme s'ils attendaient le début d'un concert de rock.

— Nous allons attendre ici l'arrivée du gardien, dit Norton.

— Pour tout l'or du monde je n'irais pas plus loin sans escorte, commenta Stuart qui me décocha un clin d'œil, comme si nous étions toujours les meilleurs amis du monde.

Du coin de l'œil je vis une silhouette menue avancer

entre les aquariums. Elle marchait d'un pas rapide le long de la plate-forme. Je regardai dans cette direction. Tout d'abord je crus qu'il s'agissait d'un vieil homme, la tête petite et ridée, de grands yeux, la stature rabougrie, qui marchait le long de la rambarde supérieure. Mais quelque chose dans ses mouvements, le balancement des épaules à chaque pas, me fit penser au sexe dit faible.

Rob l'observait avec un intérêt fiévreux.

— Là voilà, dit Stuart.

— C'est elle, le « gardien » ? demandai-je.

Stuart fit oui de la tête. Sa pomme d'Adam tressauta. Il ne semblait pas enchanté de la voir.

La gardienne portait une robe noire descendant jusqu'aux mollets et une casquette en tissu comme celles qu'on met aux nouveau-nés. Les jeunes gens s'écartèrent au passage du spectre. Elle les salua d'un hochement de tête et tapota la tête d'un garçon de seize ou dix-sept ans. Ses lèvres s'adoucirent sur le fantôme d'un sourire affectueux.

Elle parut glisser en bas des quelques marches d'acier.

Stuart et Norton reculèrent quand elle arriva, comme s'ils craignaient d'attraper quelque mal qui aurait dévoré leur âme. Elle les ignora.

La gardienne marcha autour de nous deux et nous inspecta d'un regard gris paisible. Elle dégageait une odeur semblable à du vin laissé dans un verre à la fin d'une soirée.

— Rob Cousins, dit-elle d'une voix jeune de ténor qui aurait aussi bien pu être masculine que féminine, en lui prenant la main, qu'elle approcha de ses yeux. Vous avez commis quelques erreurs, je vois.

En dépit de la résistance de Rob, elle tourna sa main

pour l'examiner. Sur le dos, la peau était plissée et piquetée de sillons minuscules. J'avais déjà vu ces marques, et je pensai qu'il pouvait s'agir de cicatrices dues à une opération.

— Des erreurs grossières, précisa la gardienne.

— Et vous ? répliqua Rob avec le plus grand sérieux.

Elle leva sa propre main. Les mêmes marques, que le temps semblait toutefois avoir adoucies.

— Quel âge me donnez-vous ? lui demanda-t-elle.

D'une saccade, Rob libéra sa main.

— Vous souffrez de progérie, dit-il. Vieillissement prématuré. Vous avez quarante ans, au grand maximum.

Le visage de la gardienne se durcit. Elle n'avait pas l'habitude d'être jugée.

— Aucune raison de vous montrer aussi désagréable. Il fut un temps où je représentais *l'avenir*, docteur Cousins.

Elle repartit vers la rambarde, dans une douce ondulation de ses épaules, bras ballants. Nous restions immobiles. Elle se retourna et regarda Stuart et Norton en clignant des paupières comme un vieux singe. Les deux autres nous poussèrent en avant. Pour Stuart, c'était le boulot. Norton, lui, prenait plaisir à bousculer les gens.

Les agents en costume fripé restèrent à la porte. Les quatre adolescents disparurent dans les ombres.

Depuis quelque temps déjà je cherchais comment déclencher un incident, pour forcer nos ravisseurs à agir dans la précipitation — sans nous faire tuer. Rien. Ils demeuraient sur le qui-vive.

La gardienne nous précéda dans un couloir sombre où régnait un calme lourd. Le sol poli luisait dans la fluorescence laiteuse de l'éclairage tombant du plafond très haut. Rob rejoignit notre guide.

— Vous avez dit que j'avais commis des erreurs. Lesquelles ? Comment le savez-vous ?

Elle leva les yeux vers lui.

— Vos recherches sont comme une toupie, vous allez dans un sens, puis dans l'autre. Vous avez tracé trop de canaux entre les Petites Mères. Les sillons montrent que vous aurez le mal d'ici quelques mois, peut-être plus tôt. Certes, vous pourriez vivre longtemps. Des siècles, peut-être. Mais vous passeriez des années dans la folie la plus totale.

Il paraissait sur le point de céder à la nausée. Il ralentit, et Norton lui décocha un petit coup de la pointe de son pied dans la cheville, pour l'encourager.

— Nous allons nous faire tuer, me glissa Rob, comme si c'était une nouvelle.

Je me retournai vers Stuart et Norton.

— Vous allez laisser ça arriver ?

Stuart se contenta de hausser les épaules.

Je cherchais seulement à savoir lequel des deux était le plus attentif. Je savais comment ces types-là pensaient, les exercices qu'ils accomplissaient après une rude journée pour se débarrasser de ce qu'ils avaient fait ou vu. Peut-être ne méritais-je pas mieux. Bon sang, je m'étais diantrement ramolli durant ces dernières années…

Tous les angles entre murs, sol et plafond étaient recouverts de rigoles arrondies en céramique. Ce que j'avais d'abord pris pour du linoléum était en fait de longues bandes de carreaux bleus scellés dans une couche vitrifiée. Les murs étaient également carrelés, et traités pour éliminer tout joint.

Pas un souffle d'air. Ici et là le temps montrait son œuvre dans l'étoile d'un impact ou des craquelures engendrées par l'affaissement naturel de la structure au cours des ans. Certaines avaient été réparées, et recouvertes d'une nouvelle couche de vitrifiant.

La gardienne effleura le mur du doigt.

— Une fois par jour, le soir, ils passaient dans tous les couloirs en dehors des labos avec des stérilisateurs à pression. Tout le bâtiment sentait comme une blanchisserie chinoise. C'était une odeur agréable.

Elle se retourna.

— Vous ne cessez de me regarder, monsieur Bridger. Il est évident que vous avez certaines interrogations. Sachez que je suis la femme de Maxim.

— Maxim Golokhov ? dit Rob.

— Oui, répondit-elle, d'une voix si douce que nous l'entendîmes à peine.

Elle obliqua sur la gauche et Norton nous poussa de nouveau.

— Nous allons vous poser quelques questions, fit-il.

J'essayai d'associer ce corps décharné à la femme de la vidéo, mince mais jolie, souriante. Impossible.

Stuart s'arrêta au tournant du couloir et croisa les bras. Un dernier regard suppliant ne le fit pas broncher.

Norton désigna une porte ouverte. A l'intérieur d'une petite pièce se trouvait un bureau en bois nu et un vieux classeur métallique avec des étiquettes en cyrillique à chaque tiroir. Des photos s'alignaient sur les murs. Norton approcha deux chaises du bureau. Rob et moi nous y assîmes. La gardienne vint se placer devant le mur constellé de photos. Je les regardai rapidement. Je ne reconnus personne sur les clichés, à part sur l'un, dans le coin gauche inférieur, Joseph Staline, à côté d'un autre homme, jeune, tous deux en uniforme, tous deux souriants. Staline semblait avoir dans les soixante ans. Une photo prise pendant la guerre.

— Commençons, dit Norton. Nous n'avons pas

envie de nous attarder ici plus longtemps que nécessaire.

La gardienne le gratifia d'un regard sévère.

— Docteur Cousins, dit-elle, vos recherches sont intéressantes, du moins ce que vous avez publié.

Norton nous tenait à l'œil, avec autant d'intelligence qu'un chien de garde.

— Ma question est : acceptez-vous de cesser vos recherches ?

— Cela me serait-il d'un quelconque profit ? répondit Rob. Je suis déjà un homme mort.

— Nous sommes à la croisée des chemins, c'est exact. Mais il existe encore une issue. Nous apportons la stabilité, nous n'agissons pas par cupidité.

Norton acquiesça. La conversation suivait le schéma prescrit, à présent.

— J'aimerais savoir quelles ont été mes erreurs, dit Rob.

La gardienne se rapprocha. Elle me dévisagea avec une douceur étonnante et sa voix s'éleva de presque une octave.

— Quand vous cherchez à vivre éternellement, vous vous coupez des Petites Mères et de leurs soins. Cela peut rendre plus difficile le contrôle sur vous par autrui, c'est un fait. Mais ce n'est pas impossible. Cela demande plus, beaucoup plus, échelonné dans le temps, comme ce qu'une épouse ou une amante peut vous procurer, ou d'un coup, un mélange de produits purs. Alors on peut vous contrôler pendant plusieurs heures, des jours, parfois des semaines.

— Pourquoi ai-je ces rides sur le dos des mains ? demanda Rob.

J'observais Norton — Melon — avec attention. Les hommes stupides se laissent toujours déchiffrer, mais je n'étais pas certain du tout de la stupidité de Melon. Il savait simplement à quoi faire attention et quoi ignorer. Et il semblait beaucoup moins mal à l'aise que Stuart.

Il connaissait cet endroit. C'était la mission de Melon.

— Vous avez coupé des voies de communication utilisées par le corps et par les Petites Mères.

La phrase était pour moi un mystère complet.

— Que sont les Petites Mères ? demandai-je.

— Elle parle des bactéries, dit Rob.

Il ne quittait pas la gardienne des yeux, comme s'ils jouaient une partie d'échecs et qu'il voulait prendre l'ascendant psychologique. Mauvaise tactique, encore une fois. Il ne faut jamais regarder le fauve dans les yeux.

— Sans guide, le corps se sent abandonné, dit la gardienne. Il se replie sur lui-même. Vous perdez les connexions avec les autres humains. Ce que vous détestez ou redoutez prend une importance démesurée.

Elle regarda de nouveau Melon. Je n'arrivais pas à décrypter son expression, et il était clair que Melon n'avait pas envie de s'y essayer. Qui commandait ici ? Qui dirigeait qui ?

— Le Dr Golokhov… vous a traitée en premier ? interrogea Rob.

— Laissez tomber, dit Melon.

— J'ai été la première, oui. J'étais volontaire.

Elle avait envie de parler. Rob lui offrait une oreille compréhensive. C'était un voyageur comme elle, sur la même route.

— Et ça n'a pas marché ?

— Je suis toujours là. Et je serai encore là dans cent ans, à moins d'accidents… ou de perdre le contrôle.

— Mais vous avez dit que vous étiez devenue folle.

— Pour échapper à la mort, il faut franchir les portes les plus horribles qui soient, dit-elle avec un soupir de petite fille. Je me souviens de l'époque où nous travaillions ensemble, comment il s'est occupé de moi pendant ma transition, comment il a appris grâce à moi ce qu'il fallait modifier dans ses traitements, afin d'éviter les effets indésirables les plus évidents. Il a eu tort de m'abandonner ici. J'aurais pu l'aider à écouter les Petites Mères. C'est le plus important, n'est-ce pas ?

— Les écouter… Mais où ?

— En bas. Dans les conteneurs. Tout ce que nous avons fait d'autre était une erreur. C'est lui qui m'a menée où j'en suis. Maxim s'est trompé.

Melon fronça les sourcils.

— On perd du temps, maugréa-t-il.

— Parlez-moi de mes erreurs, insista Rob, très concentré. Il a dû mener d'autres travaux, d'autres recherches. Comment pouvons-nous éviter de commettre ses premières erreurs ?

La gardienne regarda Melon.

— Et merde, gronda ce dernier en collant le canon de son arme sur la nuque de Rob. Comment faites-vous pour bloquer le marquage ?

Rob cligna des yeux. Nous étions sur le fil du rasoir, et il se découvrait du courage.

— Comment ? répéta Melon.

La gardienne leva une main. Aussi minime qu'il fût, ce geste fit reculer Melon. Mais seulement pour un moment.

— Travaillerez-vous avec nous ? demanda-t-elle. Il est évident que nous avons beaucoup d'informations à échanger.

L'air peiné, Rob secoua résolument la tête.

— Jamais.

— Donnez-leur ce qu'ils demandent ! m'écriai-je.

— Ils n'ont pas besoin de moi, me dit Rob. C'est du bluff.

— Nous devions essayer, dit la gardienne. Nous ne sommes pas des monstres, vous savez.

Elle se retourna vers le mur de photos, inclina la tête à gauche, puis à droite. Elle semblait nous avoir tous oubliés.

— Dites-leur, implorai-je Rob. Donnez-leur quelque chose !

Melon agita son arme.

— Allons-y, fit-il.

La gardienne pivota sur ses petits pieds et sortit de la pièce de son pas glissant.

Nous nous levâmes et retournâmes dans le couloir, où Stuart attendait.

— Prêt ? me demanda-t-il.

Nous arrivâmes devant une grande porte et fîmes halte. Au-delà s'étendait une pièce qui aurait pu être un bain turc à l'abandon, avec ses surfaces grises et lisses qui formaient des sortes de longs bancs contre les murs. Sept bassins carrelés de bleu, chacun aussi grand que deux baignoires, occupaient le centre de la pièce en deux rangées de trois, avec un au centre, formant un H. Un liquide sombre et épais tourbillonnait dans les bassins, agité par des pales invisibles. De longs tuyaux reliés à des aérateurs pendaient de chaque côté. Je percevais le son bas d'un bouillonnement continu. La salle restait dans l'ombre pour sa plus grande partie.

— Déshabillez-vous, ordonna la gardienne.

L'air avait vaguement le parfum de la jungle. De l'eau de mer dans une vieille piscine. La sueur naissante sur les bras de Janie, par un jour ensoleillé. Je ne parvenais pas à identifier toutes les odeurs qui montaient des bassins, mais elles m'effrayaient plus que les relents méphitiques exhalés par des cadavres ou la senteur âcre du sang versé.

Je guettai un moment d'inattention pour passer à l'action, le moindre signe qui trahirait un « marqué » prêt à perdre son calme. Un « marqué » est quelqu'un qui est conscient qu'il va bientôt mourir. Le lieutenant J.G. Mark Wasserman a changé son nom quand nous sommes entrés au Laos, parce que c'est ainsi que nous désignions ceux qui seraient bientôt morts : « Regarde celui-là, il est marqué. »

— Quel âge avez-vous ? demanda Rob à la gardienne. Pourquoi suis-je comme vous ? Quels récepteurs ai-je endommagés ?

Curieux jusqu'à la fin.

Stuart et Norton prirent position. Je commençai à ôter mes vêtements, mais lentement. Autant retarder l'inévitable.

La gardienne s'approcha d'un des aérateurs et prit une baguette noire terminée par un jet en cuivre. Deux tuyaux étaient raccordés à la baguette, l'un qui plongeait dans le bassin, l'autre qui serpentait jusqu'à une rangée de sortes de tétines en cuivre montées sur le mur du fond.

Elle inspecta le jet. Il ressemblait à une pomme de douche étroite et une grosse goutte du liquide épais tomba dans sa paume ouverte. Elle vint vers Rob, que Melon tenait par les coudes. Malgré la différence d'âge, Rob n'était pas de taille.

Il rejeta la tête en arrière. Avec les gestes délicats d'une esthéticienne appliquant du maquillage, la gardienne trempa un doigt dans la substance, puis le passa autour des yeux de Rob, et sous ses lèvres. Il tourna frénétiquement la tête de côté et Melon lui broya les coudes jusqu'à ce qu'il étouffe un cri de douleur. Elle appliqua le liquide poisseux sur ses gencives, ses joues, ses tempes, sous son menton, le tout avec des mouvements vifs et précis.

— La cupidité et la stupidité, dit-elle. Tout ça, c'est de l'histoire ancienne.

Melon relâcha Rob, qui se frotta le visage des deux mains avec des gestes paniqués.

J'avais retiré ma chemise.

La gardienne braqua l'ajutage dans ma direction.

— Assez perdu de temps, lâcha-t-elle.

Elle ouvrit la valve au maximum. Le jet me frappa comme celui d'un pistolet à peinture. Je sentis la démangeaison se propager instantanément sur ma peau. Bien malgré moi j'aspirai un peu de la substance par la bouche et le nez, m'étranglai, cherchai à recracher. Je tombai à la renverse sur le dos et j'essuyai mes yeux de mes deux mains.

— J'étais l'étudiante et l'assistante de Maxim Golokhov en 1924. Je suis devenue sa femme en 1936. Beria et Staline ont assisté à notre mariage. Nous avons passé de longues années ensemble à Irkoutsk et à Moscou, à apprendre, à apprendre toujours plus.

Malgré ma vision brouillée, je m'aperçus qu'elle était encore capable de pleurer.

— Je l'ai aidé à construire ce complexe scientifique quand nous avons quitté la Russie, après notre fuite. Le Politburo ne voulait plus rien avoir à faire avec nous, même si nous les avions tous sauvés. Maxim était un brave homme, mais il avait d'autres intérêts que notre mariage. Il est parti pour les îles en 1965 et il m'a laissée ici, et je suis devenue la gardienne des lieux. J'ai *gagné* ma vie.

Les démangeaisons s'atténuaient. Je commençais à apprécier le timbre de sa voix. Elle examina mes yeux, mon nez et mes lèvres, un peu à la façon d'un vétérinaire auscultant un chien.

— Votre ami vous a donné quelque chose, un antidote, peut-être ? dit-elle sur le ton de la confidence.

J'acquiesçai. La substance gouttait de mon menton.

— Mais pas de façon très réussie. Je vous plais ?

De fait, elle me plaisait, oui.

— Rob Cousins est un homme mort. Le voyez-vous ? Voyez-vous et sentez-vous pourquoi ?

Sa voix était réellement extraordinaire. Je me sentais pareil à un arbre arraché du sol par la tempête.

— Vous êtes recouvert de Petites Mères qui créent une palette de produits chimiques persuasifs à l'extérieur de votre corps, et bientôt à l'intérieur également. Elles s'insinuent partout. Ce n'est pas désagréable, n'est-ce pas ?

Ça ne l'était pas. Je me sentais très bien, à présent. Plein d'assurance.

— Ecoutez-moi, monsieur Bridger. Je vous dis la vérité, et ensuite je vous expliquerai ce qu'il faut faire.

— Activons un peu la manœuvre, dit Stuart. Comment pouvez-vous être certaine qu'ils sont sous contrôle ? Silk n'a pas réussi, avec eux.

— Je pourrais encore apprendre deux ou trois petites choses à mon mari, répondit la gardienne. Mais je ne crois pas que Maxim s'intéresse encore au sujet. Peut-être a-t-il appris tout ce qu'il voulait savoir.

J'aurais juré que ce visage ratatiné de vieille prune affichait de la raillerie. Elle se tourna vers moi.

— Vous n'êtes pas riche, n'est-ce pas ?

— Loin de là, avouai-je.

— Rob Cousins demande de l'argent aux riches et aux puissants, en promettant de les rendre immortels. Mais confieriez-vous ce que vous avez de plus cher à ces ploutocrates ? Laisseriez-vous vos enfants et vos petits enfants vivre avec eux pendant dix ou cent générations ? Commettriez-vous cette erreur une fois encore ? Ces gens riches, cupides et ignorants, ces tyrans qui accaparent toutes les ressources, tout l'argent, accepteriez-vous que ce soit pour toujours ? Leur donneriez-vous ce pouvoir, pour toujours ?

Comme pour faire bonne mesure, elle aspergea le visage de Rob avec le jet. Il tomba à quatre pattes en toussant et en crachant. Elle releva la baguette et pivota sur elle-même pour toiser Stuart et Melon — Norton, corrigeai-je mentalement. Mieux valait qu'ils se montrent respectueux.

Ils reculèrent. Ils étaient distraits, ils avaient baissé leur garde, mais il était trop tard pour que je tente quelque chose. J'étais à terre, à me tortiller pendant que des organismes minuscules remontaient le long de ma colonne vertébrale. La peau de mon dos adhérait au sol poisseux.

Je me demandai comment Rob s'en sortait. La gardienne se pencha sur lui et lui présenta le dos de sa main droite, comme si elle s'apprêtait à le gifler.

— Savez-vous quel est mon âge ? dit-elle d'une voix aiguë. J'ai cent sept ans, et je ne vieillirai plus. Je resterai laide pour l'éternité. Savez-vous pendant combien d'années j'ai été folle ?

Je roulai sur moi-même pour voir la réaction de Rob. Je commençais à lui en vouloir sérieusement pour tous ces ennuis, et pour s'être adressé à tous ces richards.

— Dix années. Et pendant tout ce temps Maxim a

pris soin de moi, dit-elle. On m'a gardée en cage. Il prenait des notes et améliorait le traitement. Il voulait vivre très longtemps, pour être en mesure de déchiffrer la voix de toutes les Petites Mères, celles du fond des eaux salées, mais Beria et Staline étaient plus pragmatiques. Ils ont insisté pour être les suivants à profiter du traitement, sinon ils nous exécutaient tous. Ils avaient tué tant de gens, et pourtant c'étaient de tels lâches… Ils n'ont pas totalement sombré dans la folie, en fait.

Un autre sourire lugubre. Je rassemblai toute ma volonté pour crier à Stuart :

— Descends-nous, merde !

Il leva son arme dans ma direction. Il restait un peu de décence en lui, finalement.

— Qu'apprendra-t-elle d'un cadavre ? objecta Melon.

Stuart abaissa son arme.

La gardienne se tourna une dernière fois vers Rob.

— Il y a toujours votre frère.

Il essaya de l'agripper. Melon se baissa et le frappa du poing à l'estomac. Rob se recroquevilla avec un haut-le-cœur.

La gardienne se pencha sur moi et avança les lèvres dans une mimique digne d'un petit singe malin.

— Voici quelques nombres, dit-elle en sortant un morceau de papier de sa robe. Dites-moi ce qu'ils évoquent pour vous.

CINQUIÈME PARTIE

Hal Cousins

33

13 août — Arizona

Nous roulions toujours vers l'est dans la Mercedes rouge foncé, à travers le désert et dans le matin. Bridger et moi avions parlé des heures durant, pour nous raconter nos histoires respectives. Banning ne prenait que rarement la parole. La plupart du temps, il vérifiait ses cartes.

L'histoire de Bridger arrivait à la conclusion que je n'avais aucune envie d'entendre.

— Les adolescents nous ont aspergés d'eau pour enlever la substance, dit Ben. Nous étions tous les deux de vraies loques. J'avais des visions. Je me croyais capable de voler. J'étais en contact avec les puissants partout dans le monde. Je pouvais entendre mes intestins me parler, comme s'ils étaient emplis d'anges. Ils nous ont emmenés sur l'aire de chargement et ils nous ont poussés dans cette maudite Crown Victoria. Je me souviens que nous avons trempé la banquette arrière. Rob parlait à toute vitesse de cellules, de canaux et de récepteurs, et de la façon dont il pouvait sentir les chemins s'ouvrir en lui. Il disait qu'il pouvait identifier ceux qu'il avait ratés, ceux qu'il avait mal interprétés. Il paraissait très heureux, et très impatient de se remettre au travail. « Ils nous laissent partir ! m'a-t-il dit d'un air jovial. Nous nous en tirons bien ! »

— Vous a-t-il dit ce qu'étaient ces récepteurs ? demandai-je.

Ben me gratifia du même regard qu'il aurait eu pour un insecte particulièrement repoussant. Puis il observa la route.

— Non, désolé, Hal, mais il ne me l'a pas dit. Pas en autant de mots, et puis, comment diantre j'aurais pu comprendre, de toute façon ?

— Rob détenait l'autre moitié du secret. C'est ce que Lissa a dit. Si je retrouve cette liste, je pourrai terminer le travail. Je saurai tout ce que Golokhov sait. Peut-être même plus.

— Ouais, je n'en doute pas, fit Ben avec un soupir.

J'étais incurable, il avait fini par le comprendre, et il abandonnait le ton moralisateur.

Sa réaction me mit en colère.

— Vous ne comprenez pas l'importance que ça pourrait avoir ? Rob a posé la question, n'est-ce pas ?

— Oui. Pour lui, c'était la chose la plus importante au monde, dit-il, sa voix semblant provenir de l'extérieur de la voiture.

— Ils ont tenté de nous tuer, ils ont assassiné des innocents uniquement pour nous empêcher de savoir.

Je me tus une seconde, le visage brûlant, avant d'ajouter :

— Nous, et mon frère.

— Ouais, fit Ben.

Après cinq minutes sans un mot, il reprit son récit :

— On nous a largués près de Times Square. Nous étions trempés. Dans une ruelle. Stuart m'a fourré un pistolet dans la main, et m'a dit « Je suis désolé ». Il semblait sincèrement dégoûté de ce qu'ils devaient faire. Ensuite lui et Norton sont allés se poster à l'extrémité de la ruelle pour attendre. Je le jure, j'ai voulu les viser avec l'arme, mais j'en ai été incapable. J'étais concentré sur Rob.

J'avais du mal à respirer normalement.

— Vous l'avez abattu, dis-je, en espérant que cela mettrait fin à son histoire.

— Ça n'a pas été aussi simple, répondit-il. Tout d'abord, il fallait que je m'énerve. Alors je l'ai frappé, là, dans la ruelle. Je lui ai cassé le nez, je crois. Il y avait cette voix horrible qui résonnait dans mon crâne, et qui n'arrêtait pas de dire : « Frappe ce morveux. Ça va le mettre en colère, et toi tu seras en colère aussi. » Il avait le visage couvert de sang, mais il dansait et chantonnait à propos des prochains gènes sur lesquels il allait travailler, quelles protéines il bloquerait. Il a dit que nous allions tous vivre éternellement.

— Oh, merde, dis-je en plaquant les mains sur mes oreilles.

— Ecoutez-moi, bon Dieu ! s'écria Ben en martelant le dossier du siège avant de son poing. Ecoutez-moi et accordez-moi quelque chose comme votre absolution, bordel ! Votre frère est venu me chercher, c'est lui qui m'a entraîné dans tout ça ! C'est vous deux qui avez mis le feu aux poudres, et tous se sont servis de moi !

Nous pleurions tous les deux. Je tendis la main pour lui toucher le bras, mais il la repoussa d'un geste sec.

— Et puis quelque chose a changé. D'un seul coup, Rob a pris peur. Il n'était plus le même. Il ne voulait pas me tuer, il voulait parler. Mais je ne voulais pas l'écouter. Il a reculé en disant qu'il savait quelque chose de très important. Il m'a dit de le rapporter à son frère.

Il voulait que je vous répète ce qu'il savait, si je m'en sortais. Il a dit : « Dites à Hal que je sais pourquoi ça marche sur vous et pas sur moi. » Ensuite il s'est mis à débiter certains mots qui n'avaient aucun sens. Adénile-quelque chose cyclique, d'abord.

— Adénylate-cyclase ?

— Peut-être, oui. Et puis régulier, ou régulateur.

— Régulateur ?

— Oui, c'est ça, je crois. Je lui ai dit de la fermer. Il avait pris une latte de bois d'une caissette. Il était pitoyable. J'avais le pistolet, et lui il brandissait ce bout de bois. Le dernier mot, c'était interférence, ou quelque chose d'approchant. Il voulait se sauver, mais je lui bloquais le passage. Il n'arrêtait pas de crier que si je me souvenais de qui j'étais et de ce que nous faisions, nous pourrions nous en sortir. « Il y a tant de vie, tant de choses encore à découvrir ! » C'est ce qu'il a dit. Mais je ne pouvais pas m'arrêter.

Adénylate-cyclase, régulateur, interférons. Je connaissais bien l'adénylate-cyclase, ce système enzymatique de régulation des processus de transfert d'énergie chez toutes les cellules vivantes. Les régulateurs étaient des gènes coordonnant les fonctions mitochondriales. Une mauvaise manipulation des régulateurs pouvait mener droit à la maladie de Parkinson. C'est pourquoi j'avais évité d'y toucher, quand bien même ils avaient certainement une place dans mon travail. Notre travail. Quant aux interférons, ce n'étaient pas des gènes.

Je me pris la tête dans les mains.

— Rob n'y tenait plus, dit Ben. Il s'est précipité sur moi, j'ai tiré. Et puis j'ai jeté le pistolet et je me suis enfui. Stuart et Norton étaient partis. Je me suis retrouvé seul dans la rue. Il était quatre heures du matin.

Ben débita cette dernière phrase très vite. Ses joues luisaient.

Nous nous arrêtâmes dans une station-service. Je me penchai à la portière, en me demandant si je n'allais pas vomir. Je décidai que ce n'était pas absolument indispensable, et je sortis à côté de la voiture.

— Il faut que j'y aille, dis-je pour la sixième ou septième fois.

L'élixir avait toujours un puissant effet sur moi.

Banning prenait de l'essence. J'allai chercher la clef des toilettes à la caisse, m'y rendis et me courbai sur l'évier crasseux. Malgré la nausée, rien ne vint.

Je venais d'entendre un homme avouer qu'il avait abattu mon frère, mon jumeau. Mon ombre essentielle. Et je ne savais pas comment réagir, si je devais céder à la haine ou avoir de la pitié. J'étais en colère, non après Bridger, mais contre Rob et moi-même. Nous avions échoué si lamentablement. Nous aurions pu battre le monde entier. Ou le sauver. Au lieu de quoi je lui avais dérobé les filles qu'il aimait, et ensuite sa dignité, morceau par morceau. En retour, Rob avait fait des choses pour moi. Ses découvertes scientifiques, je n'avais pas réussi à les lui voler, parce que, alors, nous étions déjà loin l'un de l'autre, et chacun avait ses secrets.

Nous aurions pu travailler ensemble. Et à l'heure qu'il est nous tiendrions le plan de la Longue Route dans nos mains. Nous aurions réussi, ne cessais-je de me répéter en me contemplant dans le miroir fêlé.

J'étais comme mon jumeau, jusque dans cette arrogance suicidaire.

La diarrhée promise arriva. Je passai dix minutes misérables aux toilettes.

Quand je revins à la voiture, Ben y buvait une bière.

Je montai tant bien que mal à l'arrière. Il se moucha en évitant de me regarder.

Banning sirotait un café dans un gobelet orange et étudiait un autre pli de la carte.

— Vous n'avez sans doute pas suivi les dernières infos, dit Ben.

Mon estomac me donnait l'impression de vouloir se retourner comme un gant. Je dus faire effort pour supprimer tout tremblement de ma voix :

— Non.

— Le directeur de la CIA vient de démissionner. Il est soupçonné d'avoir transféré certains dossiers ultra-sensibles, mais c'est un leurre. Il se passe des choses plus graves, beaucoup plus graves. Des failles dans le réseau Silk de Washington. Une petite guerre dans l'ombre. Bref, quelque chose a déclenché tout ça, dit Ben. Des agents sont allés parler à leurs supérieurs, peut-être ces deux types qui se trouvaient à l'entrée d'Anthrax Central et qui devaient seconder Stuart et Norton. Les supérieurs ont découvert quelque chose de très spécial, mais un peu tard. Et ils ont compris qu'ils avaient fermé les yeux depuis trop longtemps... C'est un nouveau millénaire qui commence, messieurs, déclama Ben avec un grand geste. Il est temps d'effacer l'ardoise et de remettre les compteurs à zéro. Temps de prendre un nouveau cap.

Rob n'était peut-être pas mort en vain, après tout.

— Des flics m'ont trouvé une heure plus tard, reprit-il, devant l'entrée de la ruelle. J'étais dans un état second. Le lendemain, trois agents que je n'avais encore jamais vus m'ont sorti de Rikers et m'ont emmené. Ils m'ont caché, désintoxiqué, et ensuite ils m'ont fait dire tout ce qui s'était passé depuis la première visite de Rob chez moi. Dans un premier temps, j'ai cru qu'ils allaient me tuer une fois qu'ils auraient obtenu ce qu'ils voulaient. Mais non. Il y avait deux agences, une fausse agence, qui soit était marquée et trahissait, soit cherchait à couvrir ses erreurs, et une équipe spéciale avec très peu de moyens et de soutien.

« J'ai accompagné un de leurs groupes à San Jose et nous avons ouvert le bureau secret de Rob. Ils ont mis leurs propres scientifiques à éplucher les papiers de Banning et ce que Rob avait fait. Ils ont inventorié toutes ses cultures et toutes ses compositions chimiques.

— Avant que Lissa ne m'emmène là-bas, dis-je, pensif.

— Oui. Ils ont modifié l'élixir basé sur le travail de Rob. Le temps qu'ils mettent tout en place et qu'ils partent à votre recherche, deux semaines s'étaient écoulées depuis les funérailles de Rob en Floride. Vous aviez disparu dans la nature. Banning vous a retrouvé le premier, mais comme d'habitude il travaillait pour son propre compte.

— Parfois ça vaut mieux, dit Banning.

— Nous participons à une opération d'envergure limitée, jusqu'ici, et c'est délibéré. Ils ne savent même pas qui est marqué et qui ne l'est pas, et ils préfèrent que Silk nous prenne pour une bande de gredins. L'opération ne sera peut-être même pas approuvée officiellement. Je crois qu'ils continuent de faire des découvertes très désagréables à Washington, et qu'ils prennent les décisions en rapport.

— Et ce corps dans le congélateur ? demandai-je.

— Il y a eu un accrochage à San Francisco. Nous avons failli y passer. Nous sommes tombés sur deux types. Un a été tué, l'autre s'est échappé.

— Un type en gris ?

Je pensai à l'homme qui avait parlé avec Lissa devant le motel.

— Oui. L'agence a réalisé une autopsie sommaire du mort, et a prélevé des échantillons pour voir ce que Silk faisait pour contrôler ses agents. Ensuite ils ont transporté le cadavre dans un camion réfrigéré jusqu'à San Jose. Ils l'ont laissé dans le congélateur de Rob au cas où Silk viendrait y jeter un œil. En guise de pied de nez. Une petite guerre psychologique.

Lissa avait dû avoir une sacrée surprise, pas de doute.

— Ils ont posté une sentinelle dans le parking, au cas où je me montrerais, dis-je. Le grand échalas en costume à chevrons. Celui que Lissa a descendu.

— Nous ignorons qui il était, dit Ben. Peut-être un honnête citoyen qui espérait arrêter un poseur de bombe.

Putain d'amateur...

— J'en doute, dis-je. Quelque chose n'a pas marché comme prévu. Un manque de coordination au sommet de la pyramide. La bombe a effrayé Lissa. Peut-être qu'elle s'est défoulée sur un des leurs. Peut-être qu'il était marqué... Ou que c'était un agent particulièrement idiot.

Et peut-être que nous ne comprenions encore rien du tout à l'ensemble.

— Quoi qu'il en soit, ils commettent des erreurs, dit Ben. Et c'est un point qui joue en notre faveur. Notre équipe vous a pistés après que Mme Callas s'est illégalement connectée à NCIC2000.

— Qu'est-ce que c'est ?

— La base de données en ligne du FBI sur les activités criminelles dans tous les Etats-Unis. Elle n'est accessible qu'aux services accrédités. Elle a fait là un joli boulot de piraterie informatique.

— Callas a refusé tout rapport avec nous, dis-je.

— Une femme intelligente, approuva Ben. Nous vous avons rattrapés quand ils ont repéré la voiture de Lissa Cousins à l'est de LA.

Nous reprîmes la route.

— Ces trois mots, dis-je. Il faudrait que j'en sois sûr. C'était bien : adénylate-cyclase, régulateur et interférons ?

— Je crois, oui, dit Ben.

— Il se pourrait qu'ils aient une grande importance.

— Pour le premier, je ne peux pas être catégorique, répondit Ben. Ce sont des noms de gènes ?

— Deux d'entre eux, oui, confirmai-je.

Interféron me revenait. Non pas un gène, mais une cytokine agissant comme stimulant du système immunitaire. Une partie du système identitaire bactérien.

— C'est ça qui donne la vie éternelle ?

— Non. Ce n'est pas ce que Rob voulait nous dire. Ils font partie du complexe de chemins qui permettent aux bactéries de coordonner leurs activités sur notre peau et dans notre intestin. Pomper dans l'acide ribonucléique avec un vecteur pourrait bloquer la production de gènes. Les bactéries infectées par les phages, sans interférons, pourraient être prises pour des « intruses » et visées par d'autres bactéries. Rob a dû les inclure dans son traitement dès les premiers stades, mais pas dans le nôtre. C'est ce qui a fait la différence dans le comportement des cibles. C'est sorti plus vite chez lui.

— Adénylate-cyclase, interférons, régulateur, fit Banning. C'est vraiment chouette de se retrouver entre dingues, qu'on reconnaisse mes efforts et que, pour finir, après toutes ces années je me voie confier une mission par le gouvernement.

— Sûr, fit Ben. Conduisez.

— J'espère, messieurs, que lorsque tout cela sera terminé l'un d'entre vous aura l'amabilité de me prêter un pistolet. J'aimerais tuer ces voix idiotes une bonne fois pour toutes.

— Avec plaisir, dit Ben.

Les lèvres de Banning frémirent. Il ne pouvait s'en empêcher.

— Vous savez, dit-il sur le ton de la confession, mon premier amour était une très belle jeune Juive.

— La ferme, soupira Ben.

L'ex-historien n'ouvrit plus la bouche.

Le rendez-vous avait été fixé sur un petit aérodrome civil perdu en plein désert. Un groupe d'une dizaine d'hommes en complet attendaient à l'intérieur d'un hangar en tôle. Ils parurent surpris de nous voir.

— Vous avez réussi, dit un type d'aspect aimable à peine plus âgé que moi.

Il portait un jean et avait remonté les manches de sa chemise blanche au-dessus des coudes. Il se présenta comme étant l'agent Condon, du FBI.

— Content de vous voir. Notre autre expert extérieur n'a pas eu autant de chance. Nous devons vous accompagner à New York. Vous savez où nous allons ?

— Pas très loin de l'endroit où mon frère a été abattu, dis-je.

— Désolé, pour ça, fit-il en passant une main dans ses cheveux blonds, l'air gêné.

— Dites-le plutôt à Ben, dis-je d'une voix tendue. C'est vous les salopards qui l'avez obligé à faire ça.

Ce n'était pas très juste, mais personne ne me reprit. Trois médecins sortirent de l'arrière d'une camionnette banalisée et nous examinèrent avant de nous faire plusieurs injections. Je me rendis une dernière fois aux toilettes, et quand j'en ressortis je ne m'étais jamais senti aussi vide.

Ben, moi et trois des agents montâmes dans un Learjet de l'Air Force, et quelques minutes plus tard nous décollions dans l'air pur du matin.

Ils laissèrent Banning dans sa voiture. Il nous fit signe quand nous sortîmes du hangar. Qu'il l'ait voulu ou pas, Rudy Banning était un survivant.

Une fois à altitude de croisière, l'aîné des trois agents déboucla sa ceinture et alla à l'avant. Il avait un visage carré couronné de cheveux bruns grisonnants, des yeux noirs et les lèvres bien dessinées. Il s'agrippa d'une main au dossier de mon siège pour se stabiliser pendant qu'il parlait.

— Je m'appelle David Breaker. Nous voulions vous remercier de tout ce que vous faites. Ben vous a peut-être expliqué la nature de cette opération ?

— A peine.

J'entendis son estomac gargouiller.

— C'est moi qui dirigerai cette phase. Nous vous emmenons à New York. Manhattan. Comme vous pouvez le constater, je ne me sens pas très bien, et cela n'a rien à voir avec le mal de l'air. Nous sommes assez honteux, mais nous faisons tout notre possible pour réparer, y compris par une petite pénitence physique.

— Ah, dis-je platement.

Je ne savais toujours pas qui je devais ou pouvais croire, avec qui me montrer aimable, et certainement pas à qui je pouvais confier ma vie.

— Personnellement, j'ignorais jusqu'à l'existence

de Silk il y a un mois. Mais nous n'en sommes plus là, et après la mort de votre frère, et la découverte de la collusion d'une partie de l'Agence, je voulais simplement…

— Me présenter vos excuses ? dis-je en sentant une brusque poussée de colère monter en moi. Laissez tomber, d'accord ?

— Il faut que vous sachiez certaines choses à propos de cette opération. Tout d'abord, elle n'est pas approuvée par le président. Des tests ont prouvé qu'il avait été récemment marqué. Nous avons écarté deux des personnes que nous soupçonnons de le contrôler, mais il est très possible qu'il y en ait d'autres. Certains de mes collègues surveillent toutes les conversations téléphoniques du président. Dans la situation actuelle, je ne sais pas ce que nous pouvons faire de plus, pratiquement ou constitutionnellement. En fin de compte, nous sommes seuls. Aussi légitimes que soient nos actions, elles ne sont pas forcément légales. Notre premier objectif est d'éliminer le centre des activités de Silk en Amérique du Nord. Cette opération nécessite votre concours, docteur Cousins. Si tout se passe comme prévu, cet après-midi nous envoyons un commando avec tous les gens que nous pourrons rassembler, qu'ils soient de l'armée, de la CIA, de la NSA ou du FBI, disons une vingtaine de personnes, pour investir le Jenner Building à New York. Vous voyez de quel bâtiment je parle ?

— Ben m'a expliqué, dis-je. Anthrax Center ?

— Ça a été la couverture pendant des années. Nous espérons en avoir pris le contrôle avant que cet avion n'atterrisse. Vous vous y rendrez avec une équipe de protection. Nous voulons vous donner l'occasion d'évaluer leurs équipements. Voyez ça comme une répétition générale avant le spectacle en Floride.

— Le *Lemuria* ?

Il approuva d'un hochement de tête.

— Je peux sans doute vous aider dès maintenant.

Je me tournai vers Ben, de l'autre côté de l'allée, que Breaker dissimulait en partie. Il se pencha en avant et nos regards se rencontrèrent. Sans raison logique, j'avais confiance en cet homme qui avait abattu Rob.

Mon frère aurait apprécié. Cela l'aurait même beaucoup amusé.

— Comment ? dit Breaker.

— Dites à vos scientifiques de se concentrer sur l'adénylate-cyclase, sur les régulateurs et les interférons. C'est le dernier message que mon frère m'a transmis. Ils comprendront. Ajoutez-les à la liste de composants de votre élixir. Et immunisez-nous tous une fois encore, si vous en avez le temps.

— Si nous en avons le temps, répéta-t-il, dubitatif.

Un agent assis derrière nous posa son fusil d'assaut à côté de lui et nota les noms sur un carnet. Je dus les lui épeler.

Breaker brancha un petit lecteur de DVD à un écran monté dans le dossier du siège.

— Cet enregistrement provient d'une caméra de sécurité installée dans la cafétéria du J. Edgar Hoover Building, à Washington, dit-il. Il remonte à deux semaines.

Un titre apparut sur l'écran : *ENRG HOOVER 29 juil.*

La scène était filmée de haut, sans doute de l'angle d'un plafond. Elle montrait deux jeunes hommes maigres et deux femmes replètes qui travaillaient dans une cuisine et au comptoir d'un self-service. Ils préparaient, remplissaient les plateaux, nettoyaient.

Un par un, ils se servirent de petites bouteilles en plastique pour asperger le comptoir des salades, les tables à étuve et les présentoirs métalliques couverts de parts de dessert, gelées, puddings et autres. Les hommes et les femmes qui défilaient avec leur plateau et composaient leur menu ne remarquaient rien. Pour eux, tout avait l'air normal.

Puis ce furent d'autres enregistrements, précédés de mentions telles que *ENRG CIA ARL VA 30 juil.*, ou *ENRG FBI ACDMIE 2 août.*

— C'est le commencement, ou la reprise d'un assaut généralisé de nos institutions, conduit par une cinquantaine d'agents contaminateurs de Silk, dit Breaker. Ils ont eu vent de nos activités, apparemment ils les redoutent et ils sont aussitôt passés à la contre-offensive.

Puis vinrent des enregistrements audio de divers appels téléphoniques reçus au quartier général du FBI.

— Les personnes qui appellent prétendent être des parents, expliqua Breaker. Souvent des proches décédés. Ils lisent des listes de nombres et demandent à la personne visée de les répéter. A peu près toutes les personnes contactées répètent les nombres. Par la suite, les agents se souviennent seulement d'avoir reçu un appel muet.

— Je connais le procédé, dis-je.

— Vous mesurez l'étendue du problème, en ce cas, dit Breaker.

— Il est de taille, oui, approuvai-je. Je pense que vous avez attendu trop longtemps.

— C'est possible, en effet... reconnut Breaker.

— Des nouvelles de Garvey et de Crenshaw ? demanda Ben.

— Rien, répondit Breaker. Nous ne prendrons aucune mesure contre des agents retournés tant que nous n'aurons pas la situation bien en main. Et tant que nous ne saurons pas si oui ou non ils ont été marqués.

— Laissez-moi m'occuper d'eux, offrit Ben d'une voix rauque.

— Monsieur Bridger, vous n'êtes pas essentiel à cette opération, le prévint Breaker. Si c'est nécessaire, je vous en retire.

— Il n'y a rien à manger à bord ? demandai-je.

— Rien du tout. Mais il y a du café chaud. Très chaud.

Cette armée irait au combat le ventre vide. Mais puisqu'on ne pouvait plus avoir confiance en son estomac…

34

14 août, vingt heures — Jenner Building, « Anthrax Center », Manhattan

Nous descendîmes en voiture la large allée derrière le bâtiment gris. Je vis la porte en acier décrite par Ben, recouverte de graffitis. Le conducteur klaxonna et on ouvrit la porte de l'intérieur. Breaker et deux autres agents sortirent des voitures et conversèrent un moment avec les hommes surgis du building qui portaient des combinaisons blanches de décontamination.

Je contemplai le morne paysage de béton et de pierre qui s'élevait dans le soleil matinal. New York offrait son meilleur visage. La journée s'annonçait radieuse.

Toute ma personne s'était recroquevillée sur elle-même jusqu'à n'être plus qu'un point minuscule. Epuisé, vidé, le point n'était que vaguement conscient du passé, intensément connecté au présent et très peu désireux d'envisager l'avenir. Il n'avait plus qu'un lien ténu avec l'ancien Prince Hal et tous ses projets fous.

J'étais un animal, un chat, un ours, un lapin. Je ne voulais pas être humain.

Breaker revint à la voiture et toqua à la vitre de la

portière. Le conducteur la baissa, et Breaker se pencha à l'intérieur.

— Tout est OK, mais l'opposition au sein de l'Agence et du reste du gouvernement pourrait se mettre de la partie n'importe quand. Il faut donc faire vite. L'assaut est terminé, les lieux sont sécurisés, et une équipe technique sera très bientôt ici pour vous seconder. Prêt ?

Je fis oui de la tête, ce qui était un mensonge éhonté.

Breaker ouvrit la portière. Ben sortit de l'autre côté et gonfla les joues comme pour aspirer le courage de l'air lui-même.

— Je ne veux pas retourner là-dedans, dit-il. Ce qui signifie certainement que je dois le faire.

— Exact, dit Breaker.

Pas un sourire entre eux. Une histoire de rigueur et d'honneur qui m'était tout à fait étrangère.

J'étais terrifié, mais je le ferais pour Rob.

Dès que nous eûmes franchi la porte d'acier, quatre hommes en combinaisons blanches et casques flexibles transparents nous aidèrent à endosser des tenues identiques aux leurs et à attacher nos bouteilles. Nous disposions de trois heures d'air, si nous respirions normalement.

Je scrutai l'aire de chargement tandis qu'ils réglaient les sangles de ma tenue. Juste en face de moi, les grands aquariums avaient été démolis de quelques balles et vidés, laissant le ciment humide et l'air parfumé d'une odeur salée. A ma droite, je comptai vingt corps alignés sous des draps blancs. Un homme en combinaison les aspergeait d'antiseptique avec un cylindre à pompe, comme un jardinier qui effectue une pulvérisation sur ses fleurs.

J'étais prêt. Un des hommes en combinaison me fit face et leva son pouce ganté, poing fermé.

— Vous m'entendez ? dit Ben.

Sa voix était légèrement assourdie, mais claire.

Tous les visages autour de moi étaient pâles et fermés, ce qui n'avait rien de surprenant. Nous faisons confiance à nos petits alliés bactériens. Ils accomplissent maintes tâches pour nous. Ce sont des défenseurs vigilants mais aussi, selon les circonstances, des juges inflexibles. A présent nous tentions de nous débrouiller sans ces systèmes de soutien. Nous avions transformé nos corps en champs de bataille.

Breaker nous précéda dans l'escalier métallique et sur la plate-forme. Je regardai à travers le verre brisé de l'aquarium le plus proche. De la boue et de grosses formes molles et noires étaient visibles dans le peu d'eau qui restait au fond.

— Qu'est-ce que c'est ? demanda Ben trop fort, comme quelqu'un qui parle avec des écouteurs, en désignant la boue.

— Les Petites Mères de la Terre ? proposai-je avant de hausser les épaules pour signifier mon ignorance.

— Je ne pige toujours pas ce truc de « Petites Mères », dit-il.

— Des colonies bactériennes marines. Ces formes noires pourraient être des stromatolites. Golokhov voulait étudier la façon dont les bactéries forment des communautés. Peut-être y avait-il quelque chose de mystique dans sa démarche, un peu comme garder les reliques d'un saint. Peut-être qu'il nous voyait seulement comme des super-colonies évoluées de bactéries, ou des vaisseaux transportant les bactéries, sans rien décider nous-mêmes. Ce genre de délire.

Une jeune femme au pas raide et au visage sérieux

rejoignit notre groupe. Elle portait un fusil d'assaut et son badge disait *Services secrets — Nancy Delbarco.*

— Suivez-moi, dit-elle à travers son casque en plastique.

Ses yeux étaient fixes et impavides, mais ses lèvres serrées trahissaient sa tension. Elle aussi avait peur.

— Nous avons réparé en partie le système électrique, nous informa-t-elle tandis que nous la suivions entre les aquariums aux parois brisées. Les ascenseurs sont toujours hors service. Chaque niveau dispose d'une alimentation propre, mais certains câbles ont été sectionnés, et les générateurs sabotés. Ici, fit-elle en désignant le sol sous nos pieds, nous sommes au-dessus de trois niveaux enterrés, dont le dernier est à environ quinze mètres de profondeur. Nous n'avons pas encore exploré le niveau inférieur, mais il semble qu'il abrite surtout les réserves et l'infrastructure lourde : le système de climatisation, les citernes d'eau et les pompes pour les aquariums. En dessous, il y a les tunnels du métro. C'est pourquoi nous avons suspendu la circulation sur les lignes concernées jusqu'à ce que nous soyons sûrs que tout l'édifice n'est pas piégé et ne va pas exploser.

— Combien de morts ?

— Un assez grand nombre, répondit Delbarco d'un ton qui impliquait que la question était déplacée. J'ignore combien de temps nous pourrons tenir les lieux. Une équipe adverse peut débarquer n'importe quand, et nous n'avons aucun intérêt à un deuxième affrontement.

— Nous n'avons toujours pas le contrôle complet, au sommet comme localement, dit Breaker.

— Garvey ? fit Ben.

— Ses supérieurs ont de l'influence, reconnut Breaker.

Delbarco nous mena au sommet d'un long escalier. L'éclairage était lugubre. Les marches métalliques peintes trahissaient en leur centre la patine de l'usage. En regardant par-dessus la rambarde, on pouvait voir jusqu'en haut du building. Seize étages.

— Les quatre premiers niveaux sont réservés aux cuves et aux citernes en acier, pour les cultures, comme dans une brasserie industrielle, dit Delbarco. La plupart n'ont pas été utilisées depuis longtemps. Il est difficile de concevoir pourquoi ils avaient besoin d'une telle masse de matériel de marquage, mais mieux vaut attendre que les techniciens prélèvent des échantillons.

— C'est exactement ce que mon frère voulait avoir, dis-je distraitement.

Trois étages. On respirait mal sous le casque en plastique, mais je me débrouillais. Ben s'efforçait de ne pas montrer sa fatigue.

Arrivée au quatrième palier, Delbarco poussa une porte. Nous foulâmes un sol gris-bleu vitrifié entre des rangées de cuves en acier, les plus grandes hautes de six mètres et larges de trois, surmontées de serpentins de refroidissement et de forêt de tuyaux de différentes couleurs. A l'autre extrémité de cette salle se trouvait un laboratoire aux parois vitrées. Ses paillasses brillantes étaient nues et ses meubles de rangement vides. Deux panneaux vitrés avaient explosé sous les impacts des balles, et des éclats de verre jonchaient le sol.

Un cadavre était affaissé contre le seul panneau intact. Celui d'une jeune femme d'à peine vingt ans. Elle avait un petit trou au front, et une flaque de sang sous ses cuisses. Il y a encore peu, elle resplendissait de la beauté féline d'une gymnaste de l'Est. Elle portait une salopette en jean et un tee-shirt rouge.

Delbarco passa devant le corps sans manifester d'émotion.

— Nous avons quelques enfants vivants au huitième, dit-elle. Ils ne sont pas armés, du moins nous n'avons repéré aucune arme, c'est pourquoi nous… les avons contournés, pour l'instant.

Je songeai à Nicolae Ceausescu, l'ancien dictateur de Roumanie, qui recrutait ses futurs gardes du corps dans les orphelinats, pour élever les enfants et en faire une sorte de garde prétorienne. Il avait été renversé et exécuté en 1989. Ses enfants l'avaient défendu avec fanatisme jusqu'à la fin. Il avait fallu les abattre comme des chiens enragés.

— J'aimerais les voir, dis-je. Ils sont sous surveillance ?

— Non. Comme je l'ai dit, nous les laissons tranquilles pour le moment. Ils pourraient être porteurs de charges explosives, ou contaminés, répondit Delbarco qui semblait désireuse de changer de sujet. Nous estimons qu'il y a eu très peu d'activité dans ce bâtiment depuis déjà un certain temps. Même les ampoules ont été retirées des douilles.

— Il faut que je voie les enfants, insistai-je. Je veux savoir à quoi on les a utilisés.

A contrecœur, l'agent des services secrets accepta. C'était moi l'expert, et elle avait ses ordres, même si cela pouvait également signifier sa propre mort. J'en déduisis que c'était donc moi qui commandais. La constatation me déplut.

Nous suivîmes tous Delbarco à l'étage suivant. Dans la cage d'escalier, nous dûmes enjamber un autre cadavre, celui d'un jeune homme de vingt ans tout au plus, qui gisait sur le dos et semblait étudier les niveaux supérieurs avec un étonnement tranquille. Avec un doigt trempé dans son sang, il avait tracé deux lettres sur le sol. C'étaient des caractères cyrilliques, K et Ā. Peut-être avait-il voulu écrire son nom, ou un adieu à ses amis.

— Où sont les troupes de défense ? demanda Ben.

— Nous les avons retirées dès que le bâtiment a été sécurisé. Nous manquons de personnel partout, dit Breaker.

Le huitième étage ressemblait à un hôpital qui aurait traversé une pénurie extrême. Dans une pièce en demi-cercle se trouvait un bureau de réception désert. Six couloirs en partaient en étoile. A l'extrémité d'un de ces couloirs, dans l'éclat aveuglant d'un unique néon, j'aperçus un gymnase : cheval-d'arçons, matelas empilés, barres parallèles, anneaux.

— Mieux vaut ne pas traîner ici, dit Delbarco.

Pas de lumière du jour. Pas de fenêtres. *Pas la moindre chance d'aller au-dehors.*

Je pris à gauche et avançai dans un couloir, m'arrêtai, jetai un coup d'œil par la première porte ouverte. L'éclairage défaillant clignotait au plafond. Des papiers éparpillés, un téléviseur renversé, du sang transporté par des semelles de rangers. Une affiche de *Come To Middle Earth* des années 60 à côté de dessins d'enfants représentant des dragons, une sorcière au nez crochu, des avions. En dessous, un sommier en fer émaillé sur lequel était posé un matelas nu, les draps arrachés et jetés au sol. Dans un coin, quelqu'un avait fait ses besoins à plusieurs reprises. Il y avait des éclats de verre partout.

Du bout du couloir monta un chant, léger mais joli — celui d'un jeune enfant, garçon ou fille. La mélodie semblait appartenir au folklore russe. En me rapprochant, j'entendis des pleurs. Je passai devant deux portes closes, en m'attendant à moitié à ce qu'un gamin armé d'un Uzi en jaillisse et m'arrose de balles. Ou que le plafond s'effondre et déverse sur nous des litres de solution de marquage mêlée à des épingles qui auraient percé nos combinaisons. Ici, tout était possible. J'en avais trop vu pour ne pas le croire.

La porte à ma droite s'ouvrit sur un grand espace empli de baignoires en acier. Je pensai d'abord à une salle d'hydrothérapie, puis je remarquai que l'intérieur des baignoires était recouvert d'une croûte de pâte jaunâtre. J'étais heureux d'avoir cette combinaison et de ne pouvoir sentir l'air dans cette pièce.

C'était ce que Tammy avait décrit à Ben et Rob : une zone d'entraînement. Des bains publics voués à l'endoctrinement bactérien. Mme Golokhova avait dû s'en contenter ; elle ne pouvait pas s'offrir les aménagements spacieux du plus grand navire de croisière du monde. Avait-elle gardé le contact avec son mari ?

J'avais du mal à les imaginer parlant au téléphone pendant des heures, comme des amoureux séparés.

Je ralentis en percevant un bruit de pas. Une fille noire vêtue d'une longue tunique blanche sortit par une porte au milieu du couloir. Elle était accompagnée d'un gamin blond au visage fin et long qui s'accrochait des deux mains au vêtement déchiré de la gamine. Leurs yeux gonflés et soupçonneux se fixèrent sur moi.

La fille aboya quelque chose en russe. Je me tournai vers Ben, quelques pas derrière moi. Il secoua la tête.

J'adressai un signe de la main à l'enfant : « Je ne comprends pas », et remarquai ses avant-bras nus. De longues cicatrices roses partaient de ses poignets jusqu'au creux des coudes au moins, avant de disparaître sous les manches larges. Entre ses longs doigts bruns elle serrait une ampoule en plastique d'où pendait un tube terminé par l'aiguille d'une intraveineuse.

Trois autres enfants émergèrent d'autres portes et s'avancèrent prudemment.

La petite Noire secoua la tête et pointa ses doigts sur sa bouche ouverte, en me regardant d'un air de défi : « A manger, tu as à manger ? »

Un garçon de huit ou neuf ans arriva en traînant les pieds dans ses pantoufles à semelle de caoutchouc. Des bandes jaunes semblables à du Placoplâtre formaient des croisillons sur son crâne rasé. Ses yeux exprimaient un calme angélique, et il sourit comme ses pantoufles couinaient sur le sol vitrifié.

Ben me toucha le coude, et je sursautai.

— Tirons-nous, me dit-il. Nous ne pouvons rien faire, et ça ne sert à rien de prendre des risques. Nous ignorons ce qu'on faisait ici.

J'avais ma petite idée. Les enfants plus âgés, les assistants de Mme Golokhova, ceux-là mêmes qui étaient venus voir Ben et Rob sur l'aire de chargement, avaient sans doute essayé de protéger les plus jeunes. La première équipe les avait tous abattus aux étages inférieurs. Ils ne devaient pas être très nombreux. L'opération de nettoyage avait été rondement menée.

— Mme Golokhova poursuivait ses recherches. Elle entretenait ses propres agents et ses propres sujets, dis-je, avant de crier à Breaker et Delbarco : Vous ne pouvez pas apporter de la nourriture à ces gosses ?

La fillette noire nous observait avec méfiance à dix pas de distance. Elle semblait rechigner à approcher encore, tout comme je rechignais à l'avoir plus près de moi. Je vis que sa peau était finement plissée, et son regard me parut plein de lassitude. Soudain je n'étais plus certain de son âge.

Elle tenta encore de me dire quelque chose en russe, sur un ton impérieux. Je ne pus que hausser les épaules pour montrer mon incompréhension. Exaspérée, elle lança l'ampoule avec l'aiguille au bout du tube. Le tout rebondit contre ma combinaison et roula sur le sol. Je vérifiai frénétiquement mon bras à la recherche d'une déchirure. Elle éclata de rire.

— Partons, dit encore Ben en me tirant en arrière.

Les enfants filèrent dans leurs chambres. J'entendis des rires étouffés, de petites voix effrayées qui murmuraient, qui geignaient.

Nous montâmes au neuvième, au dixième et au onzième, ne nous arrêtant que brièvement pour y jeter un œil. D'autres cuves, des cabines d'isolation en acier, de grands labos vides aux portes closes, l'intérieur sombre visible seulement à travers des fenêtres en plastique transparent. Des magasins emplis de centaines de classeurs métalliques empilés, des barils en plastique, des bouteilles de produits chimiques vides et des objets en verre débordant de grandes poubelles, des rangées martiales de vieilles machines à écrire noires, un IBM 360 à moitié recouvert d'une housse en plastique brune, des caisses éventrées.

Au douzième, une salle de stockage sombre ne contenait que des cercueils en plastique vides. Un homme obèse portant un anorak gisait face contre le sol en plein milieu de la pièce. Il avait reçu une balle dans le dos.

Ben s'approcha au bord de la flaque de sang et de la pointe du pied retourna le cadavre.

— Norton Crenshaw, fit-il. Salut, Melon.

— Satisfait ? demanda Delbarco.

— Putain, non, grogna Ben.

Il fit un rapide tour de reconnaissance dans la salle, sonda quelques cercueils qui rendirent un son creux, puis nous rejoignit sur le palier.

— Vous avez appris quelque chose ? lui demandai-je.

— J'en ai appris beaucoup trop.

Quarante ans plus tôt, le Jenner Building avait dissimulé une des opérations les plus importantes de la section GCB de tous les Etats-Unis. En plein centre de Manhattan.

Pour créer les Candidats de Manhattan.

— Il va falloir que vous réécriviez tous vos livres, dis-je à Ben dans l'escalier.

— Sans rire, fit-il.

La porte ouvrant sur le palier du quinzième étage avait été pulvérisée. Des marques de brûlures et des traînées de suie décoraient les murs et le plafond. Au-delà se trouvait une autre porte, intacte celle-là, en bois blond et ornée de fleurs gravées. Deux spots l'éclairaient en biais à chaque angle supérieur.

Ben la poussa. Elle grinça en s'ouvrant, et nous pénétrâmes dans une pièce d'environ cinq mètres carrés, pleine de chaises et de bancs renversés, de peintures approximatives de paysages — un très beau lac (Baïkal ?), des montagnes, des petites maisonnées dans la forêt. Des étagères, certaines encore en place, d'autres brisées, laissaient déborder des livres jusque sur le parquet marqueté. Une longue table à manger en chêne était occupée par des albums de photos, certains ouverts, les autres empilés.

— C'est un appartement, dit Ben. Quelqu'un a habité ici.

Sur le mur du fond, une collection de portraits grandeur nature contemplaient l'intrus, frangés de rideaux en velours et accrochés par des cordes dorées. Il aurait pu s'agir du salon d'un expatrié russe, une sorte de haut lieu de mémoire dédié à un glorieux passé.

Ben feuilleta un des albums. Il s'intéressa à certaines photos, et après un moment laissa échapper un petit sifflement de surprise.

— On embarque ça, dit-il. Tout le lot.

Breaker lui décocha un regard étonné.

— Je croyais que nous venions chercher des spécimens biologiques.

— J'avais une tante restée vieille fille qui gardait jalousement toutes les photos de la famille, dit Ben. Elle les collait dans des albums et tapait à la machine les étiquettes avec les noms, le lieu et la date. Tout le monde lui envoyait un tirage de ses clichés. Elle s'en est occupée jusqu'à sa mort. D'une certaine façon, elle a été l'archiviste de la famille.

Breaker ne paraissait pas plus convaincu.

— Prenez tous ces albums, dit Ben. Si nous ne le faisons pas, nous risquons de ne jamais comprendre ce qui s'est passé.

Breaker se tourna vers moi.

— D'accord, on les emporte.

Trois techniciens en combinaison isolante arrivèrent enfin, hors d'haleine, avec des valises en aluminium. Delbarco discuta avec eux à voix basse dans le salon pendant que Ben, Breaker et moi poursuivions notre exploration.

Ben découvrit une salle de bains. Il ouvrit la lourde porte peinte en blanc, risqua un œil à l'intérieur puis se dirigea vers une baignoire à l'ancienne. Elle était cachée par un rideau décoré de marguerites imprimées. Il en saisit un bord et me lança un regard las.

— On perd notre temps.

— De la merde, répondis-je. C'est exactement ce que Norton a dit.

Ben tira le rideau et les anneaux métalliques crissèrent. Un corps gisait dans l'écrin d'émail, pelotonné en un ensemble frêle de bras et de jambes. Le visage desséché semblait flotter à l'extrémité d'une robe longue noire mal taillée. Les yeux, d'un blanc laiteux, regardaient fixement le plafond carrelé avec une expression de déception et de surprise qui faisait penser à un écureuil, ou à un singe.

— Mme Golokhova, je présume, lâcha Ben. Mes respects.

Breaker et moi nous approchâmes.

— L'épouse de notre maître secret. Je suppose qu'elle refusait d'être expropriée aussi brutalement.

Selon toute vraisemblance, elle s'était suicidée d'une balle dans la tempe avec le petit revolver à crosse d'ivoire qu'elle serrait toujours dans sa main décharnée. Celle-ci était élégamment posée sur le rebord de la baignoire, et l'arme pendait encore, retenue par les doigts blancs crispés.

Elle aurait dû vivre éternellement. Peut-être son mari lui avait-il promis cela en récompense de son rôle de cobaye qu'elle avait si bien tenu des années de folie durant.

Ben recula.

— Il n'y a rien ici pour moi, dit-il à Delbarco en sortant de la salle de bains. Mais prenons ces albums de photos.

— J'aimerais prélever des échantillons tissulaires sur elle, dis-je à Delbarco.

Elle transmit ma requête aux techniciens. Ils tirèrent le cadavre hors de la baignoire et le déposèrent sur le carrelage.

Je sortis avant d'en voir plus.

Breaker prit deux albums, moi trois, et Ben quatre. Cela ne représentait qu'un tiers à peine de leur nombre total, mais ils étaient épais, et lourds, or Delbarco refusait que nous soyons trop chargés, en cas d'imprévu.

— Encore un étage, dit-elle. Préparez-vous, messieurs. Celui-là, c'est la cerise sur le gâteau.

Nous arrivâmes au seizième, le dernier niveau de l'Anthrax Central. Delbarco pesa de l'épaule contre une porte en acier pareille à celle d'une chambre forte, la repoussa au maximum et nous fit signe d'entrer. La porte émit un soupir hydraulique quand elle commença à se refermer automatiquement. La jeune femme inséra un tournevis dans l'entrebâillement avant que le système ne se verrouille.

Au-delà de la porte était disposée une centaine de cylindres métalliques à l'horizontale. De la taille des premiers poumons d'acier, ils étaient alignés en cinq longues rangées avec, au centre de la pièce, deux petits laboratoires vitrés, à moins qu'il ne s'agisse de postes de contrôle.

Les cylindres étaient posés sur des plates-formes en ciment. Deux fines tubulures en cuivre, du diamètre d'un petit doigt, et un câble électrique blanc émergeaient de leurs deux extrémités.

— Il va falloir m'expliquer, dit Delbarco, mal à l'aise. Encore que je ne tienne pas vraiment à savoir.

J'agrippai une main courante métallique, gravis une volée de marches en béton et contemplai le haut du premier cylindre sur ma droite. Une longue fenêtre vitrée offrait une vision très claire de son contenu. A l'intérieur, baignant dans quelques centimètres d'un liquide rougeâtre qui ressemblait plus à du ketchup ou à de la confiture de fruits rouges qu'à du sang, reposait le corps nu d'un homme. Mince, le crâne gagné par la calvitie, d'âge moyen, il semblait prisonnier d'un sommeil léger mais troublé. Les muscles de son visage et de ses doigts étaient pris de spasmes, et ses yeux bougeaient sous les paupières closes. Des ondes épaisses ridaient la surface du liquide.

Au-dessus de la tête de l'homme, quelque chose émit un déclic, et une lumière d'un bleu argenté inonda l'intérieur de l'habitacle.

Un bourdonnement électrique bas fit vibrer toute la pièce. La lumière était apparue dans chaque cylindre, qui projetait des barres bleutées au plafond.

Une fois mes yeux habitués à ce nouvel éclairage, je pus voir l'homme plus nettement. Des filaments jaillissaient du liquide rouge et s'étendaient sur ses doigts, ses bras, son visage, laissant des traces huileuses sur sa peau dépourvue de toute pilosité.

Avec fascination mais aussi horreur, je constatai que le dos de sa main, entre les tendons, était marqué de cicatrices flétries.

La gorge sèche et les jambes en coton, je redescendis, me repris et allai examiner quatre autres cylindres. Quatre autres hommes, tous nus, deux âgés, les deux autres plus jeunes, le visage émacié dans la lueur argentée, tous gisant dans le même bain rouge, tous emprisonnés dans un sommeil contre nature.

Ben désigna une plaque d'identité en métal glissée dans un support à l'extrémité du cinquième cylindre. Après une série de douze chiffres je vis ce qui ressemblait fort à une date : *9/3/61*.

— Ils l'ont peut-être enfermé là-dedans en 1961, suggéra Ben. Comme du thon en boîte.

— Ou bien il s'y est mis de lui-même.

Mais je doutais aussitôt de cette possibilité. Avec des

tuyaux aussi fins, il ne pouvait y avoir une arrivée de fluides importante, pas plus que leur évacuation d'ailleurs ; peut-être seulement un peu d'eau fraîche. Pas de pompe, pas d'oxygène. Uniquement cet éclairage. Rien d'aussi simple, quel que soit l'équilibre écologique ainsi créé, ne pouvait maintenir ces gens en vie… et pourtant ils étaient bien vivants. Ils tressaillaient. Ils semblaient agités.

— Des expériences ratées ? supputai-je.

— Peut-être qu'ils ont basculé dans la folie après avoir subi le traitement de Golokhov, dit Ben. Une folie trop extrême pour qu'on leur permette de repartir dans le monde extérieur.

— Et si nous ouvrions un de ces conteneurs ? dit Breaker.

— Je ne prendrais pas ce risque, dis-je. Nous ne savons même pas ce que nous cherchons.

Nous étions en territoire inconnu.

— Continuons, dit Delbarco d'une voix tendue qui se répercuta dans la salle. Nous n'avons peut-être pas beaucoup de temps.

Nous l'ignorâmes. Ben et moi contemplions ces alignements métalliques sinistres. L'horreur nous avait saisis, et nous avions besoin de nous en défaire, de trouver des réponses.

Nous étions comme des gosses à la fête foraine, impatients de voir le monstre suivant. L'agent des services secrets sentit notre état d'esprit.

— Reprenez-vous, messieurs, nous prévint-elle, puis, d'une voix blanche : La dernière chose que je veux savoir, c'est ce qui se passe réellement ici. J'aime dormir, la nuit.

— Trop tard, fit Breaker.

Ben claqua des doigts, mais à cause de son gant en plastique cela ne produisit qu'un bruit mou.

— Il vient de me venir une idée horrible. Dans le bureau, toutes ces photos. Il y avait une centaine de portraits. Comptez les cylindres.

— Une centaine, dis-je. S'ils sont tous occupés…

Ben se pencha et déposa les albums sur le sol. Je plaçai les miens à côté.

Breaker passa un appel sur son talkie-walkie tandis que Ben avançait lentement entre deux rangées pour lire chacune des étiquettes métalliques.

— Nous pourrions peut-être dénicher une sorte de catalogue, dit-il. Pour connaître les identités de tous ces pauvres types.

Je le suivis, en me demandant ce qu'il avait en tête.

— Quelle est votre idée ?

— Ce serait vraiment dingue… murmura-t-il.

Les portes des postes de contrôle situés au centre de la salle étaient ouvertes, mais les petites pièces vitrées étaient complètement nues. La poussière formait un tapis gris sur le sol. Ben y laissait l'empreinte de ses pas.

Les lumières se rallumèrent. Des cylindres s'éleva un bourdonnement électrique qui n'était pas sans rappeler celui des ruches. Soleil instantané à intervalles de quelques minutes, déclenché avec une régularité de métronome.

— Pensez en Russe, me lança Ben par-dessus son épaule. Golokhov jouait sur tous les tableaux, il les montait les uns contre les autres, en faisant croire qu'il rendait des services à tous, mais en fait il les tenait grâce à ses manigances. Qui tirait avantage de qui ? Je n'arrive pas à croire que nous ayons sous les yeux le résultat d'expériences qui auraient échoué. Ça n'aurait pas de sens de les garder en vie, avec les dépenses d'énergie que cela génère. Non, ils s'en seraient débarrassés. Et je ne pense pas que ce soient des amis de ceux qui les ont mis là. Qui traiterait ses amis de la sorte ? Vous, vous n'abrégeriez pas leurs souffrances ?

Il passa dans une autre allée, s'arrêtant pour lire les étiquettes métalliques l'une après l'autre.

— Je crois que nous sommes dans un goulag. Un goulag d'acier.

Il s'immobilisa et posa un doigt sur une étiquette. Il avait trouvé ce qu'il cherchait.

— Ça pourrait bien être ça. Bon Dieu…

Il souffla une bordée de jurons et gravit les marches de ciment.

La date figurant sur l'étiquette après la série de douze chiffres était *7/3/53*, soit un an avant que le Jenner Building ne soit confié à Silk.

Ben me fit signe de le rejoindre. Ensemble nous nous penchâmes sur la fenêtre rectangulaire du cylindre.

L'homme étendu dans le bain de fluide rouge avait les sourcils broussailleux, un nez épais, et un long toupet de ce qui avait sans doute été des cheveux blancs jadis, à présent colorés de rose. Des rubans gélatineux rouges adhéraient à ses joues parcheminées et à sa moustache en bataille, maintenant les lèvres entrouvertes.

Je me demandai si le fluide rouge dissolvait les cheveux à mesure qu'ils poussaient, ainsi que les rejets corporels, nourrissait et gardait en vie ces individus emprisonnés. Indépendants. Je n'étais toujours pas convaincu, mais la poussière entre les rangées de cylindres, marquée de nos seules empreintes, prouvait que peu de gens étaient venus ici depuis des années, voire des dizaines d'années.

— Pas l'air très heureux, hein ? fit Ben. Peut-être qu'il fait des cauchemars.

— Bon, et alors ?

— Sûr, il n'est pas en grande forme. Après tout, il a quoi ? Cent vingt-cinq, cent vingt-six ans ? dit Ben, l'air impressionné. Bon Dieu. Qui a eu une attaque dans la datcha de Kuntsevo ? A qui a-t-on collé des sangsues, sans lui permettre de voir un médecin ? Qui a désigné le mur où était accroché l'image d'un garçon et d'une fille nourrissant un agneau au biberon ? Qui est mort dans son lit sous les yeux de Svetlana ? Tout ça n'était qu'une imposture. Beria était-il au courant ?

Ben m'interrogea du regard. Dans ses yeux brillait une excitation singulière.

— Au courant de quoi ?

— Vous ne le reconnaissez pas ? Vous n'avez pas fait d'histoire à l'école ? dit-il, avant d'ajouter d'un ton plaintif : Ou est-ce que c'est moi qui deviens dingue ?

— Pas impossible.

Il secoua la tête sans cesser de contempler l'homme dans le cylindre.

— Non, j'en suis sûr ! Ce n'est plus qu'une épave, mais j'ai étudié des photos de lui depuis mon enfance. C'est bien lui. Banning avait raison. Golokhov l'a traité, et lui a permis de survivre au-delà de la longévité normale. Mais pas de la façon qu'il aurait voulue.

Il éclata d'un rire sonore qui résonna dans la grande salle.

— Golokhov était en exil, mais il a dû aider le Politburo à fomenter sa chute. Ils ont simulé la maladie. Ils l'ont neutralisé. Ensuite, peut-être qu'ils l'ont remplacé par un sosie. A moins que Svetlana et les autres n'aient été marqués et n'aient subi un lavage de cerveau…

A mesure qu'il la déroulait, Ben était de plus en plus enthousiasmé par sa thèse.

— Oui, ce ne peut être que ça ! Ils l'ont expédié hors de Russie quand Silk s'est installé à New York. Ils l'ont mis au frais ici, dans ce bâtiment, avec ses camarades monstres, les tenants de l'ancien régime. Et ils ont accroché leurs portraits sur le mur en bas. Bon Dieu, vous croyez que Beria est là aussi ? Rangé dans un de ces cylindres en souvenir du bon vieux temps ?

— Je suis toujours perdu, Ben.

— C'est *Koba*, Hal ! s'écria Ben, exaspéré par mon incompréhension. Iossif Vissarionovitch Djougachvili. Dites bonjour au petit père des peuples, papa Joseph Staline !

Je baissai les yeux sur le visage ratatiné, mangé par la petite vérole et les rubans de matière rouge, et je ne discernai aucune ressemblance avec le tyran, mais il est vrai que je n'avais pas étudié son visage avec autant d'intensité que Ben.

Les yeux de l'homme s'ouvrirent subitement et se fixèrent sur moi à travers la vitre. La sclérotique était rosée et des bulles rouges naquirent de sa bouche. J'étais certain qu'il pouvait me voir. Son regard me glaça : affaibli, mais toujours intense. Chargé d'une haine pure.

— Vous imaginez tout ça, dis-je, avec le sentiment horrible qu'il n'en était rien et que je me tenais à moins d'un mètre du pire boucher de l'histoire humaine.

— *Messieurs !* lança Delbarco.

— Ah oui ? me répondit Ben sans prêter attention à l'agent des services secrets. Et ce regard ? Gorki l'a comparé à une puce de taille humaine. Il ne se souciait pas le moins du monde de la race humaine, il voulait seulement lui sucer tout le sang. Il a l'air d'un vrai vampire, maintenant, non ?

— Il faut partir, *immédiatement* ! cria Breaker du seuil de la salle.

Dans le cylindre, la langue pourpre de la créature darda de façon obscène entre les lèvres retroussées, découvrant des dents jaunies. Il semblait essayer de parler, ou de crier. Sa tête tressauta, et des vaguelettes de liquide rouge s'écrasèrent contre les flancs du compartiment de métal. Certaines submergèrent sa bouche. Il avala un peu de fluide, eut un haut-le-cœur, avança faiblement les lèvres comme pour cracher mais n'y parvint pas. Alors il se mit à se tortiller comme une anguille dans un bocal, en frappant des membres contre les parois de sa prison.

— Ce n'est pas *possible*, dis-je.

Ben me donna une claque sur l'épaule et s'esclaffa.

— Hal, c'est la chose la plus stupide que vous ayez jamais dite. Bordel, *regardez autour de vous* !

— Il y a des problèmes en bas ! cria Delbarco.

Par chance, l'éclairage du cylindre s'éteignit, mais les coups sourds continuèrent, puis il y eut un long cri aigu, à peine perceptible.

Ben sortit enfin de la transe fascinée qui l'avait saisi et descendit les quelques marches. Je m'attardai une seconde près du cylindre alors que Breaker arrivait d'un pas décidé pour nous faire sortir.

— C'est complètement dingue ! dis-je à Ben en le rejoignant.

Nous ramassâmes les albums et courûmes maladroitement dans nos combinaisons jusqu'à la porte. Ben leva une main vers son casque et lui imprima un mouvement de rotation, index tendu au niveau de la tempe.

— Tout ce foutu siècle était dingue, Hal !

Nous dévalâmes les seize étages. Delbarco arriva la première en bas. Elle scruta la plate-forme surplombant l'aire de chargement, puis nous fit signe de sortir. Nous passâmes entre les aquariums brisés et découvrîmes en contrebas une foule de policiers et de pompiers. Par les portes béantes, j'aperçus des camions anti-incendie et des voitures de patrouille garées dans tous les sens, gyrophares allumés.

Quelqu'un — probablement de notre camp — avait alerté tous les chiens de garde de la ville.

— On reste tranquilles, nous dit Delbarco tandis que nous ôtions nos combinaisons. Laissez l'agent Breaker parler.

— Mes amis, disait justement celui-ci à l'adresse de tous les uniformes assemblés face à lui, il ne faut pas rester ici. Ce bâtiment est toujours contaminé.

La combinaison isolante dont il n'avait retiré que le casque donnait un poids certain à cette affirmation. Quelques-uns tournèrent les talons. Les pompiers mirent leurs masques à oxygène.

— Suivez-moi, dit Delbarco. Je ne pense pas qu'ils oseront tirer en présence de tous ces flics.

— Je ne le parierais pas, marmonna Ben.

Nous fendîmes la foule en un groupe compact. A mi-chemin des portes, j'agrippai le bras d'un pompier.

— Il y a des gosses au huitième, lui dis-je. Ils sont affamés, et ils ont besoin de soins médicaux. Vous pouvez y aller, nous en revenons. S'il vous plaît, allez les chercher.

Il désigna la combinaison isolante sous mon bras.

— Ça vous est facile à dire. C'est contaminé, là-haut, mon vieux.

— Mais ce ne sont que des gosses ! m'emportai-je.

D'un geste, il m'envoya au diable.

Dans la foule des hommes et des femmes en uniformes de la police et des unités d'urgence, je repérai quelques individus en civil. Ils étaient six, peut-être sept. Et ils ne nous quittaient pas des yeux. Certains étaient armés de pistolets, d'autres portaient de petites boîtes.

Ben se figea sur place.

— Allons, dis-je en le tirant par la manche.

Mais il demeura inébranlable. Je suivis la direction de son regard et aperçus un homme approchant les soixante-dix ans vêtu d'un anorak noir. Bras croisés, il se tenait au milieu de la foule comme si personne d'autre n'importait.

— Oubliez-le, dis-je à Ben dans un murmure. Il nous faut déguerpir d'ici avant qu'ils n'aient le soutien de renforts.

L'homme en anorak toisa Ben avec mépris, puis cracha sur le ciment.

On nous poussa avec nos trésors photographiques dans des voitures qui attendaient dans la large allée. Après avoir slalomé entre les véhicules des pompiers et de la police, nous nous éloignâmes à vive allure.

Personne ne nous suivait. Derrière nous, les lumières clignotantes disparurent.

— C'était Stuart Garvey ? demandai-je à Ben.

Il acquiesça, puis appuya sa tête en arrière contre la banquette et ferma les yeux.

Delbarco passa un appel sur son téléphone satellitaire. Elle ne parut pas particulièrement enchantée de ce qu'elle entendit. La communication terminée, elle aussi ferma les yeux et appuya sa tête contre la vitre de la portière.

Nous quittâmes la ville. Dans le New Jersey, nos voitures furent remplacées par une caravane de Suburbans.

Ben alluma la petite lampe éclairant son siège une heure plus tard et ouvrit un des gros albums de Mme Golokhova.

— Nous aurions dû les emporter tous, dit-il. Ils méritaient qu'on coure ce risque. Bon Dieu, toute l'histoire qu'elle a collée là-dedans…

Il tourna quelques pages, étudia les photos.

J'imaginai Mme Golokhova dans l'asile spécial de son mari, pendant ses années de folie, avec tout le temps devant elle, et ces albums comme unique tâche à accomplir.

Quelques minutes plus tard, Ben siffla.

— Jackpot, annonça-t-il.

Il releva l'album pour que je puisse voir la page. Une photographie en noir et blanc, au bord dentelé, montrait un Joseph Staline dans la force de l'âge, aisément identifiable, ses cheveux commençant à grisonner. Il se tenait auprès d'un médecin en blouse blanche et portant un pince-nez, dont il entourait les épaules d'un bras. Staline arborait un large sourire. Sans doute voyait-il un avenir héroïque. Une date était inscrite avec soin au bas du cliché : *4.vi.38.*

Il ressemblait indéniablement à l'homme dans le cylindre.

— Il avait déjà tué des millions de gens, dit Ben de cette voix teintée d'une incrédulité rêveuse qu'ont les historiens quand ils sont confrontés à d'aussi vastes atrocités. Il a décapité la hiérarchie militaire soviétique. Il s'apprête à conclure un pacte de non-agression avec Hitler pour gagner un peu de temps, et ensuite Hitler envahira la Russie. Dans les dix années qui suivront, trente millions de gens mourront. Certains parlent de cinquante millions, ou plus. Croyez-vous qu'il suivait le traitement de Golokhov à l'époque ?

Je n'avais pas de réponse à cette question. Je contemplais la photo, pour graver dans ma mémoire les traits de l'autre homme. Un visage agréable, l'air presque timide, le regard doux, le nez recourbé.

Deux types dans la force de l'âge posant pour illustrer leur camaraderie.

La majeure partie du voyage jusqu'en Floride est assez floue dans ma mémoire. J'ignore ce qu'il advint du goulag d'acier. Je ne saurai probablement jamais si la théorie de Ben était juste.

Mais l'homme dans le cylindre, s'il avait encore conscience de la réalité, cet homme souffrait. Et si l'étiquette métallique ne mentait pas, il souffrait depuis plus de cinquante ans.

35

17 août — Port Canaveral, Floride

Du balcon de notre suite, à l'hôtel, nous apercevions le *Lemuria*. Difficile de ne pas le remarquer, avec ses quatre tours brillantes allant de la proue à l'arrière de ce paquebot de presque six cents mètres de long. Dans ce port d'eau profonde, le navire avait changé de direction durant les dix dernières minutes, en se servant de ses propulseurs d'étrave et de poupe pour se préparer à prendre la mer. Grâce à une petite paire de jumelles, je pouvais observer l'entrée de la marina entre les énormes coques jumelles du navire. Des yachts empruntaient ce portail tels des papillons voletant par la porte ouverte d'une maison.

Le *Lemuria* était sans doute la chose la plus laide que j'aie vue sur l'eau. Bien sûr, le panorama à partir d'un de ses sept cents appartements devait être magnifique. Les richards, pensai-je en grimaçant. Tous avec trop d'argent et pas assez de temps pour le dépenser. Une armée d'investisseurs potentiels.

Golokhov avait peut-être bien trouvé une véritable mine d'or.

Au-delà de la longue entrée de Port Canaveral, je distinguai les tours d'une rampe de lancement. Je consultai la carte étalée sur la table. Le pas de tir 39 de Cap Canaveral. Massées autour de cet hôtel se trouvaient quelques-unes des plus grandes tentatives technologiques de l'histoire de l'humanité. Pourquoi n'éprouvais-je aucun sentiment de fierté ?

Nous nous étions installés au cinquième étage du Westin Tropicale, en prétendant attendre là un séminaire de Wade Cook sur les investissements. Il avait été question de nous faire emménager dans un poste des gardes-côtes, mais cette option avait été annulée avant notre arrivée, d'où notre nouvelle couverture. Nous avions les badges et les porte-documents appropriés, tout l'attirail. Le clou du séminaire devait être une visite du *Lemuria*.

Breaker revint dans la suite accompagné d'un homme et d'une femme qui m'étaient inconnus. Ben suivait. Je me tenais devant la fenêtre, un sandwich préconditionné dans une main, les jumelles dans l'autre.

Breaker se chargea des présentations :

— Hal Cousins, voici Nate Carson, du ministère de la Santé.

— Ravi de faire votre connaissance, dit Carson.

C'était un homme ayant à peine dépassé la trentaine, dont les cheveux tombaient sur les épaules et aux traits empreints d'une certaine noblesse. Il me tendit la main, mais je secouai la tête négativement : « Non, désolé. » Il laissa retomber son bras et interrogea Breaker du regard, avant d'afficher un sourire penaud.

— Comme vous voudrez, dit-il.

— Et voici le Dr Val Candle. Elle travaille pour la NSA, et est spécialiste en bio-informatique.

Candle semblait approcher la quarantaine. Elle avait

un visage nettement moyen-oriental, une longue chevelure noire rassemblée en un chignon peu strict, de grands yeux noirs légèrement soulignés par des cernes naissants, un nez de forme classique. Selon mon humeur, j'aurais pu la trouver ordinaire ou d'une beauté à couper le souffle, mais il était évident qu'elle se souciait comme d'une guigne de l'avis qu'on pouvait porter sur son apparence physique. Elle était professionnelle jusqu'au bout des ongles, et parlait d'une voix grave relevée d'une pointe d'accent de Brooklyn.

— Vous n'avez pas l'air très en forme, docteur Cousins, dit-elle.

— Je ne me sens pas très en forme, répondis-je. Qu'y avait-il dans cet élixir, à part de l'ipéca et du laxatif ?

— Du désespoir et de l'espoir, dit Candle. Nous apprenons tous les jours, et beaucoup. Je regrette qu'on ne nous ait pas mis sur ce dossier plus tôt.

— Résumons la situation, fit Breaker. On vous a informé de ce qui se passe à Washington. Le président est peut-être entré en phase de rémission, mais il refuse toujours de signer les documents nécessaires. Nous n'avons donc pas les coudées franches. Le vice-président se trouve en déplacement en Israël et le porte-parole est Dieu seul sait où. Quant au ministre de la Défense, c'est lui qui supervise nos opérations pour l'instant. Pour ce qui est du reste du personnel de la Maison-Blanche, tout le monde est malade comme un chien. Le directeur du FBI s'est suicidé cet après-midi, à quinze heures. Le nouveau directeur de la CIA a approuvé pleinement notre opération, cependant certains groupes au sein de l'Agence rechignent toujours à suivre le mouvement. Nous pouvons considérer qu'ils ont retourné leur veste, ou qu'ils sont gravement marqués. Une évaluation en urgence a été lancée au Pentagone, mais nous allons passer à l'action sur le *Lemuria* avant sa conclusion.

Breaker se tourna vers moi.

— Voici ce que nous suggérons : vous accompagnerez le groupe d'intervention sur le *Lemuria*, afin de lui faire profiter de vos connaissances. M. Bridger viendra avec vous. Vous avez tous deux une expérience non négligeable de la façon d'opérer de Silk. Vous bénéficierez d'une protection rapprochée.

— Comment savez-vous qu'ils sont ou non marqués ? demandai-je.

Ben serrait contre lui un album de photos de Mme Golokhova. Il s'approcha de la baie vitrée.

— J'apprécie votre engagement dans cette opération, docteur Cousins, dit Breaker. Je vais consacrer les prochaines heures à aplanir autant que possible les difficultés avec les grincheux de Washington. Quelques agents de la vieille garde, ainsi qu'une poignée de politiciens qui ne sont pas marqués par Silk ni ne font partie de leurs agents détestent toujours l'idée que nous déterrions toute cette affaire. J'ai avancé comme argument que vous deviez prendre part à l'opération de nettoyage, parce que vous savez ce qu'il faut rechercher.

— Du moins, nous l'espérons, dit Candle.

— Deux architectes de la marine arriveront ici avec des plans du navire avant minuit. C'est tout ce que nous pouvons vous révéler sur l'opération tant que vous n'y participez pas. Mais faites-moi confiance, il y a beaucoup plus.

— Nous pourrions l'investir maintenant, pendant qu'il n'est pas encore sorti du port, dit Ben qui regardait par la baie vitrée.

— Nous suivrons les procédures établies, trancha Breaker.

— Comme au Vietnam, remarqua Ben. Vos « procédures établies » pourraient coûter cher en vies humaines.

— Tout à fait d'accord avec cette analyse, dit Breaker. Mais c'est ainsi que nous procéderons. Vous pouvez encore vous retirer de l'opération, si vous voulez.

Sur ces mots, il sortit de la pièce. Ben alla prendre une canette de soda dans le réfrigérateur puis s'assit dans un fauteuil. Il pianota des doigts sur l'album en me regardant. Il avait quelque chose à me montrer.

Bras croisés, Candle et Carson m'épiaient comme si j'étais un insecte bizarre.

— Pourquoi l'immortalité ? demanda Carson d'un ton critique.

— Nous en discuterons plus tard, intervint Candle. Nous avons besoin de connaître tous les récepteurs que vous avez réussi à bloquer. Nous avons étudié vos articles, mais vous n'avez jamais publié tous les détails du processus.

Nous nous assîmes autour d'une table au plateau en verre au centre du salon de la suite. De leurs sacs ils tirèrent des liasses de documents, tous estampillés de la mention TOP SECRET.

— Vous allez apprendre certaines choses qui dépassent le niveau « top secret », annonça Candle. Si jamais vous révéliez ce que vous allez entendre à qui que ce soit, je me ferais un devoir de venir vous arracher les testicules, où que vous soyez.

Je réprimai un sourire de défi, mais elle n'était pas d'humeur à plaisanter, et j'étais fatigué.

— Compris, dis-je simplement.

Elle parla d'un ton sec, monocorde :

— La NSA étudie depuis un certain temps le potentiel du codage biologique. Un de nos services a pour tâche de découvrir si des messages codés dans le génome peuvent être ou sont transmis dans notre pays par l'intermédiaire des oiseaux, des plantes, des insectes ou des bactéries. Nous avons analysé les génomes bactériens d'après des échantillons envoyés des principaux centres urbains afin de détecter d'éventuelles altérations non aléatoires du génome, que nous préférons ne pas appeler « mutations », dans trois cents variétés communes de bactéries intestinales. Nous avons déterminé que ces altérations impliquaient une intervention intelligente. Dans vingt-cinq sur trente de ces altérations, l'existence d'un schéma automodificateur interne a été mathématiquement démontrée. Nous avons éliminé toute intelligence externe comme cause et avons étudié la possibilité d'une intelligence génomique interne.

— Vous pouvez faire ça, je veux dire : le confirmer ? demandai-je.

— Personnellement, je ne le peux pas, dit-elle avec un soupçon de regret.

— Mais vous savez ce que cela signifie ?

— Que les bactéries peuvent se modifier dans le monde entier en moins de dix ans. Appelez ça une preuve d'une évolution génomique coordonnée, appelez ça une « pensée » microbienne, appelez ça comme vous voulez, quoi qu'il en soit, des gens en qui j'ai entière confiance, des gens très brillants, m'ont affirmé que c'était une réalité.

Les Petites Mères de la Terre, pensai-je.

— En ce qui concerne les autres altérations, nous avons dû nous résoudre à les interpréter comme découlant d'une intervention humaine, due à une puissance potentiellement hostile, et sur une grande échelle. De plus, nous avons établi que ces changements externes n'étaient pas opérés pour coder des signaux basés sur le langage, mais pour altérer les fonctions des gènes chez les microbes humains communs, avec pour but de leur faire produire de nouvelles substances, soit pour déclencher des maladies dans des populations ciblées, civiles ou militaires, soit pour induire des psychoses à grande échelle. Beaucoup de biologistes travaillant pour nous se sont gaussés de ces déductions, dans un premier temps. Ensuite ils ont tenté de nous détruire. Nous en avons réchappé, mais de justesse. Quand votre affaire nous a été connue (elle me lança un sourire glacial), nos actions sont montées en flèche à l'Agence.

— Merci beaucoup pour ça, fit Carson d'un ton acide.

— Quand êtes-vous arrivés à ces résultats ? voulus-je savoir.

— C'est sans importance, répondit Candle.

— Pour moi, c'est très important.

— Il y a cinq mois, nous avons soumis le problème au directeur de la NSA. Elle l'a transmis aux départements spécialisés. Le sujet est resté en suspens parce qu'il était trop obscur et fou pour qu'on le traite, jusqu'à il y a deux mois. Trois hélicoptères des marines ont détruit quelques propriétés privées à Los Angeles. Quelqu'un a décidé qu'il était temps de découvrir ce qui se passait, et d'y mettre un terme. Maintenant, à votre tour. Dites-nous ce que vous avez fait.

Je leur racontai la majeure partie de ce que je savais sur les secrets de l'interaction entre les bactéries et l'intestin, comment immuniser ou réorganiser les principales variétés, comment régler le fonctionnement écologique interne d'un individu pour contrecarrer ou renverser soixante-dix années de dégâts humains. Je ne mentionnai pas l'insertion de gènes altérés dans mes cellules intestinales. Je doutais que cela leur soit d'une aide quelconque, et je ne tenais pas à ce qu'ils expérimentent la chose sur des gens non informés, qui ne seraient même pas volontaires.

Candle prenait des notes sur des feuilles de papier spéciales imprimées de cartes des génomes pour diverses sortes de bactéries. Quand j'eus terminé mon petit discours, elle proposa une pause que tout le monde accepta avec soulagement.

Assis dans un fauteuil, Ben m'avait écouté en sirotant son troisième Coke. Quand les autres furent sortis, il fronça les sourcils, comme s'il pensait à écrire un autre livre.

— Attention à vos testicules, lui dis-je.

— C'est une vraie tigresse, hein ?

Pour l'instant, nous étions seuls dans la suite. Il avait glissé un doigt à une page précise de l'album fermé. A présent il l'ouvrit.

— Que savons-nous au juste, Hal ? demanda-t-il en indiquant du doigt une photo collée en haut de la page de droite.

Je me penchai pour l'examiner. Le cliché montrait cinq personnes en complet veston qui posaient avec une certaine raideur devant un rideau.

— Eh bien ? fis-je.

— La photo a sans doute été prise par un photographe russe et donnée aux proches de Golokhov. Mme Golokhova l'a mise dans cet album avec toutes ses autres photos, mais cet album est le dernier qu'elle ait fait, à mon avis. Il y a eu une grande conférence du Parti communiste à New York, en 1949, le « Congrès culturel et scientifique pour la paix dans le monde». Aussi appelée la Conférence du Waldorf. Des huiles et des célébrités sont venues du monde entier pour y participer. C'était avant le maccarthysme, bien entendu. Je crois que l'événement a été couvert par le magazine *Life*.

— Bon, et qui sont ces gens ?

Il fit glisser son index sur la photo.

— Celui sur la gauche est un romancier, Aleksandr Fadeïev. Il était président de la Guilde des écrivains soviétiques. Un autre colonel Klink dans le zoo de Staline : «Je n'ai rien vu, rien entendu.» A côté de lui, Norman Mailer, l'inimitable. Juif, bien sûr. Lui, c'est Arthur Miller, juif lui aussi. C'est le type qui s'est marié avec Marilyn Monroe, laquelle aurait couché avec John Fitzgerald Kennedy. Entre eux, Dimitri Chostakovitch. Excellent compositeur, qui a eu pas mal de démêlés avec Staline. Mais ce type à droite, avec la coupe de cheveux ridicule, qui pensez-vous que ce soit ?

— Je ne sais pas, dis-je, irrité.

Pourtant le profil du cinquième homme sur la photo avait déjà attiré mon attention. Je pris l'album, examinai le cliché de plus près. Le nez, l'arc des sourcils, l'attitude générale…

Je sentis mes paumes devenir moites sous l'effet d'une anxiété instantanée.

— Que savons-nous avec certitude, Hal ? demanda Ben. Qui manipule qui, dans cette histoire ? Dites-le-moi.

Le cinquième homme ressemblait beaucoup à Rudy Banning. Plus jeune de quelques années, mais très reconnaissable.

— 1949, lus-je. Vous êtes sûr ?

— Regardez Mailer, répliqua Ben. Encore un jeune ambitieux. Et Miller, avec ses cheveux noirs, sans une trace de gris. Je suis catégorique, cette photo a bien été prise à New York en 1949.

— Elle aurait pu être retouchée…

— Hal, elle l'a collée dans l'album en 1949 ou 1950. Ce cliché illustre un moment de la conférence. Je parierais que Maxim Golokhov était présent, et qu'il dressait des plans avec ses contacts américains.

— Ce pourrait être un photomontage.

— Je ne le pense pas.

Je regardai Ben droit dans les yeux.

— Vous en êtes toujours ?

— Pour rien au monde je ne voudrais rater ça, fit-il en refermant l'album.

Au-dehors, la nuit parfumée de Floride avait fait naître des constellations de lampes au mercure et au sodium sur les centres commerciaux, les parkings, les immeubles d'appartements et les restaurants qui alimentaient Port Canaveral et les navires de croisière, le *Lemuria* en particulier. L'énorme bâtiment s'illumina en dernier. De la côte, il ressemblait à une rangée de ziggourats décorées comme des sapins de Noël. A peine une douzaine de fenêtres dans les quatre tours étaient éclairées, car seuls quelques appartements avaient été vendus et étaient présentement occupés.

A neuf heures, Breaker revint accompagné des architectes de la marine. Ils déployèrent de grands plans sur la table. Chacun de nous emporterait une petite carte détaillant notre chemin dans le navire. Ils estimèrent qu'on ne pouvait se fier aux codes transmis par Tammy. Il nous faudrait trouver d'autres passages pour atteindre le sanctuaire de Golokhov. Toutefois, Ben me donna une copie de la carte dessinée par Tammy ainsi que les codes. Je pliai le tout et l'empochai.

Nous opérerions avec des membres d'unités diverses. Nous allions « emprunter » un cruiser dans la marina privée de Port Canaveral. Dix marines nous accompagneraient. D'autres débarqueraient sur le *Lemuria* de deux, peut-être quatre hélicoptères des gardes-côtes. De plus, deux vedettes des gardes-côtes viendraient en appui.

Ben écouta ces explications d'un air réservé. Le plan un peu fou de Rob allait se réaliser, mais sur une plus grande échelle qu'aucun de nous n'avait osé l'espérer.

Je me sentais harassé, sans doute en réaction tardive au choc. Un processus curieux se déroulait dans mon cerveau, sans que je puisse l'analyser clairement. Par compensation et pour me concentrer sur un sujet plus solide, je me mis à imaginer ma confrontation avec Maxim Golokhov. Je voulais investir ses laboratoires clandestins l'arme au poing, et peut-être y rafler quelques indices. Ce type était mon débiteur.

Tous là-bas étaient mes débiteurs. Tout ce que j'avais enduré découlait de leur intransigeance et de leur ignorance. Ils étaient responsables de la mort de Rob. J'allais clore cette histoire pour nous deux. Je devais bien ça à mon frère.

En dépit de tout ce que j'avais vu et de tout ce à quoi j'avais survécu, j'étais toujours désireux de partir arpenter la Longue Route.

Delbarco et Breaker apportèrent des sacs de couchage encore dans leur enveloppe plastifiée, des serviettes de toilette sentant le désinfectant et un carton de plats préparés, conditionnés en 1997.

Carson me vit étudier le dos de ma main.

— Des plissements de peau, docteur Cousins ? demanda-t-il.

Je fermai la main en un poing.

— Non.

36

19 août — océan Atlantique, à bord du Lemuria

Le cruiser de dix-huit mètres bondissait sur les vagues d'un mètre cinquante à la poursuite du *Lemuria*, en plein Atlantique. L'aube n'était qu'une lueur lointaine aussi jaune qu'une glace au citron sur le gris sombre de la mer.

— L'Aigle s'est posé, dit Breaker.

Il avança en s'appuyant contre la cloison en noyer de la cabine, et s'assit sur un banc capitonné à côté de Delbarco et en face de Ben et moi.

— Le démarquage du président est achevé, traduisit-il. Il est avec nous.

Candle et Carson étaient avachis sur une banquette derrière une table, au fond de la pièce. Trois marines, deux jeunes hommes et une femme, occupaient avec une certaine raideur des fauteuils pivotants tendus d'un cuir luxueux. Ils portaient des tenues de combat pour le désert dont l'efficacité me semblait douteuse sur un navire de croisière. Casque posé sur les cuisses, ils écoutaient tout ce que nous disions avec une concentration qui m'impressionnait.

J'en étais à ma troisième tasse de café. Depuis mon réveil, quatre heures plus tôt, la tête me tournait et je me sentais désorienté.

Breaker observait notre approche du *Lemuria.*

— Nous n'aurons pas tout ce que nous avons demandé. Washington est en plein tumulte. Le secret n'est plus de mise. Un sénateur a prévenu les propriétaires du paquebot que nous arrivions. Lorsque nous monterons à bord, il faut espérer que les gardes-côtes auront obtenu la coopération du capitaine et de l'équipage.

Personne ne se risqua à commenter notre état physique. Nous étions tous sujets aux effets singuliers de la houle et de notre deuxième prise d'élixir contenant encore plus de bactéries modifiées et de phages en incubation. Nous souffrions tous plus ou moins d'un mal de mer très spécial, nous étions de mauvaise humeur et sur les nerfs, et personne ne pouvait nous dire ce que nous découvririons dans les entrailles de cette ville flottante.

Le *Lemuria* était distant de huit kilomètres et faisait route au sud-sud-est à une vitesse d'environ quinze nœuds. Carson et Candle étaient plus anxieux à chaque minute.

Ben et moi sortîmes sur le pont pour respirer un peu d'air frais. Les biologistes nous imitèrent un moment plus tard. Les embruns nous glaçaient jusqu'aux os, mais ils me faisaient du bien. Mes intestins cessèrent de protester, et je commençai à croire que je ne me déshonorerais pas dans les heures à venir.

Carson et Candle nous rejoignirent, l'air sombres. Sentant venir la tempête, Ben s'éloigna vers la proue.

Je n'appréciai pas d'être ainsi abandonné.

— C'est un sacré morceau, fit Carson.

Il sortit de sa poche un prospectus et le déplia dans

le vent. Un dessin en coupe du *Lemuria* s'étalait sur trois pages.

— J'ai eu ça à Port Canaveral. Bel Canto Lines et American Sea Life Corporation... L'appartement le moins cher est à un million et demi de dollars.

La poupe du *Lemuria* s'élevait à près de trente mètres de sa ligne de flottaison, sans compter les quatre ponts étagés sur vingt mètres de plus. Au-delà, noyée dans un banc perlé de nuages bas, se dressait la quatrième tour, baptisée Elite, gratte-ciel de haute mer couronné par les larges ailes ivoire et vert jade du dôme surmontant un grand parvis et le gymnase olympique.

— Pas de quartier des domestiques ? remarqua Candle. Mais c'est vrai, à quoi bon ?

— Bien sûr, avec un équipage de sept cents membres, plus mille trois cents esclaves salariés pour satisfaire vos moindres désirs.

— Quant aux autres, dit Candle en posant sur moi un regard narquois, vous devez les adorer, non ? Ce sont exactement les gens que vous appréciez, docteur Cousins.

— Comment ça ?

— Vous promettez l'immortalité à tous les milliardaires que vous rencontrez. Vous devriez faire une riche moisson à bord.

Du menton, elle désigna le navire géant.

— Ouais, railla Carson, c'est exactement ce dont le monde a besoin : des ploutocrates immortels.

— Mon travail concerne tout le monde, dis-je.

— Comme c'est noble, ironisa Candle. Et d'une naïveté incroyable. Je sais, moi, comment fonctionnent les puissants de ce monde. A la NSA, nous passons notre temps à écouter leurs sales petits secrets.

De nouveau j'avais les mains moites. Ils m'orientaient vers cette pensée à peine ébauchée, cette hypothèse que j'arrivais à peine à définir.

— C'est notre droit à tous, dis-je. Qui va prétendre que nous ne pouvons pas vivre aussi longtemps que nous le désirons ?

— Eux, bien sûr, répondit Candle en désignant le *Lemuria.* Chaque richard, chaque chef d'Eglise, populiste, fasciste, communiste ou nationaliste. Ils affirmeront que c'est un péché. Ils rendront la chose illégale. Mais surtout, ils diront : « C'est mauvais pour tout le monde, sauf pour moi. »

— Nous les combattrons, dis-je.

— Non, vous n'en ferez rien, répliqua Candle en agrippant le bastingage. Vous, vous aurez tout un tas de clients. Vous leur ferez payer une fortune. Moi, je serai du côté des perdants, comme mes enfants et tous les gens qui m'importent. Ces mêmes personnes qui achètent les politiciens dépenseront des milliards pour rester en vie. Combien vaut la vie ? Pour eux, ce sera une affaire en or. Cent ans d'intérêts composés, et ils achèteront la planète entière.

— Tout comme ils accaparent tout l'argent et s'offrent les belles femmes, ajouta Carson.

— Attention, dit Candle en se raidissant. Ils ne s'offrent pas *toutes* les belles femmes.

J'étais incapable de voir s'ils étaient réellement irrités ou s'ils cherchaient seulement à me provoquer.

— Nous devrions nous concentrer sur la tâche qui nous attend, dis-je dans un murmure.

— C'est vous qui avez amené cette situation critique, et maintenant c'est à nous de faire le ménage, grogna Carson.

— Courage, fit Candle à son adresse.

— Ce que j'aimerais savoir, c'est ce que vous avez

bien pu faire pour les provoquer ? Ce Golokhov est-il jaloux de vous, ou est-ce qu'il veut s'attribuer toute la gloire ?

— Je n'en sais rien, avouai-je.

— Vous pensez qu'il est au courant de quelque chose que vous ignorez ?

— Je n'ai rien fait de mal, dis-je d'une voix un peu trop forte. J'effectue des recherches sur l'allongement de l'espérance de vie. Je m'adresse à des particuliers riches parce que la communauté médicale serre les rangs contre ce sujet, et que le gouvernement refuse de seulement considérer la possibilité…

Candle me lança un regard de pitié.

— Combien de temps voulez-vous vivre ? demandai-je. Quarante ans, comme au Bangladesh ?

— Des chronovores, dit Carson d'un air de dégoût. Des ploutocrates qui ripaillent et qui ne nous laissent que des miettes.

Je savais que c'était sans espoir, mais j'essayai une autre tactique :

— Le gouvernement aurait-il fait quoi que ce soit si nous n'avions pas été visés ? Ils tirent les ficelles depuis des dizaines d'années, et peut-être que vous les y aidez. Vous avez pensé à cette éventualité ? Peut-être qu'en fin de compte j'ai rendu service à tout le monde, et à vous en particulier.

— Merci de votre sollicitude, railla Carson.

Candle se détourna avec ce même mouvement que Julia avait eu jadis, cette attitude typiquement féminine qui signifiait que je ne méritais même pas son attention.

Une fois de plus, j'étais coupable de tout. Pourquoi cela se produisait-il toujours quand j'étais en bateau ?

Soudain la tension en moi tomba. Je cédai à l'hilarité. Le rire me vint naturellement, et c'était le meilleur rire que j'aie eu depuis qu'enfant je regardais des dessins animés à la télévision.

Candle et Carson me dévisagèrent d'un air de pitié.

Je me sentais étrangement bête, bien trop en tout cas pour être cynique. J'avais conscience d'arborer ma défense ultime avec ce sourire idiot, mais c'était tout ce qui me restait, et la seule armure que j'aie jamais possédée.

Je me dirigeai vers la proue en essuyant mes yeux avec le poignet de ma chemise. Ben était assis tel un Bouddha grisonnant derrière un capot de guindeau, et contemplait un cordage soigneusement enroulé. Un hélicoptère Sea King orange et blanc des gardes-côtes nous survola et fila vers le *Lemuria*. Ben leva les yeux et les abrita d'une main en visière. Un second appareil passa.

— Pile à l'heure, dit-il.

Nous les vîmes qui approchaient des tours en forme de ziggourats.

— Est-ce que je suis un monstre assoiffé de sang, Ben ? lui demandai-je en m'accroupissant à côté de lui.

Il courba deux doigts en crochets et les plaça devant sa bouche, pour imiter les crocs de Dracula.

Mon rire se termina sur un hoquet et se dissipa enfin.

— Est-ce que Rob était un monstre ? Est-ce que nous aurions tous deux fini comme Golokhov, en esclaves des Staline et des Beria modernes ?

— Ecoute Orwell, petit scarabée, dit-il, sentencieux.

— Eh bien ?

— C'est la voix authentique du vingtième siècle, fit-il avant de dessiner des guillemets dans l'air : « Si vous voulez une vision de l'avenir, imaginez une botte écrasant un visage humain — éternellement. »

— Vous aussi, hein ?

— Oh, moi, je ne suis qu'un vieux fils de pute qui a fait quelques trucs assez discutables dans sa vie, dit-il. Je ne tiens pas à vivre éternellement, pas sans Janie. Quand j'étais avec elle, j'oubliais les mauvais souvenirs. Maintenant je passerai les quelques années à venir à pêcher des bouteilles de Jim Beam dans une caisse de plus en plus vide. Mais je peux aussi mourir dans les heures prochaines. Je préfère la dernière option. L'histoire n'est qu'une vaste plaisanterie, et c'était ma dernière passion.

— Je ne peux pas être d'accord avec cette vision des choses, dis-je, la gorge serrée. Il reste trop à découvrir, à apprendre. L'histoire ne se répète pas.

— Elle ne le peut pas, parce qu'elle bégaie trop. La vérité, c'est que l'histoire ne peut même pas se souvenir de son texte.

— Bon sang, je suis sérieux !

— Ce n'était pas vous qui riiez il y a un instant ? Voilà le véritable esprit. Fumez un bon pétard et remettez votre fusil à la bretelle. Trouvez un peu de fermeté d'âme dans la ganja et préparez-vous à rencontrer votre Créateur.

Imitant la voix de John Wayne, il ajouta :

— Ris-leur au visage, pèlerin.

Je me laissai tomber sur les fesses à côté de lui et me vidai les poumons bruyamment. Mes pensées étaient pareilles à un film d'huile tournoyant dans une flaque.

Ben ôta sa casquette et passa une main dans ses fins cheveux gris.

— Quand j'étais avec Rob, je vous jure que ce n'était pas très différent d'avec vous, Hal. Je le regardais travailler. J'admirais son intelligence et sa façon de résister à la folie. C'était un type courageux, dingue certainement, et peut-être bien qu'il méritait de vivre encore cinquante, cent ou mille ans, pour réfléchir à tout ça.

Cette déclaration ne fit qu'aggraver ma confusion.

Ben se pencha en avant.

— La vie est faite pour les gens qui nourrissent encore des illusions. Montez votre clinique et regardez-les se frayer un chemin jusqu'à votre porte. Peut-être que je me joindrai à eux. Nous sommes tous des hypocrites quand il s'agit de la mort, et la vieillesse fait peur, aussi.

— Ce n'est pas pour les poules mouillées, dis-je.

La mort me terrifie. Mon père a été aussi robuste qu'un chêne, c'était un élément inamovible et éternel dans mon esprit de gamin. Il se mettait parfois en colère, mais quand il n'avait pas bu on pouvait aussi lui faire confiance pour arriver avec une bicyclette en cadeau (pour laquelle Rob et moi nous étions battus comme des chiffonniers) ou nous porter sur ses épaules.

Papa. Mon père. Pas un chêne, mais un légume pourrissant de l'intérieur et se transformant en une masse gorgée de sang dans le terreau de Dieu.

— Je pense qu'une fois que tout sera terminé nous devrions comparer nos notes, dit Ben. J'ai comme l'impression que nous ratons quelque chose.

Pendant un instant je me sentis sur la défensive, sans savoir pourquoi. Puis je me composai une expression raisonnable et demandai :

— Qu'est-ce qui vous fait dire ça ?

— Nous nous sommes évertués à ne pas penser à Rudy Banning, n'est-ce pas ?

C'était vrai, tellement vrai. Trop d'autres sujets d'inquiétude. Au diable cette photo énigmatique. C'était une erreur.

Ben observait l'énorme navire. Les hélicoptères

s'étaient posés et avaient débarqué les hommes. Le *Lemuria* ralentissait progressivement.

Le cruiser vira à l'est à un quart de mille environ. Là-bas, un ruban de fumée montait d'une prise d'air, juste au-dessus du pont principal, en avant de la deuxième tour. Il aurait pu s'agir d'un feu de graisse dans les cuisines. Une sonnerie d'alarme à peine perceptible nous parvint.

— Je n'aime pas ça, dit Ben en secouant la tête avec mauvaise humeur. On se lance dans cette affaire sans aucune coordination centrale, et avec des moyens diantrement limités. Je ne pense pas que nous ayons la moindre idée de ce qui nous attend. Tout ça risque de nous exploser en pleine poire.

Notre cruiser accéléra d'un coup, dans le grondement léonin de ses deux moteurs diesel. Le *Lemuria* grossit devant nous, tout de blanc et de vert jade, ses milliers de hublots et de fenêtres brillant dans la lumière d'un jaune tendre du petit matin, telle une montagne de verre et d'acier labourant de sa double étrave titanesque les flots agités.

— On dirait le purgatoire, maugréa Ben. Allons retrouver les autres.

Dans la cabine avant, Breaker abandonna la radio et nous annonça que notre tour arrivait.

— La situation n'apparaît pas optimale, déclara-t-il en passant devant moi, le visage grave. Mais nous avons reçu pour instructions de monter à bord et de faire mouvement vers la première tour.

Nous sortîmes de la cabine et nous nous alignâmes comme pour une photo de groupe, sur et sous la passerelle de commandement. Delbarco donna à chacun un brassard orange, puis distribua un pistolet à chaque civil. Nous avions tous déjà reçu un gilet pare-balles et un holster.

— Gardez le cran de sûreté sur votre arme. Ne tirez que sur ordre, à moins que vous ne vous retrouviez séparé de votre groupe et en situation de danger imminent.

Breaker prit un talkie-walkie à Delbarco et s'éloigna de quelques pas pour passer un message à voix basse. Une moue de mécontentement durcit ses traits.

L'arme ne me rassurait que très peu.

La poupe du *Lemuria* s'étalait dans le ciel bleu devant nous. A l'intérieur, entre les parois de la double coque, le dock avait été abaissé comme la mâchoire d'un poisson préhistorique. L'espace entre les coques, qui formait maintenant une vaste marina mobile, était calme. Sa gueule de métal attendait patiemment d'avaler ses proies.

Breaker rendit le talkie-walkie à Delbarco. Celle-ci parla rapidement dans le microphone derrière une main en coupe. Le cruiser battit les eaux à l'arrière d'un barrage de bandes de filets à larges mailles d'un orange fluorescent. Des voix s'exclamaient en plusieurs langues dans les profondeurs de la caverne, et après un temps ce fut celle, bourrue, d'un Américain au fort accent texan qui domina.

Des lumières vives orange et bleues ponctuaient l'étendue de la marina. Avec les jumelles je distinguai quatre yachts suspendus hors de l'eau à des élingues tressées. Dans la brise venue de l'ouest, ils oscillaient doucement entre les coques, dans l'attente que leurs propriétaires décident d'échapper à l'univers policé du plus grand paquebot de luxe au monde. Des vedettes pour les petites excursions étaient collées aux parois intérieures comme des larves dans une ruche.

Une sirène mugit et des sonneries retentirent quand le barrage de filets roula en arrière sur une perche motorisée. Notre navire quitta la lumière du jour et pénétra au ralenti dans la lueur bleutée dispensée par l'éclairage au mercure. La marina apparaissait encore plus étendue de l'intérieur. Deux des Zodiacs de secours du *Lemuria* manœuvrés par des hommes en combinaison de plongée — et probablement étrangers à l'équipage du paquebot — nous guidèrent jusqu'à un mouillage situé à environ trente mètres du quai tribord.

Des marines en treillis nous attendaient. En français, espagnol, portugais et anglais, une foule de matelots peu coopératifs nous promit quelques orifices corporels supplémentaires, d'après ce que je pus traduire grâce au peu d'espagnol retenu de mes études, pour nous être livrés à un acte de piraterie en haute mer. Ils craignaient pour leurs emplois et l'argent qu'ils envoyaient à leurs familles en Jamaïque, à Tobago, Acapulco, Miami, Corpus Christi ou Port-au-Prince.

Breaker fendit leur masse sans hésiter, épaulé par notre escorte de marines. Tous les militaires portaient des casques de combat, des armures légères et le brassard orange de rigueur.

— Les choses vont s'arranger, nous dit Breaker quand nous investîmes un ascenseur vitré. Le groupe C se dirige vers la proue pour nous rejoindre. Ils apportent nos combinaisons isolantes. Le groupe B s'est rendu sur la passerelle de commandement. Le capitaine du *Lemuria* croit que nous opérons une fouille à la recherche de drogue, à la demande des gardes-côtes. Il affirme avoir reçu des propriétaires de Floride l'ordre de coopérer. Mais il a tenu à préciser qu'il y avait à bord un millier d'invités, de riches investisseurs et clients potentiels.

Candle me coula un regard dur mais ne dit rien.

— Cela ne correspond pas aux renseignements dont nous disposons. Nous devrons donc faire attention à eux, ajouta Breaker. Pas de tir sans ordre direct.

Ben restait près de moi. Carson et Candle serraient leur valise en aluminium contre leur poitrine et regardaient droit devant eux, vers la porte de l'ascenseur, sans s'intéresser à la vue qui s'offrait à nous tandis que la cabine émergeait de son puits sombre et s'élevait le long du flanc du navire.

Nous sortîmes sur le premier pont de la tour 4 et avançâmes dans un hall moquetté mais sans aucun meuble, tout en marbre véritable et faux ors, dans le plus pur style Las Vegas, jusqu'à un promenoir vitré. Tout autour de nous, des ascenseurs montaient et descendaient. Dans ce cadre nos marines en tenue de camouflage étaient aussi déplacés que des taches de boue dans un temple grec.

M'approchant de la rambarde, je contemplai la surface vitrée courbe qui courait à tribord sur toute la longueur du *Lemuria*, protégeant cinq niveaux de promenoirs, cafés et autres salons.

— On dirait le South Coast Plaza, me dit Ben à l'oreille. Mais en plus grand.

Des ouvriers nous lancèrent des regards perplexes et peu amènes sans cesser de river les tables, de dérouler les énormes rouleaux de moquette prédécoupée, ou d'apporter des piles de sièges rembourrés dans leurs enveloppes de plastique transparent. L'endroit sentait la colle et les matériaux neufs. De grands ventilateurs semblables à ceux utilisés sur les plateaux de cinéma chassaient les odeurs vers les segments ouverts du promenoir.

Breaker consulta son plan.

— Le groupe C devrait déjà être là en appui, dit-il.

Delbarco désigna quelque chose du doigt.

Une femme élancée moulée dans une robe bleue franchit une large porte d'un pas décidé sous l'escorte de quatre officiers des gardes-côtes et deux marines. Sa voix résonna sèchement dans le hall en travaux. La quarantaine, avec un hâle cuivré, de grands yeux aux blancs éclatants, lourdement maquillée, elle paraissait prête à cracher du venin.

— Je ne vois aucune raison de coopérer. Peu m'importe ce qu'a dit le capitaine Moustakis. Les passagers sont extrêmement contrariés, personne n'a donné la moindre explication qui ait un sens et…

La femme se tut brusquement en arrivant devant l'autre groupe. Elle toisa les intrus avec un dédain impérial.

— Lieutenant, dit Breaker à un jeune officier des gardes-côtes, où sont nos combinaisons ?

— Elles ne sont pas arrivées, monsieur, répondit l'autre. Le commandant a estimé qu'elles étaient superflues.

— De quel droit a-t-il pris cette décision ?

— Je l'ignore, monsieur.

— Merde, souffla Delbarco. Il a été marqué ?

— Je ne sais pas, madame.

Pour la première fois l'agent des services secrets parut sur le point de craquer. Elle baissa les yeux vers le sol, ses mâchoires se crispèrent spasmodiquement. Breaker l'observait avec beaucoup d'attention. Elle finit par secouer la tête.

— Ça va aller, affirma-t-elle.

— Nous ne pouvons arrêter l'opération maintenant, dit Breaker.

Ses épaules s'étaient très légèrement affaissées, et pendant une seconde il eut l'expression d'un enfant qui vient de subir le fouet.

— Vous, dit la femme à son adresse. Qu'est-ce que vous attendez de nous, bonté divine ? Que nous vous montrions nos passeports et nos cartes de travail, et que nous nous écartions sur votre passage ? Ce navire est une propriété privée, financée par des fonds…

— C'est un temple du vice flottant enregistré au Liberia, coupa Breaker, à bout de patience. Contentez-vous de nous montrer le chemin jusqu'à Aristos Tower.

— J'ai mieux à faire, vous pouvez me croire. Nous avons un millier d'invités qui se sentent mal dans la salle des banquets…

— Ils se sentent mal ? interrogea Candle en relevant la tête.

— C'est ce que je viens de dire. Il y a eu une alerte incendie et les installations d'extinction automatique se sont déclenchées. Tout le monde est trempé jusqu'aux os. Une odeur épouvantable s'est répandue partout. Et maintenant ils ont des nausées, des vertiges, et ils accusent la nourriture et le mal de mer. Ce qui est absolument ridicule. Ce navire a les meilleurs chefs du monde, soixante-dix-huit stabilisateurs et une infrastructure en acier et aluminium de tout premier ordre. C'est le paquebot de luxe le plus solide et le plus sûr qui ait jamais vogué. Il faut que je retourne là-bas pour faire mon travail.

Avec la permission tacite de Breaker, Delbarco vint se camper devant la femme.

— Madame, il nous reste peut-être une heure pour

terminer ce que nous sommes venus faire ici. Vous n'avez pas la plus petite chance de comprendre les raisons de notre présence à bord, et je ne pourrais pas vous les révéler, de toute façon. Qu'il vous suffise de savoir qu'à moins de vouloir beaucoup de morts et de destruction, *vous aller fermer votre putain de clapet et nous guider* !

L'autre encaissa l'agression verbale avec une certaine classe. Visiblement, elle était accoutumée à traiter avec des clients difficiles.

— J'ai un nom, fit-elle remarquer. J'espère que vous voudrez bien vous en servir dorénavant, et me traiter avec un minimum de respect. Je m'appelle *madame* Holloway.

Delbarco roula des yeux.

— Très bien. Alors, madame Holloway, veuillez *je vous prie* nous guider.

Ben observait le petit groupe avec le regard d'un gardien de phare qui essaie de prévoir la météo, un sourire figé accroché aux lèvres.

— C'est votre visage de guerre ? lui glissai-je.

— Pas de combinaison, répondit-il sur le même ton. Nous sommes foutus.

— Pourquoi ?

— *Empoisonnement alimentaire*, Hal ? fit-il.

— Vous aimeriez peut-être nous faire profiter de vos échanges ? aboya Delbarco.

Breaker sursauta, tout comme Mme Holloway.

— Dites-nous comment aller là-bas, lui ordonna Delbarco.

— Les trains fonctionnent, dit Mme Holloway, matée au moins pour l'instant. Ils longent la galerie intérieure. Celle-ci occupe toute la longueur du navire, et divise les sept premiers niveaux de chaque tour.

L'Executive Express est le moyen le plus rapide pour se déplacer sur le *Lemuria*. Y a-t-il d'autres... de vos hommes qui vous attendent ?

Si elle ne pouvait nous chasser, peut-être était-il temps pour elle de nous considérer comme des invités, certes rétifs, mais néanmoins des invités.

— Il y en a d'autres, oui, dit Delbarco.

— Alors je vais vous aider à entrer en contact avec eux.

Mme Holloway tira sur la ceinture de sa robe stricte. Elle frissonna sous l'effet du ressentiment mais se reprit aussitôt. Après avoir arrangé sa coiffure des deux mains, elle nous précéda dans un ascenseur.

— S'il y a quoi que ce soit que vous désiriez savoir au sujet du *Lemuria*, n'hésitez pas à me questionner.

Nous montâmes à bord de l'express, une navette qui filait sans le moindre cahot sur un unique rail central et des trains de pneus caoutchoutés.

Même quand on avait vu Las Vegas, les centaines de mètres de la galerie du *Lemuria* constituaient un spectacle impressionnant. Je pouvais presque sentir le poids monstrueux des arches supportant les tours qui interrompaient de longues bandes de ciel visibles par l'immense verrière. L'express nous propulsa en douceur à travers des grottes bleutées de ponts étagés, les parois de verre ornées de mosaïques éclairées par des néons et des fibres optiques défilaient, et partout les ascenseurs qui semblaient taillés dans le cristal déroulaient leur ballet vertical incessant. Dès que nous eûmes passé des panneaux annonçant que nous étions arrivés au pied de l'Aristos Tower, nous pénétrâmes dans un palais doré de style crétois qui aurait fait blêmir d'envie Minos en personne. Un Minotaure robotisé géant enjambait le quai, qui levait et abaissait une hache à double tranchant en or.

Nous étions encore à trois cents mètres de la proue.

Les portières du train coulissèrent et nous entendîmes des cris et des détonations provenant de quelque part au-dessus de nous. Un petit groupe d'ouvriers en salopette transportaient en hâte des caisses à outils rouges et un compresseur à travers le grand hall dallé de marbre en parlant en allemand, pour s'éloigner aussi vite que possible du danger.

Une large porte vitrée gravée d'hippocampes coulissa sur notre gauche. Un marine la franchit d'un pas vacillant et laissa tomber son fusil d'assaut. Il tendit les bras, agita les doigts comme s'il était aveugle, alors que ses yeux sautaient de droite et de gauche et de haut en bas. Il se mit soudain à courir et renversa une colonnade en acier brossé sur un tas de rouleaux de moquette, puis il agrippa les rouleaux à la manière d'un bébé singe serrant contre lui un tissu éponge. Trois de nos marines se précipitèrent pour lui porter secours.

— Restez loin de lui ! tonna Breaker. Restez groupés ! Il est peut-être contaminé. Appelez un médecin. Sur quel foutu pont sommes-nous ? Où sommes-nous ?

Le marine paniqué geignait et essayait de se cacher derrière les rouleaux de moquette.

Mme Holloway sembla enfin comprendre que Delbarco n'avait pas exagéré.

— Mon Dieu, dit-elle en se grattant la joue d'un ongle à l'ovale parfait. Le pauvre homme.

— Où sommes-nous ? cria encore Breaker.

Delbarco tendit son plan à Mme Holloway.

— Vous êtes exactement sous l'Aristos Tower, dit cette dernière d'une voix faible. Le pont B, qui jouxte

Shell Crescent Residential. Aristos est la première tour en ce qui concerne les prix. Elle offre les meilleurs équipements sportifs de tout le navire. Quelqu'un devrait aider ce pauvre homme…

— Il y a un hôpital dans cette tour. Où ? fit Breaker.

— Nous avons quatre hôpitaux à bord, récita Mme Holloway, et dix-sept cliniques, avec cent cinquante-sept spécialistes reconnus…

— Nous voulons l'hôpital de la première tour, coupa Delbarco. Le centre médical Goncourt.

Le lieutenant des gardes-côtes répondit à un appel sur son talkie-walkie.

— Le Centre d'entraînement Goncourt est un établissement privé, remarqua Mme Holloway. Médecine du sport. Il n'est pas encore ouvert, et ce n'est pas exactement un hôpital public.

— Nous avons ordre d'arrêter, interrompit le lieutenant. C'est terminé. L'opération est annulée. Nous devons rejoindre les équipages des hélicos à la plateforme, ou bien celle à la proue, si nous en sommes plus proches.

— Ordres contradictoires, ignorez-les, conseilla Ben.

Le lieutenant le dévisagea.

— Il y a quelque chose qui ne va pas, et j'ai mes ordres.

— Partez, lui dit Breaker. Nous garderons les marines avec nous.

— Monsieur, avec tout le respect que…

— Partez ! cria Breaker, Delbarco lançant son regard le plus dur au lieutenant.

Les gardes-côtes s'éloignèrent à contrecœur. Les marines ne bougèrent pas d'un pouce.

— Puis-je partir, moi aussi ? s'enquit Mme Holloway, avec une note d'espoir dans la voix.

— L'hôpital, lâcha Delbarco en la saisissant par le coude.

Malgré nos examens approfondis des plans et des cartes, en dix minutes nous étions perdus. Les ponts du navire formaient un labyrinthe de promenoirs, galeries et autres passages desservant les salons, les bars, les restaurants, les allées de boutiques, tous à divers stades de finition. Un ascenseur nous fit gravir plusieurs niveaux. Nous en sortîmes, tournâmes à gauche dans un hall, vers un autre ascenseur…

Mme Holloway commençait à être très pâle.

Nous émergeâmes sur le promenoir tribord. Des portes ouvraient sur des appartements inhabités.

Nous n'étions pas arrivés là où nous le désirions.

Les entassements de matériel de construction et d'équipements variés avaient désorienté Mme Holloway autant que nous. Après une demi-heure de tours et de détours, pour en revenir en un endroit où nous étions déjà passés bien plus tôt, elle céda aux larmes.

— Ils n'ont pas encore installé la signalisation. Nous allons trop vite pour moi, gémit-elle. Je veux savoir, s'il vous plaît, sommes-nous en danger ? Je ne peux pas vous aider. Nous sommes hors de mon secteur.

Ben et Delbarco marchèrent jusqu'à un grand hublot proche. L'agent des services secrets releva son arme et pressa la détente. Le verre de sécurité explosa en un million de fragments scintillants. Mme Holloway sursauta et se couvrit les yeux des deux mains.

Ben se pencha à l'extérieur et regarda dans toutes les directions.

— Par là, conclut-il en pointant le doigt selon un angle de quarante-cinq degrés.

Delbarco approuva de la tête.

Nous avançâmes vers une porte coupe-feu en acier strié qui interrompait un large passage.

— Qu'est-ce que c'est que cette odeur ? dit un marine en plissant le nez.

Une puanteur certaine nous parvenait en effet.

— L'alarme a été arrêtée, dit Mme Holloway. Cette porte devrait être ouverte.

Elle sortit de son sac une clef qu'elle inséra dans un boîtier rouge. Le panneau coulissa sur le côté. L'odeur envahit tout le pont.

Nous reculâmes devant cette pestilence insupportable. Un flot de liquide épais pareil à du pus rose et vert strié de filets congelés jaunes s'étendit à nos pieds.

Mme Holloway était au bord de l'hystérie.

— Laissez-la partir, dit Delbarco.

Breaker posa les mains sur les épaules de Mme Holloway et la tourna vers la proue. Elle se mit à courir à grandes enjambées nerveuses, en relevant sa robe d'une main, sans se retourner.

— Dites-nous ce que c'est, fit Breaker à l'adresse de Carson et Candle.

— Ça ressemble à un fluide contaminé, dit Carson. Et ça en a l'odeur.

Breaker lui décocha une grimace de déception. Ils se tournèrent vers moi.

— C'est une culture, dis-je en désignant le plafond et la substance poisseuse qui s'écoulait d'un diffuseur. Quelqu'un a relié une cuve au système anti-incendie.

Ce qui expliquait le feu de graisse, le fin ruban de fumée. Le système anti-incendie avait été intentionnellement déclenché, et pas par un de nos groupes d'intervention.

Breaker ferma les yeux et serra les lèvres.

— Et nous n'avons pas de combinaisons.

— Nous ne sommes pas immunisés ? s'étonna Delbarco.

— Quelqu'un a trop parlé, dit Ben. Combien êtes-vous prêts à parier que Golokhov est en train d'essayer un nouveau truc ?

Quatre marines se mirent à tousser, agitèrent les mains, toussèrent plus fort encore. Ils s'excusèrent, se cassèrent en deux, tombèrent à genoux. A travers leurs halètements, je vis qu'ils souriaient ; la toux se métamorphosait en hilarité.

Deux autres secouèrent la tête et brandirent leurs armes loin de leur corps comme s'ils ne voulaient pas les souiller en cas de nausée.

Candle semblait prête à se muer en statue de pierre. Carson recula et ôta le cran de sûreté de son arme.

— Hystérie, bredouilla Delbarco, incrédule. Il n'y a rien ici !

— C'est une pulvérisation, dis-je. Une substance peut avoir été disséminée dans toute l'atmosphère du navire. Des bactéries, des phages… Nous les respirons depuis quelque temps déjà. Ils ont envahi nos poumons.

Delbarco avait la même expression que si elle venait de recevoir un coup de poing en plein estomac.

— Bordel de merde, cracha-t-elle en levant de nouveau son arme. Relevez-vous, soldats. Il faut que nous fassions mouvement.

Breaker posa la main sur le canon de l'arme. Elle la repoussa d'un geste vif et lui lança un regard étincelant.

— Faites chier, gronda Breaker.

— Mieux vaut ne pas traîner ici, me murmura Ben.

Il me saisit par le bras et nous commençâmes à nous éloigner des autres. Un des marines agenouillés releva la tête, vit notre mouvement de retraite et braqua son arme.

— Madame, dit-il.

Delbarco l'ignora. Elle affrontait toujours Breaker du regard.

— Nous sommes sous influence, dit celui-ci. Nous n'avons pas d'autre solution que de nous replier sur le cruiser.

— Je ne suis pas de cet avis.

— C'est moi qui commande.

— Et moi je n'abandonnerai pas cette mission à cause de quelques litres de pus rose, bordel de merde !

— Allons-y, me chuchota Ben.

— Posez votre arme, agent Delbarco, ordonna Breaker.

— L'avenir de tout le pays est en balance ici !

— Posez votre arme.

Je jetai un coup d'œil en arrière. Breaker arborait une expression raisonnable, presque bienveillante. Il tendit la main.

Delbarco ouvrit le feu. Breaker fut rejeté contre une cloison et les balles sifflèrent sur le pont. L'une d'elles ricocha et toucha un marine au nez. Il bascula en arrière et son arme se déchargea dans sa chute. Je sentis le déplacement d'air d'un projectile qui me frôla l'oreille.

Ben avait vu juste. L'idée d'investir le *Lemuria* pour attaquer Golokhov de front était trop risquée. Nous n'avions pas progressé autant qu'espéré avec l'élixir. Mais Ben en avait été conscient, et moi aussi. N'importe qui aurait pu le deviner. Golokhov étudiait ses chers microbes depuis plus de soixante-dix ans.

Nous fonçâmes vers l'escalier mécanique dont nous gravîmes les degrés deux par deux.

Nous dûmes nous séparer quand nous tombâmes nez à nez avec un groupe de quatre marines porteurs de brassards bleus qui s'exerçaient au tir sur les appliques du couloir.

— Poules mouillées ! cria un des soldats.

Ben s'engouffra dans un couloir à droite, moi dans un escalier étroit.

Je m'efforce de me remémorer dans son ordre chronologique la succession des événements à bord du *Lemuria* durant les quelques heures qui suivirent. J'aimerais rapporter l'exacte vérité, mais même alors la vérité était chose rare, trop aisément gauchie. J'étais moins mal en point que certaines personnes que je croisais, mais en quinze à vingt minutes j'étais inondé de sueur. Mon cœur était pris dans une gangue de glace, mais ma peau était brûlante et moite, et mon haleine sentait aussi bon qu'un seau de goudron chaud. C'est du moins l'impression que j'en garde.

J'étais assez heureux, mais pas au point de rire de ma condition.

Dans un premier temps je n'éprouvai pas de peur. J'étais la proie d'une envie de bouger irrésistible, comme un insecte parasite cherchant son oiseau. Le seul problème, c'est que j'ignorais à quoi ressemblait mon oiseau.

Je sus très vite qu'un commando de marines, leurs uniformes trempés et puants, mêlés à des membres du personnel des cuisines en toque et uniforme blanc, n'étaient pas mon oiseau. Mieux valait les éviter. Ils canardaient joyeusement une énorme sculpture suspendue dans un bar au plafond très haut, et s'évertuaient à esquiver les échardes de verre qu'ils faisaient pleuvoir.

Rouges, verts et bleus, ces éclats de verre jonchaient le parquet en chêne de la piste de danse. Un marine ne s'était pas écarté assez vite. Un long coutelas bleu lui avait transpercé la cuisse et l'avait cloué au sol. Il contempla d'un air désemparé sa blessure, puis rit avec ses camarades de cette bonne blague.

La fusillade et des cris enjoués s'élevaient d'un jardin tropical sous une autre verrière. Des marines et des gardes-côtes se prenaient mutuellement pour cibles, tout en dressant le décompte des victimes. Autant éviter aussi cette zone. Je m'aventurai toujours plus avant en longeant le côté tribord du pont A, me sembla-t-il.

Je progressais dans un couloir moquetté aux murs de granite et aux appliques dorées. L'endroit était somptueux, mais mes idées s'éclaircissaient et avec elles mon anxiété renaissait. Je pensais aux termes employés par mon frère. Peut-être qu'il n'avait pas été aussi bon que tout le monde l'avait cru, Lissa incluse. Peut-être ces altérations avaient-elles incidemment préparé aux défenses sur le *Lemuria*.

Ou peut-être avait-il su qu'elles me protégeraient, grâce à mes gènes modifiés… mais qu'elles ne protégeraient pas les autres.

Je débouchai sur une sorte de balcon (je n'avais pas la moindre idée du terme maritime adéquat) qui saillait sous une aile faisant sans doute partie de la passerelle. Ce qui me situait à l'avant de l'Aristos Tower.

Le balcon dominait le côté tribord de la proue, une longue colline factice à pente douce marquée de lignes de fenêtres, brillant comme la lame d'un couteau sur le fond gris de la mer. Seigneur, il était déjà tard. A l'est, le ciel était sombre, et à l'ouest le soleil dispensait ses dernières lueurs orangées. La distorsion dans ma perception du temps m'avait échappé jusqu'alors. Je restai là un moment, à m'étourdir de l'air frais du large, avant de décider que je n'essayerais pas de fuir. J'allais trouver l'hôpital Goncourt par moi-même.

De fait, j'aurais quelques questions à poser au Maître. Je lui présenterais mes respects en chair et en os, et ensuite je me rendrais. L'histoire avait gagné. En un mot, c'était terminé. Maxim Golokhov *était* le vingtième siècle. Et il avait irrémédiablement remporté cette guerre, une guerre que je n'aurais jamais voulu connaître.

Alors que je faisais demi-tour pour rentrer, je perçus une succession rapide de craquements, un peu comme du pop-corn dans un baril d'acier. Je regardai vers la proue et aperçus plusieurs colonnes de fumée noire que la brise diluait très vite et qui s'élevaient du côté tribord. D'autres craquements. Peut-être des projectiles explosant à la chaleur, ou des pétards. Je n'étais pas soldat de métier, et je ne voulais pas savoir.

Je retrouvai Ben seul et debout près d'une rangée de téléphones publics. Il était là, qui frottait son menton ombré par une barbe naissante et qui souriait comme un enfant avec un sac plein de barres chocolatées. Il parut surpris de me voir.

— Eh, fit-il.

Il semblait perplexe.

— Je pensais que nous avions fait nos adieux.

— Pas dans les formes, dis-je.

Il avait coincé son pistolet dans sa ceinture. Il le sortit, et j'eus un mouvement de recul, mais son visage n'exprimait qu'une sollicitude amicale.

— Aucune raison d'avoir peur, dit-il d'un ton rassurant en me tendant l'arme. J'ai bien réfléchi, et je crois qu'il vaudrait mieux que vous preniez ça. Janie va arriver d'un instant à l'autre et elle n'aime pas les armes.

Je pris le pistolet. Soulagé, il leva les bras et se lança au ralenti dans une petite gigue extatique.

— Ça fait si foutrement longtemps, et elle m'a tellement manqué. Je me fiche du temps que ça prendra. Je l'attendrai.

— Je pense que vous devriez venir avec moi, dis-je. Réfléchissez bien, Ben.

Je faisais mon possible. Ben avait été un roc dans ce tourbillon dément d'événements, et à présent ils l'avaient réduit à l'état d'enfant plein d'espoir.

— Janie va vraiment venir ? demandai-je.

Il ne semblait pas m'entendre. Il décrivit un autre tour sur place, en souriant.

— Ben ?

— Allez-y. Tout ira bien pour moi.

Pour le moment du moins, Golokhov avait réussi à le rendre plus heureux que je ne le pourrais jamais.

— D'accord, dis-je. Je vous laisse à votre intimité, tous les deux.

— Ouais, merci, l'ami. Quand elle va arriver, nous en aurons besoin, pas de doute. Je vous présenterai plus tard.

De sa large main il me donna une claque sur l'épaule.

— Et n'oubliez pas de dire au revoir de ma part au prince Hal. Il aurait plu à Janie, lui aussi.

— Je n'y manquerai pas.

Je m'éloignai aussitôt.

Même mes larmes étaient irritantes et sentaient la créosote.

Armé, je ne me faisais aucune confiance. Je jetai le pistolet de Ben par-dessus le bastingage, avec le mien.

M'en débarrasser fit beaucoup baisser mon appréhension. Au moins je ne me ferais pas sauter la cervelle en arborant un sourire ravi.

J'entrepris de gravir l'escalier de secours. Les portes de sécurité avaient été ouvertes à la masse sur sept ponts. Les équipes débarquées des hélicoptères étaient arrivées jusque-là avant de succomber. Parvenu à ce que j'estimai être le niveau neuf ou dix, je découvris une plaque de cuivre posée contre la cloison et qui attendait d'être fixée à hauteur d'homme. Elle montrait un plan du dixième étage de l'Aristos Tower. Du doigt je suivis les lignes gravées dans le métal : une piscine olympique, puis à gauche une petite salle de presse, à droite un gymnase et la clinique de physiothérapie. La plupart des endroits étaient frappés de la même formule, en lettres noires : INTERDIT AU PUBLIC.

Je songeai que le *Lemuria* était sans doute ce que je connaîtrais jamais de plus proche du vaisseau interstellaire rêvé par Montoya et transportant de riches immortels dans l'univers. Propre (du moins quand il serait terminé, et nettoyé) et bien éclairé, sentant le plastique, la peinture et l'air filtré, avec des draps d'un blanc éblouissant, des lits de dimensions royales sur lesquels des femmes magnifiques s'étendraient devant les yeux d'étudiants sans âge, éternellement jeunes, fertiles et pleins d'allant, qui goûteraient au-dehors les panoramas incroyables des nébuleuses et de la Ceinture d'Orion. Chaque planète représenterait un défi, chaque jour une nouvelle aventure.

— Est-ce là ce que je recherche ? me demandai-je tout haut. L'absolution et quelques preuves de charité de la part du Maître ?

La pénombre s'épaississait, et je n'avais aucun

moyen de déterminer si c'était naturel ou induit par les bactéries.

— Voyager dans les étoiles. Emplir l'univers de chair humaine. De chair humaine *blanche*. Des rêves de gamin blanc. Un destin d'empereur. Dans la propreté, la santé et… *Merde*.

J'entendais des voix. Je n'étais plus seul. Je risquai un œil au coin du couloir, trébuchai sur l'espace entre deux carreaux et m'étalai sur le sol.

Dans le couloir au-delà, trois stewards et un garde-côte fouillaient les poches d'un cadavre. Ils le firent rouler sur lui-même en jurant à voix basse. Plus loin encore, cinq types imposants en costume de ville approchaient en titubant, mais leur regard était décidé et féroce. Le garde-côte et un steward prirent conscience de leur présence, firent volte-face pour abandonner leur proie et m'aperçurent. Courbés en avant, sans signe entre eux mais comme des soldats bien entraînés, ils me visèrent avec un pistolet et un fusil de chasse à crosse ouvragée. Le garde-côte pressa la détente avant que j'aie eu le temps de seulement grimacer. La balle m'érafla la joue. Avec un cri je me retournai, me retrouvai à quatre pattes sans trop savoir comment et me propulsai debout. Une autre balle traversa la jambe de mon pantalon. Je fonçai, dérapai sur le carrelage mais réussis à tourner le coude du couloir.

La poussée d'adrénaline m'éclaircit les idées mieux qu'une douche glacée. Tant pis pour la Longue Route. Je voulais vivre encore quelques secondes, s'il vous plaît, mon Dieu. Je me recroquevillai dans l'alcôve d'un poste de pompier, tremblant, pour en jaillir comme un faisan idiot un instant plus tard. A moins de dix mètres de moi, le steward tenait son arme prête, mais je disparus dans un passage latéral avant qu'il puisse tirer.

Je courus, tournai, et me retrouvai… près de la plaque de cuivre représentant le plan de l'étage. Je touchai ma joue. Mes doigts étaient poisseux de sang. Je scrutai le couloir où j'avais vu les chasseurs et leur victime. Celle-ci était toujours là, son visage réduit à l'état de pulpe sanglante, mais deux autres corps l'avaient rejointe. Je ramassai la plaque, qui pourrait me servir d'arme, ou de bouclier, et j'étudiai les lignes gravées. A gauche. J'en avais la certitude : l'hôpital occupait ce niveau, sur ma gauche.

La première porte donnant accès aux zones interdites au public était massive, et verrouillée. Je frissonnai en surprenant l'écho des voix, et le bruit sourd d'une crosse d'arme dont on frappait rythmiquement les cloisons. Puis un craquement sec.

Je sortis de ma poche le papier de Tammy, le parcourus rapidement et pianotai une série de chiffres sur le digicode. La lumière du boîtier resta au rouge. Pas de chance. J'étais sûr que ça allait arriver, et presque sûr que je serais bientôt mort.

J'essayai une autre combinaison. Rouge, encore. Les voix se rapprochaient.

— Tu as vu comment ce salopard s'est effondré. Je l'ai eu en plein dans la colonne vertébrale.

— C'est mieux que le paint-ball.

— Oh oui, ça éclabousse encore plus !

Des rires. Deux types dans les bois, qui me traquaient, moi ou tout ce qui voudrait bien détaler devant eux.

Rouge, rouge.

Je levai le papier devant mes yeux, examinai le diagramme flou de Tammy. Cette porte ouvrait sur l'arrière de la clinique, supposai-je, et devait être utilisée par le personnel du centre médical. Je la localisai sur le plan schématique et tentai de décrypter la combinaison. Les quatorze chiffres griffonnés étaient difficiles à identifier, mais je me fiai à mon instinct et composai la suite sur le digicode. Les touches se relevèrent au dixième chiffre. De colère, je frappai le montant de la porte du plat de la main. Puis je composai les quatre derniers.

— Eh-eh, on t'a coincé, mon pote ! lança quelqu'un avec une joie sauvage.

La lumière témoin passa au vert.

Je saisis la clenche, l'actionnai. Quelque chose claqua juste derrière moi. Des pièces de métal bien huilées. La porte était pesante et s'ouvrait lentement.

Je poussai de toutes mes forces. A l'autre bout du court couloir je vis la blancheur d'une veste de steward et un visage cireux, l'éclat d'une arme au canon et à la crosse ouvragés qui s'abaissait.

Clic.

— Ah, merde. Attends, idiot !

Une main tenant un pistolet apparut au coin et tira. Le projectile me percuta au flanc, ricocha sur le gilet pare-balles, arracha de la peinture et du métal à la cloison et me propulsa comme un coup de poing géant de l'autre côté de la porte.

Des deux pieds je repoussai le battant, puis je mis le loquet de sécurité. Quand la crosse martela l'épais panneau d'acier, je sursautai violemment. Je m'écartai en hâte et me retournai. Avec sa moquette d'un gris sobre, le couloir devant moi aurait pu se trouver dans n'importe quel hôpital moderne ou bâtiment d'université : des portes de bureau closes, des tableaux en liège encore vierges accrochés récemment sur des murs peints en beige et, à l'autre extrémité, une aire d'attente ou de repos avec deux banquettes standard bleues, deux fauteuils rouges, une table basse et une fresque occupant tout un pan de mur.

Je retins mon souffle un instant. Palpai le gilet pare-balles sous mon blouson, sentis la bosse comprimée sous le maillage serré, fis passer un doigt par le trou qu'avait creusé la balle.

Onze mille, vingt et un mille, trente…

Inspectai le dessin de marques grises et noires sur le revers de ma manche causé par la projection d'éclats de peinture qu'avait arrachés le projectile.

Cinquante et un mille, soixante et un mille, soixante et onze…

Soulevai la jambe pour inspecter le trou dans mon pantalon.

— *Putain d'amateur*, dis-je, avant d'être pris d'un rire nerveux.

Pas un bruit au-dehors.

Puis, contre la porte, cinq coups assourdissants. Des projectiles. Ils essayaient de tirer à travers le battant. Mais celui-ci était blindé, et bien trop épais. L'arrière de mon crâne était soudain douloureux. Je compris que je m'étais cogné contre le mur sous l'effet de la surprise.

Un autre coup à la porte, plus doux, presque frustré.

Quatre-vingt-un mille, quatre-vingt-onze…

Les lieux retombèrent dans le silence que troublait seulement le tic-tac d'une pendule au mur. Je restai dos appuyé contre la cloison pendant plusieurs minutes. L'oreille tendue, j'attendais que les battements de mon cœur s'apaisent, et c'est tout ce que j'entendais. Mon cœur, et la pendule qui égrenait les secondes. Je n'arrivais pas à croire que j'étais toujours en vie. L'élancement qui brûlait ma pommette était comme une petite blessure au fer rouge.

Dans la salle d'attente, je me lavai le visage au distributeur d'eau fraîche et nettoyai la blessure à ma joue. Une simple éraflure, pas plus grave qu'une coupure en se rasant. Le sang coagulait déjà.

Je m'essuyai les mains sur les jambes de mon pantalon et déglutis avec difficulté.

De nouveau dans le ventre de la Bête, mais sur ce navire, c'était l'endroit le plus sûr.

La fresque montrait une projection en Dymaxion de la Terre, selon la vision de Buckminster Fuller. Le globe était recouvert de taches irrégulières vertes, rouges et de différentes teintes de bleu, surtout dans les océans. Je repérai le lac Baïkal, d'un rouge intense. Une autre zone rouge entourait les Bahamas. Les eaux où le *Lemuria* croiserait souvent en des temps meilleurs et plus paisibles. De petits points rouges dans la Méditerranée, la mer Morte, l'ouest du Canada, autour des Galapagos et du Pérou, au large du Japon. Des éraflures de même couleur entouraient la côte nord-est de l'Australie, englobant la Grande Barrière de Corail, je suppose. Des taches plus petites et des points près du Sri Lanka, de Bornéo et de la Nouvelle-Zélande. Aucun nom sur la carte.

J'avais la conviction que ces colorations indiquaient les concentrations de bactéries. Des points privilégiés de communication avec les Petites Mères de la Terre. Depuis les années 20, Maxim Golokhov avait guetté un message dans les plus vieux esprits de cette planète.

A côté de la carte se trouvait une double porte pleine défendue par un autre digicode. Je recourus de nouveau à la liste de Tammy, avec un peu plus d'assurance cette fois. Je tournai le bouton, rassemblai tout le courage qui me restait et franchis le seuil.

Je pénétrai dans une piscine de dimensions olympiques déserte. Le dessin régulier des infimes ondulations de surface faisait miroiter doucement le bleu opalin de l'eau. Je longeai le bassin, et les semelles de mes chaussures couinèrent sur le revêtement antidérapant. Je reniflai, m'accroupis au bord de l'eau, reniflai encore. Aucune odeur pénétrante de chlore. Je plongeai un doigt dans l'eau, la goûtai. Elle n'était pas salée, mais je recrachai quand même. Cette piscine était emplie d'eau douce non traitée.

Il ne fallait surtout pas décourager nos amis microbiens.

Les codes de Tammy faisaient merveille pour toute la zone en avant de la piscine. La clinique offrait des tables de massage et de chiropractie, des équipements d'acupuncture et de moxibustion avec de petites coupelles chromées emplies de cônes d'encens, des bassins d'hydrothérapie, des bancs de test de coordination. Dans toute bonne salle de sport, on aurait trouvé l'équivalent, même si la moxibustion paraissait quelque peu luxueuse, mais qui étais-je pour en juger ?

Une armoire vitrée murale recelait des alignements impeccables de fioles opaques étiquetées *PEAU, VOIES NASALES, CUIR CHEVELU, RECTUM*. D'autres étiquettes plus petites précisaient leur utilisation : *prépubère, adolescent*... Un distributeur de tampons à côté de la vitrine portait la mention *rééduc. phys. uniquemt.*

Sur des étagères étaient empilés des culottes, shorts, soutiens-gorge et slips de sport, tous emballés dans des pochettes en plastique transparent soigneusement numérotées. Le tout très unisexe, très égalitaire. Post-guerre froide, plus à la mode qu'Anthrax Central, et reflétant peut-être une nouvelle approche d'une génération plus récente de recrues.

Tout avait été prévu pour accueillir et entraîner pendant un temps assez long un groupe sélectionné de jeunes agents, gardes du corps et artistes de cirque hautement spécialisés. Les Prétoriens de Golokhov. Je remarquai les couleurs agréables dont était peinte la salle, mais ne vis aucune touche personnelle, aucun signe qu'elle ait déjà servi. Ces installations n'avaient pas encore été étrennées.

Au centre de la pièce, de grands vases à bec servaient à la culture d'un limon jaune et blanc bouillonnant. Un éventail de tuyaux reliait les récipients au plafond, avant de redescendre pour se connecter à des distributeurs de sodas, un ensemble de douches et un appareillage pour les lavements.

J'écartai un autre rideau et découvris une rangée de sièges de toilette en acier. Les cuvettes étaient emplies du même liquide épais. Les germes rejetés devaient être réincorporés à leurs auteurs et non perdus dans le système d'évacuation du navire.

A moins, bien sûr, que le Dr Goncourt ne se soit opposé à polluer les eaux que fendait le *Lemuria*...

Adossé au mur du fond, à bâbord — je m'efforçais de conserver un minimum de sens de l'orientation —, je vis les premiers signes d'une occupation humaine des lieux. Des sacs à dos bleus, verts et rouges avaient été abandonnés sur le sol. Mains dans les poches, je passai devant, et en souriant à cette idée qui m'était venue j'ôtai mon blouson et mon gilet pare-balles pour les déposer au bout de l'alignement. Je faisais partie de l'équipe, à présent. Mais j'étais moins voyant.

Les portes devant moi s'ouvrirent. Je cherchai un endroit où me cacher, mais il était trop tard. Trois jeunes filles entrèrent dans la salle et me virent. C'étaient des adolescentes gaies, minces, resplendissantes de santé, vêtues de tenues de sport orange et argent, les cheveux enserrés en queue-de-cheval dans des élastiques bleus, rouges et verts. Elles me jetèrent des regards à la fois étonnés et aimables, sourirent poliment comme si elles me reconnaissaient, et allèrent s'asseoir sur leurs bancs.

Elles se mirent à bavarder avec un accent anglais prononcé et, avec une pointe de réserve due sans doute à ma présence, elles se posèrent mutuellement des tampons électroniques de détection sur les bras, les jambes et les épaules, consultèrent les résultats sur les minuscules écrans à cristaux liquides et les notèrent sur de petites écritoires. Tout cela semblait faire partie d'une routine parfaitement huilée. Aucune hésitation, aucune crainte de ma présence.

Un jour comme les autres, à l'abri du chaos qui ravageait le reste du navire.

Je les observai un moment, avec l'impression d'être un voyeur, puis je me dirigeai vers la porte par laquelle elles étaient arrivées. D'après le plan de Tammy, au-delà se trouvaient la salle de maquillage et celle de préparation pour l'amphithéâtre, et un espace circulaire assez vaste, nommé « Auditeurs 1 ».

Dans le couloir courbe après la porte, derrière celle entrebâillée d'une pièce de stockage, je perçus le son de l'eau qu'on pompait et le bourdonnement bas d'un appareillage électrique. Je repoussai le battant.

Longue et haute de plafond, la salle abritait une sorte de station de pompage. L'arc intérieur de l'espace circulaire était un réservoir en acier d'au moins douze mètres de diamètre. Un homme d'environ trente-cinq ans aux épaules larges, au nez de carlin et vêtu d'une tenue orange et de cuissardes bleues, contourna la courbe du réservoir, passa derrière une forêt de tuyaux d'alimentation et réapparut à ma vue. Il griffonnait des notes sur une écritoire.

En m'apercevant, il se figea. Un sourire timide naquit sur ses lèvres. Il pivota sur lui-même et repartit par où il était venu.

Le sentiment d'irréalité que j'éprouvais allait en s'accentuant. Au cœur du quartier général de Golokhov, personne ne s'opposait à mon intrusion. J'en arrivais à me demander si je n'étais pas le bienvenu.

J'inspirai à fond, très lentement, pour juguler ma nervosité. Une échelle droite devant moi permettait d'accéder à une passerelle enjambant la cuve métallique. Je l'escaladai en surveillant prudemment le reste de la salle. Une ombre trop profonde pour être percée par le regard humain noyait le réservoir. Sa noirceur béait sous un chapiteau concave suspendu par des chaînes à des poutrelles en I au-dessus. Des ténèbres me parvenaient occasionnellement le clapotis et l'odeur qu'on associe à l'eau de mer. De l'eau fraîche et non stagnante. Un aquarium, probablement ; je revis ceux aux parois de verre brisées, à Anthrax Central.

Une hypothèse à peine ébauchée se mit à me tourmenter, pareille à des étincelles de pensées, de soupçons, de craintes. *Qu'est-ce que je peux bien espérer apprendre ici ?*

Delbarco avait déclaré qu'elle ne désirait pas vraiment connaître la vérité. Parce qu'elle ne voulait pas perdre le sommeil. Trop tard, avait répondu Breaker.

Exact.

Je parvins au panneau de contrôle rivé au centre de la passerelle. Je distinguais quelques étiquettes rédigées en anglais : *Lumières. Microphone. Musique.*

J'actionnai le commutateur marqué *Lumières.*

Le réservoir s'anima d'une lueur d'un bleu-vert foncé. Il n'était pas aussi profond que je l'avais d'abord cru. En son centre il me serait arrivé à l'épaule, si l'éclairage ne me jouait pas des tours. Du fond sableux s'élevaient des formes noires et vertes semblables à des champignons, frangées d'une chevelure d'algues. On eût dit de vieux coraux ou des souches d'arbres à peine visibles saillant partout comme les restes érodés d'une forêt engloutie.

Aucun doute. Golokhov aimait les cultures de stromatolites. Il y avait là des colonies entières de cyanobactéries, d'eucaryotes, d'algues, s'amassant en couches de plus en plus épaisses au fil des siècles pour hisser leur tête chevelue jusqu'à la surface. Un central téléphonique pour les Petites Mères.

Aucun poisson. Pas de requins, de pieuvres, ou de rochers artistement disposés où guettaient des murènes. Ce réservoir n'avait en fait rien d'un aquarium, et il n'offrait pas un spectacle très remarquable. Pourtant, de l'autre côté de la cuve, dans la paroi métallique, étaient encastrées des baies vitrées. J'eus un sursaut de surprise en apercevant des gens derrière, aux silhouettes déformées par la réfraction, brouillées par le miroitement de l'eau et dédoublées dans un halo pourpre, comme des couples d'amoureux.

Quand ma vision se fut adaptée à cette lueur spectrale, je me rendis compte qu'ils portaient des chapeaux, ou plutôt des casques sombres d'où sortaient des tuyaux blancs et de courts segments circulaires noirs. Je marchai jusqu'à l'autre extrémité de la passerelle en tenant la rambarde de fer, et me penchai pour scruter le réservoir voisin, une cuve parallélépipédique étroite emplie d'un liquide bleu lavande.

Les personnes faisant face aux baies vitrées étaient totalement immergées. Plus étonnant encore, elles étaient nues. Et ce n'étaient pas des couples d'amoureux s'étreignant, mais des frères siamois. Sept paires de siamois. Trois étaient unies à partir de l'abdomen, trois à partir des hanches. Les derniers siamois, unis aux tempes, portaient un masque et des lunettes spéciales à trois verres. Leurs bras pendaient, attachés à des lanières caoutchoutées, celles-ci accrochées à des leviers motorisés qui actionnaient lentement les membres, comme les longs doigts noirs d'un marionnettiste.

Devant ce spectacle horrible, je songeai que peut-être il s'agissait là de corps de noyés mis en scène dans une parodie atroce d'art moderne. Aucun tuyau n'alimentait leur bouche ou leur nez en air. Aucune bulle ne jaillissait de leur masque. Mais leurs doigts bougeaient. Leurs membres ployaient faiblement sous l'effet des lanières. Ils ne pouvaient pas respirer, mais ils étaient vivants.

Le bassin lavande exhalait une odeur de pouponnière, celle du lait tourné, aussi azotée qu'une couche souillée. Il s'agissait pourtant d'adultes et non d'enfants, car ils avaient la poitrine poilue et proéminente, les organes génitaux normalement développés. En me concentrant, je distinguai d'autres détails. Des rangées régulières d'excroissances charnues ponctuaient leurs épaules et leur dos. Chacune était couronnée d'un petit mamelon percé en son centre d'un ou deux orifices noirs. Beaucoup trop étroits pour servir de branchies. Et cependant il me semblait qu'ils s'évasaient et se refermaient comme des bouches miniatures.

Dans le réservoir principal, des tuyaux s'étiraient des monticules sombres jusqu'aux cloisons en acier, sous les baies vitrées. A leur extrémité, des valves miniatures aspiraient des nuages d'une substance blanche rappelant le lait caillé. Celle-ci se déversait dans le bassin d'eau lavande, où elle créait autour des siamois des tourbillons neigeux.

« Auditeurs 1 », disait la carte de Tammy. Si c'étaient eux les auditeurs, que pouvaient-ils bien écouter ? Combien d'autres se trouvaient à bord, ou ailleurs ? J'essayai d'imaginer Golokhov rassemblant ces enfants rejetés sur toute la surface du globe, pour les incorporer dans son projet après avoir sélectionné patiemment ceux qui présentaient des talents particuliers. Il avait créé son image d'un paradis terrestre, une réserve où chacun avait sa place et accomplissait une tâche incompréhensible pour le reste du monde, et en tout cas pour moi. Un empire fondé sur les microbes.

Et subitement la réponse me vint. Goldokhov avait isolé ces corps doubles de la respiration. Ils ne tiraient pas l'oxygène de l'eau comme le font les poissons : ils n'absorbaient pas d'oxygène du tout, parce qu'ils ne recouraient plus aux mitochondries pour alimenter leurs cellules et leurs tissus.

Les frères siamois étaient devenus des organismes anaérobies.

Je ne peux me remémorer ma réaction alors. Je suppose que j'éprouvai de la colère, de l'indignation, peut-être même de la jalousie ; mais il est à peu près certain que l'effarement supplanta tout le reste.

Le problème posé par notre très ancienne dépendance envers les mitochondries avait été résolu. Mais la solution ressemblait fort à un esclavage passif, immobile. Ou à l'enfer horrible et éternel subi par les prisonniers des cylindres au dernier étage d'Anthrax Central. Ou à l'excentricité fripée de Mme Golokhova, qui avait enduré des années de folie.

Lissa m'avait prévenu que Rob et moi étions en quête d'une chose très laide. Comme elle avait raison…

Je me redressai et cherchai du regard une autre échelle au bout de la passerelle. Il n'y en avait pas. Une paroi aveugle bloquait le passage. Je revins au-dessus du bassin et m'accroupis pour scruter l'eau bleue selon un angle plus aigu, afin d'apercevoir une éventuelle galerie en face de la première. Entre l'eau et les vitres épaisses, j'aperçus une silhouette sans relief de couleur plus claire, pareille à du papier mouillé collé sur le verre, à peine visible dans les ondoiements liquides et la déformation optique.

Je me relevai, bras croisés sur la poitrine.

Et je retombai aussitôt à quatre pattes.

Dans le bassin principal, un visage prit forme entre deux vaguelettes paresseuses. Sa paupière gauche supérieure retombait un peu sur l'œil, et ses lèvres formaient un rictus d'intérêt tandis qu'il étudiait les siamois. J'avais vu ces traits dans le miroir si souvent que je crus apercevoir une réflexion impossible de ma propre personne. Mais l'image se déplaça hors de mon champ de vision, en marchant ou en ondulant.

C'était Rob.

Rob. Je n'arrivais pas à le croire. Il était toujours en vie. Je pouvais lui parler, m'excuser. J'éprouvai une émotion violente proche de l'extase.

Puis je me souvins que Ben attendait Janie.

Je me remis debout, essuyai mes yeux. J'avais honte de m'être laissé aller aussi aisément à la sensiblerie.

— Qui est là ? fit la voix d'une femme.

Je me retournai et agrippai la rambarde de chaque côté. Je m'attendais à recevoir une autre balle, celle qui me perforerait le torse et me tuerait.

Une femme aux cheveux sombres grimpa sur la passerelle et s'immobilisa dans la lumière bleutée. Je reconnus Betty Shun, vêtue d'une robe en laine courte et de chaussures de jogging. Elle tenait une hache d'incendie dans une main. Pendant un moment, elle parut se détendre et sourit. Puis elle remarqua mes vêtements, la coupure à ma pommette. Je vis la tension raidir son corps.

— Vous ! s'exclama-t-elle. Comme êtes-vous arrivé jusqu'ici ?

— Quelqu'un m'a donné la clef, répondis-je en souriant, tout en sentant la sueur couler sous mes aisselles. Comment va Owen ?

La hache cessa son mouvement de balancier au bout de son bras.

— J'espère qu'il pourrit en enfer, dit-elle. Venez avec moi. Vous ne devriez pas vous trouver sur cette passerelle.

37

Elle m'attendit au bas de l'échelle, lèvres pincées, la hache serrée fortement dans sa main exsangue.

— Tout va bien, dis-je. Je ne suis pas dingue.

Shun acquiesça, sans pour autant donner l'impression qu'elle me croyait. Elle me fit signe de contourner le réservoir et la forêt de tuyaux, dans le sens inverse de celui que j'avais emprunté.

— J'aimerais rencontrer le Dr Golokhov, dis-je. Après tout ce que j'ai traversé, je pense que je le mérite bien.

— Le Dr Goncourt a quitté le navire il y a une semaine, répliqua Betty.

Elle me précéda hors de la salle des bassins et me conduisit dans le sanctuaire intérieur du laboratoire principal. C'était un vaste ensemble de salles regorgeant de comptoirs en acier percés d'éviers, d'incubateurs, de séquenceurs, d'une série de protéolyseurs reliés à des équipements indéfinis. Toutes ces pièces étaient désertes, mais je vis des caisses ouvertes dans un coin, une collection de DVD réenregistrables rangés dans des casiers en plastique, des revues, des cartons pleins de manuels scientifiques.

— J'ignore ce que vous savez, dit Shun. Je viens moi-même d'arriver.

— Je sais tout, affirmai-je, en sentant ma gorge se serrer.

— Bon. Beaucoup des autres sont partis. Le Dr Goncourt en a libéré un grand nombre juste après la mort d'Irina à New York. Inutile de nous montrer aussi vigilants, à présent.

— Mme Golokhova ?

— Oui.

— Je ne connaissais pas son prénom.

Shun eut un fin sourire. J'avais menti. Bien des choses m'étaient inconnues.

— Le Dr Goncourt a toujours eu l'intention de se retirer et de laisser le contrôle des opérations à d'autres. La continuité est un facteur primordial.

— Où est-il ?

— Le Dr Goncourt ?

— Golokhov.

— Oh, il n'utilise plus ce nom. Cela lui rappelle de mauvais souvenirs.

— Il s'est très bien défendu… N'est-ce pas ?

— Vous devriez le savoir, rétorqua-t-elle.

— Qui a gagné ?

— Vous, bien sûr, dit Betty Shun.

— Bien sûr. Qui sont ces frères siamois ?

— Ce sont les Auditeurs. Ils ont représenté le principal souci du Dr Goncourt pendant les négociations.

— Des négociations ? Vous appelez tout ce carnage des « négociations » ?

— Ils vont rester ici et poursuivre leur tâche. Le cirque continuera, lui aussi.

— Qu'écoutent-ils ?

— La voix des Petites Mères, d'après ce qu'on nous

a dit. Mais les Petites Mères parlent lentement. Le Dr Goncourt a enquêté sur l'extension de la vie afin d'allonger suffisamment la durée de la sienne pour comprendre ce qu'elles disaient.

Elle me considéra avec tristesse, comme pour ajouter : « Et voir tous les problèmes. »

— Ils écoutent les bactéries ?

Betty Shun sembla surprise par ma question.

— N'est-ce pas ce que nous faisons tous, à notre manière ? N'est-ce pas ce que vous disiez à Owen ?

De l'océan enténébré surgirent des bateaux de sauvetage, de pêche, des yachts, des vedettes des gardes-côtes, des remorqueurs, et même un gros porte-conteneurs. Tous convergèrent sur le *Lemuria*. Leurs projecteurs révélèrent l'énorme double coque dans la pâleur de l'aube.

Betty Shun m'abandonna dans un salon sur le pont supérieur de l'Aristos Tower, sous la surveillance de deux jeunes hommes grands et musclés en pull-overs. Ils se montrèrent polis, mais peu bavards. Quand elle revint, elle me prit à part et murmura :

— Nous partons maintenant.

— Et les autres ?

— Je ne sais rien à leur propos.

— Et Ben Bridger ?

— Les bateaux les emmèneront peut-être tous. Vous prendrez l'hélicoptère.

— Et quelle est ma destination ?

— Vous allez rencontrer le Dr Goncourt, dit Betty. C'est un honneur, ne pensez-vous pas ?

Je regardai par la vitre latérale du petit hélicoptère tandis qu'il décollait de la plate-forme. Les deux jeunes hommes en gris nous accompagnaient. Je laissais derrière moi Delbarco, Breaker, Ben, Carson, Candle et tous les autres, morts ou vifs, mais plus probablement morts.

J'étais certain que ma propre fin m'attendait là où l'on m'emmenait. Ma seule consolation était la perspective d'une rencontre avec le plus grand homme du vingtième siècle. Le véritable assassin de mon frère.

Je serais en mesure de lui poser quelques questions, et peut-être, s'il en avait la bonté, si j'en avais la chance, d'obtenir quelques réponses.

Une part de moi estimait que ce serait trahir tous mes principes passés si je ne hurlais pas et ne me débattais pas pour grappiller la moindre seconde de vie supplémentaire, mais j'étais surtout habité par le calme et la maîtrise de moi-même.

Et la curiosité. Même ce vol ne m'angoissait pas. Les moutons comptent-ils les papillons quand le couteau du sacrifice les frappe ?

Personne ne remarqua notre départ. Tout le monde était bien trop occupé à essayer de deviner ce qui avait bien pu se produire sur le navire de croisière le plus sophistiqué et coûteux du monde. Pourquoi tant de gens étaient morts. Je doutais fort que quelqu'un parvienne à voir l'hôpital, la clinique, les laboratoires, et les Auditeurs. D'une façon ou d'une autre, l'attention des enquêteurs serait détournée de ces sujets. Ils seraient leurrés, ou tués mystérieusement.

Silk survivrait.

L'hélicoptère filait vers l'est. Je demandai notre destination au pilote.

— Exuma Cays. Lee Stocking Island, dit-il avec un

accent russe. Un lieu de vacances idéal. Très joli. Vous allez aimer.

— Je n'en doute pas.

— Dommage que vous ne puissiez y rester très longtemps, ajouta-t-il. Il y a une dépression tropicale en formation. On va peut-être même la baptiser bientôt d'un prénom.

38

21 août — Lee Stocking Island, Bahamas

Je marchais dans l'air clair de cette fin de matinée vers la plage de sable blanc. Une brise fraîche et humide jouait dans mes cheveux et froissait ma chemise blanche. De l'est, sur l'océan, une muraille de nuages gris arrivait.

J'avais pris un déjeuner léger dans le restaurant du complexe touristique, flocons d'avoine et café brûlant, puis j'avais demandé comment me rendre à la propriété du Dr Goncourt. Tous les membres du personnel de l'établissement le connaissaient. Il me faudrait suivre sur un kilomètre et demi une route pavée en direction de la rive atlantique de Lee Stocking Island, avait dit un serveur, puis franchir une grille toujours ouverte.

J'étais libre de faire selon mon envie. Je pouvais quitter l'île — avant de me laisser, les hommes en gris m'avaient donné plusieurs milliers de dollars — ou rester et accepter l'invitation. Apparemment je ne représentais plus aucun danger pour personne.

Sur l'île, la propriété du Dr Goncourt était réputée pour receler la seule plage privée avec ses propres stromatolites, lesquels constituaient une des principales attractions de Lee Stocking Island.

La maison était de taille moyenne, avec une charpente en bois et des fondations en béton, de grandes fenêtres protégées par des volets en bois, la plupart ouverts. Elle se fondait dans l'environnement de palmiers. Sans essayer d'y entrer, je me dirigeai directement vers la plage, comme on me l'avait conseillé. Il était dix heures.

Un châle turquoise sur ses jambes, une femme blonde en maillot de bain était assise dans une chaise longue à la limite de la marque laissée par la marée haute. Une casquette masquait son visage. A mon approche elle entendit le claquement de mes sandales et roula sur le flanc pour me regarder. Elle se leva pour m'accueillir, sans la moindre trace d'embarras ou de timidité.

— Salut, Hal, dit-elle.

— Lissa. Surprise ?

— Non, répondit-elle. Je devrais l'être ?

— Tu as fait de ton mieux pour me tuer.

— Visiblement, ce n'était pas suffisant. Mais tout ça est fini, à présent. Une demande a été faite, et le Dr Goncourt t'attend. Je doute que tu aies envie de t'attarder pour bavarder avec moi.

— En fait, j'ai beaucoup pensé à toi.

— Moi je n'ai pas du tout pensé à toi, répliqua-t-elle.

— Rob aurait adoré cette scène.

— Très touchant de ta part de penser à ton frère.

— Nous avons traversé pas mal d'épreuves par ta faute. J'ai entendu dire que quelqu'un remplaçait Golokhov, après toutes ces années.

— En effet. Le Dr Goncourt.

— C'est toi qui le gardes ? demandai-je.

— Il n'a plus très longtemps à vivre. Nous avons

décidé qu'il valait mieux le laisser travailler et épargner sa dignité, loin de toutes ces turbulences.

— Alors c'est terminé ? L'emprise sur les gens, le marquage, les agents contaminateurs ? Le gouvernement s'est réveillé et a fait le ménage, à ce qu'il paraît ?

— Bien sûr, Hal, bien sûr, dit-elle d'un ton conciliant. Tu peux aller à pied jusque là-bas. L'eau n'est pas très profonde, et les vagues légères. Mais pas plus de quelques minutes. Il se fatigue vite, et nous devons partir bientôt pour le continent. Nous ne resterons pas pour attendre la tempête.

— Vous partez pour une autre de ses propriétés ? Profiter d'autres richesses bien cachées ?

Lissa répondit d'un simple haussement d'épaules.

J'avais envie de l'étrangler, ou de seulement toucher son visage, pour savoir si ce n'était pas un fantôme. Je ne pouvais être sûr de la réalité de ce que je voyais.

— Pourquoi suis-je ici ? demandai-je.

— Je l'ignore, dit-elle. Mais ne commets aucune imprudence.

Elle désigna les arbres près de la maison. Je me retournai et aperçus quatre hommes en costume gris. Trois étaient jeunes et athlétiques. Le quatrième, nettement plus âgé, avait sans doute franchi le cap des soixante-dix ans. C'était celui qui avait regardé Ben avec mépris à Anthrax Central.

Stuart Garvey.

Je détestai l'idée que Lissa voie mon trouble. Je m'éloignai sans un mot, sur le sable sec, puis sur le sable mouillé, et j'entrai dans l'eau. Les stromatolites n'étaient pas jolis, ils formaient une forêt de petites excroissances brunes entourées de sable en suspension qui s'étendait sur une dizaine de mètres avant de disparaître sous les flots.

Un vieil homme mince aux cheveux blancs était agenouillé dans l'eau, la bretelle d'un sac en toile passée à une de ses épaules. Il leva les yeux quand j'approchai en pataugeant. Il avait le visage pâle, mais le regard vif. Il ne semblait pas souffrir de la même affection qu'Irina Golokhova, et s'il paraissait avoir plus de cent ans, il donnait une impression de vigueur. Ses mains ridées et parsemées de taches de sénescence caressaient la partie supérieure d'un stromatolite. Des algues s'accrochaient à ses doigts.

— Bonjour, dit-il. Etes-vous étudiant en biologie ? Connaissez-vous ces merveilles ?

— Docteur Golokhov ?

Son regard se fit aussitôt plus circonspect.

— Goncourt, je vous prie. Golokhov est mort depuis des dizaines d'années.

— Je m'appelle Hal Cousins. Vous avez tué mon frère.

— Ah oui ? dit-il avec une grimace attristée. Je suis vraiment désolé. Et j'espère vraiment que vous me pardonnerez.

A cette réaction surprenante je sentis mon visage s'empourprer.

— Et vous avez bien failli me tuer aussi.

— Quelle chance que j'aie échoué, fit-il avec une feinte politesse.

— Ne me racontez pas que c'était une guerre. C'était une aberration vicieuse.

— Peut-être, en effet. Engendrée par la peur. Inimaginable, une telle peur. Vous faites partie de ces petites tumeurs humaines, n'est-ce pas ? Vous et votre frère. Vous vouliez tous deux vivre éternellement.

— Je le veux toujours.

— Les Petites Mères veillent sur nous tous, dit le

vieil homme qui s'essuya les mains sur son pantalon, y laissant des traces humides sombres. Coupez le lien entre le corps et les soins qu'elles lui prodiguent, et vous bloquez bien plus que le chemin de la vieillesse. Vous êtes-vous jamais senti en forme, en adéquation avec le monde ? La vie est-elle bonne ? Peut-être avez-vous un sentiment mystique de lien avec la Nature, avec quelque chose de plus élevé ? C'est la voix des Petites Mères. Toutes les épreuves et les récompenses de la vie sont équilibrées, vous agissez comme il faut et elles vous approuvent. Etre jugé et déclaré envieux, voilà qui est douloureux. Mais supprimez ces voix, et bientôt vous perdrez tout équilibre. Nous sommes bien plus qu'un cerveau encastré dans des os. Des esprits plus amples et plus anciens vivent dans nos corps et tout autour de nous, et ils nous parlent dans des langages que j'ai passé toute mon existence à interpréter.

Il fendit l'eau du bout des doigts.

— Peut-être ne sommes-nous qu'un rêve que font les bactéries.

Je ne pouvais pas laisser cette ordure arrogante continuer à délirer. Je voulais des réponses. Pour Rob, pour Ben.

— Avez-vous passé un marché avec Staline ? *Combien de gens avez-vous torturés et tués ?*

Golokhov crispa les mâchoires et baissa les yeux vers l'eau.

— Vous avez mené vos expériences sur votre propre femme, et ensuite vous l'avez abandonnée !

— Oui. Irina…

Il se frotta le nez puis le front, laissant sur sa peau hâve et ridée des traces plus sombres.

— J'ai fait d'elle une nouvelle femme. Je l'ai observée pendant dix ans. Elle était pleine de haine et de fourberie, c'était une voleuse impénitente, cruelle et insensible. J'ai essayé de corriger mes erreurs, et avec le temps j'ai réussi à inverser ces effets négatifs… Mais j'aurais dû l'arrêter et détruire mes dossiers. Trop tard. J'avais attiré l'attention de bêtes qui étaient déjà des monstres de haine et de cupidité. Que ferez-vous, monsieur Faust, vous qui voulez toujours en savoir plus ? Quelles bêtes libérerez-vous quand vous aurez coupé tous les liens ?

— Vous souhaiteriez toujours me voir mort, n'est-ce pas ? dis-je. Alors pourquoi ne pas leur commander de m'abattre ?

— Ah, soupira-t-il en levant les mains et en les agitant comme s'il invoquait une puissance supérieure.

La colère me saisit d'un coup.

— Vous n'êtes qu'un lâche ! m'écriai-je. Jamais vous n'oseriez prendre une arme et presser la détente. Vous êtes trop *délicat*.

Je levai la main et m'apprêtai à frapper sa vieille nuque décharnée. Je ne me souciais pas des hommes sur la plage.

Le regard de Golokhov aimanta le mien. Un mince filet de salive coulait du coin gauche de sa bouche.

— J'ai été un lâche, oui. Je redoutais la torture et la mort. J'ai vu couler des rivières de sang, et les cadavres s'amonceler comme du bois. Pour sauver ma peau, j'ai donné aux monstres encore plus de pouvoir… et les rivières sont devenues océans. J'ai entrepris de les abattre, et après leur chute je me suis fait un devoir de les surveiller et de les garder prisonniers, avec les maigres ressources qui me restaient, afin d'éviter au monde d'autres massacres. Comment pensez-vous que ces espèces douloureusement cruelles et ineptes ont survécu pour voir le nouveau millénaire ? Mais j'ai été fou de croire que je pourrais arrêter tant d'enfants curieux et immoraux.

Il essuya sa bouche et lava ses mains dans l'eau.

— J'espère que votre génération fera mieux.

— Non, vous ne l'espérez pas, dis-je.

Agenouillé dans les vaguelettes, il avait reporté son attention sur les stromatolites.

— Vous ne valez pas mieux que Staline ou Beria, ajoutai-je. Vous essayez de tuer nos rêves les plus grandioses. Je veux améliorer la vie humaine. Vous, vous nous avez donné la Cité des Mères-Chiennes.

Il frissonna. Un instant je crus qu'il avait une attaque, mais il repoussa de côté son sac en toile, se retourna dans l'eau peu profonde et me toisa du regard le plus dur, le plus haineux, que je pouvais imaginer.

Le visage d'un Dieu courroucé tel que Blake aurait pu le dessiner avant de déchirer le papier et de le brûler.

— Oui, et le châtiment viendra ! dit-il. Savez-vous quelle est la teneur du message ? Le peu que j'ai intercepté et traduit en sept décennies, la somme de tout mon dur labeur sur cette Terre, en ce siècle misérable ?

Il abaissa la main et caressa le stromatolite entre ses genoux.

— Toutes les Petites Mères qui murmurent dans nos intestins, dans les forêts, les jungles et les océans, et que nous nous acharnons à détruire, toutes ces Petites Mères sont mécontentes. Elles sont mécontentes de nous tous. *Nous sommes une très grande déception pour elles.* Alors elles nous ont déclaré la guerre. Une guerre totale. C'est un jugement auquel personne ne peut résister. Ni ceux sur le navire, ni ceux sur la plage. Personne. Personne.

Un instant il contempla la muraille grise de la tempête qui approchait, là-bas.

— Combien de temps pensez-vous qu'il nous reste, jeune monstre ? demanda-t-il, toujours tremblant. Combien de temps ?

Epilogue

Sud de la Californie (pas d'adresse, merci)

Cela fait un peu plus de quatre mois maintenant, et je suis toujours en vie. Toujours sain d'esprit, du moins je le pense. Ben aussi est vivant. Ils ont dû le sortir du navire. Je me demande ce qu'il a ressenti en ne revoyant pas Janie.

Il m'a envoyé un vieil exemplaire du magazine *Life*. Je l'ai reçu par le courrier vendredi dernier. Daté de 1949, il contient des photos de la Conférence du Waldorf, à New York. Les communistes pour la paix dans le monde. (Comment a-t-il eu mon adresse ? Barbouze un jour…)

Sur un Post-it collé près d'une photo, Ben a écrit : « Impossible qu'ils aient falsifié ça. Repensez tout. Ce que faisait Banning, ce que faisait Rob. Qui ai-je abattu ? »

Et je repense tout. J'ai essayé d'assembler les événements logiquement, pour trouver qui manipulait qui, et quand.

AVANT-DERNIÈRE ANNÉE

Juin : Rob s'est traité pour bloquer les connexions bactériennes, mais à ce stade je suis plus avancé dans mes recherches.

Août : Désespéré, Rob prend tous les risques, il se rend en Sibérie.

Octobre : Rob contacte Banning, ou est-ce Banning qui le contacte ?

Décembre : Il commence à être harcelé (par Stuart Garvey et Irina, ou Maxim ?). Son marquage n'est effectif que partiellement à cause de son autotraitement et de l'altération des bactéries dans l'intestin. Il semble se conduire de manière de plus en plus excentrique.

L'ANNÉE DERNIÈRE

Fin janvier : Rob brouillé avec Lissa. (Lissa envoyée pour stopper Rob — ou le convertir, le recruter ?)

Qui essaie de marquer Rob ? Est-ce Lissa, pour le compte de Maxim Golokhov, ou est-ce Irina Golokhova ? Banning tente de décider Rob à aller voir Callas pour suivre un entraînement. Rob refuse.

Février : Rob commence un programme de recherche pour bloquer Silk. Au plus bas... (Ouverture du labo dans l'immeuble de bureaux de San Jose ?)

Avril : Tammy cherche refuge auprès de Marquez. Celui-ci contacte Banning à propos de l'histoire de Tammy. Banning met en contact Rob avec Marquez et Tammy à Los Angeles. Rob installe un labo dans le sous-sol de la propriété de Marquez. Marquez est intéressé par l'idée de longévité accrue, mais paranoïaque quant à un contrôle mental du gouvernement — et le récit de Tammy renforce ses craintes.

28 mai : Rob m'appelle à l'aéroport de San Diego. Il me met en garde.

30 mai : Je rends visite à Montoya, je fais mon petit speech, et j'obtiens un accord de principe pour le financement des plongées océanographiques d'étude.

6 juin : Rob rend visite à Ben Bridger.

7 juin : Bridger est arrêté et jeté en prison.

8 juin : Le Dr Mauritz tue sa femme.

10 juin : Bridger est libéré.

11 juin : Bridger, Rob et Banning se rendent à Los Angeles.

12 juin : La propriété de Marquez est attaquée. (L'histoire apparaît dans les journaux alors que je suis en mer. Lissa me montre les articles plus tard, et ces hélicoptères des marines crashés dans l'océan — pourquoi ? Me demande-t-elle si je suis au courant, ou sait-elle ?)

LA PLONGÉE *: Le 18 juin, je plonge dans le SES. La nourriture à bord du* Sea Messenger *a été trafiquée. Dave Press tente de nous tuer tous les deux. Trois morts sur le* Sea Messenger.

19 juin : Le Sea Messenger *arrive dans le port de Seattle.*

20 juin : Petit déjeuner avec Bloom et Shun, de 9 heures à 10 h 30. Etude de spécimens de 11 h 30 à 20 heures. Dîner au Canlis de 22 heures à 23 h 30.

20 juin :

Midi, heure de l'Est. Rob m'appelle sur mon portable à partir d'une cabine publique dans le New Jersey (temps et lieu incertains).

14 heures, heure de l'Est. Ben et Rob rencontrent Stuart Garvey devant Penn Station. Déjeunent ensemble. Garvey les emmène à Anthrax Central dans Manhattan à 16 heures. Irina tente de retourner Rob. Le recrute ? Ben abat Rob dans une ruelle de New York (2 ou 3 heures du matin ?)

21 juin : 2 h 30, heure du Pacifique. Lissa m'appelle sur mon portable et laisse un message m'annonçant la mort de Rob.

21 juin : 1 heure du matin, heure du Pacifique. Dernière entrevue avec Montoya. Je fais à pied le tour de Lake Union pour rejoindre le labo du Genetron. Découverte des spécimens détruits à 2 h 30, heure du Pacifique.

21 juin : 3 h 20, heure du Pacifique. Je rallume mon portable et je prends connaissance des messages de Rob et de Lissa. J'apprends que Rob est mort.

27 juin : Funérailles à Coral Gables, en Floride.

29 juin-8 août : Je suis à Berkeley.

8 août : Conférence des Prométhéens. Je rencontre Banning. Incendie de mon appartement et attaque des chiens. Passage à l'hôpital. Banning paie.

8-9 août : Chambre d'hôtel au Haight.

9 août : J'achète des vêtements. Banning et moi rencontrons Callas. Retour de Lissa. Je lis une partie des papiers de Rob : Cité des Mères-Chiennes. Tentative de marquage (ouvre-boîtes) partiellement réussie, tard le soir.

Jamais pu procéder à des examens sur l'ouvre-boîtes.

10 août : Deuxième entrevue avec Callas, qui nous renvoie. Une femme intelligente.

10 août : Thuringia — un vieux dingue de flic présentant des signes du traitement de Golokhov pour l'immortalité — et voyage jusqu'à San Jose avec Lissa pour ouvrir le labo/bureau de Rob. Lissa abat un vendeur de voitures.

10-13 août : Lissa me marque de la plus agréable des façons et m'emmène dans un hôtel perdu en plein désert. M'incite au suicide. Sur le moment, l'idée me paraît bonne.

13 août : Ben Bridger et Rudy Banning viennent me sauver. Ils me font boire des litres d'élixir et m'emmènent jusqu'à un aéroport en Arizona. Je suis malade comme un chien.

13-14 août : retour à Anthrax Central. (La première fois pour moi.)

17 août : Assaut du Lemuria.

18 août : Rencontre avec Golokhov/Goncourt. Mauvaises nouvelles concernant les Petites Mères.

20 août : Retour des Bahamas à Miami. Peu de nouvelles du Lemuria. *Je passe à la clandestinité.*

J'ai déchiffré une partie de l'histoire. Voilà où j'en suis actuellement. Je reste dans l'impossibilité de retrouver tous les fils et de définir qui les tire, ni quand. Certains faits ne collent toujours pas. Il manque quelque chose, et ce quelque chose est comme une démangeaison irritante au fond de ma cervelle.

Pourquoi Lissa a-t-elle abattu le grand type maigre en costume à chevrons ?

Pourquoi n'ont-ils pas changé les combinaisons des digicodes de la clinique à bord du *Lemuria* après que Tammy a été portée manquante ? Il est possible qu'ils aient tout ignoré de sa trahison. *Tammy était là pour contrecarrer Banning et Rob ?*

Pourquoi ne l'a-t-elle pas fait ? Qui l'a retournée ? Rob ?

Travaillait-il pour Mme Golokhova et le gouvernement ?

Qui a ordonné l'attaque des hélicos à LA ? Golokhov,

probablement, mais pourquoi ? Pourquoi provoquer ses anciens alliés ? Craignait-il Rob et Banning ?

Bizarres, ces élections de novembre, vous n'avez pas trouvé ?

Maxim Golokhov a collaboré avec les Etats-Unis après la guerre. Tout le reste le concernant est obscur jusqu'en 1954, date à laquelle il apparaît à New York, mais il a dû être là pour mettre en place Thuringia et les autres villes. Pour envoyer des cakes aux fruits marqués dans le monde entier.

Irina Golokhova a collaboré avec certaines branches du gouvernement fédéral, et ce depuis les années 60 au minimum, après que Maxim l'eut abandonnée à Manhattan. Afin de garder le secret, Stuart Garvey et ses sbires de la CIA ont ruiné la réputation de Rudy en 1992. C'est prétendument à ce moment que la carrière de Rudy a tourné court.

Mais visiblement Rudy n'est pas celui qu'il prétend être.

La photo tombée de l'enveloppe de Rob, celle de lui et moi quelque part en Europe, peut-être, mais je ne me souviens pas en quelle occasion. Un simple trou de mémoire ?

Pourquoi Golokhov se détournerait-il de l'étude des Petites Mères ? A-t-il pensé que nous allions perturber aussi gravement l'équilibre de la nature ? Il croyait déjà que les bactéries avaient édicté leur jugement et qu'elles nous estimaient coupables.

Est-ce que je crois à ça ?

Vous le croyez, vous ?

Ma première réaction est de riposter. Couper tous les liens. Il est temps pour nous de nous émanciper et d'agir seuls. Si les Petites Mères veulent se montrer méchantes, nous pouvons aussi jouer à ce petit jeu.

Mais le fait est, je suis fatigué.

Je dors mal. Je vis dans un appartement minable, à Los Angeles, à Culver City pour être exact. Maintenant, vous savez. Le climatiseur est cassé et je ne me nourris que de conserves. Je les achète dans divers magasins, et je nettoie l'ouvre-boîtes avec de l'eau bouillie et du savon à chaque fois que je m'en sers.

J'ai toujours ma liste incomplète de protéines, et de temps à autre il m'arrive de penser au chemin d'accès à la Longue Route. Je me souviens des bandes de papier bleu dans le paquet de Rob, glissées dans l'enveloppe par avion. Peut-être contenaient-elles l'autre moitié du secret, la moitié de Rob. Peut-être me les confiait-il au cas où il échouerait.

Aucune importance. Elles ont disparu.

Je me répète toujours que je possède le rêve, que l'histoire ne m'a pas volé ma vie. Mais je suis incapable de travailler, de trouver du travail, et maman n'a plus d'argent. C'est ce qu'elle m'a dit.

La semaine dernière, sa ligne a été déconnectée. Je n'ai pas l'argent nécessaire pour aller la voir. Je pense qu'elle va probablement bien, mais j'ignore pourquoi je pense cela.

Owen Montoya a été admis à l'hôpital. J'ai lu le titre de l'article, au kiosque à journaux. Dépression nerveuse. Il a tenté de poignarder un scientifique qui lui rendait visite.

Je n'arrête pas de me réveiller en plein cœur de la nuit. Je rêve de Rob. Ces rêves sont fréquents, et désagréables. Il me poursuit. Il m'accuse de sa mort. Il est furieux que Lissa et moi ayons fait l'amour. J'essaie de lui expliquer que ce n'était pas ma faute, et il me répond toujours de ce sourire qui m'horripile.

Mes factures de téléphone m'inquiètent. (Je ne peux pas les payer, mais quelqu'un le fait pour moi, puisque ma ligne n'a toujours pas été coupée.) Je passe des appels lointains à des numéros que je ne connais pas, et quand je veux rappeler on ne me reconnaît pas, ou bien je tombe sur un répondeur, ou un modem, et je n'entends que de la bouillie électronique.

Ces dernières semaines, j'ai répondu à quantité d'appels muets. Je décroche, et il n'y a personne à l'autre bout du fil. Seulement le silence, ou un bourdonnement venu d'une autre galaxie.

Mais je ne peux pas laisser sonner.

Peut-être que ça fait partie de ces élections, des milliers de banques téléphoniques pour les candidats, qui appellent des centaines de numéros en même temps, dont le mien : je réponds, et ma voix déclenche l'ordinateur qui doit avertir une opératrice, mais toutes les opératrices sont occupées…

Ce genre de truc, sûrement. Très commun, vraiment. Aucune raison de s'en inquiéter.

Quand même, quatre-vingts ou quatre-vingt-dix appels chaque jour ? Pour quelqu'un qui est sur liste rouge, qui n'est pas inscrit sur les listes électorales et dont la réputation de solvabilité est catastrophique ? Il y a des jours où j'oublie qui je suis tellement le téléphone débite le temps en tronçons incohérents.

La nuit dernière, aux environs de minuit, j'ai décroché à la troisième sonnerie. Cette fois il y avait une voix, mais je n'arrive pas à me rappeler si j'étais éveillé ou endormi.

C'était Rob. Il a dit qu'il m'appelait de Lee Stocking Island. Il a dit :

— Hal, vieux, j'ai des nouvelles. Tu as trouvé les derniers indices ? Et si nous rendions visite au Dr Seuss ?

— Bon sang, laisse-moi tranquille, ai-je répondu.

Mais j'étais incapable de raccrocher. Après s'être assuré que j'écoutais toujours, il m'a lu une liste de nombres.

Je me souviens encore de ces nombres. De chacun de ces foutus nombres.

Nous avons laissé le cercueil scellé. Je n'ai jamais vu le corps. Rob manipulait Ben, il le contrôlait même à la fin, quand il lui a fait voir ce qu'il voulait.

La liste de Rob — adénylate-cyclase, régulateurs, interférons — n'a pas empêché les autres d'être marqués sur le *Lemuria*. Mais elle m'a peut-être protégé. Peut-être qu'à sa façon il m'aime. Il veut me garder sous la main.

Est-ce que ces pensées sont délirantes, ou ai-je finalement compris ?

Rob a trouvé un moyen d'inverser la situation à son avantage. Il a terminé son travail alors que tout le monde le croyait mort, même son frère jumeau. Après que les différentes factions se sont épuisées, il a refait surface. Il a conclu des alliances, fait quelques promesses. Et il a pris le commandement. A la place de Golokhov.

Mais le dos de ses mains est plissé. La maladie d'Irina. La folie de Staline.

Ce matin, j'ai trouvé un pistolet sous le paillasson devant ma porte. Un Glock, avec un chargeur de quinze balles. L'arme de Lissa.

Dois-je m'en servir sur quelqu'un d'autre, ou sur moi ?

L'histoire est comme le poing de mon frère qui s'écraserait sur mon visage éternellement.

J'ai mal aux intestins.

« Apprenez à vivre bien, ou honnêtement faites votre testament ;
Vous avez joué, aimé, ripaillé et bu tout votre saoul :
Partez d'un pas sobre ; avant qu'un âge plus alerte
Ne vienne en riant vous jeter à bas de la scène :
Laissez jouer, avec plus de grâce et d'aisance,
Celui que la Folie satisfait, et dont les folies plaisent. »

Alexander Pope, *Imitations of Horace*

Lynnwood, Washington
5 décembre 2000

Remerciements

Je tiens à remercier vivement l'agent spécial Carl Jensen, du FBI ; Juliann Brunzell, agent spécial au Bureau des arrestations criminelles du Minnesota ; Ed Ueber, du NOAA ; David et Diane Clarke ; Yoshihisa Shirayama, directeur et professeur au Laboratoire de biologie marine Seto, à Kyoto, au Japon ; Mark E. Minie et Rose James ; David Thaler, microbiologiste à la Rockefeller University ; le Dr Karl et Sylvia Anders ; Karen Anderson ; Ron Drummond ; les secrétaires de rédaction Bob et Sara Schwager ; et mes éditeurs en langue anglaise, Shelly Shapiro, Jane Johnson et Joy Chamberlain. Remerciements particuliers aux Extropians, et à Max More et Natasha Vita-More.

La théorie du vieillissement décrite dans ce roman est pure spéculation. Toutefois, le concept de la coopération bactérienne est solidement établi dans nombre d'articles et ouvrages scientifiques, parmi lesquels *Bacteria as Multicellular Organisms*, publié par James A. Shapiro et Martin Dworkin.

Eshel Ben-Jacob, de l'université de Tel-Aviv, propose un excellent site Web consacré à ces explorations innovantes dans le domaine de la coopération bactérienne :

http://star.tau.ac.il/~inon/baccyber0.html

La notion d'un réseau bactérien partagé — un esprit bactérien, si vous voulez — est loin du fantasme.

Les spéculations sur la description ultime et les relations entre les xénophyophores et les Vendobionts sont de mon invention. L'ouvrage du Dr Mark A. S. McMenamin, *The Garden of Ediacara*, constitue un examen personnel excellent des fossiles de Vendobionts et de leurs relations possibles avec les formes de vie modernes.

Il est presque inutile de préciser que je dois beaucoup aux travaux de Lynn Margulis.

Aucune de ces personnes très estimables n'est, bien sûr, responsable d'éventuelles bévues ou méprises qui subsisteraient dans ce roman.

Précision

La conférence du Waldorf s'est effectivement tenue à New York en 1949. La photographie d'Associated Press décrite dans ce livre existe bel et bien, mais la personne à l'extrême droite du cliché n'est pas Rudy Banning.

Rudy Banning n'existe pas, et ce personnage ne symbolise aucune personne vivante ou décédée. Tous les autres personnages de ce roman sont totalement fictifs.

Retrouvez tous les
livres Pocket sur

ActuSF
www.actusf.com

Faites de nouvelles découvertes sur **www.pocket.fr**

- Des 1ers chapitres à télécharger
- Les dernières parutions
- Toute l'actualité des auteurs
- Des jeux-concours

POCKET

Il y a toujours
un **Pocket** à découvrir

Achevé d'imprimer sur les presses de

BUSSIÈRE
GROUPE CPI

à Saint-Amand-Montrond (Cher)
en septembre 2007

Mise en pages Bussière

POCKET - 12, avenue d'Italie - 75627 Paris Cedex 13

— N° d'imp. 70976. —
Dépôt légal : octobre 2007.

Imprimé en France